퇴 직 자 를 위 한

행복 찾는 길잡이

퇴 직 자 를 위 한

행복 찾는 길잡이

배방구 지음

도서
출판 **더 로드**
The Road Books

들어가는 글

이제부터 소리 없이 세상을 움직이는 한기업의 울타리에서 열심히 재미있게 일해 온 근무지를 벗어나 일과는 먼 여행을 하는 시간으로 접어들었다. 다들 퇴임을 하면 이렇게 마음이 두근거리고 무언가 부족하게만 여겨지는 자신을 발견한다. 이런 기분으로 앞으로 정확하게 말을 할 수는 없지만 약 20년 이상은 살아가야 한다고 하니 마음은 조금은 무겁고 힘든 상황을 느끼게 한다. 직장 와는 거리가 먼 생활 즉 퇴직자 생활로 접어들었다. 아무도 말로 표현할 수 없는 퇴직자 생활이 쉽지는 않겠지만 어제까지 자신 있게 정확하게 업무를 수행하다가 오늘부터는 아무것도 하지 않고 논다고 하니 우선은 이해가 되지 않는다. 그렇다고 다시 직장으로 갈 수 있는 일도 아닌 것이다. 조금은 호흡을 가다듬고 나를 조용히 들여다보는 시간을 가져본다. 가져보는 시간 속에서 이제는 새로운 무언가를 만들어야 할 것 같다는 생각이 머리에서 조금씩 피어오른다. 직장생활은 끝나고 이제부터는 새롭게 일을 찾든가 그렇지 않으면 취미활동을 해서 나를 이끌어가는 방향으로 걸어가 보자는 결심을 스스로 하게 된다.

여기서 내가 지금까지 좋아했던 책을 읽자. 지금 집에도 책이 있으니 새롭게 다시 읽는 것으로 책을 읽기 시작을 한다. 물론 옛날에 읽었던 책이지만 다시 읽으면 내가 잊어버린 지식이나 지혜를 다시 얻을 수 있을 것이고 또 다른 방향으로 나를 끌어 줄 지식이나 지혜가 책 속에 있음을 확신한다. 책을 읽고 읽은 책 중에 좋은 글귀는 블로그에 올리기도 했다. 읽고 블로그에 책 속의 좋은 글귀를 올리는 것도 조금은 재미를 주었다. 시작을 하면서 아무런 부담도 없고 그냥 읽는데 좋은 글귀 올리는데 마음을 빼앗기고 있는데, 독서 이벤트 카페에서 초대를 했다. 신간을 읽고 서평을 쓰는데 한 번 도전하고 싶지 않느냐고 물어보고 초대도 해주었다. 처음에는 망설이기도 했지만 시도를 해어 책을 받고 서평을 쓰는 일이 나의 퇴직 생활의 시작으로 이루어지게 된다. 서평 이벤트에 참석을 해 책을 받으면 서평을 쓰는 일정, 서평의 글자 숫자가 정해져 있다. 다른 곳으로 눈을 돌리 수 있는 시간이 없다. 읽고 쓰고 카페, 인터넷 서점에 올리는 일에 매진하게 한다. 일정을 지키지 못하거나 글자 숫자가 제대로 이행이 되지 않으면 다음부터는 책을 받을 수가 없어진다. 지속적으로 늘어지는 마음의 정신 상태에 긴장감을 주기 때문에 나의 시선을 딴 곳으로 돌아볼 여분이 없다. 여기에 더 매력을 느끼면 오늘도 도전을 하고 있다.

저는 책 읽으면, 서평을 쓰면서 정말로 흔히 지인들 말씀처럼 세월을 낚는 독서와 서평으로 행복하게 살고 있다. 우연히도 같이 퇴임한 분들을 만나면 세월을 보내는 것이 무섭다는 말을 자주 하고 나보고 무엇을 하면 세월을 낚고 있느냐고 물어서 대답을 한다. 카페 서평 이벤트에 참가하고 책을 공짜로 받아서 독서하고 서평을 쓰다 보면 세월이 언제 뒤로 밀려가는지, 흐름의 속도를 못 느끼고 살아가고 있다고 말을 한다. 그때 저가 생각을 했다. 주위에 우리 회사 외에도 많은 분들이 제2의 인생을 힘들게, 준비 없이 퇴임을 하다 보니 어렵게 세월을 보내고 있음을 느꼈다. 그래서 이런 주제의 책 즉 퇴임 후에 새롭게 살아가는 방법을 제시해주고 싶고, 강의도 하게 되면 많은 분들이 지금의 상황에서 벗어나 저 처럼 세월을 낚는데 쉽게 낚을 수가 있지 않을까 하는 모티브에서 이 책을 쓰기로 한 것 같다.

책을 읽는 것에도 치중을 하지만 우선은 몸이 튼튼하다면 세월을 낚는데 많은 도움을 줄 것으로 알고 있어서 매일 새벽부터 약 3시간 정도 산도 타고 무 산소 운동도 하고 해서 지금 몸무게 약 12Kg를 빼고 배도 48인치에서 31인치로 살을 빼고 지속적인 몸 관리와 독서를 경주하고 있다. 이런 점을 이 책을 통해서 많은 퇴직자분들에게 작은 성의라도 알려주어서 살아가는데 도움을 주고 싶다. 저는 이렇게 책과 놀고, 운동을 하고 있어서 그런지 많은 분들이 만나면 나이에 비해서 젊다는 말을 많이 하고 있다. 책을 읽으면 책 속에 다양한 지식을 만나서 생활에도 많은 도움을 얻고 있다. 예를 들면 중국에서 나온 한의학 책에서는 노호가 되면 잠들기 가 어렵다고 하는데 저는 이 책에서 발바닥 용천혈, 손바닥 노경 혈을 하루에 4회씩 마찰을 각 120회를 해서 잠을 자는데 많은 도움을 얻고 있다. 운동은 " 50대, 허벅지가 강해야 한다는 말을 듣고서 스쿼트를 하여 다리에 근육도 올리고, 특히 이 스쿼트 운동에는 성장 호른 몬이 나오기 때문에 얼굴도 동안이 된다고 해서 지금 열심히 하고 있는데 벌써 1년쯤 되었는데 다리에 근육이 보이기 시작을 한다.. 이렇게 좋은 정보 좋은 지식, 멋진 지혜가 책 속에 있는데 사람들은 가까이 가지를 않으니 많이 답답하고 조금은 슬프기도 하다. 저가 그런 부분에 조금이라도 도움을 주고 그분들이 만족을 하는 것을 보기 위한 나의 조금 한 노력이 도움을 주었으면 좋겠다는 생각을 늘 하고 있었다. 이번 기회에 좋은 이 은대 작가님, 글을 쓰는 비법까지도 배울 수 있으니 잘해서 책이 나오면 정말로 열심히 해서 지금 퇴직을 할 분들이나 한 분들에게 힘들지 않고 살아가게 조금이라도 보탬이 되는 책이 되었으면 한다. 책을 통해 모티브가 생겨서 제2의 삶에 보탬이 되고 보람 이 되는 생활을 하게 된다면 더 바랄 것이 없겠다. 작은 모임이 큰 것이 된다는 글귀를 기억하고 노려하면 무엇이든 할 수 있다고 자신한다. 나도 그런 과정을 거쳐 이렇게 독자들 앞에서 나왔다. 작은 것을 모으는 정성을 지속적으로 하게 되면 시간의 차이는 있을지 모르지만 누구나 성공의 문턱에 도달할 수 있다고 장담한다. 이 책 속에 있는 습관을 한두 개 자기의 것으로 만들어 세상 부러울 것 없이 재미있고 슬기롭게 생활을 할 것을 기원한다. 처음 습관화가 어렵지만 하루에 작은 시간에 나누어서 욕심 없이 그냥 논다는 생각으로 한다면 충분히 할 수 있는 습관을 만들어 갈 것이고 행복을 맛보는 시간과 만날 것임을 확신한다.

이 책을 쓸 수 있도록 지도하시고 리드해주신 이 은대 작가님 고맙습니다. 부족함이 많은 저의 책을 열심히 보살펴 주시고 많은 지원을 해주신 프로방스 대표님 조 현수님 정말로 고맙습니다. 지금까지 나를 옆에서 도움을 주고 격려을 해주고 오늘날 이렇게 내가 무언가를 할 수 있도록 배려해주신 우리 마나님 남 분희 고맙습니다. 또한 항상 옆에서 응원을 하고 있는 우리 아들 배현, 딸 배민, 사위 안 대영에게도 고맙다는 말을 하고 싶다.

목차

1부

퇴임 후에 제일 먼저 만나는 어려움

1-1

불타는 아내의 월급통장

지금까지 거의 30년 이상 아내의 월급통장에는 아무 이유 없이 매달 월급날이면 돈이 고속버스를 타고 달려오듯 고속버스처럼 달려와서 그 달의 돈 액수가 월급통장에 등록이 되었다. 월급이 들어오는 날은 저녁의 반찬은 물론, 아내의 인상도 최상의 인상으로 현관문에서 맞이해준다. 대접받는 당사자인 나도 얼굴에 생각지도 않은 미소가 피어나고 동시에 갑자기 몸이 가벼워짐을 느낄 수가 있다. 느끼는 감정과 더불어 머리에 올라오는 생각은 역시 남자는 밖에서 돈을 벌어 온다면 마누라한테 환영도 받고 행복도 만들어지는구나 하는 생각이 떠올랐다. 그날의 음식 맛도 대단하고, 반찬 숫자도 조금은 늘어난다. 물론 사람들이 흔히 하는 말로는 이 세상에는 돈으로만 살아가는 세상이라고 말을 하지만 이런 광경을 볼 때마다 또 한편으로는 퇴임 후에 돈이 통장으로 들어오지 않으면 마누라는 어떻게 변할까 하고 무척이나 궁금하기도 하다. 또 한편으로는 걱정이 되기도 했다. 그렇지만 지금은 그때가 아니므로 우선 오늘의 대접을 행복하게 잘 받자! 마누라의 마음을 즐겁게 하고 행복하게 하는 통장이 퇴임 후에는 그 통장이 원망의 통장, 불화 통의 통장으로 변하는 것을 느낄 수가 있는 것 같다. 평일에도 물론 그런 불화 통의 통장으로 생각하고 있지만, 일을 하고 있을 시에도 월급 받는 날짜에도 마누라는 애민하고 신경질적으로 변하는 것을 느낀다. 지금은 노는 날이기에 월급 받는 날짜가 오면 아무 할 일이 없어도 빨리 한 숟갈 얻어먹고 밖으로 배회하는 나를 만나게 된다. 더욱더 그 월급통장이 꿀통에서 불화 통으로 그다음에는 말로 표현하기 힘든 과정으로 흘러가고 있을 것이라는 생각에 몰입하기도 한다. 통장에 매달 들어오는 돈은 없고 매일, 매달 빠져나가는 돈 때문에 안절부절 하게 만들고 마는 통장이 되어버렸다. 이런 심정은 나만이 느끼는 심정은 아닐 것이다. 어쩌며 퇴임해서 집안에 놀고 있는 모든 우리들 아빠의 환경이 아닐까?

행복하고 기쁨을 던져 주든 월급의 통장이 퇴임 후에 세월이 거듭 거듭 지날수록 다양한 형태의 통장이 되어 아빠를 슬프게 괴롭게, 우울하게 모든 면에서 자꾸만 작아지는 자신을 발견하게 된다. 이렇게 작아지는 가슴을 가지고 살아가는 아빠에 대해서 자식들은 어느 정도 이해가 될까? 이것은 나만이 겪는 일이 아닐 것이다. 지금의 이 시대에 살아가는 아버지들이 겪고 있는 생활상이 아닐까?. 어떻게 보면 이런 기인한 형상은 세상의 변화, 또한 퇴임 후에 오랫동안 살아간다는 전제 하에 경제적 문제가 따르게 되고 그렇게 따르는 경제문제가 사모님들 의 저금통장을 생각지도 못한 방향으로 변화 시키는 것이 아닐까? 부 족하고 계속해 통장에서는 모아지는 돈 보다 지출의 돈의 숫자가 속 도를 타고 밖으로 달려 나가고 있을 때 그 심정을 말로 표현하기가 묘 하기도 하고 한편으로는 사모님의 마음을 어떻게 해야만 좋을 것인지 에 대해서 명확한 답이 없는 것이다. 그것은 세상 이치가 그렇게 돌아 가는 것이다. 나이가 들면 회사에서 정해놓은 연령에 도달하면 회사 문 밖으로 나가는 것인데, 생각하면 마음이 아프기도 하고 쓰라림의 고통 이 따르게 되지만 조금은 참으면서 살아가는 방도를 찾아야 할 것이다. 부족함의 경계도 모르는 체 자꾸만 통장에서 퇴출 신고를 하게 되면 사 모님 심정도 심정이지만 이것을 보고 있는 아빠의 심정도 이해가 힘들 고, 무거운 퇴임의 환경이 될 것이다.

변할 수밖에 없는 것이 옛날에는 그래도 잠자는 시간에는 돈이 필요치 않는 세상이었지만 지금은 그렇지가 않다. 잠자는 시간에도 돈 이 소비되는 시대다. 직장생활이나, 자영업을 하는 분들 공히 노후 대 비 경제를 준비하지 않는 많은 분들의 아빠는 이렇게 변화하는 통장에 대해서 자꾸 원망만 쌓여가는 세월 앞에 한숨만 늘어가고 고개만 숙여 지는 삶으로 연결될 것이다. 계속해서 작아만 지고 사모님 눈치만 살피 는 신세로 아빠는 전락하게 된다. 그렇게 되어가는 세상에서 살아가는 것이 그렇게 매끄럽지 못할 것이다. 줄어드는 통장에 헤매는 일이 없도록 지금에 직장 생활을 하고 있는 아빠들은 많은 준비를 하는 직장생활을 하고 금융에 대한 지식이 부족하다면 금융기관에 상담도 받아보는 것이 좋을 것이다. 월급 통장이 불타는 월급 통장이 되며 우리 아빠들에게 어떤 문제들이 발생될 것인지에 대해서 미리 생각하고, 준비하는 마음의 자세가 꼭 필요하다. 그 돈 때문에 퇴임 후에 어떤 일이 일어날지를 제대로 생각을 하지 못한 분들이 많을 것이다. 늘 하는 이야기인데 어떤 사건이 일어난 후에 어떤 조치를 취한다고 해도 그렇게 쉽게 조치가 되지 않는다. 해결이 되는 것이 아님을 미리 알려주는 곳이 있다면 좋을 것인데, 그렇게 해주는 곳이 아직은 우리나라에서는 없는 것 같다. 위에서도 말을 했지만 지금은 돈의 시대다. 돈이 없으면 살아갈 수 없는 시대로 완전히 전환된 시대다. 이런 시대에 노후준비 없이, 월급통장에 항시 일정한 액수의 돈이 들어오지 않으면 정말로 힘들고, 어렵게 살아야만 하는 상황으로 변할 것이다. 이것은 객관적으로 드러난 현실의 실제 상황이다. 저도 그렇지만 다른 많은 사람들이 직장에 다닐 때는 그렇게 심각하게 생각을 하지도 못했고, 그렇게 생각을 하려고 하지도 않았다. 때가 되면 무엇이든 해결이 되겠지 하는 막연한 추상적인 생각으로 자신을 몰고 온 것 같다. 버스 지난 후에 손을 들어도 아무 소용이 없듯이, 미리 노후를 위해 경제적인 조치를 취하지 않으면 엄청나게 힘들게 살게 된다. 그런데 저도 이렇게 말을 하고 있지만 우리 집 사모님이 바라는 정도의 경제를 확보했을까 하는데 의문이 생기지만 그래도 나름의 준비를 했었다. 이 글귀에서 나의 경제력을 다 말을 할 수는 없지만 준비를 했는데, 우리 집 마나님은 조금의 불만을 가지고 있다. 우리가 생각하는 것처럼 그렇게 경제를 100% 완벽하게 준비는 할 수는 없겠지만 살아가는데 자식들에게 손을 내밀지 않고 부부간에 살아갈 수 있는 경제력은 준비를 하는 것이 상책이라고 생각을 한다. 저는 그래도 대기업에 근무를 했으니 퇴직금, 회사 주식, 퇴직금 일부를 평생보장 보험에 가입을 해서 노후에 탈 수도 있고, 나름에 집도 몇 채를 가지고 있다. 이런 것은 먼 노후에 어떻게 살 것인가 하는 것을 책을 가까이하다 보니 미리 준비를 할 수 있는 지식을 가지게 되었고 그 도움에 어느 정도 경제를 얻을 수가 있었다.

지금의 시대에 직장에 다니고 있는 분들은 노후 준비가 더욱더 힘들 것이다. 지금이 시대에는 생활비가 높고, 물가비가 비싸고, 교육비가 많이 들어가는 시대에 살고 있기 때문에 노후 자금을 준비가 어렵다. 젊은 사람들과 같이 이야기를 하든가 살림을 사는 것을 보면 그렇게 경제적으로 살림을 사는 것은 아닌 것 같다. 그러다 보니 앞으로 살아가는데 더 많은 고통과 힘이 들어가는 삶 속으로 달리고 있는 것 같다는 생각을 들게 하고 있는 것 같다. 지금에 생활 거주가 주로 아파트에 살고 있다. 그 아파트 쓰레기장에 가서 보면 많은 쓰레기 중에 얼마 사용하지 않은 많은 물건들이 나와 있다. 특히 농촌에서 가져온 야채, 과일 등 다양하게 버려진 것을 보면 지금의 젊은 사람들은 나중을 생각하지 않고, 임시방편으로 그때그때에 쓸 수 있는 것에 만족하면서 살고 있는 것 같아서 무척이나 걱정이 된다. 그런 것에서 절약을 하고 그 절약을 저축으로 돌리는 살림살이가 필요할 것인데 그렇게 생각을 하지 않는 것 같다. 우리 집에는 마누라가 주어온 물건들이 굉장히 많고, 그런 물건, 옷 등을 잘 활용하고 있다. 그 덕분에 생활비를 절감하고 있다. 주위에 돌아보면 너무 소비에 대해서 많은 반성이 필요하지 않을까 하는 생각을 한다. 노후준비를 하지 못한 아빠들은 불타는 통장 앞에서 정말로 호흡도 제대로 하지 못할 것이다. 그렇게 호흡을 하지 못하고, 매일 사모님의 눈치를 보면서 살아간다는 것이 힘들고, 나중에는 뜻하지 않은 곳으로 내몰리고 말 것이다. 내몰리는 삶을 해결하기 위해서는 지금의 아빠들은 나름에 준비와 금융에 대한 지식에 대해 좀 더 차원 있는 공부를 했어야만 될 것이다. 이렇게 변화하는 통장에 대해서 더 나은 삶을 찾아가는데 통장의 역할이 매우 중요하고 우리들의 생활에 활력소를 가져 다 줄 것을 깊이 있게 생각을 해야 할 것이다. 무언가 다르게 우리의 삶을 연결해주고 있는 통장에 대한 개념을 완전히 바꾸어 보는 삶을 선택하도록 평소에도 통장에 대해서 생각하는 아빠들이 되어야 할 것이다. 그것에 맞추어 가는 나을 발견하는 것이 나중에 귀한, 행복한 삶이 될 수 있게끔 이끌어 갈 것이다.

어떻게 보면 생활을 하는데 돈은 필수가 되어 버린 세상이다. 변한 세상에 대해서 입으로는 변했다고 늘 외치듯 하면서 생활 속에서는 그것이 실천이 되지 않고 그냥 머릿속 메서만 외치는 소리로만 남아있다. 그냥 살아가다 보면 무엇이듯 되겠지 하는 생각에 잠겨 있다. 다들 노후를 대비해서 경제적인 준비가 제일 우선이라고 바로 옆에서, 아니 뒤에서, 앞에서 야단들을 하고 있지만 그것은 그렇게 외치는 분들의 일이다. 나에게는 아무런 의미도 없고, 그냥 살다 보면 살게 되는 것인데, 다들 왜 저렇게 야단법석을 할까? 하고 되레 의문을 제기하는 사람들을 주위에서 많이들 만나고 한다. 가슴 아픈 일은 앞에서 조금 전에 했든 말은 그래도 조금은 이해가 된다. 살다 보면 살아진다고 하는 말, 이보다도 더 달리 외치는 사람들이 있을까? 아직도 19세기 이후에 살아 왔든 사람처럼 말을 하고 있다. 자식들이 알아서 할 것인데 그렇게 경제에 돈에 신경을 쓸 필요가 있을까 하고 말을 하고 있다. 정말로 가슴 아픈 일이다. 세월이 21세기를 달리고 있는데 아직도 자식이 알아서 보호해주고 효도하는 시대에 사는 것으로 착각하는 분들도 있다는 것이 남의 일이지만 조금은 무언가를 가슴속에 웅렬 거리게 하고 있음을 느낄 수가 있다. 남의 일이라 그냥 참고 지나간다. 지금은 인공지능이 비서를 하고 인공지능이 주인의 얼굴 표정을 읽고서 주인의 마음을 달래주는 시대에 살고 있는데, 그런 것을 느끼지 못한 체 살아가고 있는 사람들이 많다. 자신의 불쌍하고 서글픈 상태로 살아가고 있다는 것을 모르는 사람이 많다는 것이 조금은 우울하게 만들고 있다. 제대로 나를 지금의 상황을 잘 읽고서 불타는 통장에 보탬이 되는 무언가를 할 수 있는 측면으로 이끌어 가는 것이 올바른 길임을 생각을 한다. 집안에서 사모님이 살림을 사는 것을 볼 때 힘들게 좀 더 아껴가면서 생활을 하는 것을 볼 수가 있다. 생활이 지금 조금은 어렵지만 아끼고 한 푼이라도 저축을 하고 하는 정신이 있었기에 작은 월급에도 지금까지 더 많은 고통 속에도 잘 참으면서 살아주어서 너무나 고맙다. 어렵게 살면서 모으고 저축하는 정신이 지금의 우리 가정을 있게 했고, 가족을 남들처럼 그렇게 천국의 삶은 아니지만 별 탈 없이 보통의 삶을 살아온 것 같다. 모아지는 월급통장이 갑자기 남편 퇴임에 걸려서 내달부터 돈이 통장으로 들어오지 않는다면 마음속에 불화 통이 일어나지 않는 부인은 없을 것이다. 저의 부인도 얼굴에 근심이 보이고 말하는 음성이 달라지는 것을 옆에서 느낄 수가 있었다. 이것이 불화 통이 되는 월급통장인 것 같다. 직장 다닐 때는 전혀 몰랐고, 생각조차도 못했다. 이것이 내가 얼마나 부족하고 나이만 먹어 앞으로 삶에 대해 조금도 생각하지 않은 병폐가 나타나는 것임을 알게 된다. 알게 되니 상황은 바뀌고 사랑하는 아내의 마음은 아프고 짜증을 내게 만드는 자신도 싫어지기도 하다. 그 미운 실태를 어떻게 하면 방어하고 옛날로는 돌아가지 못 하드래도, 조금은 마누라 얼굴에 미소를 짓는 생활이 이끌어 가는 것이 우리들 퇴임 아빠의 몫이다. 이것을 진작 알았다면 하는 아쉬움이 오늘도 몰려오고 있다. 뒤에서 좋은 방안을 제시하면 마누라의 마음에 행복의 꽃을 피울 수 있도록 할 것이다.

1-2

아빠는 두 개의 폰을 가슴에 지니고 있다.

폰이 나에게 두 개가 될 것이라고는 생각을 전혀 못했을 것이다. 폰의 시대에 그냥 전화하는 폰으로만 지금은 사용하고 있지 않는 시대로 변했다. 지인들이 말을 하고 있다. 사람은 참말로 조금은 부족하구나 하는 말을 어느 정도는 이해가 된다. 저도 나에게 폰은 전화만 하는 것으로 생각을 하는데, 그것이 아님을 지금의 이 시대에 많은 사람들은 다 알고 있는 사실이다. 그 폰 속에는 상상도 할 수 없는 일이 일어난다. 폰만 손에 들게 되면 모든 것이 이루어지는 시대에 살고 있다. 폰의 벨이 울리면 무언가 나에게 좋은 소식이 올 것으로 믿고 폰을 받는데 모든 정성을 다 들이는 것이 지금의 현실이다. 특히 퇴임에서 제2의 인생을 시작하는 사람들에게는 더욱더 좋게만 생각되는 폰이고 또 폰의 소리를 눈이 빠지도록 기다리고 있다. 폰에 대한 애정은 더 이상 어떤 말로는 표현할 수가 없다. 외로움에 있는 분들에게는 폰 울림이 좋은 음악 소리 이상의 그 무엇을 주는 것으로 생각을 하고 있다. 더 많은 관심이 폰을 향해 지금도 달려가고 있다. 그렇게 귀중하게 여기고 어쩌며 마누라 이상의 나의 친구며 반려자로 생각하게 된다. 생각하고 좋아하는 폰이 어느 날 나도 생각지도 못한 일들이 내 옆에서 일어난다. 이런 생각을 퇴임 전에 생각이 나 했을까? 생각을 했더라면 조금은 다르게 폰을 생각할 것인데. 그것을 모르고 퇴임 후반기 생활을 시작하니 조금은 이상하게 생각된다. 그런 상황이 아래처럼 일어나고 있다. 그러니 지인들이 인생살이 한치 앞을 모르고 사는 것이 우리들 인생살이라고 하는데 그런 일이 우리 퇴임한 아빠 앞에 떨어졌다. 퇴임이 되고 나면 기존에 같이 근무하는 동료들과는 거의 연락이 두절이 된다. 평소에 직장생활을 할 때 폰 울림소리가 시도 때도 없이 울렸다. 때로는 그렇게 울려지는 폰의 벨 소리가 짜증을 유발하기도 하고, 울리는 폰의 벨 소리 못지않게 나도 엄청나게 많은 분들에게 폰을 연결하는 것이 일상의 일처럼 폰을 사용한 것 같다. 퇴임식을 끝내고 바로 다음날부터 폰의 벨 소리에 공황장애가 일어난다. 이상하리만큼 폰의 벨이 나를 이상하게 몰아가는 그런 감정을 자아내 개 한다. 지금 내가 다른 나라에 사는 것은 아닌지, 그렇지 않으면 어느 외딴섬에 나도 모르게 도망 나온 사람처럼 폰의 벨과는 완전히 단절이 된 것 같다. 아침에 일어나면 회사에 출근을 하지 않은 일에서부터 조금은 이상하리만큼 나를 우울하게 만들어가는 시점에 이제까지 그렇게 많이 울려오든 폰의 벨이 나를 저버리고, 나를 완전히 배제하는 것 같은 감정을 자아내고 있었다. 나의 현재 주소지가 어제와는 완전히 다른 주소에 거주하는 사람으로 몰아가고 있다. 다시 말해서 완전히 딴 세상으로 옮겨온 사람으로 생각이 된다.

내가 먼저 지금까지 관계있는 사람에게 전화를 걸고 싶어도 나도 모르게 이상한 마음이 역습해오는 것을 느낀다. 혹시 내가 무언가 부족해서 구걸하는 마음으로 전화를 걸어보려고 하는 것은 아닌지. 술 한 잔이라도 얻어먹기 위해서 전화를 걸려고 하는 것은 않는지 하는 여럿 갈래의 갈등이 마음속에서 일어난다. 그러기 때문에 직접 전화하는 것에 망설임과 거부 반응이 마음속에서 일어나게 된다. 그러다 보니 친하고, 가까운 친구에게도 전화를 걸을 수 있는 자존감을 잃어버린 사람으로 변하게 된다. 자꾸만 자신감 결여로 인하여 자신도 모르게 자신이 작아지는 사람이 되고 있음을 느낀다. 이런 것은 직접경험하지 않은 사람은 이 마음의 상태를 짐작하지 못할 것이다. 조금 있으면 많은 사람들이 이렇게 저 같은 상황을 낳을 수 있는 많은 분들이 퇴임을 하게 될 것이다. 이런 상황이 매일매일 일어나고 있는데, 우리네 사회에서도 이런 퇴직자들 싶정을 조금은 알 고 있을까? 무척이나 궁금함을 외치고 싶다. 여기까지는 그래도 어느 정도 참을 수가 있을 것이다. 지금부터는 폰의 벨이 다른 각도로 울리기 시작을 한다. 저는 그렇게 생각을 한다. 우리네 아빠들은 두 개의 폰을 가지고 있다고 한다. 하나의 폰은 우리가 사용하는 기계적 폰이고, 다른 하나는 마누라의 잔소리 폰이다. 직장 생활을 할 때는 사모님들이 어떤 마음인지는 몰라도 여러 방향으로 남편이 문제가 있고, 마음에 들지는 않지만 돈을 벌어오는 남편으로서 많은 아량으로 참아주고, 이해해준 것으로 생각이 된다. 아침이 되면서 사모님 잔소리의 폰 벨이 무작정으로 울리다. 즉 다시 말해서 사모님의 잔소리 목청이 올라간다. 직장 생활을 할 때는 우선 직장으로 향하는 것이 우선이므로 남편의 결함이나 부족함이 별로 사모님의 신경을 과부하로 상승시키는 요인이 되지 않았지만 노는 날부터 사모님의 마음은 편하지가 않는 것 같다. 벌써 이달부터 월급통장에 몇 백만 원 돈이 들어오든 돈도 들어오지 않기 때문에 그것에서 짜증이 일어나고 있는데, 또 눈앞에서 남편이 행하는 행위들이 한 개도 마음에 흡족하지 않는다. 사모님의 눈앞에서 일어나는 남편의 행위는 다 마음에 흡족하지가 않는다. 그러다 보니 남편의 행동 하나하나에 제동을 걸고, 잔소리가 많아지고, 그 잔소리 높이가 기계적 폰의 벨 소리보다 크고, 한 시간에도 몇 수십 번 울려온다. 그러니 안 그래도 작아지고 있는 아빠의 심장이 더욱더 작아지고 숨 고르기조차 힘든 상황으로 연결되어 간다. 이렇게 울려주는 마누라 폰이 남편을 약하게 만들고, 우울하게 만들어가는 잔소리 폰이 왕성하게 쉼 없이 울려 되고 있다. 지금도 마누라 폰은 울리고 있고, 자극 심을 감당할 수 없을 정도로 남편에게 향하는 사모님의 잔소리의 폰 소리! 조금은 조정이 되지 않을까? 특히 지금도 현장에서 근무를 열심히 하고 있는 아빠들은 퇴임 후에 자신에게 폰이 두 개가 된다는 것을 알고나 있을까? 내가 몰랐던 것처럼 지금의 현장에서 열심히 일을 하는 아빠들은 모르 것이다. 그러니 이런 것에 대해서 서로 간에 대화를 나눌 수 있는 그 무엇이 있어야 되지 않을까?

물은 건너봐야 알고 사람은 관계를 가져봐야만 안다고 어른들은 말을 하고 한다. 그 말이 딱 맞는 것 같다. 퇴임하면 그래도 지금까지 돈을 번다고 높은 사람 눈치 보고 아랫사람에게 없는 정 있는 정으로 호감을 받아 가면서 돈을 벌어오는데 많은 신경을 쓴 것 같다. 퇴임을 하면 조금은 휴식도 하고 나를 다시 돌아다보고 앞으로의 나의 삶에 대해서 생각도 하는 시간을 가져야 하는 것으로 생각을 했었다. 그것이 되지 않는 것이 지금의 현실인 것 같다. 빨리빨리 문화가 가정 속으로도 침범을 해서 특히 사모님은 그냥 여유가 없고 뭐이든지 빨리빨리 행동을 취해야만 그 잔소리 폰이 조용해질 것 같다는 생각이 든다. 그렇지 않으면 폰의 잔소리가 집안을 완전히 점령하는 소리로 터져 나올 것 같다. 노는 것이 죄인이라 어찌할 수가 없고 그냥 시키면 시키는 대로 행동을 옮기는 것이 퇴임한 아빠 삶의 실태며, 삶이 이렇게 이루어진다. 생각하기 나름이지만 저는 사모님의 목청, 잔소리가 제2의 폰으로 정했다. 그냥 잔소리라고 말을 하면 듣는 사모님의 목청이 하늘 높은 줄을 모르고 더올라갈 것 같아서 그렇게 명칭을 붙여다. 이름을 이렇게 붙인 것은 조금은 촌스럽게 잔소리라고 표현하는 것 보다는 조금은 색다른 의미를 주기 위해서 폰이라고 명명을 한 것이다. 사람이 변해도 너무 많이 변하면 죽을 시점이 가까이 왔다고 어른들은 말씀을 하는데 사모님의 잔소리가 너무 한 것 같다. 그 잔소리를 이길 수 있는 방법은 마누라가 보이지 않는 곳, 즉 눈에 뛰지 않는 곳으로 피신하는 것이 제일의 상책이다. 보이지 않는 곳도 그렇게 쉬운 일은 아닌 것 같다. 아빠는 집안에서 더 이상의 밖으로 나가는 것도 엄청나게 힘들고 어려운 일이다. 진정으로 나에게 위안을 주고 나를 늘 생각하든 스마트폰은 울리지도 않고 아무런 대응이 일어나지 않는다. 뒤로 돌아보면 사람들이 너무 하고 있구나, 집에서 노는 백수가 되니 혹시나 자기들한테 무언가를 요구하고 피해를 줄 것이라고 생각을 해서 그런지 전혀 울려오지를 않는 폰이다. 때로는 폰을 가지고 있는 것이 폰 자체에 대해서 미안한 감이 들 정도도. 사람이 이렇게 살아서 되지 않는 일인데 그것이 그렇게 쉽지가 않다는 것이 퇴임 후에 겪게 되는 상황이고, 겪게 되는 어려움이란 것을 알게 된다.

일본에서는 퇴임 이혼이 줄을 잇고 있다고 한다. 이유는 잘은 모르지만 이렇게 살다가 이혼을 하게 되면 혼자 살아가는 것이 더욱 힘들 것인데, 조금은 이해가 되지 않는다. 잘은 모르지만 노인네들이 자살을 많이 한다고 들은 것 같다. 늙은 것도 서럽고 힘든 것인데 이렇게 이혼을 하고 자살을 하는 노인네들, 특히 할아버지들이 많다고 하니 저도 남자로서 많은 걱정이 된다. 때로는 사모님 잔소리 폰이 울러 퍼지면 순간적으로 혼자 사는 것이 좋은 것 아닐까 하는 생각도 하게 된다.

살아간다는 것, 늙으면서 살아간다는 것이 이렇게 힘들게 살아야 하나 하는 것을 생각하면 조금은 마음이 흔들리는 것을 느낄 수가 있다. 지금의 시대에 더 하는 것 같다. 산업구조로 생활 패턴이 바뀌어진 우리에게는 홀로 사는 사람들이 많고 독거노인들도 많고, 앞으로 노인이 되어서 살아간다는 것이 그렇게 간단하지 않음을 퇴임을 하고 나니 실감을 느끼게 한다. 사회가 많은 변화를 했다. 그렇다고 해서 이렇게 남자들이 나이가 들어가면서 힘들게 사는 시대로 변화한다는 것은 있을 수 없는 일인 것 같다. 뒤에 따라오는 남자들에게 앞으로 나이가 들어서 재미있게 살기 위해서는 부부간에 무엇인 좋은 것인지에 대해서 공부를 하는 것이 좋을 것 같다. 그런 것에 전문적으로 교육을 해주는 곳도 없다. 지금 교육을 담당하는 중년들은 자기도 퇴임을 한 적이 없으니 구체적으로 퇴임 후에 맞이하는 남자들 노인에 대해서 제대로 알 수가 없다. 퇴임 후에 교육이 정말로 어렵다는 생각이 든다. 폰의 소리에 어는 정도 민감하게 반응하지 않기 위해서는 직장 다닐 때보다는 더 많은 노력이 필요로 하고 더 많은 긴장감이 있어야 할 것 같다. 어느 지인은 여성분들한테 이기기 위해서는 하루에 10시간 정도 공부를 해야 한다고 하는 말을 들은 것 같다. 여성들은 남성들보다도 뇌의 활동이 더 활발하게 작동이 되기 때문이라고 했었다. 남자들은 내가 남자다, 내가 돈을 지금까지 많이 벌어주었다는 개념을 가지고 있어서는 되지 않을 것 같다. 무언가 새롭게 적응하고 새롭게 활동을 할 수 있는 자신을 만들지 않으면 머리 획획 돌아가는 사모님한테는 상대가 될 수 없는 퇴임의 아빠가 되는 것은 시간문제가 아닐까? 우리사모님은 신경이 조금은 애민 한 것 같다. 아빠와는 많은 차별이 있는 것 같다. 아빠가 조금이라도 동작이 늘이거나 완만한 행위를 하게 되면 아내의 폰 음성이 높아지고 아빠는 또 어찔할 바를 몰라서 그냥 멍하니 사모님의 폰 측으로만 얼굴을 돌려놓고 그냥 서 있기만 하는 자세가 정말로 이해하기가 어렵다. 특히 어떨 때는 사모님 폰 소리가 낮으면 무슨 소리를 하는 것인지를 몰라서 더욱더 당황하고 주체할 수 없는 자세로 서 있는 것을 볼 때 정말로 힘들게 살고 있구나 하는 것을 옆에서 많이 느끼게 된다. 세상이 너무나 빨리 변화를 하고 많은 정보 속에 살고 있지만 이런 환경에 적응을 잘 할 수 있는 어떤 특별한 해결책의 답안은 없는 것 같다. 사모님의 폰 소리에 제대로 적응을 하고 적절하게 행위를 할 수만 있다면 그렇게 큰 문제는 되지는 않을 것으로 생각된다. 아빠는 때로는 현장에 근무할 때 이렇게 사모님보다도 더 빡빡하고 무지한 상사 밑에서도 근무를 잘 했었다고 들었는데 지금은 아닌 것 같다. 어떻게 보면 지금 사모님 폰 소리는 현장에서 근무하는 것에 비교를 하면 아무것도 아닌 것 같다. 아마도 아빠가 자기 자신을 이상스럽게 끌고 가고 있는 것인가 궁금해진다. 생각을 하고 보니 그때는 머리가 잘 돌아가고 자신감이 넘치는 시절이라 두렵고 무서운 것이 없든 시절이었고, 지금은 나이가 들어서 노후화의 길로 들어섰기에 다시 말해서 생활하는 환경이 바뀐 탓이 아닐까 하는 생각을 하게 한다. 마음을 놓지 말고 마음을 조금은 긴장상태에서 나를 몰고 가는 것이 이 생활에 도움이 되지 않을까? 여하튼 이겨야 하는 것은 자신을 제대로 이끌어 가는 방법, 엄마의 폰 소리에 이기는 방법은 뒤에서 언급을 하겠지만, 우선은 이 엄마의 폰 소리가 지금까지 생각지도 못했든 일이 순간순간 울려오고 있으니 당황 하는 것으로 보인다. 깜짝 놀라게 하고 힘들게 하는 이 마누라 폰 소리에 조금씩 자주 듣게 되면 어느 정도 적응을 할 수 있게 되지 않을까? 우선의 최선의 방법은 지금까지 듣지도 생각지도 못한 소리이기에 적응하는 태도로 접근하는 것이 좋지 않을까? 마누라의 폰 소리는 어느 정도 적응을 하는 세월을 보내게 되면 내 귀에서도 면역력이 생겨서 쉽게 받아들이고 쉽게 소화시키는 아빠로 변화를 한다면 그렇게 어려운 것도 아닐 텐데, 처음으로 받아보는 목소리라서 놀라고 당황하고 해서 그렇지 조금만 시간이 지나고 세월이 가면 다른 방향으로 들려올 것이다. 그것이 부부이니까? 남도 사귀어서 살아가는 세상인데 마누라가 조금 변했다고 해서 너무 겁먹지 말고 너무 부정적으로 받아들이지 않는다면 좋은 결과의 성과물이 있을 것으로 생각된다. 남자다운 면모를 보여주는 자신감을 가져보는 것도 좋은 것이 아닐까? 기계 소리는 내가 마음대로 조정을 할 수가 있다. 마누라 폰 소리는 기계 소리가 아니고 사람의 소리이기 때문에 내가 마음대로 조절할 수가 없다. 조절할 수가 없으니 더 많은 고뇌와 고통을 수반하게 된다. 인공지능의 시대로 달려가고 있는 이 시대에 기계 소리만 조정할 수 있는 것이 아니고 사람의 소리, 즉 사모님의 폰 소리를 조정할 수 있는 공부를 하는 것이 제일 좋을 것 같다. 마누라에 대해서 공부를 한다고 하니 조금은 이상하게 생각할 줄 모르겠는데, 그것이 오늘날 우리 아빠들에게 함정이다. 마누라는 변하지 않고 마냥 아빠의 호령에 그냥 따라갈 것이라는 착각이 문제인 것이다. 그 착각을 빨리 깨고 밖으로 나와야만 인간의 폰을 조정을 할 수 있고, 행복한 삶을 살아가는 주체가 될 수 있을 것이다. 그 주체를 찾아가기 위해서 이 책을 끝까지 잘 읽어야만 해답을 얻고, 행동의 지혜도 찾아갈 수 있을 것임을 확신한다.

방안에 TV 파수꾼

직장생활을 할 때는 잠에서 깨어나면 우선 직장에 나가기 위해서 오늘의 준비를 하고 오늘에 직장에서 할 일에 대해서 미리 나름의 고민도 하고 세수를 하고, 식사를 하고 직장으로 차를 몰고 나가는 것이 직장생활에 있어서 아침에 했야 할 일들이다. 집에 놀고부터는 제일 먼저 행해지는 행동은 TV 리모컨을 잡는 것이 제일 먼저 하는 일이다. TV 보기 위해서는 내가 이 세상에서 제일 편한 자세를 취할 수 있는 자리를 만들게 된다. 자기가 자고 일어난 자리에서 자리를 정리하는 것이 아니고 내가 TV 볼 수 있는 자리 만들기가 우선이다. 다음은 이 세상에서 제일 편안한 자리를 차지하고 TV 하고 노는 것이다. 이것이 퇴임 후에 내가 취할 수 있는 최고의 행동임을 알고서 그렇게 행동을 한다. 이것이 최고의 행동임을 사모님이 인정하는지에 대해서는 한 번쯤은 생각도 하지 않는다. 우리의 남자들은 나이가 먹어도 어린애라는 말이 그렇게 해서 나온 것이 아닐까? 어찌 자기 생각만 하고 지금의 자기의 위치도 생각지도 못한 체 나름의 자만심에 빠져서 무엇을 했어야만 할 것인지도 알지도 못한 체 오직 TV에만 맹종하게 된다. 우리 남자들은 너무 순진한 것인지 아니면 세상에 대해서 전혀 알지 못하는 바보인 줄은 모르지만 실제 행동하는 것을 볼 때는 어린이처럼 행동을 하고 있음을 엿볼 수가 있다. 위와 같은 행동을 하고 있을 때 사모님께서는 아무 말도 없이 가만히 보고 있을까? 정말로 이런 상황을 보면 사모님은 말이 나오지 않을 정도로 숨이 막힐 것이다. 우선은 사모님이 낮은 목소리로 "당신 지금 무얼 하고 있어요?" 하고 물어볼 것이다. 남편의 대답은 "오늘부터 TV 하고 재미있게 놀까 하는데!" 그러자 마누라 왈!, "당신은 이 상황을 몰라도 한참 모르고 있네!" "빨리 당신이 지금까지 자고 일어난 것들 정리를 깨끗이 하세요," 하고 말을 할 것이다. 그것을 잘 알아듣고, 네 정리하겠다는 대답을 하면 그래도 아침밥은 얻어먹는데 큰 어려움이 없을 것인데, 그것이 아니고 "무슨 소리야 지금까지 당신이 정리하고 치워 왔자 쇼!" 하는 대답을 하게 되면 그날의 아침밥은 못 얻어먹는 날이 될 것이다. 조금은 이상하게 말을 했는지 모르겠지만 우리는 이런 상황을 깊이 있게 생각하고, 어제와 오늘은 다름을 인식하는 지혜가 있어야만 한다. 어제는 밖에서 활동하든 이 집의 가장이었지만 오늘부터는 그 가장이 아님을 인식하는 지혜가 필요한 것을 모르고 순진한 남성들은 언제나 어제가 오늘이고 오늘이 내일이라는 순진한 생각에 사는 것이 우리들의 진실

된 문제점으로 발전되어 나아갈 것이다. 오직 내 생각으로만 생활하는 자세로 오늘도 TV를 지키는 파수꾼으로 전락하여 생활을 한다. 무엇이 좋고 무엇이 나쁜지도 구분도 없이 그냥 TV만 보면 모든 것이 해결되고 생활의 시간이 흘러가는 것으로 생각하는 자세로 살아간다. 매일매일 우리들 아빠들에게 달려오는 것이 오직 TV에 파묻혀서 사는 것이다. 내가 정말로 어는 방향으로 가는 것인지를 한 번도 생각함이 없이 마냥 TV 앞에 나의 눈과 생각과 마음을 바치는 일에 전념을 한다. 잘은 모르지만 주위 지인들이 말들을 하고 있다. 지금 우리 주위에 펴지고 있는 전파가 엄청나게 사람을 바보로 만들고, 그 전파로 인하여 엄청난 질병을 발생할 가능성이 높다고 한다. 전자파를 제일 많이 발산하는 기기가 스마트폰, 그다음이 컴퓨터, 그다음이 TV라고 말을 한다. TV 앞에 자주 보게 되면 즉 2시간 이상 계속해서 보면 생명을 단축시킨다는 말들도 돌아다니고 있는데, 이 시대에 TV 파수꾼 다시 생각하는 우리들 아빠가 되었으면 좋겠다. 그 다음으로 TV가 우리에게 절망감을 가져 다 주는 것이 우리를 바보로 만들고 있다는 사실이다. 다시 말해서 TV는 바보상자. 아무 생각 없이 그냥 쳐다 만 보고 있으니 바보가 될 수밖에 없는 사실을 우리는 잘 알고 있다. 그 TV 앞에만 앉으면 세월 가는 줄 모르고 TV 파수꾼이 되고 마는 우리들 아빠! 서두에도 잠깐 언급을 했습니다만 또 문제가 되는 것은 자세다. 처음에는 정확한 자세로 TV를 보다가 그다음에는 자신도 모르게 자세가 이상하게 변한다. 옆으로 눕거나, 그렇지 않으면 다른 나쁜 자세로 몰입해서 보는 것이다. 그렇게 보다가 잠이 오면 졸고, 어떤 때는 TV는 저 혼자서 그냥 보아주는 사람이 없어도 그냥 혼자 놀고, 보는 아빠는 잠 속에 헤매는 자세가 계속된다. 이런 광경을 보는 사모님의 눈에는 곱게 보이고, 예쁘게 볼 일이 아니다. 그렇게 되면 또 사모님의 폰 소리가 올라가고 바보 취급받고, 이제까지 지탱해온 가장의 자리, 가장의 권익이 다 땅으로 떨어지는 신세가 된다. 거칠게 올라가고 열심히 토하는 사모님의 잔소리가 아빠의 마음을 흔들어 놓는다. 그 흔들림으로 인한 인생에 얻을 것도 없는 삶으로 변하고 마는 우리들 아빠의 서글픈 모습이 지속적으로 유지되고 만다. 매일 이렇게 방안에 있는 TV를 지키는 파수꾼이 되는 길 외에는 다른 길이 없는 사람으로 전락하고 만다. 문제는 지금 그렇게 내가 하고 있는 TV 파수꾼의 행동을 당연시 여긴다는 사실이 더욱더 우리 아빠들을 죽음의 계곡으로 이끌어 가고 있다는 사실이 마음 아프다. 한편으로는 서글픈 생각으로 몰아가는 것이다. 정말로 마음이 아프고 슬프다.

　　퇴임 후에 나를 어떻게 이끌어가고 나의 생활이 무엇이 우선되어야 할 것인지에 대해 생각하고 많은 고민을 해서 퇴임을 해야 할 것인데 그런 것 없는 상태로 그냥 퇴임만 하고 보니, 이런 모습의 주체 밖에 될 수가 없다. 나를 한쪽 구석으로 내몰게 하는 이 TV 파수꾼이 무언지를 냉정하게 생각하지를 않는다. 이 TV 앞에만 앉으면 내가 누군지, 지금 무엇을 하고 있는지에 대해 조금도 생각지 않는다. 그냥 앉아서 TV

가 몰아가고 있는 데로 살아간다. 정말로 나의 갈 길을 생각하는 자세, 그 자세에 대해서 좀 더 냉정하게 자신을 돌아다보는 행동을 취해야 한다. TV를 보는데 그냥 TV만 보는 것이 아닌 것이다. 이렇게 부담 없이 TV를 신청하는 데는 TV가 원활하게 작동을 할 수 있도록 전기 에너지 공급을 해주어야 한다. 사모님이 생각할 때 의미 없는 일에 그냥 전기 비만 들어간다고 옆에서 야단을 친다. 아빠는 지금까지 돈을 벌어왔는데 그놈의 TV 보는 전기 요금이 얼마나 들어간다고 저렇게 야단을 할까? 하는 의구심을 가질 것이다. 집안 살림에 이제는 경제에 대해서도 옛날보다 더 많은 신경을 써야 할 때다. 그놈의 전기 요금 하지만 사모님의 머리에는 복잡하고 무언가 모르겠지만 옛날과는 다른 것을 느껴지는 상황이 일어나고 있다. 남편이라는 사람은 오직 자기 보는 즐거움에 한 발자국의 앞도 못 본다고 생각하니 사모님의 폰 음성은 하늘 높이 올라간다. 그렇게 큰 음성이 하늘 높이 올라가도 아빠는 그냥 TV만 쳐다보고 있다. 지금은 다들 아시겠지만 TV 채널이 너무 많아서 다양하게 볼 수 있는 환경이 이루어져 있다. 특히 지금은 스포츠를 하루 종일 방송해주는 방송이 있기에 아빠들은 그 운동경기에 한 번 몰입하면 그 경기가 끝날 때까지 몰입 상태에서 TV 주위를 떠날 수가 없다. 그렇게 운영하고 있으니 아빠들이 TV에 빠져들지 않을 수가 없다. 그 TV에 몰입해서 보다 보면 세월이 가고 있는지 오고 있는지에 대해 개념이 사라진 생활로 살게 된다. 그냥 그 주위에서 맴 돌게 된다. 사모님은 자고 일어난 방이라도 청소도 하고 정리도 하고 해야 하는데 저렇게 시도 때도 없이 그놈의 TV 앞에서만 살고 있으니 사모님의 일과에도 엄청나게 지장을 주고 있다. 조금 깔끔한 사모님은 청소도 하지 않고 그냥 식사를 할 수가 없으니 아빠 보고 빨리 나가서 세수도 하라고 야단을 치지 마 아빠는 더 이상의 물러 날수 없다는 자세로 그냥 버티는 상태다. 우리가 옛날에는 별것 아닌 것처럼 보아왔든 상황들이 부부간에 큰 갈등이나 싸움으로 변하게 된다. 그렇게 되다 보면 하지 말아야 할 말도 나오고 뜻하지 않게 생각지도 않은 행위도 나오게 된다. 정말로 이 퇴임이 주는 명예로운 일이 이렇게까지 어떤 진화를 할 것이라고 생각하는 사람은 아빠도 엄마도 예측을 하자 못한 체 퇴임을 받아들이게 된다.

　　TV 보시면 아시겠지만 묘하게 사람의 감정을 끌어당기는 이벤트들이 많다. 그 많은 이벤트를 그냥 가만히 지날 갈 수가 없다. 회사에 다닐 때는 어떤 때는 무심코 넘어가기도 하고 일에 쫓기다 보니 그런 이벤트 화면이 달갑게, 마음을 꽉 잡필 정도로 눈에 들어오는 것이 없었다. 그때는 회사에 가면 이슈가 되는 사건들을 대화로 나누다 보면 생각에 집에 가서 한 번 봐야지 하는 정도의 생각으로 흘러버리기도 하고 어쩌다 마주치면 보기도 하고 했는데 퇴임 후에는 다른 일과가 없고 다른 곳에 쫓기는 일이 없다. 그렇다보니 눈에 들어오는 TV 화면은 다 재미있고 신기하기만 느껴진다. 그런 TV를 떨어져 살 수가 없다. 이것이 아빠를 죽이는 일이고 엄마는 신경질만 늘어나고 흔히들 말을 하는 스트레스만 늘어난다. 어떤 분들은 그렇게도 말을 한다고 한다. 요새 정말로 좋은 세상이란 살기가 좋은 시대라고 말들을 한다. 그것은 TV 가 많은 정보 많은 구경거리 등을 보여주니 TV 앞에 앉으면 세월이 가 는지를 모르니 얼마나 재밌는 세상인가 하는 말을 자주 들을 수가 있 다. 그렇게 말하는 분들도 쉽게 TV만을 볼 수 있는 시대가 아닌 것이 다. 우리는 그런 것을 제대로 파악을 하지 못하고 내 주위에서 무엇이 벌어지고 일어나는 지도 모른 체 그냥 TV 파수꾼만 하려 하니 이것이 문제이다. 이 문제를 문제로 받아들이지 못하고 사모님의 잔소리가 올 라가도 그냥 들은척하지도 않고 앉아서 지속으로 행하는 행위가 앞으 로 정말로 힘들게 만들어 갈 것이다. 이런 분위기로 인하여 TV 주위에 는 늘 싸늘한 냉기가 감돌고 자식들이 TV 근처에서 관람을 할 수 있는 기회가 자꾸만 줄어들고 그렇게 되다 보니 가족의 분위기는 그냥 냉기 가 흐르는 분위가 될 수밖에 없다. 아빠한테 말을 걸어도 제대로의 말 이 되지를 않고, 엄마한테 말을 걸어도 대화가 되지 않은 분위기 때문 에 가만히 생각해보면 집에 들어오는 것조차도 싫어지는 상황으로 벌 어진다. 그렇지 어른들은 자식들에 대해 조금한 배려도 해주지를 않으 니 이것을 어떻게 가족이라고 말을 할 수가 있고 아닌 가족이라 말조차 도 싫어진다. 가정 내 화목은 저 멀리 달아나버린 것이다. 아빠가 TV 파수꾼이 되는 현실에서는 별다른 뾰쪽한 방법도 없고 해결책도 없는 것 같이 생각된다. 역시 가장이 이런 행동으로 변화시키고 나며는 전혀 이것은 집이 아니고 얼음으로 뒤덮인 북극이나 남극처럼 생각이 된다.

옛날은 TV 없이도 살았는데 지금은 이 TV가 사람의 속을 뒤 짚어 놓고 완전히 한 가정의 환경이 이렇게 변화를 가져올 것이라는 것은 아무도 몰랐을 것이다. 그런 것을 제대로 알았다면 미리 다른 방법도 찾고 다른 방안으로 구성을 해서 퇴임을 했다면 얼마나 좋았을까 하는 생각을 들게 한다. 만약에 TV가 말을 한다고 하면 이런 광경을 보고 무엇이라고 할까? 생각하다가 별것 다 생각을 하게 된다. 이렇게 사람들이 자기가 행하는 일을 하지 않으면 고집도 세어지고 다른 사람들의 말이 귀에 담기지를 않는 것인가. 담기지를 않으니 옆에서 무어라고 말을 해도 그냥 묵묵부답이고 오직 TV 보는 것으로 만족하는 자세로 나오니 큰일도 이런 큰일이 없을 것이다. 주위에서 다들 말은 한다. 나이가 들며 남는 것은 고집뿐이라고 말이다. 그 TV 자리를 떠나면 마치 저세상으로 가는 줄을 알고 저렇게 밀착 경비를 하고 있으니 아무리 큰 목소리의 폰을 가지고 있는 사모님도 더 이상 꼼짝을 못하는 형편으로 달려가게 된다. 그렇게 되면 사모님은 그래 당신하고 싶은 데로 하고, 나는 내 방식대로 할 것이 다는 막가는 어떤 규정이나 행동이 뒤따라 올 것 같은 분위기다. 이렇게 쌍방이 끝까지 해결점을 찾지 못하고 팽팽하게 밀고 당기면 손해 보는 것은 양측 즉 부부가 다 손해를 보는 일만 생기지 좋은 일이 생길 것 같지 않는다. 옆에서 보고 있으면 안타까운 심정이기도 하지만 불쌍하게 보기도 한다. 조금만 양보하고 서로가 소통을 해서 어떤 합의점만 찾는다면 아무런 문제도 없고 쉽게 행복하게 살 수 있을 것인데 이렇게 어려운 것인가 하는 질문도 생기기도 한다. 어느 책을 읽어보면 나이가 들면서 제일 중요한 것이 자제 절제 통제를 할 줄 알아야 노후에 잘 살아갈 수 있다는 글귀를 읽은 것 같다. 지금의 우리 가정에 이렇게 노인네 들이 자제도 절제도 통제도 못하고 있으니 아무것도 아닌 것에 큰 문제가 있는 것처럼 서로 줄다리기를 하고 있다. 이 줄이 언제 끊어질질 아무도 모르는 싸움이 일어나고 있다. 자제 절제 통제는 성인들, 즉 스님들이나 종교인들이나 가능한 것인가 하는 의문도 생긴다. 나이가 들면서 남들 보게 잘 살아가는 것을 자랑을 못 하드래도 그냥 살아가는 것을 보일 정도의 삶으로 살아가기 위해서는 해야 할 일이 있을 것 같다. 앞에서 언급한 것처럼 이러한 사례에 대한 좋은 책들을 읽어나야 할 것 같다는 생각을 하게 된다. 아마도 시중에 다양하게 노후 생활에 대비해서 나와 있을 것이라고 생각을 한다.

TV에 목을 매는 우리 아빠들 조금만 생각을 돌리고 왜 저렇게 사모님이 야단을 하고 있을까 하는 것에 마음을 돌리면 해결도 할 수 있을 것이다. 조금만 참아보고 나를 돌아보는 마음의 자세를 가져다 보면 해결이 될 것인데 하는 생각이 자꾸만 일어난다. 다들 말들은 하고 있지요. 지는 것인 이긴다고 하니 양보의 정신을 발휘하는 측으로 나를 이동시켜 보는 통 큰아빠가 되어보자. 자꾸만 작은 것에 마음의 통을 만들어 가는 일에 벗어나는 아빠가 되어 보자. 자기고집에 신경을 높이 세우고 하늘 위로 올라가려고 하니 그것에서 불꽃이 튕겨 올라가는 것이 아닌가 하는 생각이 든다. 이렇게 TV파수꾼이 아빠를 나쁘게 나약하게 한다는 것에 조금은 신경 쓰이게 한다. 옛날에 나는 이런 일을 아니했는데 하는 생각을 할 수 있게 나를 만들어 가는 TV 파수꾼 아빠!

이것이 나를 죽인다는 사실을 제대로만 알게 된다면 이런 행동을 지속적으로 하도록 지시해도 하지 않을 것이다. 일이 일어나는 것은 우리가 남의 말을 잘 듣지 않는다는 것이다. 소통 속에서도 청취가 제일이라고 하던데 이 좋은 이야기, 나를 죽이고 나를 환자로 만들어 간다는 지인들 말에 제대로 들어야 한다. 제대로 좋은 남의 말을 잘 듣고 실천하는 아빠들이 된다면 그렇게 이렇게 야단을 치지 않아도 되는데 하는 마음이 주위에서 보고 있는 가족들을 사로잡는다.

1-4

할일이 없고 내일이 없다.

퇴임을 한 아빠들에게 할일이 없다. 아침에 깨면 제일 큰 걱정이 오늘은 무엇을 하고 시간을 보낼까 하고 생각들을 하게 된다. 구체적으로 딱 불러지게 할 일들이 없다. 일어나면 멍하게 창문을 바라보거나 그렇지 않으면 죄 없는 담배를 입에 물게 된다. 그렇게 되면 사모님이 가만히 있지를 않고 또 아내의 폰 소리가 올라간다. 담배는 입에 물기 시작하는 순간부터 담배를 피우는 사람이나 담배를 피우지 않은 사람에게 다 해롭고, 백해 무익하다는 담배를 왜 피우고 야단이냐고 큰 소리로 남편을 몰아간다. 할일이 없다는 사실 정말로 이 시대에 중년 남편으로 살아가는 사람에게는 말할 수 없는 고통이며 삶의 의욕까지도 빼앗기는 것이다. 그렇다고 무조건 새벽부터 밖으로 외출하기도 그렇고, 어제까지 아무런 준비하지도 않은 일이 있을 리가 마무하고 정말로 이것은 보통의 문제가 아님을 이런 환경에 다다른 사람만이 알게 되는 사실이다. 직장생활을 할 때도 보면 두 갈래로 갈라지는 사실을 볼 수가 있다. 몇 달 후면 퇴임을 하는데 무엇을 할까 하고 미리 고민하고 생각해서 자기의 일 즉 할일을 만들어서 퇴임하는 사람, 그렇지 않은 다른 분류의 사람들은 우선하는 말이 퇴임 후에 무엇이든 할 일이 있을 것이다. 하는 간단한 단답형으로 대답하는 사람으로 구별할 수가 있다. 퇴임을 하고 나면 바로 그날부터 그렇게 생생하게 잘 돌아가든 머리가 이상 하리 만큼 회전이 되지 않고, 어떤 압박감에 눌러서 생각이 떠오르지 않는다. 그다음에는 사모님의 높아지는 잔소리 메아리 때문에 더욱더 머리가 위축이 되어서 아무 생각이 나지 않는 그런 상태로 퇴임 당사자들을 몰고 간다. 우리가 늘 해온 소리가 있다. 즉 무엇이든 버스가 지나가기 전에 모든 준비를 하고 버스 타도록 했어야지 버스 출발하고 난 후에 어떻게 생각하고 고민을 해도 아무 소용이 없다는 말을 많이 들어왔다. 사람들은 그렇게 생각하는 분들이 조금은 드물게 느껴진다. 꼭 어떻게 보면 발등에 불이 떨어지고 나서야 어떤 행동으로 옮기려고 행동을 시도해보지만 의미도 없고 아무것도 할 수 없는 상황으로 몰고 간다는 것에 우리는 너무 모르고 살고 있다. 자기 자신을 잘 안다고 만날 큰 소리를 치고 살지만 만상 큰 어려움과 고난이 다가오면 그냥 헤매고 어찌할 바를 모르는 것이 우리들 정신 상태다. 정년퇴임 후의 아빠들은 더하면 더했지 그렇게 간단하게 넘어갈 일이 아닌 것 같다. 퇴임하고 그 이튿날 맞이하는 아침부터 우리는 흔들리고 지금 내가 무엇을 하고 있지 하면서 어찌할 바를 모르는 상황에서 마누라 잔소리로 벽을 싸는 일에 매진하게 된다.

어느 책에 이런 글귀가 있다. [남자는 여자보다 육체적으로 스트레스에 더 민감하게 반응한다. 남자는 신체적으로 갑작스러운 위험이나 시끄러운 소리를 접할 때 스트레스 반응과 혈압이 더 높게 나타난다. 또한 남자는 여자보다 더 오래 분노하고 긴장하며 복수를 했어야만 가라앉는다.] 고 한다. 이 글귀를 보드래도 모든 점에서 남자가 불리한 상태임을 말하고 있다. 할일이 없이 시작되는 많은 퇴임하는 분들에게 생각지도 못한 강한 스트레스와 혈압 상승으로 이제까지 한 번도 의식하지 못한 일들이 발생할 수가 있다. 회사 다닐 때 이런 좋은 책, 주위에 중년 이후 노후와 생활에 대한 책들이 많이 출간되어 있는 줄 알고 있을 것 이디. 이런 책이 있는 줄도 모르는 사람들이 너무나 많다는 것이 너무나 큰 문제다. 저희 집 서재는 남자가 살아가야 할 비법의 책들이 10권이 있다. 몇 번씩 읽어도 늘 불안한데 이런 좋은 책을 한 권도 읽지 않고 세미나에도 참석하지 않는 채 100세 인생을 산다는 것은 엄청난 큰 모험이라고 생각을 한다. 이런 좋은 교육을 받을 수 있는 데는 없는지 궁금하다. 그런 곳을 찾아서 공부를 해야 한다는 나름의 조급한 생각도 하지 못한 체 살아가는 것이 우리들 아빠들의 현실이 아닌가 생각된다. 이렇게 사모님의 잔소리로 외부의 압력이 침투하는 것도 문제지만, 아빠 내부에서 오늘 하루를 어떻게 보내야 시간을 잘 보낼 수 있을까 하는 고민의 소리가 올라온다. 아직은 힘도 있고, 무엇도 할 수 있는 에너지가 충분한데 오늘도 할일이 없이 어떻게 하루를 보낼 수 있을까 하는 고민이 일어나는 현실 앞에 어떻게 내일이 존재할 수가 있을까? 조금만 우리가 옆으로 눈을 돌려보면 이렇게 고민을 하고 할 일이 없으니 내일은 더욱더 없는 날이 되는 것이다. 생기가 있고 발동하는 일은 자신도 모르게 짜증만 나는 일로 변하게 된다. 그렇게 되는 상황에서 혹 사랑스러운 사모님의 속삭임도 하나의 잔소리로 메아리친다. 이런 상황이 일어나고 있는 것은 정신적인 갈등, 정신적인 분열, 그래도 어떤 해결책 없이 상황이 계속되면 우울증이 발생하게 될 것이다. 얼마 있지 않으면 많은 베이비붐 시대의 아빠들이 많이 퇴임을 해서 밖으로 몰려온다. 즉 퇴임 뒤에 무너져 나오는 아빠들로 길거리에 웅성거림이 요동치게 될 것이다. 할일이 없고, 내일이 없다는 것이 얼마나 큰 충격과 고통으로 우리 가슴속을 향하여 달려오고 있는가? 이것은 간단한 문제가 아닌 것 같다. 심각성을 알아도 별다른 대책이 없다, 저는 그 대책을 이 책 후편에서 제시할 것이다. 저가 그 어려움을 이기고 지금의 이 시점에 와 있기 때문이다. 육체는 멀쩡하고 건강한 육체를 가지고 있으면서 눈을 뜨면 오늘 할일이 없고 무엇을 할 것인지를 모르는 상태에 있을 때는 당황하게 된다. 우선은 늘 하든 일이 있을 때와 다르게 우리 모든 생활리듬이 깨어지고 그냥 함몰되어 간다고 생각을 할 때 얼마나 자신이 미워지고, 왜 나는 내일이 없을까? 하고 소리치면서 자기를 둘러봤을 때 그 느낌 정말로 말로 어떻게 표현이 되지 않을 것이다.

이런 일은 실제로 막상 접해 보지 않으면 모르는 것이 인간이다. 퇴임 전에 머리가 팽팽 잘 돌아갈 때 미리 이런 상황이 올 것을 알고 무언가를 찾아 다면 충분히 찾을 수가 있고, 희망이 있는 일이 엄청나게 많이 있었을 것이다. 그냥 퇴임 후에도 별다른 일이 일어나지 않으면 그냥 살아가게 될 것이 다는 작은 생각이 이렇게 한 사람들을 어렵고, 고통스러운 일상으로 몰아가고 있다.

매일 아침에 일어나서 나의 일이 없고 나의 일이 없으면 오늘도 없고 물론 내일도 더욱더 없는 것이다. 내가 존재할 날이 없고 희망이 없을 때 생각나는 것이 무엇일까? 제일 먼저 생각되는 것이 허무함을 느낄 것이다. 그 허무함에 자꾸 함몰되면 아무것도 할 수 없는 우울증만이 내 곁으로 방문하는 여건만 만들어 주게 될 것이다. 이런 일을 우리는 생각만 해도 당황스럽게 생각되지 않나? 할일이 될 수 있는 일이 얼마나 중요하고 앞으로 특히 100세 세월을 보내기 위해서는 제2의 인생 30년을 다시 살아야 하는데, 할일이 없다고 생각만 해도 앞이 캄캄함을 느끼게 한다. 매일매일 이렇게 나의 일에 대해서 고민을 하면 살아만 한다는 생각! 정말로 나를 죽이는 일이 아닐까? 이런 할일이 없고, 내일이 없는 날을 할일이 있고 내일이 있는 날로 만들어서 제2의 인생 30년 세월을 행복한 희망이 달려오도록 만들어야 한다. 방법은 있다. 우선은 내가 누군 인지를 알아가는 과정을 파악하고 제일 중요한 것은 내가 무언을 할 수 있는지, 내 주위에 무엇이 있는지를 확인하는 자세가 중요하지 않을까요? 실망에 앞서 옛날에 회사에 다닐 때 내가 했든 나의 일들을 돌아다보고 그 가운데 멋지게 일을 한 것에 대해서도 생각을 하고 그때 내가 제일 잘한 것이 무엇인 있는지를 돌아다보는 자세도 중요하다고 생각이 된다. 무조건 지금에 내 앞에 떨어진 불덩어리만 고민하고 불평을 늘어놓을 것이 아니라 조금은 여유 있게 지금까지 살아오면서 내가 잘 한 것들, 잘 할 수 있었던 것을 돌아다볼 여유를 찾아가는 자세가 정말로 중요할 것 같다. 지금 당장에 일어난 일에 그냥 금방 모든 것이 끝난 것처럼 긴장을 하고 분노를 먼저 일으키면 정말로 내 일이 없는 날로 변하지 않을까? 지인들이 늘 그런 말을 한다. 바쁠수록 돌아가고 어렵고 힘든 일을 만나면 옆으로 비켜서 생각도 하라고 하는 말이 있는 것으로 안다. 무조건 지금 할일이 없고 그 일이 없으니 내 일도 없다는 생각을 다시 고쳐먹고, 없는 일이 당장 생기는 것이 아님으로 일에 대해서도 생각하고 내가 진짜로 할 수 있는 일이 있기는 하는 것인지에 대해서도 고민을 하는 것이 좋지 않을까? 정말로 제 주위에 일이 없을까? 일에 대한 기본 개념이 없는 것이 아닐까? 우리는 지금까지 생활에서 해온 일 외에 다른 일, 즉 집안에서 하는 일은 일로 생각하지 않는 것도 우리에게는 문제가 아닐까? 하고 반문하고 고민하는 것은 어떨까? 몇 십 년을 유지해온 일들이 뇌 속에 묻혀 있어서 그 외에 조금한 일은 일이 아닌 것으로 생각하는 아빠들이 많다. 우리 아빠도 그렇게 생각을 하고 있는 것 같다. 생각을 그렇게 몰입하고 있으니 주위에 널리 일들이 눈에 보이지도 않고 입에서는 내일이 없다고 불평불만을 입에서 터져 나오고 있는 것이다. 일에 대한 개념 인식부터 새롭게 배워야 한다. 퇴임 후 아빠에게 필요할 것 같다. 회사 일만 일이고 나머지는 일이 아닌 것으로 생각하는 고정관념을 퇴임한 아빠가 뒤로 날려 보내야 하는 것이 우선이 아닐까 한다. 지인들은 우리에게 좋은 말을 하는 것을 들을 수가 있다. 돈도 일원부터 시작하여 몇 억 원까지 모아지고 내 돈이 되는 것처럼, 일에도 작은 일에서 시작을 하고 그 작은 일에서 성공을 하는 맛을 느끼며 지속적으로 하게 된다. 그것이 나중에 큰 성공의 길로 연결된다는 말을 들을 수가 있다. 그냥 나의 할일 이렇게 외치고 있을 것이 아니라 내 앞에 내 뒤에 일이 없는지 찾아가는 자세가 중요하지 않을까 하는 생각을 하게 된다. 퇴임을 한 것은 지금까지 아빠가 가지고 있는 재능, 체력을 100% 이상을 사용했고, 퇴임 전까지는 젊음이 있었기에 모든 아빠의 능력을 제대로 발휘가 되었을 것이다. 지금은 다시 말해서 퇴임을 했다는 것은 노후화에 들어선 재능이고 체력이기에 옛날처럼 그렇게 멋지고 힘들 일에 도전을 하는 것은 무리라고 생각한다. 다만 주어진 세월에 시간을 낚을 수 있는 작은 일을 찾아 나서는 것이 우선이 아닐까? 아빠의 마음속에는 아직도 큰 일, 남이 봐서 와! 그 나이에 그런 큰일을 다하고 대단하다는 말을 듣고 싶어 하고 있다는 것이 문제인 것 같다. 세월 속에 다 소모한 재능, 체력을 생각해서 퇴임 후에는 내 주위에 작은 일, 비록 남의 눈에는 별것같지 보이지 않는 일이지만 나에게 내일이 주어졌다는 사실에 만족을 하고 그 작은 일에 매진하는 자세가 중요할 것 같다. 그런 일에 제2 인생에 직장이구나 하는 프레임을 만들어 갈려는 자세가 필요하지 않을까? 있지도 않은 것에 있는 것처럼 남에게 보이려고 노력하지 말고 남이야 어떻게 생각을 하든 아무런 관계없이 내가 좋아서 내가 사랑해서 하는 일을 찾아가야겠다는 사고를 가지는 것이 우리 퇴직자에게 좋을 것인데 그렇게 하고 싶은 마음이 적다는 것이 문제인 것 같다. 문제인 것을 문제로 내 주위에 남겨 두지 말고 그것을 해결하고 그 속에서 박차고 나오지 않으면 영원히 내 주위에는 할일이 없고 내 일이 없는 상황 속에서 헤매고 방황하고 우울의 세상으로 끌려가는 일 밖에 다른 방도가 없을 것이다. 이것을 알아가는 것이 할일이 없고 내일이 없다는 불평에 매달리는 것보다는 훨씬 좋은 방안이 아닐까 하는 생각을 한다.

내 일이 없고 내일이 없다는 사실을 하루라도 빨리 알아가는 것이 중요하다고 생각을 한다. 이행을 하면 좋을 것인데, 현실에서는 그렇게 되지 않고 있는 것이 많다. 현실에서는 일이 없다는 것을 알고 있는데, 마음속에서는 즉 머리에서는 일이 있는 것으로 생각한다는 것이 큰 문제다. 옆에 마누라가 오늘부터 무엇을 하면서 보낼 것이냐고 물어본다. 제일 먼저 아빠의 입에서 나오는 말이 " 할일 많이 있어 곧 한다. 조금만 쉬어다가 하려갈 것이다."라고 대답을 한다. 이것이 우리 퇴임한 아빠에게 문제다. 그냥 가만히 있으면 일이 그냥 나타날 것이라는 만연한 생각, 누군가한테서 연락이 올 것이라는 생각이 우리 아빠들을 더욱더 힘들게 만들고 있는 것이다. 빨리 자기 주위에는 일이 없고 내가 직접 일을 만들어야 한다는 생각을 못하는 것이 큰 문제다. 그것도 회사에 다니면서 주도적으로 일을 한 사람에게는 능동적으로 자기 일을 찾고, 만들고 하지만, 회사에서 수동적으로 일을 했온 사람은 퇴임 후에도 그렇게 수동적으로 자신을 이끌어 가므로 해서 능동적인 발상으로 일을 할 수가 없는 사람아 되는 것이다. 지금까지 어떻게 살아 왔는가 하는 것에 퇴임들 아빠도 할일이 있고 내일 있는지에 대한 결정은 그렇게 지워지는 것 같다. 이런 말이 우리 주위에 있는 것 같다. 사람은 세 살 먹은 버릇이 평생을 같이 한다는 말, 초기에 나를 어떻게 길들이고 습관을 만들었나가 매우 중요한 인생을 짊어지고 간다는 것을 이해가 될 것 같다. 그냥 할일이 없고, 내일이 없다는 불평을 말하기 전에 내가 지금 어디에 있으면, 여기에서는 무엇을 하면 될 것인지에 대해서도 생각하는 자세가 필요하지 않을까? 정말로 궁금하기도 하고 앞이 캄캄함을 느낀다. 잠에서 일어나서 보면 오늘도 할일이 없다고 생각이 들며 정말로 살맛이 날까? 궁금해지는 이 생활을 그냥 방치할 생각은 하지 않겠지. 계속해서 이 책을 읽게 되면 무언가 모르게 답변을 찾아서 조금은 지금 와는 다른 삶을 이루어 가는 일이 될 수 있을 것이다. 그렇게 자신들을 변화시키기 위해서 같이 달려 볼까? 부탁한다. 나의 인생에 횃불을 만날 수 있다면 삶의 의욕도 생기고 아침에 기상을 하면 어제와는 다른 내일이 주어지는 인생이 되고 내일이 항상 내 곁에 있다고 생각을 한다면 잠에서 깨어나는 기분, 삶에 대한 기분도 달라질 것이다. 세상 원리가 그냥 이루어지는 것은 없다는 것을 우리 스스로가 알아야 한다. 그런 말이 있다는 것은 내가 조금 노력을 하고 인내를 가지고 도전을 하면 무언가를 얻을 수 있음을 뜻하는 것이다. 무언가 얻을 수 있다는 것은 할일이 있다는 증거가 될 수 있다. 그렇게 해서 오늘의 시간이 부족하면 내일로 연결해서 나의 일이 성공의 불꽃이 활활 탈 수 있도록 열심히 일을 하는 것이다.

1-5

식구 간에 대화 단절.

우선은 지금까지 가장의 역할에서 조금은 부족하고, 일을 하지 않고 놀고 있다는 자격지심에 마음이 위축되면 살았다. 부족한 것 같은 자신감 결여로 인하여 어떻게 보면 자기를 너무 비하하는 자세, 그러다 보니 식구들이 모이는 장소에서 피하게 된다. 쉽게 접근할 수 있는 것은 TV뿐이다. 그 부근에서 놀게 되고 자신 없게 생각되는 자신을 앞세워 식구들 간에 모여서 대화하는 곳까지 가기에 발걸음 옮기 고저 하는 마음에 무거움을 던져 주는 것 같다. 발걸음은 더 이상 움직이지를 않을 것 같은 마음으로 언제가 모르게 마음도 그렇고 발걸음도 그렇고 무척이나 큰 쇳덩어리를 어깨 위에 지고 있다는 생각으로 나를 몰아가는 것이다. 대화의 장소에 대화에 끼어 들어가지를 못하고 있는 자신을 발견하게 되고, 그런 행위를 일으키는 사고가 나를 더욱더 힘들게 하는 것이 아닌가 하는 생각을 하게 된다. 제일 중요하고 애석하게 생각되는 것은 앞으로 가장 역할을 제대로 못한다는 묘한 갈등이 아빠를 한쪽 구석으로 몰아간다. 이것이 자신감의 결여가 아닐까? 지금까지 일하고 몇 십 년을 식구들을 위해서 한 행위로는 아무것도 위축이 될 일이 없는데, 남자란 아빠는 나이가 들면 자신력이 많이 부족하고, 부정적인 사고력에 빠지는 것이 큰 문제점인 것 같다. 지인들 말씀이 여자는 나이가 들면 남성 호른 몬 이 많이 분비가 된다고 한다. 남성은 나이가 들수록 여성 호른 몬 이 많이 분비되는 결과로 자꾸 내성적인 성격으로, 소심한 성격으로 전환이 된다고 한다. 여성 호른 몬 이 많다 보니 내성적인 성격인데다가 갑자기 준비 없이 퇴임을 맞이하게 되면 위축된 마음으로 적극적인 사고의 부족으로 한쪽 구석으로 내 달리는 마음에 주위의 환경에 적응하지 못한다고 한다. 특히 남자들은 쉽게 사람을 사귀지를 못한 성격에 나이가 들면 더욱더 그렇게 외톨이의 생활로 접어들게 된다. 그것이 아빠를 더욱더 위축되게 하고 늘 외롭게 혼자서 고독 속으로 헤매는 아빠로 점점 변화시켜 가는 것이 아닌가 한다. 지금까지 식구들을 위해서 착실하게 직장 생활을 했고, 가족들이 살아올 수 있도록 내, 외면에 충실히 역할을 했음에도 불구하고 퇴임 뒤에 있으면 무언가 부족하고 아빠의 역할이 없는 것으로 착각을 하고 자신을 그렇게 몰아가는 것이 그 아빠의 자존감을 스스로가 작게 만들고, 자신감 없는 아빠를 만들어 간다, 그렇게 되다 보니 가족들 앞에도 당당하게 자신감 있게 나타나지 못하고, 나타나지 못한 것이 쌓이고 쌓이면, 자연적 식구들에게 왕따가 되는 것이다.

직장생활에서도 보면 자기 위주의 직장생활을 하기 보다는 아직까지 우리나라의 직장생활은 상위 지시에 따라 업무 수행을 하다 보니 어떻게 보면 자기의 주관적인 생각보다는 일방적인 지시로 업무가 수행되는 수동적인 생활을 하면서 많은 세월을 하다 보니 퇴임 후에 자기 생활에도 능동적인 생활로 이끌어가지를 못한다. 지금까지 늘 그렇게 살아오다 보니 늘 수동적인 행동에서 누가 옆에서 어떻게 끌어 주지를 않으면 자기의 주관적인 생활의 리더 자가 될 수 없다. 그렇게 되다 보니 남의 눈치만 보게 되고 남의 말에 이끌리는 생활에서 자연적으로 왕따가 될 수밖에 없다. 경찰청은 2004년 한 해 동안 61세 이상 노인의 자살이 3,653건으로 전체의 28%를 차지한다고 발표했다. 자살하는 사람 4명 중 1명 이상이 노인이다. 이는 2000년에 비해 무려 56.8%가 증가한 숫자이다. 질병에 시달리는 노인들이 자식들에게 부담이 되기 싫다는 것은 자살의 가장 큰 원인으로 밝혀졌다. 여기에서도 보듯이 지금은 더 많은 숫자가 드러나고 있고, 이런 왕따의 환경으로 더욱더 노인네들이 자기 자신을 자살로 몰아가는 노인네들이 더 많을 것이다. 우리를 이렇게 몰아가지 않기 위해서도 이런 자신감 없는 행동, 자기를 자기가 가족 속에서 왕따 시키는 일은 없어야만 될 것이다. 정말로 우리로 하여금 많은 고민과 한숨을 자아내게 하는 오늘날의 우리들의 상황이다. 자식들이 결혼 후에 가족들이 만날 수 있는 기회가 조금 많이 있으면 왕따기 되는 것이 예방이 될 것이다. 지금의 주위에서 보면 사위나 며느리가 집에 오면 장모나 시어머니를 모시고 대화를 많이 하는 것으로 알고 있다. 그런 좋은 자리에도 아빠는 멀어지고 거리가 있어 가까이 가지를 않고 남의 일을 보듯 그냥 방관하는 자세로 일관하게 되고, 진정으로 대화를 가질 여건이 되지 않고 멀어진다. 아빠는 정말로 가족에서 멀어지는 즉 진짜 왕따의 길로 들어서게 되고 그렇게 처음부터 대화를 나누지를 않으면 더 멀리 멀어져 가는 것이다. 이런 기회를 만들지 않기 위해서는 우리 아빠는 무엇을 해야 할까 무척이나 궁금하다. 이것도 제일 먼저 누가 만들어주는 것이 아니고 내가 즉 아빠가 만들어야 한다. 즉 다시 말해서 아빠가 적극적인 도전과 과격한 행동으로 전환시켜보자. 여기서 도전이란 해서 이상하게 생각할 줄 모르지만 가족 간의 왕따란 문제가 간단하지 않은 것 같다. 정말로 도전을 해야 한다.

　여성분들은 처음 보는 사람에게도 쉽게 말을 건네고, 많은 대화를 나누고 금방 친구가 되는 것을 볼 수가 있다. 남자는 그렇지가 못하다. 친구가 되기 위해서는 절차가 복잡하다. 한두 마디 대화를 나누고 금방 속마음을 털어놓을 수도 없고, 그런 상황에서 놀고 생활을 하다 보니 늘 가족 안에서나 가족 밖에서나 나는 왕따의 생활이 계속될 수 밖에 없는 현실로 자신을 몰아간다. 퇴임 후에 내가 무엇을 어떻게 하고 살 것인지를 많이 고민을 하고 많은 준비를 하는 자세가 중요함을 퇴임 후에 우리는 스스로 많이 느끼게 된다. 퇴임 후에 생각하고 하는 것은 벌써 버스가 내 앞에서 지나가버린 사실이다. 그때는 벌써 머리가 먼저 알고 무언가를 생각하려고 해도 생각도 잘 되지도 않고 다시 말해서 달려 가버린 뒤에 서서 무언가를 생각하려고 해도 제대로 생각을 할 수 없는 상태로 변한다. 그렇게 순간적으로 사람은 변한다. 퇴임 전에 여유가 있을 때 즉 마음이 안정 상태에서 퇴임 후에 무엇을 할 것인가. 무엇을 나의 일로 만들어갈 것인가 하는 것에 도전해서 답을 찾지 않으면 엄청난 어려움이 나를 몰고 가게 된다. 여하튼 그 어려움이 배가되므로 이 어려움에 빠져 어떻게 해야 빠져나올 수 있을까 하는 방도 없는 상태에서, 생각해보지도 않은 있을 수도 없는 우울증이 나를 반겨주고 손을 잡고자 한다. 그렇게 되면 나의 제2의 인생에는 나도 모르는 사이에 금이 나기 시작하고 그 금이 계속되면 균열이 되고 그 균열이 지속되면 나중에 어떻게 할 수 없는 단계에 도달하게 될 것이다. 어쩌면 이런 분들에게 인생은 생각지도 못한 큰 아픔을 만드는 계기가 되고 말 것이다. 사람은 조금은 부족하다는 말을 많이들 듣고 살고 있다. 주위에서 퇴임 가까이 오면 지인들이나 주위에 퇴임을 앞둔 분들에게 퇴임은 단순한 것이 아니고 우리에게는 큰 전환을 맞이하는 시기이므로 간단하게 생각을 하고 그냥 무엇이든 되겠지 하는 마음으로 퇴임을 받아들이면 되지 않는다고 암시를 주기도 한다. 퇴임을 하고 난 바로 다음날에 분위가 완전히 반전되는 것을 느끼게 된다. 어제와 오늘이 하늘만큼이나 큰 차이가 난다는 것을 들려준다. 사모님 표정이 달라지고 음성의 높이가 달라지므로 깜짝깜짝 놀라고 내가 무언가 모르게 다른 나라에 온 것이 아닐까? 스스로가 놀라움을 받게 된다. 저는 늘 이렇게 말을 한다. 퇴직 전에는 내 주위가 바닷물처럼 맑고 깨끗하고, 퇴임 후에는 내 주위에 진흙탕으로 덮여져서 어떤 생각들이 내 머리에 올라오지를 않는다.

퇴임을 앞두고 있는 많은 분들은 퇴임 후 오는 어려운 일들은 다른 사람에게 오는 일이고 자기와는 아무런 관계없는 일인 것처럼 생각하는 표정을 지우고 있다. 대안이나 대책도 없이 아무 관계가 없는 것으로 착각을 하고 퇴임을 한다. 퇴임 후에는 간단한 문제가 아님을 알게 되지만 그때는 벌써 버스가 완전히 나를 통과한 후라서 어떤 방안을 찾기가 그렇게 쉽지도 않고 좋은 방안의 아이디어도 머리에 올라오지를 않는다. 쉽게 재 2의 인생을 만들어 가기 위해서는 무엇을 해야 하는 것인지는 뒤편에서 대책을 서술하겠다.

사람은 관계로 먹고 산다고 했는데, 한 집에 살면서 쉽게 소통을 하지 못하고 산다는 것이 말이 되는 소리인지 이해가 되지를 않는다. 이해가 되지 않는 일이 우리 집안에서 일어나고 있다. 진실하게 말해서 그냥 말을 하지 않고 입을 다문다고 문제가 해결되는 것은 아닌데, 왜 입을 닫고 그냥 혼자서 물속에 기름이 돌아다니는 것처럼 돌고 있다는 것은 말이 되지 않는다. 말이 되지 않는 행동이 지금도 많은 퇴직자들과 살고 있는 집에서는 일어나고 있는 상황일 것이다. 그냥 잠깐 쳐다보고 지나가서 그렇지, 조금만 더 앞으로 나가서 퇴임 집 대문을 열어

보면 우리 집에서 일어나는 상황들이 부지기 일수 일 것이다. 왜 그렇게 말을 하지 않고 물속에 기름 돌 듯이 그렇게 돌까 정말로 이해하기가 무척이나 힘이 든다. 당사자한테 왜 그냥 벙어리처럼 가만히 있냐고 물어봐도 특별히 어떤 대답도 하지 않는다. 옆에서 보고 있는 사모님은 더욱더 가슴이 타 들어가니 나오는 것이 좋은 말이 아니고 나쁜 말, 목소리 올라가는 소리가 그냥 나오는 것이 아니고 터져 나오는 것이다. 그런 소리를 듣고 가만히 있지 못하는 아빠 입에서는 가끔 부화 통의 소리도 나고 부부간에 싸움의 전쟁터가 벌어지는 것이다. 이때부터는 지금까지 살아온 사랑과 애정도 없다. 그냥 내 입, 상대방 입에서는 누가 남의 감정에 더 불을 잘 붙게 하는 말을 할 것인가 하는 경쟁 싸움이 일어난다. 그렇게 되면 완전히 전쟁터는 그런 전쟁터가 없다. 정말로 몇 십 년을 살을 맞대고 살아온 부부가 맞는가 하는 생각까지도 같게 한다. 무조건 누구든지 상대방을 쓰러지게 하는 것이 오늘 싸움의 승패이니까. 이때 보면 남남인간 진짜부부인지를 분간을 할 수가 없을 정도로 목소리가 높아지고 들여 보지도 못한 욕들이 튀어나온다. 이것을 말이라고 생각하기에는 조금은 역부족인 것 같다. 이것은 말이라고 표현을 할 수가 없다. 한바탕 전쟁의 불통이 나고 이 싸움은 언제 끝날 것인지에 대해서 아무도 결론을 내리지 못한다. 우리가 생각해도 이것이 어떻게 사람들이 산다고 말을 할 수가 있을까? 한편으로는 궁금하기도 한다. 소통이 없는 관계, 말이 없는 관계 힘들고 고달프다. 이렇게 살아가는 것이 사는 것이 맞는 것인지 궁금하기도 하고 이런 문제를 털어놓고 상담을 받을 일도 없고 산다는 것에 환멸감을 가지게 한다. 저의 회사에서 퇴임을 앞두고 약 3개월 교육을 해주는 기회가 있었다. 그런데 그 교육과정에서도 보면 퇴임 후에 일어날 상황을 재현시키는 교육은 없었다. 책도 읽기위해 노력 했지만 이런 과정을 겪고 있는 삶에 대한 책은 읽어 보지를 못했다. 조금은 도움을 주고자 이렇게 부족하지만 책을 쓰고 싶어 했고 앞으로 많은 분들이 이런 과정을 걸치면서 살아야 하기에 조금 도움을 주기 위해서 평소에 쓰고 싶어서 시작한 책이다.

대화란 것이 인간관계에서 필수고 그렇게 사는 것이 사람의 삶이라고 알고 있는데 식구들과 대화를 단절하고 그냥 묵묵히 산다고 하면 이것은 달리 표현을 하면 지옥의 삶이 따로 없구나 하는 생각을 하게 한다. 중년의 나이에 접어들면 소통을 제대로 한다고 해도 조금은 늘 무언가 부족하게 느끼고, 다른 사람보다는 못한 것 같다는 감정에 쌓이기 쉽다. 이때 집안에서라도 제대로 소통이 되고 사모님이 아빠의 기를 조금 살려주는 것으로 한다면 지금보다는 조금은 좋아지고 웃음의 꽃은 못 피운다 해도 어느 정도 산다는 의미는 느끼고 살 것이다. 지금은 그런 것을 바라는 자체가 조금은 무리라고 생각을 할 줄은 모르지만 소견이 좁은 저로서는 이것이 삶이 아닐까 하고 생각을 한다. 사모님도 지금까지 살아오면서 남편한테 할 수 있는 것은 다 했기에 기력이 떨어졌다. 그렇게 되다 보니 남편에게 주는 것보다는 남편에게 이제는 무언가를 받고 싶은 심정에 매여 있을 것이다. 그런데 남편은 퇴임 후에 입을 닫고서 그냥 말하고는 이별을 한 사람처럼 생활을 하고 있으니 이 것이 문제로다. 일본에서도 지금은 황혼이혼이 주류를 이루고 있다는 소식을 접한 적이 있다. 우리나라도 가끔은 주위에서 황혼이혼율이 조금씩 높아진다고 한다. 이런 소리를 들으면 앞이 캄캄하다. 말을 하지 않지만 그래도 옆에 사모님이 있는 것이 여러모로 편안하고 식사도 할 수 있으니 말이다. 이런 것을 접할 때면 마음에 찬 서리가 내려앉는 것 같다. 집에 가면 사모님한테 잘하고 말도 재미있게 하겠다는 결심을 한 다, 그 결심은 그때뿐이다. 집에 들어서는 순간 나도 모르게 말문이 닫히고 그냥 TV로만 향하게 된다. 이것이 나를 죽이고 식구들을 죽이는 일이지만 해결되지 않는 퇴임 후의 아빠의 자화상이다. 젊은 분들이 생각할 때는 이런 것이 문제가 아닌 것으로 생각을 한다. 늙은 사람들에게는 이런 것이 그렇게 간단한 일이 아닌 것이다. 어느 지인은 이렇게 나이가 먹고 노화 현상을 밀물이 썰물로 바뀐 현상이라고 한다. 이런 상황으로 바뀌게 되다 보니 아쉬운 것은 새로운 것에 도전하는 적극적인 의욕이 노인네들한테는 사라진다고 한다. 쉽게 해결할 수 있는 일들도 생각보다 쉽게 해결이 되지 않는 것이다. 조금은 노력하고 지금까지 살아온 것처럼 살지는 못해도 조금은 그래도 옛날의 삶에 가깝게 가는 삶이 필요하다. 이런 상황을 젊은 사람들의 관점에서는 이해가 되지 않는다. 집에 오면 아빠 엄마가 북한 남한 휴전선도 아니고 냉기가 도는 집안 환경에 많은 걱정과 집을 떠나고 싶은 심정을 가지게 될 것이다. 변화를 겪는 어른들이 그래도 조금은 양보를 하고 중년이 넘어서서 무엇이 우선인 줄은 알고 사는 사람들이 되어야 하는 것이 아닐까? 말을 만들어서 아빠 입에서 나오기만 하면 무언가가 될 것 같다. 조금은 힘들지만 그래도 사람은 관계로 먹고 산다고 했는데, 관계의 다리는 말인데 말로 진행되는 우리 삶을 위해서 조금만 노력하면 되지 않을까? 궁금하고 옆에서 아빠가 말을 많이는 하지 않는다고 해도 조금은 말이 되도록 우리가 가까이 가서 대화의 소통 다리를 놓는 것이 좋을 것 같기도 하다. 구체적인 방안은 뒤편에서 만날 수가 있다. 이렇게 퇴임 후에 아빠가 지금까지 잘 지내 왔었고, 같이 살아온 환경을 하루아침에 변화를 시키는 것에는 나름의 문제가 있을 것이다. 이 문제를 지금의 각도와 생각으로 접근을 하지 말고 다른 각도로 옆에 있는 분들이 노력을 한다면 조금은 달라지고 쉽게 살아갈 수 있을 것이다. 아빠에게만 요구해서는 해결이 되지 않을 것 같다. 우리가 같이 의논하고 소통을 시작하는 분위기에 앞장을 서는 사람이 필요할 것 같다.

1-6
사람을 멀리하는 자세

자신감이 없어지는 것이 우리네 아빠들이다. 퇴임 후에는 뚜렷한 일이 없다. 어제까지만 해도 회사에 열심히 일하고 열심히 출, 퇴근하면 다니고 했는데 퇴임 후에 아무것도 할 수가 없다. 자신이 위축이 되고 퇴임하는 분들이 많아지고 있고, 요사이는 많이들 제2의 직업을 구해서 일을 하는 사람들이 무척이나 많다. 그렇게 되다 보니 자기만 혼자 일이 없고 또한 자기 혼자만이 무언가 부족한 것 같은 자격지심에 눌려서 우선은 제일 먼저 퇴임 후에 오는 행위가 사람을 회피하는 것이다. 사람들을 만나면 나만 바보라서 재취업을 하지 못하고 있는 어떤 부족감이 자신을 역습한다. 보니 사람 만난 것을 피하고 멀리하고 혼자서 자신을 이끌어가는 신세가 된다. 아마도 주위를 돌아다보면 이런 사람들을 많이 볼 수가 있을 것이다. 등산을 가고, 지금은 동네 주위에 운동기구들이 지자체에서 만들어 놓은 것이 제법 많다. 그곳에 가보면 자신을 자신감 없는 사람으로 몰아가는 분들을 많이 만날 수가 있다. 첫째로 운동을 해도 자신감 있게 활발하게 운동을 하지 않을 뿐만 아니라. 운동하는 곳에 와서도 한쪽 구석에 앉아서 머리를 숙이고 무엇을 생각하는지 힘없이, 자신감 없이 앉아 있는 여러분들을 많이 만날 수가 있다. 어느 정도 시간이 흘러서 점심시간이 되어도 일어나지를 않는다. 그런 분들은 집에 가서 밥을 먹기에도 사모님 앞에 미안하다. 나름의 부족함에서 오는 자신감 결여로 어떤 행동들이 그렇게 자신감 있게 움직임을 볼 수가 없다. 이런 행위를 자세히 들여다보면 나오는 답은 하나 즉 자신감 결여다. 그들을 어떻게 보면 죽이고 있는 것이나 다름이 없다. 다들 이 세상이 살기 좋아서 100세사는 인생이라고 말들을 하고 있다. 특히 언론에서 큰 홍보처럼 야단법석을 하고 있지만, 그 100세 주체들은 그렇게 행복하게, 오래 살 수 있는 세상이 되었다고 생각을 하지 않는 것 같다. 실제의 당사자들은 야단들을 하지도 않고, 오히려 이 세상이 앞으로 우리에게 많은 고통을 가져다줄 것으로 생각을 하는 것 같다. 100세까지 산다고 좋아할 일은 아닌 것 같다. 그렇게 야단을 하면 주위에서도 무언가를 같이 공유할 수 있는 분위기를 만들어 가는 세상이 되어야 하는데, 지금 보면 그냥 언론에서만 그렇게 야단을 떨고 있는 것 같다. 당사자들 앞으로 노년을 항해사 달려갈 사람들은 그렇게 크게 반응을 하지 않고 말로 하는 세상이 되겠구나 하는 생각뿐이다. 지금 자기 주위에서 퇴임을 해서 어디에 어떻게 무엇을 하고 있는지 생각하는 사람들이 얼마나 될까? 정말로 궁금하게 걱정하는 사람은 아무도 없는 것 같다. 즉 말하자면 그런 것은 남에게 일어나는 일이지 자기에게는 영원히 오지 않는다고 생각하는 것이 문제인 것이다.

그렇지 아니해도 남자들은 나이가 들면 여성 호르몬이 많이 생성되는 것으로 알고 있다. 나약하게 되어가는 신체적인 흐름에 동참하고 있기 때문에 더욱더 자신감이 떨어지는 시점이다. 남 앞에 나서기를 기피하는 신체적인 변화도 한몫을 하고 있다. 사람을 만나는 기피증이 더 많이 일어나는 현상이 아닐까? 정말로 궁금하다. 우리는 어느 정도쯤 나이가 들어가고, 퇴임의 기간이 눈앞에 올 때쯤이면 나를 100세 시대까지 부응하면 살기 위해서는 무엇을 준비하고 그런 예비지식을 얻기 위해서 무언을 할 것인지에 대해 나름의 준비가 필요하지 않을까? 그런데 우리는 앞으로는 모르겠지만 지금까지 우리네 아빠들은 그것보다는 우선 돈을 많이 벌어서 가족들을 열심히 잘살 수 있도록 하는 것에 너무 몰입해왔다. 그렇게 하다 보니 자기의 갈 길을 준비도 못하고 차후에 내가 어떻게 살 것인지에 대해서 너무 무심하게 살아온 것이 죄다. 그분들에게 어려움, 고달픔의 슬픔을 전달해주고 있는 것이 지금이 현실에 도달한 우리들 아빠! 특히 퇴임 후에는 혼자서 무언가를 하려 해도 잘 되지도 않는다. 즉 사회적 고립, 기피증에 자초해서 자기를 더욱 죽이고 힘들게 하는 일에 빠져나올 수 있다면 좋을 것인데. 이런 기피증, 고립화에서 벗어나는 방법은 많이들 있겠지만 제일 중요하다고 생각되는 것은 대화를 통해서 무언가를 해결하려는 자세가 꼭 필요할 것이다. 옛날의 아버지들처럼 과묵하게 자리를 지키는 그런 자세는 가족들에게도 힘들게 할 것이다. 아빠의 자신을 더욱 죽이는 경지로 몰아가는 사태가 벌어지게 될 것이다. 이렇게 벌어지는 나의 삶을 변화시키기 위해서는 혼자서 연구하고 노력하는 것도 중요하다. 하지만 그런 방법의 아이템이 있는 곳의 세미나나 책을 통해서 간접적인 정보를 얻어 보는 것도 좋은 대비책이 되지 않을까?

다들 지금은 관계의 시대라고 야단들을 하고 있다. 즉 나름의 인터넷이란 스마트폰으로 다양하게 관계를 맺을 수 있는 매체들이 많이 있음에 이런 쪽에 더 접근하고 관계를 만들어가고 정보도 교환하고 해서 나름의 관계 활성에 주력하는 자세로 전환하는 방법은 어떨까? 주위에서 말들을 많이 하고 있다. 공부는 평생을 통해해야 한다고 그러니 지금의 우리 아빠들도 그냥 가만히 않아서 세월을 보내는 것도 그만하자. 그렇게 가만히 있지말고 나름의 공부도 하면서 자기의 길을 탐색하는 것이 어떨까? 가족관계의 기피증에서 탈피하는 자세 전환으로 적극적이 변화에 시도하는 자세가 무척이나 좋을 것 같다. 지금에 작아만 지고 있는 아빠를 살리는 길임을 인식할 수가 있을 것이다. 좀 더 구체적인 방안은 뒤에서 좀 더 심도 있게 대책을 펼쳐갈 것이다. 이런 고독은 누가 만드는 것이 아니고 자기가 자기를 그렇게 고독하게 몰아가는 것이다. 어느 영국의 심리학자는 말을 빌리면, 이 세상에 제일 해롭고 힘들게 만드는 것이 외로움 즉 고독감이라고 한다. 고독하고 외롭게 사는 것은 담배보다 더 해롭다고 말들을 하고 있다. 외롭고 고독하게 사는 법을 멀리하고 좀 더 다른 사람과 같이 대화도 하고 조금은 힘들겠지만 주위 사람들에게 접근하고 자신 있게 인사도 하고 주위의 사람들을 사귐도 가져보고, 특히 가장 가깝게 지내야만 하는 사모님하고 잘 지낼 수 있는 방도를 찾는 것이다. 사람을 멀리하고 사람을 싫어하는 것은 자신감 결여라고 지인들은 말을 한다. 용기 있는 자신을 만들고, 여하튼 제일 가까운 사모님하고 멀어지는 상황을 만들지 말자. 그렇게 되면 부부간에 직접적인 접촉을 멀리하게 되면 자연적인 사람을 피하게 되고, 피하는 일이 자주 발생하게 되면 자연적으로 사람으로부터 멀어지게 된다. 이것이 자신을 죽이는 일이다. 꼭 땅속으로 들어가는 것만 죽이는 일이 아니고 살면서 사람을 멀리하고 회피하는 태도를 취하면 자연적으로 죽은 사람과 별다른 점이 없는 생활을 하게 되는 것이다. 지속적으로 사람을 피하는 삶이 유지되는 생활이 된다면 분명히 우울증이 방문을 하게 된다. 나를 먼저 너무 열등감에 매이게 하는 마음의 자세를 떼어버려야 할 것이다. 퇴임 후에 처음에는 다들 할 일이 없다 보니, 이런 현상이 나타난다고 생각을 한다. 그렇지만 여유를 가지고 할 일을 찾으며 분명히 내가 좋아하고 내가 정말로 했어야만 할 일들이 내 주위에서 있을 것이다. 그때를 잘 기다리고, 자신을 일 하는 사람으로 데리고 간다면 사람을 회피하는 일은 없어질 것이다. 내일을 찾아서 정말로 나를 만들어 가보자. 한두 번 사람을 멀리하게 되고 피하고 어떻게 하든 사람과 멀어 지려고 노력하면 정말로 생에 큰 일이 벌어질 것이다. 제일 중요한 것이 식구들과 같이 생활하도록 노력을 하고, 가족하고 밀접하게 생활을 하다 보면 사람을 피하는 상황이 조금은 멀어지게 될 것이다.

종교 활동을 하는 분들은 그래도 어느 정도 사람의 관계를 유지하는 것을 볼 수가 있다. 퇴임이란 것이 우리가 생각할 때 그렇게 쉽게 얻어지는 일은 아닌 것이다. 주위에 종교 활동을 하는 분들은 내성이 강해서 퇴임 후에도 지속적으로 종교 활동도 하고 그 활동을 통해서 같은 종교인들과 봉사활동도 하고 있기 때문에 사람을 기피하는 일은 없는 것으로 알고 있다. 저는 그렇게 사람을 기피하지 않고 찾아다니는 스타일이다. 사람들을 사람으로 보고 수직의 관계에서 탈피하고 수평적인 사고방식으로 자기를 이끌어 간다면 사람을 기피하고 피하는 상황은 일어나지 않고, 자기가 좀 더 주도적으로 이끌어 갈 수 있는 분위기를 만들 수 있을 것인데, 지금까지 그렇게 생활을 하지 않은 분들이 문제이면 사람의 주위를 우선은 피하고 보자는 것이 그들의 프레임으로 바뀔 것이다. 이런 분들이 직장생활을 할 때도 보면 그렇게 활동적이고 적극적인 자세가 아니고 그냥 물결이 흘러가는 데로 흘러가자는 태도로 생활하는 것으로 많이 볼 수가 있다. 퇴임 후에는 생각하지도 못한 분위기 환경이 바뀌고 말았으니 더 힘들어지고 맥이 없어지고 용기 자체를 잃어버린 사람같이 보이는 것이 이분들의 태도요 자세다. 지금 성장하는 사람들이라면 교육이라도 시켜서 조금은 심장이 강한 사람으로 변화시킬 수가 있을 것인데, 그렇게 변화시키는 것은 생각지도 못할 일들이다. 주위 지인들이 말을 합니다. 사람들이 영원히 성격을 변화시키지 못한다고 야단을 한다. 속담에 나병환자를 고칠 약은 있어도 성격을 고칠 약은 없다고 했다. 이런 생각을 가지면 진짜로 우리의 성격을 변화시킬 수가 없는 것인가 하고 의문을 가지게 되겠지만, 그렇지 않음을 뇌를 전문으로 연구하는 사람들이 밝혀 주고 있다. 머리는 한 번 형성이 되어 발달을 걸치면 더 이상의 발전은 없다고 했는데, 그것이 아니고 평생 동안에 변화를 하고 뇌의 주최자가 어떻게 하는 것인가 따라서 뇌가 발전을 거듭한다고 한다. 이것이 우리에게 희망을 주고 있음을 확신할 수가 있을 것 같다. 머리의 뇌가 발전을 하고 변화를 한다는 것은 우리이 성격도 변화 시킬 수가 있음을 증명시켜주는 일이라고 생각을 한다. 다시 말해서 성격을 바꾸고 싶다고 마음을 먹고 노력을 한다면 얼마든지 우리의 지금 성격을 충분히 바꿀 수 있다는 결론인 것 같다. 실망을 하지 말고 자신의 조금 부족한 점을 정확히 파악해서 성격 전환에 매진하게 된다면, 사람의 기피나 사람을 멀리하는 성격을 한강 다리 밑으로 던져 버릴 수 있다는 것을 알게 해주고 있음을 믿을 수 있을 것 같다.

생각지도 못한 일들이 벌어진다. 마음의 변화를 일으켜 사람을 멀리하고 어제께까지도 활발하고 사람들과 인사도 잘하고 부족함이 없이 생활하든 아빠가 퇴임 후에 바로 사람을 멀리하는 것 같은 분위기를 취한다. 그런 분위기를 취하는 아빠는 자기의 심적 변화로 그렇게 하는 줄은 몰라도 그것 때문에 다른 사람들이 뜻하지도 않는 일이 일어날 수가 있다. 그런 것에 대해서 아는 사람들이 아무도 없다는 것이 우리에게 더 큰 실망과 충격을 가져다준다. 아빠의 변심으로 해서 옆에서 가만히 지켜보든 엄마가 변한다. 혹시 남편이 저렇게 변하는 것이 나의 영향인가 하고 말이다. 그렇게 마음을 먹고 변화를 한 남편을 보고 있으면 당사자도 물론 힘이 들겠지만 옆에서 보고 있는 사람도 힘들 기는 마찬가지 일 것이다. 아빠는 자기만 힘들어 지고 있는 것으로 착각을 하고 주위, 옆에 사람은 눈에 들어오지도 않는다. 마음 약한 엄마가 아빠의 행동에 대해서 충격을 받고 생각지도 못한 우울증에 걸리는 사람들이 있다고 지인들이 말을 한다. 사람의 접촉을 피하고 다르게 고집을 부리고 생활을 하다가 다른 일이 일어난다고 한다. 일어나고 나서 울고불고 해봐야 아무런 소용이 없을 것이다. 조금은 나도 생각하고 옆에 있는 분들도 생각하는 차원의 삶을 엮어 나가는 아빠가 되면 얼마나 좋을까?

지금의 시대는 정보화 시대라고 야단을 하고 있는 시대에 우리는 살고 있다. 물론 정보란 것이 인터넷, 신문 등에서도 정보를 얻을 수가 있다. 언론을 통해서 얻는 정보도 우리에게는 중요하다. 사람들과의 관계에서 얻어지는 정보도 우리에게는 엄청난 정보다. 사람들이 살아가는데 필요한 정보는 언론 매체를 통해 얻는 정보도 우리의 삶에 많은 영향을 준다고 생각을 한다. 인간의 관계에서 얻어지는 정보도 우리에게 좋은 정보가 많다. 어떻게 보면 실생활에는 사람들의 소통을 통해서 얻어지는 정보가 우리에게 더 유리하고 삶에 많은 보탬을 줄 것이다. 그렇게 살에 유익하고 좀 더 차원 있는 삶을 살아갈 수 있게 해주는 정보를 사람 만남을 회피하는 아빠에게 엄청난 손실을 가져온다. 이런 큰 손실이 나에게 온다는 것도 모르는지 알면서도 괜히 고집을 부르는지는 모르지만 한편으로는 엄청난 손실이 된다. 지금 4차 산업혁명 시대에 도래한 우리들에게는 정보도 큰돈임을 알고 살아야 할 것이다. 한 직장생활에 너무 몰입해서 그런지 알면서도 모르는 척 하는지는 모르는지만 정말로 답답하다. 이 답답한 심정을 누가 알아주겠는가, 머리가 많이 아프지만 이 책을 끝까지 읽고서 좋은 답변을 듣고 새롭게 태어날 수 있는 사람으로 변화를 하는 것이 좋을 것 같다. 가지고 있는 것도 중요하지만 가지지 않는 것을 내 것으로 만들어 가는 것도 중요하다고 생각한다. 비록 퇴임 후에 나의 인생이 어떻게 변화를 하고 어떻게 주도적으로 나를 이끌어 갈 것인지에 대해서 전무한 상태에서 퇴임을 해도 나와 보니 안에서 생각하든 삶의 환경과 완전히 다르고 같은 땅에 살아도 같은 땅처럼 생각이 되어 지질 않는다. 그렇게 이루어지지 않은 상태를 확인했다고 한다면. 시간이 조금씩 지나면 나름대로 무언가 할 수 있다는 자신감도 가지며 생활에 임하게 되면 좋아 질 것이다. 또 무언가 도전할 것들이 있음을 알아야 하는데 그것을 모르니 마음이 아프다. 사람을 만나고 만나서 다른 사람들은 지금 이 세상에서 무엇을 생각하고 무엇에 도전을 하고 있는지 대화를 통해서 알도록 노력을 해야 한다. 다른 사람들이 지금 계획하는 일들은 무엇인지를 체크를 우선해야 할 것이다. 나도 회사 다닐 때 머리가 조금은 앞선다고 했는데 왜 내가 지금 이 상태에서 머뭇거리며 그냥 손을 놓고 서있다는 것이 무엇인고? 정말로 답답하다. 시작이 반이라고 했으니 문 밖으로 출입해서 나와 같은 사람들이 눈에 들어오면 가만히 보는 것 물어보는 것도 할 만한 일이라고 생각을 한다. 돌도 서로 충돌을 하면 불꽃이 난다고 했는데 나도 그런 정도는 할 수가 있다는 자신감을 가져보는 것도 괜찮을 것 같다는 생각이 든다. 사람을 멀리하는 자세 조금은 풀어보면서 나 자신도 할 수 있구나 하는 자신감을 받아들이는 것도 좋을 것이라 생각을 한다. 남들이 하는 말을 마음에 새기면서. 나도 할 수 있다는 자신감에 가까운 사람들과 대화도 좀 하고 같이 외식도 해보고, 먼저 사랑하는 사모님 하고도 외식 하면서 진정성 있는 대화를 가져 보는 것도 좋을 것 같다. 사람이 사람을 피하는 것이 얼마나 괴롭고 힘든 일인 줄은 자신도 알고 있을 텐데, 그 조금 한 열등감 때문에 행동에 억압을 걸어 주는 것이 좋은 일인가 궁금하다. 마음의 자신감을 가져보면서 사람을 만나는데 조금은 신경을 써서 행동으로 옮기는 것이 좋지 않을까 하는 생각을 하게 됩니다.

1-7
현실 반항자

나의 부족함에 우선 귀착을 하지 말고, 나의 장점, 나의 지금까지 생활 가운데서 좋은 점을 보는 안목을 가져야 하는 것으로 알고 있다. 아빠는 그렇게 하지 못하고 우선 자기의 나쁜 점, 부족한 점 등 결함을 우선 인정하는 의식이 발동이 된 것 같다. 그러니 자기 주위 현실 상황들이 정확하게 눈에 들어오지도 않고, 무엇이든 삐다 하게 보기 시작하는 부정적인 사고가 발동을 한다. 내 마음의 고요함이나 긍정적인 사고나 발동이 되어도 지금의 현실에서 살아남기가 힘들 것이다. 부정적인 사고가 먼저 퇴임의 아빠를 우선시하고 있다. 자기 옆에 있는 사모님의 목소리가 긍정적으로 들려오지 않는 것으로 인정을 한다. 조금은 무시하고 조금은 멸시하는 듯 들려오는 목소리에 아빠는 그 목소리에 좋고 나쁨을 판단하기 전에 사모님의 목소리만 들어도 화를 내고 짜증을 내는 일로 일과가 시작된다. 부부가 어떻게 평화의 깃발 아래서 삶을 영유할 수가 있겠는가? 그것이 걱정이다.

좋은 것은 좋은 것으로 연결되거나 이행되지를 않고 우선 부정적인 사고에 무언가를 얹어서 생각하려고 하다 보니 부부간에 싸움이 일어나지 않을 일인데도 우선 화나는 소리로 시작을 하는 것이 퇴임 후 아빠 일상의 시작이다. 그래서 지인들 말씀이 고기를 먹어본 사람이 고기를 많이 먹는다고 했는데 노는 것도 놀아본 사람이 논다고, 지금까지 일만 알고, 오직 가족을 위해서 열심히 사는 것이 최고 일인 줄만 알고 살아온 경험이 그렇게 아빠를 몰아가고 있다. 지금까지 노는 것에 대해서 한 번도 생각을 해보지를 못했고, 노는 것이 무언인지를 생각 한 적이 없다. 지금까지 달려온 것은 일하려 직장생활을 해서 돈을 벌어오는 사람에 불과했으니 어떻게 알 수가 있을까? 그러니 아빠는 어제와 오늘의 갈림길에서 만나는 것들은 모두가 생소하고 한 번도 생각해보지 않은 일이 주위에서 자꾸 일어나니 정신적으로 혼란스럽고, 모든 것이 나를 억압하는 상태로 몰고 가는 것으로 인식하게 되고, 그 생각이 아빠를 힘들게 하고 외톨이로 만들어가고 있다. 그렇게 부정적 사고로 제 2의 생활 현장으로 돌아온 것이다. 모든 것이 나를 배반하고 나하고는 적대시되는 일들만 발생하고 있다는 생각에 그냥 아빠들을 힘들게 하는 것이다. 사모님들은 나이가 들어가면 친구들도 자주 만나고, 주위에 있는 사람들도 쉽게 사귀고, 쉽게 친구들을 만들어서 그날의 스트레스를 풀기도 한다. 아빠인 남성들은 그런 분위기를 만들지 못한다. 그 저 방관자 외톨이로 자기들을 몰아가는 상황에서 자기도 모르게 모든 것에 삐다 하게 생각하고, 삐다 하게 하는 것이 그분들의 생활 자세로 변하고 있다. 사모님들은 자기의 스트레스를 푸는 방법에 여러 가지가 있어서 가만히 집안에 머무는 일이 별로 없는 활동들이 일어난다. 친구를 사귀고, 많은 수다스럽게 이야기를 하다 보면 스트레스도 풀린다. 백화점이나 마트에서 나름의 눈요기도 하면서 스트레스를 해소한다. 쇼핑하다 보며 생각이 나서 남편의 옷을 골라서 집으로 사가지고 온다. 좋은 의미에서 고마워하고 감사함의 표시를 하는 행동을 하는 것이 상책일 것이다. 그렇게 하지 않은 분들이 많다고들 한다. 괜히 투정을 불리듯 그런 옷은 나의 패션이 아님을 강조해서 입을 생각조차도 하지 않는다. 계속해서 반론만 제기하고 괜히 옷의 색갈이 맞지 않고, 옷도 내가 좋아하는 패션이 아님을 강조하고 그 옷으로 인해서 어떤 행복한 분위기로 몰아가는 것이 아니고 또 시비와 싸움 씨앗이 되어 싸움터가 된다. 이런 것이 어디서 올까 자신감 결여와 사모님한테 시비를 걸어서 사모님으로부터 지금 자기가 대우받지 못하고 있는 것 같은 것에 대한 불만을 해소하려는 방향으로 몰아가는 자세다.

이런 자세가 어린이들도 아니고 다 큰 어른이 이런 행동을 하고 어떤 때는 묵비권 투쟁을 할 때도 있다, 사모님은 또 새롭게 다루기 힘든 사내아이를 하나 더 데리고 사는 형편이 된다. 자세하게 이런 문제를 밖에 들고 나와서 말들을 하지 않는 분들이 많지만 실제로는 많은 분들이 이런 가족사의 사건들을 외부로 들고 나와서 수다로 하루를 보내는 분도 있다고 한다. 이런 행동에 어떻게 보면 반항적인 시비를 초청하는 생활이 되어 계속하다 보면 살아가는 재미도 없고 그냥 밖으로 내돌리고 서로 간에 어떤 반감만 자꾸 쌓여 가는 기회만 만들어가는 것이다. 아빠들은 지금까지 가장이란 이름에 얽매이지 말고 새로운 프레임으로 자기를 몰아가야만 할 것이다. 가족에게 무게만 잡는 아빠에서 탈피하고 무조건 앞장서고, 나도 잘 할 수 있다는 자신감을 가지고 가족들과 우선은 대화를 많이 갖도록 한다. 무엇이든 적극적이 자세로 가족들에게 협력하는 자세로 전환한다면 무언가 달라지지 않을까? 이런 자세가 흔히 주위에 말하는 것처럼 남자들은 어른이 되어도 어린애와 같다고 하는 말이 맞을 것 같다. 위에서 보듯이 무조건적인 방향을 하는 것이냐. 사모님이 좋은 옷을 사주어도 그냥 넘어가지를 않고 그냥 무엇이든 시비를 만들어서 투쟁의 장을 만들어가는 것이 아기들이 엄마한테 투정을 부리는 것이냐 똑같다. 이런 꼴을 보고 사모님이 어떻게 그냥 넘어가고 지금까지 생활전선에서 고생을 많이 했기에 앞으로는 아빠를 돌보야 하겠다는 생각이 일어날 것인가. 저 바다 너머로 몰아가는 형국에 불과하다는 생각을 하게 한다. 대우를 받을 행동을 해도 지금의 시점에서는 어렵고 힘든 일이 계속될 것이다. 자신 스스로가 결함을 만들어서 현실을 반항하는 다시 말해서 어린애들이 반항하듯 하는 이 행위가 정말로 인정을 받을 수 있는 일인지 궁금하다. 조금은 너무 하고 있구나 하는 생각을 하게 한다. 그냥 무엇이 불만이라고 말을 하거나 그렇지 않으면 문제가 되는 것은 해결하자고 대화를 하면 될 텐데 왜 그렇게 하지를 못하는 것인지 정말로 궁금하다. 그렇다고 자식들이 아빠의 이런 반항적인 행동에 어떤 이야기도 할 수도 없고, 아니할 수도 없고 정말로 진퇴양난의 일들이 지속적으로 일어난다. 이런 집에서 살맛이 있을 것인가 걱정만 늘어나게 되고 스트레스만 쌓여가게 된다.

가끔 어른들은 말을 하기 도 한다. 방귀 낀 놈이 화를 낸다고 말이다. 이 말은 어떻게 해석을 하면 잘못을 한 사람이 그 자리에서 자존심을 살리기 위한 행동으로 취하는 발상이 아닐까? 그와 똑같은 일이 퇴임을 한 아빠가 반항자로 돌변하는 것이 자신의 자존심을 살리려는 행위 같다는 생각을 하게 한다. 이왕에 퇴임을 했으면 퇴임한 대로 살아간다면 그렇게 큰 문제가 되지 않을 것이다. 괜히 사람들에게 반항을 하고 자기가 최고인 것처럼 목소리도 높이고 주위에 사람들에게 긴장감을 가지게 하는 그런 형태가 좀 이상하다. 퇴임을 했다고 누가 무엇을 추궁하는 것도 아니고 그냥 옛날처럼 행동을 하고 집안에서 엄마를 도와주고 그렇게 하면 무슨 문제가 발생되나. 아무런 문제도 발생할 일이 없는데 말이다. 그런 행동을 하는 것도 젊은 사람들이 하는 것이다. 노인을 항하고 있는 사람이 그렇게 한다는 것은 누군가 들어도 웃을 일이다. 반항자로 행동을 하니 집안에는 늘 불안하고 긴장을 하고 무슨 말을 마음대로 할 수가 없는 분위기 연일 조성되고 있다. 오직 아빠만 사람이고 다른 사람들은 사람취급도 받지도 못하고 계속해서 불안하고 긴장 속에서 생활을 하게 된다. 오빠는 우리끼리 한마디 한다. 이런 분위기는 요사이 군대에 있어서도 찾아 볼 수 없는 분위기다. 특히 아빠는 엄마가 무슨 말을 못하게 한다. 엄마가 우리가족들에게 좋은 이야기를 해도 반항적인 언사로 우리를 꼼짝 못하게 하고 정 이야기를 하려면 귓속말로 주고 받아야한다. 그렇지 않으면 아빠가 화장실이나 잠깐 밖에 나가는 동안에만 우리들 세상이다. 그래서 그 사이에 하지 못한 이야기를 한다. 그런데 그 시간도 그렇게 길지 않기 때문에 빨리 대화를 끝내고 아무런 일이 없었든 것처럼 해야 한다. 그동안에는 자기 이야기를 했는가를 알아보기 위해서 우리들 얼굴을 쳐다보고 무언가 찾는 듯 쳐다보는 그 자태는 정말로 불쾌하다. 불쾌해도 당장 어떤 행위나, 말을 할 수가 없다. 무언가 말을 하게 되면 또 집안이 시끄러워서 귀가 멍해진다. 더 이상의 말을 하지 않은 것이 서로 간에 행동을 조용하게 고요히 가져 갈수 있는 태도를 취하게 한다. 그렇지 않으면 야단법석의 말투들이 튀어 나오고 머리가 아프다 이유는 크게 울리는 말소리 때문이다.

이런 긴장감을 주는 집안에서 산다는 것이 말이나 되는 소리인지 이해가 잘 가지 않을 것이다. 사람이란 한 곳으로 몰입하게 되면 어떠한 상황이 일어나도 제자리로 돌아오기가 엄청나게 힘든 것이다. 옆에서 보면 아무 일도 아닌 것 같은데 본인은 큰 일이 일어나는 것처럼 생각을 하고 주위 사람들, 특히 자기와 적대관계에 있는 사람에게는 더욱더 꼼짝을 못하게 목을 죄어 오는 것이다. 조임 없는 조임의 상황이 얼마나 사람을 불안하게 하는 것인가 하는 것은 실제로 당해봐야 안다.

자유가 있는데 자유스럽게 행동을 하지 못하고 말을 못할 것 같으면 그것이 죽임이지 어데 사는 것이라고 말을 할 수가 있겠는가? 이때 아무런 생각 없이 여행을 가면은 얼마나 좋을까? 하고 생각해보지도 못했듯 여행도 가고 싶어진다. 사람들이 여행을 가고, 여행을 일종의 주기적인 습관적으로 가는 것을 볼 수가 있는데 그것이 지금에 생각을 하니 조금은 이해가 될 것 같다. 이런 분위기에 벗어나서 아무것도 생각하지 않고 새로운 것에 적응하면서 호흡이라도 마음대로 하면서 생활하는 것이 얼마나 좋을까 하는 생각을 하게 된다. 그전에는 생각지도 못한 일이 요사이 자주 이상하게도 신선하기도 하고 좋겠다는 생각이 나에게 달려오고 한다. 호흡을 부담 없이 크게 내쉴 수 있는 환경이 되면 얼마나 좋을까.. 왜 이런 생각이 날까? 여러분 생각을 해보세요, 지금상태의 환경에서는 호흡도 마음대로 할 수가 없는 분위기이다. 어떻게 사람이 아프거나 문제가 있으면 그 문제를 해결을 하면 되는데 이 문제는 해결도 되지 않고 그냥 매일 숨 막이는 감옥살이 같은 삶, 정말로 답답하고 어찌 할 바를 모르겠다. 이렇게 말을 하면 이해를 못하는 분들이 많을 것이다. 이런 환경을 겪어 보지 못했기에 이상스럽게 생각을 할 것이다. 이것이 우리가 흔히 말하는 죽을 맛인 것이다. 죽을 맛이 따로 있는 것이 아니고 이렇게 창살 없는 감옥살이를 하고 있으니 말이다. 이런 분위기를 겪으면서 감옥살이를 하는 분들의 심정을 어느 정도는 이해가 된다. 앞에서도 말을 했지만 자유가 있으면서도 자유가 없는 생활 정말로 힘들다. 자유롭게 몸을 움직이고 있지만 움직이기는 것이 아니고 아빠의 눈초리에 맞추어 움직이는 이 행동이 정말로 내 행동이고 자유로운 행동일까. 믿지 못하고 사람을 이상한 곳으로 몰고 가는 이 심정을 누구한테 하소연을 할 수도 없다. 이런 상황을 남에게 하소연을 하면 우리의 창피고 우리의 자존감이 상실이 되는 것이다. 환경의 변화를 우리는 쉽게 생각을 한다. 그것은 얼마든지 할 수 있다. 변환된 환경에 맞추어 가면 된지 못할 것이 없지! 하고 큰 소리 치는 사람을 많이 볼 수가 있다. 그것은 잘 알다시피 남의 일이니까 그렇게 말을 하고 쉽게 적응을 할 수가 있다고 하지만 막상 자기일로 자기 앞에 나타나게 되면 그렇게 쉽지가 않다.

차라리 모르는 사람과 어떤 변화를 겪으면서 적응하는 것은 가능하다고 본다. 저도 그렇게 할 수가 있다고 자신 있게 말은 할 수가 있다. 이것은 남이 아니고 가족이다. 이 가족이란 울타리가 사람을 더 죽인다는 것을 우리는 알아야만 할 것이다. 가족이기에 너무 심하게 자존감을 깨어 가면서 어떤 변화를 정지시키기가 그렇게 쉽지가 않다. 말도 그냥 하고 싶은 데로 할 수도 없고, 가족을 떠나서 어떤 심한 언동의 언사를 사용을 할 수도 없기에 더욱더 사람을 괴롭히고 어느 한계 이상의 행동이나 언어를 사용하지 못한다는 것이 큰 장애가 된다. 그 장애물을 없애고 그 장애물을 뛰어 넘는 행동을 아빠 앞에서는 할 수가 없다. 그렇게 되니 이 반항적인 아빠의 행동을 다르게 저지할 방도가 없다. 그렇다고 해서 경찰서에 신고할 수 있는 일도 아니고, 이것은 어떻게 보면 장기적인 인내가 요구되는 전쟁이기도 하다.

엄마가 옆에 없어도 조금은 해결하는데 희망이 있을 것이다. 엄마는 그래도 당신의 남편이기에 애정이 있고 사랑이 있어서 자식이 생각하는 각도와는 다르다. 아빠의 행동이 이해가하기가 힘들고, 조금은 사람이하의 행동으로 보이기 때문에 저질적인 말로 대들어도 볼까하는 심정이기도 하다. 엄마는 그렇지가 않은 것 같다. 무언가 마음이 아프고 지금의 삶이 옛날과 다르니 마음에서 일어나는 분노 때문에 그렇게 하겠지 하는 조금은 달리 생각하는 것 같다. 그래서 아빠는 그것을 믿는 것 같기도 하고 해서 그런지는 몰라도 정말로 이해를 못하겠다. 조금은 심한 말을 입앞에 까지 나온다가 그만 중지를 하고 중지를 하고 한다. 자식이 아빠는 생각하는 각도와 엄마가 아빠를 생각하는 각도는 엄밀히 말하면 엄청나게 다를 것이다. 그래도 반평생을 같이 같은 이불 속에서 생활해온 부부데 무엇이 달라도 다른 것이 있을 것이다. 자식들이 근처에도 갈 수 없는 그런 무언가가 있기에 쉽게 막말을 못하고 그냥 반항적인 아빠의 태도에 그저 멍청이 쳐다 볼 뿐이다. 그러면서도 엄마는 해결도 못하고 그냥 눈물만 흘리는 것이다. 그 눈물 속에는 많은 사연들이 놓아 있겠지. 아무리 달래도 변화는 없고 말을 하지 못하는 애달픈 심정일 것이다. 오랜 같이 살아왔는데 엄마의 아픈 마음을 몰라줄까? 다른 한편으로 생각을 하면 조금은 나쁜 표현이지만 아빠는 사람같이 보이지를 않는다, 이렇게 까지 다들 자기 앞에서 꼼짝을 못하고 말도 못하고 엄마는 울기만 하는 상황에서 일관적으로 반항적인 태도를 취할 수가 있는 것일까 정말로 사람이 아닌 것 같다. 지금까지 고생해서 식구들을 보살피고 돌봐온 것은 무엇이고 지금에 이렇게 반항적인 태도로 우리를 적개 시 하는 것이 무엇이라 말인가? 답답할 뿐이다.

　　사람이라면 조금은 변화를 해야 할 것이다. 돌아앉은 신에게도 빌고 기도를 하면 돌아　앉을 것이라고 했는데 가능할 것이다. 우리도 지금까지 힘들었지만 아빠도 그렇게 고자세에서 반항적으로 행동을 했을 때는 나름의 고통도 있었을 것이다. 사람이라면 조금은 이해를 하고 우리를 이해하는 측으로 넘어갈 것이다. 서로 간에 누구를 죽이고 누구를 억매이게 하지도 않는데 간단하게는 넘어가지를 않지만 지금까지 인내를 갖고서 행한 행동을 봐서라도　조금은 이해를 하고 양보하는 자세에서 돌아설 것을 믿어본다. 그렇게 하는 것이 사람이고 사람이 살아가는 도리라고 들어왔다. 조금은 옛날의 정을 생각해서 양보의 정신을 발휘하게 될 것이다. 이유는 우리 아빠이기에 가능할 것으로 생각을 한다.

1-8
부부간에 불평불만 상승

부부가 살아가면서 제일 중요한 것이 신뢰라고 생각을 한
다. 아빠 퇴임 후에 부부간의 신뢰가 깨어지면 정말로
힘들게 살아가야 하는 환경을 맞이하게 된다. 이것은 누가 누구를 불신
하고 불신하지 않는 것이 중요하지 않고, 무조건 부부간에 신뢰의 바
탕이 밑바닥에 깔려 있어야만 한다. 우선은 대화가 되고 어떤 일이 있
어도 믿음이 형성되어서 그 가족의 힘이 생기고 그 가족의 화목이 형
성되고, 그렇게 될 때 행복이 따라오는 것이 아닐까? 어느 가족이고 부
부간에 신뢰에 기초가 되는 믿음의 생활이 형성되지 않으면 짜증만 생
기고, 모든 생활의 삶이 바르게 이루어지지 않은 삶이 될 것이다. 이런
생활이 연결되는 삶 속에는 상대방에 대해서 비판의 소리도 높아진다.
신뢰가 깨어짐에서 오는 삶에는 제일 먼저 등장하는 것이 상대방의 행
동, 언어 등 무조건 비판, 불만으로 연결되는 것이 엄청난 문제가 될 것

이다. 다행히 퇴임 전에 자식들이 결혼을 끝냈으면 모르지만 그렇지 않는다면 더 많은 불평, 불만이 쌓여지게 된다. 그들의 결혼을 위해서 준비를 하거나, 그렇지 않으면 결혼에 필요한 자금을 활용하는 차원에서도 그냥 넘어가지가 않는다. 우선은 상대방의 말에 불만을 먼저 토한 후에 대화가 시작되기 때문이다. 이런 과정을 가지지 않으려면 무엇을 해야 할 것인지에 대한 많은 생각을 해야 할 것이다.

이제까지 살아온 부부간의 정이 하루아침에 멀어진 느낌을 받는다. 이런 위치에 있을수록 서로 냉정하고 객관적인 마음을 가지도록 하는 것이 우선일 것이다. 물론 외로움과 자신의 자신감 부족에 따른 남편의 변화에 대해서 사모님들은 놀라기도 할 것이다. 마음이 아프지만 그래도 한 번쯤은 숙고해서 대화를 하도록 하는 것이 좋은 대화의 방법이 아닐까? 아빠들도 어제의 나의 가장인 위치, 어제까지 일할 때 나의 위치를 생각해서 자신이 아직도 이 가족을 대변하고 있다. 오늘도 이 가정을 대표하는 사람이라는 생각은 조금은 멀리하자. 이제 새로운 학교에 입학한 것처럼 나를 한발 뒤로 물러 서서 생각하자. 이제는 노는 사람이므로 그것에 따른 내 생각과 행동도 어제와는 다른 생각으로 나를 내가 제어하는 방법을 터득하자. 자성하는 자세로 하루하루 생활을 하다 보면 새로운 인생의 출발점에 있는 나를 발견할 것이다. 제발! 빨리 알아야 할 일이 지금 어제와 다른 세상으로 들어가는 시점에 있다는 것을 인색했어야만 할 것이다. 나의 자세가 어제와는 다르다는 것을 인식하게 되겠지. 다른 세상으로 입학하는 것에 대한 나의 자세, 나의 태도, 내가 무엇을 중점적으로 배우고 달려야만 이 가정에 어제까지 행복의 꽃이 오늘도 내일도 계속해서 피울 수 있을까 하는 긍정적이고 객관적인 사고를 했어야만 할 것이다. 서두에서도 말을 했지만 지금이 이 바다에는 나 혼자서 돛단배를 운영해야 하고 처음으로 바다에 왔으면 그 바다에 대해서도 연구하고, 이 바다에서 내가 우선할 일이 무언가를 생각하는 자세 그것이 필요할 것이다. 주위의 지인들이 늘 하시는 말씀이 나이가 많아도 배워야 한다고 말을 새겨 들어야 한다. 주위에 보면 평생학습이란 말이 그렇게 생소하고 강 건너 불구경하듯 보이지 않는 것처럼 말이다. 이런 평생학습을 잘 이용하고 활용하여야만 지금까지 한 번도 와 본 적도 없고, 경험하지 못한 바다 위에서 생활하는 방식, 바람이 많이 불고 파도가 심하게 치면 이 배를 어떻게 운영할 것인가를 판단 잘해야 하는 것처럼, 지금의 가정도 어제와 오늘이 내가 있는 위치가 다르고 내 역할이 다름을 알아가는 것이 제일 우선이 아닐까 한다. 그냥 가정이니까 언제 와 오늘도 같다는 생각, 늘 하듯 행동, 하듯 습관대로 생활을 이끌어가야 할 장소가 변했고, 대화도 변해야만 한다는 사실을 아빠들은 인식하지 못하고 있다. 늘 했던 것처럼 하면 된다는 고정관념에 사로잡혀서 한 발짝도 앞으로 전진을 못한다. 그 자리에서 새로운 생활에 대한 인식이 부족하고 늘 익숙한 습관대로 살아갈 것으로 자신을 이끌어 가고 있다. 세상은 그런 것이 아님을 알아야만 할 것이다. 지금의 세상은 한 시간이, 단 하루가 옛날의 10년 세월의 변화를 같이 가져가고 있다는 것을 아빠들은 모르는 것 같다. 오직 가족만을 생각하다 보니 옆으로 돌아서서 세상을 바라보는 눈이 없어져 버린 것이다. 막상 일을 놓고 돌아서서 보니 지금까지 보아왔던 세상하고는 많이 달라진 세상을 만나게 된다. 그렇게 만나고 보니 당황하고 자기 자리가 어느 곳으로 밀린 것인지 지금의 위치에서 어떻게 할 바를 모르는 어린 양처럼 자기의 부족함에 놀라고 있다. 그 부족함에 새롭게 대비하는 자세보다는 자기의 평소 행동에 그냥 고수하려고 하다 보니 매사 트러 벌이 일어난다. 자식들과 대화가 멀어지고 아내의 말에도 불만과 불평이 앞서게 된다.

부인은 어제의 우리 남편이 오늘의 우리 남편으로 생각하고 대접하는 것이 아님에 한 발짝 상기한 기분으로 말을 하게 된다. 그렇게 생활을 하다 보니 받아들이는 아빠는 무언가 모르게 마누라한테 지시를 받는 기분이 든다. 아내의 대한 생각에 화가 나고 옛날처럼 정답고 행복한 나눔의 대화가 되지를 않는다. 그것이 하루 이틀 쌓여가는 불신, 불만으로 연결되어 어쩌며 생각지도 못한 사태의 환경으로 접어들게 된다. 사모님들은 남편을 대할 때 그냥 대하는 것이 아니고 다른 사람과 비교해서 대하는 태도가 많다. 비교의 말씀이 더욱더 부부간에 틈을 생기게 하고 그 틈이 정말로 사람의 행동으로는 막을 수 없는 틈이 되고 만다. 시작이 반이라는 말처럼 그런 비방, 비판으로 남편을 대하는 태도, 그런 분위기를 신속하게 인식을 하고 시모님의 태도도 한 번쯤은 뒤돌아보고 반성하는 것이 있으면 좋을 것 같다. 새롭게 적응해야 할 아빠의 태도도 변화가 있으면 조금은 낮지 않을까? 무엇 때문에 일어나는지는 그것에 전문가 아니므로 정확한 답변은 할 수가 없다. 현재는 황혼 이혼이 신혼이혼 숫자를 앞서고 있다고 언론들이 앞장서서 보도를 하고 있다. 이것이 이런 문제에서 유발되는 것이 아닐까? 깊이 생각을 하지 안 해도 원인은 다른 것이 아닌 것 같다. 우리들 아빠가 어제나 오늘이나 변함없는 자기의 관습에서 벗어나기 싫어하고 벗어나기 위해 조금도 변하지 않은 태도 습관이 이렇게 만들어가는 것이 아닐까? 좀 더 깊이 있게 생각하고 불평과 불만에 앞서 사모님을 사랑하고 칭찬하는 아빠들의 자세는 어떨까? 궁금하다. 제대로 노후에 멋진 삶을 이어 가기 위해서는 새롭게 학교에 입학했으면 좋겠다. 그 학교에 맞는 규칙 습성을 배우도록 노력하는 자세가 자기를 행복하게 할 것이다. 또는 즐거운 삶으로 연결을 위한 노력하는 태도가 제일 급선무다. 학교 이야기를 했는데 퇴임한 아빠들은 새롭게 시작되는 인생의 현장이 어쩌며 지금까지 다녀 보지 못한 새로운 학교에 입학했다는 사실을 인식을 해야 한다. 학교 들어가기 전에 나름의 연구도 하고 준비도 해야 한다. 그 학교에 대해서 다양하게 분석하는 태도 내가 무엇을 준비하고 어떤 각오로 이 학교에 다녀야 할 것인가 고민도 해야 한다. 끝을 맺기 위해서는 나름에 어떤 자세로 학교생활을 하겠다는 결심이 필요하지 않을까? 이와 똑같이 우리는 새로운 결심 새로운 준비, 새로운 태도가 필요하다. 이런 준비가 없을 때 내가 앞으로 살아가면서 받아야 할 상황은 자기 스스로가 해결을 해야 한다. 아빠들이 만든 굴레에서 벗어나지 못하고, 어쩌면 영원히 헤어나지도 못한 신세가 되어 하늘만 쳐다보는 삶으로 진행될 가능성도 있다. 그렇지 않으면 생각지도 못한 삶으로 흘러갈 삶이 되지 않을까? 무척이나 걱정이 된다.

이시기가 되면 아빠인 나도 무척이나 힘들고 무언가 부족감에 빠지게 된다. 사모님도 똑 같다. 옛날은 잘 들어 보지 못한 말이기도 한 갱년기란 말들 많이 한다. 이 갱년기가 여성분들에게 엄청나게 큰 스트레스 주는 것 같다. 마누라도 가끔은 얼굴에 홍조가 되어서 어찌할 바를 모를 때가 있는 상황에 있다. 아빠는 이렇게 힘들게 갱년기를 보내고 있는 엄마의 마음을 알 것인가? 궁금하다. 조금만 생각이 있는 아빠라면 나도 퇴임 후에 힘들지만 집안을 지금의 위치까지 오는데 많이 힘든 아내를 생각하는 시늉이라도 한다면 좋겠다. 어떻게 보면 자기만 알고 자기의 이익만 챙기는 분을 무슨 말로 표현을 해야 좋을까? 살다 보면 자기의 일도 모르고 남의 일도 모르고 사는 날이 많을 것이다. 아빠는 외부에서 활동을 하다가 지금부터 내부에 안착하는 사람이다. 안에서 안주하면 안에서 무슨 일들이 일어 나였고 지금도 무슨 일이 일어나고 있나 하는 것에 만족을 하면 안 된다. 외부에 지금까지 노출되어 온 눈을 안으로 돌려서 안에서 불안하고 문제가 무엇인 있는지 확인하는 것이 순서가 아닐까? 직장생활에서 성실하게 능력 있게 근무를 했으니 지금부터는 내 안에서 제대로 활동하겠다는 생각을 못할까? 가장 가까이에서 살고 있고 매일 같이 이불 속에 같이 자면서 마누라가 갱년기로 어떤 스트레스 받고 있는지도 파악 못한다는 것이 있을 수 있는 일인가? 아빠 외로움의 불만은 있으며 남의 불만은 모르나. 가장이란 것을 사전적 의미는 모르겠지만 현실에서는 가족을 대표해서 가정의 전반적인 문제점들은 파악을 해야 되는 것이 아닌가. 이렇게 서로의 자기 입장만 찾으면 별것 아닌 것도 별것처럼 불씨의 씨앗이 된다. 그 불씨의 씨앗이 불평과 불만을 낳으면서 가족의 환경을 유지한다. 그럴 때 그 가정이 어떻게 될까 조금은 궁금하다. 가족은 조금은 부족하고 조금은 재능이 떨어지고 해도 서로 간에 이해하고 조언하고 도와주면서 사는 것이 가족인 것으로 안다. 아빠가 퇴임 후부터는 이상하게도 이런 가족의 애정 흐름이 흔들리고 깨어지기 시작을 한다. 그렇게 깨어짐에서 아빠의 불만 엄마의 불만들이 연이어 불꽃으로 변질되고 끝내는 집안에 싸움의 불똥이 일어난다. 한마디도로 말을 하면 상대방의 말에 무조건적인 불평이다. 어떻게 보면 불평불만을 입에 달고 살아가는 것 같다. 입에 달고 살아가는 불만 불평 때문에 소통이 되지 않는다. 소통을 하려고 하면 먼저 아빠가 그런 말같이도 않는 말은 하지 말 것을 일방적으로 막는 것이 지금은 습관이 되어다. 그런데 아빠한테 너무 많이 기대하고 있는 마음이 문제가 아닐까? 아빠도 퇴임하고 나서 마음에 느끼지 못한 무엇이 있을 것이다. 그렇지 않으면 지금까지 가족이 행복하게 잘 살아왔는데 말이다. 그럼 우리 자식들이 조금 한 발짝 물러서서 가만히 지켜보고 우리 행동을 부드럽게 가져보는 것도 괜찮지 않을까? 양보란 것을 이때 사용하는 것이 아닐까 하고 생각을 해본다. 상대방에 대한 내가 믿지 못한다는 마음을 먹게 되면 옆에 있는 사람이 노력해도 수긍이 되지를 않는다. 아무것도 아니 것에 우선은 화를 내고 상대방은 무조건 다 틀렸다고 생각하고 받아들이는 자세가 문제다. 말을 회피할 때는 말이 없다가, 불평불만으로 전환된 상태에서는 입에서 말이 멈추지를 않는다. 그 말이 들을 수 있는 말이고 대화의 소통이 되는 말을 하면은 그래도 이해는 된다. 이것은 말도 안 되는 말을 한다. "어 밥 먹을 때 입 띠지 말고 먹어, 비싼 밥 먹으면서 무슨 쓸데없는 말이 많아." 이런 식으로 말을 하니 이해가 되지 않는다. 누군들 비싼 밥인 줄 모르냐? 성인 이상의 식구들에게 아빠가 이렇게 말을 할 때 그냥 아무 말도 못하고 밥을 먹는다. 그렇게 먹는 밥이 위에서 소화가 어떻게 될 것이면 더 이상 밥맛이 없어서 밥을 먹지를 못한다. 그렇게 말을 해놓고 아빠는 아무 말도 하지 않은 사람처럼 혼자서 당당하게 식사를 한다. 이 말을 엄마가 듣고 나서 무슨 생각이 나깔? 엄마도 폐경이라서 지금 신경이 날카로워질 때로 날카로워진 진 상태다. 이것은 극과 극을 달리는 자동차 경주도 아니고 어느 방항으로 벗어날 것인지 아무도 모르는 상황들이 식탁 위에서 일어난다.

위에서 말하는 것처럼 직설적으로 말을 하면은 그래도 듣기나 할 수 있다. 어떤 때는 혼자서 옆에 있는 사람이 들을 수 없는 소리로 계속해서 중얼거리다. 누구에게 욕을 하는지 그렇지 않으면 불평을 하는 것인지 도저히 들을 수 없는 말로 혼자서 야단법석을 떨어 댄다. 힘들게 살아가는 방법도 여러 가지라고 했는데 이것이 그런 것 같다. 특히 아빠는 철 다루는 회사를 다녀서 그런지 인문학이란 개념이 머릿속에 없는 것 같다. 그러니 저렇게 퇴임을 했다고 하루아침에 변하고 가족이란 개념을 가질 수 없게 만들고 있다. 그냥 돈이면 최고고 회사에서 일을 잘하면 최고란 관념으로 몇 십 년간 일을 해서 그런 것이 아닐까 하는 생각도 든다. 너무 한 곳에서 몰입을 하게 되면 옆에 다른 것은 보이지도 않는다고 했는데 그 증상이 우리 아빠한테 온 것이다. 그것은 나의 추측이지 정확한 답변은 아니지만 그래도 조금은 영향이 있을 것이다. 회사 다니면서도 외부 활동이나 봉사활동을 했으면 어느 정도 사람의 삶에 대해서 듣는 귀도 있어서 조금은 다를 것인데 그렇지가 않는 것 같다. 주위 지인들이 말을 하는 것을 들을 수가 있다. 나이가 들면 어린 아기가 된다고 했다. 흔히들 지금은 100세 시대라고 하지만 무언가 부족한 것이 있는 사람은 조속하게 노인이 될 수 있으니 그런 쪽으로도 생각이 든다. 어린 아기들은 조금만 자기 마음에 들지 않으며 울거나 짜증을 불리는 것을 볼 수 있다. 그 모습을 지금 우리 집안에서 일어나고 있으니 이것이 문제다. 어린 아기는 가르치고 지도하면 발전을 기대를 바랄 수가 있다. 늙은 어른을 어찌할 방법이 없으니 이것이 큰일이다. 아마도 따로 큰일이 이것보다 더 큰일은 없을 것이다. 지금은 우리에게도 과도기가 아닐까 한다. 앞으로 이런 시대로 가기 때문에 여기에 대해서 전문가나 전문교육기관이 교육을 하는 것도 생각을 해야 할 것 같다. 이런 일은 당하지 않은 사람은 무슨 말인지 이해를 못할 것이다. 그러니 어렵고 힘든 것이다. 이런 일을 밖에 나가서 외치지도 못하는 일이다. 불평 소리 중에 이런 말도 있다. " 왜 시간이 이렇게 가지를 않아, 지루해서 못 살겠다." 외치는 말을 들을 수 있다. 이것이 이분들을 죽이는 일이고 힘든 일이다. 몇 십 년 동안 직장 생화를 하면서 지루함을 몰랐다. 집에 있어보나 세월을 낚을 방법이 없다. 세월을 낚을 도구나 준비물도 없다. 세월이 가지 않는 것이 당연하다. 하루 종일 아무것도 하지 않고 빙글빙글 돌아가는 것이 조금은 이상하게 느껴질 것이다. 이런 다양한 일에서 불평불만이 매일매일 쌓여만 가는 퇴임 후의 아빠의 상황이다. 조금은 불상하다. 할 일이 없이 오직 입만 자꾸 사용하다 보니 그것이 불평이고 불만이 나오게 된다.

1-9
움직임이 싫다

나이가 들면 어떤 것을 배우거나 행동의 변화를 싫어하는 것이 노후와의 과정인 것 같다. 주위에 보면 변화 없이 그렇게 살아가려고 하고, 또 지금까지 살아온 패턴에 변화 주는 것을 무척이나 싫어하는 것이다. 그것이 대표인 적인 사례인 것 같다. 제일 싫어하는 행동이 아마도 움직이는 것으로 생각된다. 특히 퇴임 후에는 놀아야 한다는 생각이 제일 먼저 마음속으로 달려온다. 조금한 일을 하는 것도 싫어하고 그냥 앉으면 앉은 데로 그대로 세상을 허비하는 생각에 몰입하는 것으로 보인다. 옆에서 보는 가족들은 그 행위가 무척이나 마음에 들지도 않고 보기도 싫어진다. 당사자는 지금까지 돈 벌어온다고 많이 고생을 했는데 이렇게 노는 것이 적절한 행동으로, 아닌 어쩌며 정상적인 일로 일관하는 생각으로 아빠를 잡아 그냥 안주하는 쪽으로 몰아가는 상태를 지속시키고 있다. 지금의 우리들에게 무엇이 제일 필요한 것일까? 한번 생각을 하여보면 건강일 것이다. 퇴임 후에는 우리들 곁으로 오는 것이 나이며, 그 나이가 우리 건강에 적신호를 줄 수 있는 연령에 도달하는 것이다. 아무것도 하지 않고 앉아서 노는 것이 최상으로 생각한다면 이것은 좀 생각을 달리해야 하는 것이 아닐까? 잘은 모르지만 동물의 세계는 움직이는 것이 정석이므로 동(動) 물이라고 한다는 말을 어느 책에서 읽은 것 같다. 움직임을 싫어하는 것은, 달리 말을 하자 면 자기를 죽이는 길로 인도한다고 봐도 틀림이 없을 것 같다. 위에서 말한 것처럼 사람은 동물에 속하는 동물이므로 여하튼 움직임 있는 생활이 되어야만 삶의 활력소를 찾을 수가 있을 것이다. 시작이 반이라 말을 하는 것처럼 퇴임 후에 바로 이런 좋은 움직임에 익숙하지 않으면 가면 갈수록 엄청나게 힘들어지는 삶이 될 것이다. 우선은 생활하면 남과도 부딪치고, 자신에게도 몸을 움직이면서 나름의 어떤 활력소가 되는 일을 찾는 것이 우선일 것이다. 그런 것에서 멀어지는 행동을 하게 되면, 나는 앞으로 정말로 무엇을 하고 살아야 할 것인가 하는 것에 조금은 생각하는 자세가 필요할 것인데 그렇게 하려고 하지 않는다.

이런 말을 우리는 알고 살아왔다. 서서 있는 것보다는 앉는 것이 낫고 앉는 것보다는 누워있는 것이 낫다는 말이 있는데, 이것은 잘은 모르지만 게으른 사람들이 자기들의 게으름에 합리화하기 위해서 만든 말처럼 들린다. 움직이면 근육에 힘이 들어가고, 근육을 단단하게 함으로써 건강도 유지가 된다고 한다. 그냥 자기를 노는 것에 몰고 간다는 것에 우리는 많은 생각을 해야 할 것이다. 「치매가 앞으로는 암보다도 더 앞장서게 될 것이라고 가끔 언론에서 보도하는 것」을 들을 수가 있다. 그 치매를 예방할 수 있는 비법이 걷는 것이라고 알려주고 있다. 즉「걷지 않으면 치매가 온다는」말이다. 걸을 수 있는 사람은 정말로 활기차게 걸어야 한다. 근육 량은 나이를 먹으면 저하된다. 극단적인 운동은 필요 없지만 걷는 근육은 유지해야 한다. 일본의 의사 분이 쓴 신 책 속에의 글귀다. 이분도 자기 어머니가 치매를 앓고 있는데, 엄마 치매에서 얻은 경험으로 이 책을 썼다고 했다. 그중에서 움직이지 않고 그리고 걷지 않으면 치매가 온다고 강조를 하고 있다. 이 글귀를 읽고서 우리가 느낄 수 있는 점은 위에서 말한 것처럼 움직임을 강조한 말과 무엇이 다를까요? 움직임으로 나의 인생의 변화를 찾아가는 활력소가 되도록 한다면 얼마나 좋을까? 환영하고 싶다.

뇌의 전문가들도 말을 하고 있는데 움직임이 뇌에 그렇게 좋은 영향을 준다고 하네요. 그렇게 되면 몸의 활동으로 먹는 것에도 많은 영향을 받을 수가 있다고 한다. 정말로 움직임으로 해서 얻을 수 있는 장점이 한두 가지 아님을 우리는 주위에서 느낄 수가 있다. 많이 움직이면 근육에 힘을 주고 그리고 음식을 먹는데도 맛있게, 많이 먹으니 여러 가지가 신체에 좋은 영향을 주고 있음을 알 수가 있다. 자기를 폐인으로 몰아가고 자신을 죽이는 이런 일은 없어야 되는 것이 우리들 삶의 현실이 아닐까? 우선 자신도 무언가를 할 수 있다는데 목표를 두고 생활하면 어떨까? 하고 의문을 제기하고 싶다. 그렇게 움직이면 뇌의 활동으로 자기 나름의 일도 만들어 갈 수가 있을 것이다. 처음부터 너무 큰 것을 하지 말고 작은 것부터 시작한다. 그 작은 것이 모이고 모이면 큰 것을 만들 수가 있다. 우리는 주위에 그런 것이 많다. 작은 물방울 하나하나 모여서 강을 이루고 나중에는 그 강물이 바다를 형성하는데 큰 힘의 근본이 되는 것처럼 그렇게 하도록 하는 것이 좋을 것인데. 우선은 움직임에 파란 신호등 불을 붙여보는 것이 어떨까. 그렇게 큰 것으로 시작하지 말고 작은 것, 놀고 있는 것보다는 무언가 조금 한 것을 하겠다는 생각이 중요할 것으로 여겨진다.

움직임이 없이 사는 삶이 자기 자신을 다른 사람과 다르게 살도록 유도하는 길이다. 어울려 사는 세상에 자기 혼자 살 수 없다. 자기의 표현을 할 수 있는 사회생활에 적응하려는 자세가 필요한 것이다. 나이가 들수록 가족들에게 대접받기로 기다리지 말고, 내가 가족에게 대접하는 자세가 필요하지 않을까? 한 발짝 한 발짝 움직임의 행동이 시작이 되지 않을까? 작아지는 아빠가 필요한 것은 이렇게 움직임의 생각, 행동이 중요할 것이다. 가족들도 함께하는 생각에 아빠가 움직일 수 있는 분위기를 만들어 보는 것이 어떨까? 묘하게도 인간의 뇌를 이해를 못할 것 같다. 요놈은 조금 여유를 주면 그냥 아무것도 하지 않고 그냥 있는 것을 무척이나 좋아하는 것 같다. 의사가 아닌 분이 무엇을 알 까마는 경험에 의하면 그냥 앉아 있기를 좋아하게 리드를 한다. 서두에서도 말을 했지만 조금만 틈을 주면 놀고 앉고 눕고 싶은 생각으로 몰아간다. TV 볼 때도 처음에는 앉아서 보다가 조금 후에 자세를 확인해보면 한쪽으로 비스듬히 누워서 보는 자신을 발견한다. 이런 상황을 볼 때 우리가 움직임을 싫어하고 여하튼 움직임에는 특별히 저항을 못하는 이유가 아닌가 하는 생각이 자꾸 머리에서 올라온다. 이때는 왜 이것에 이기자 하는 생각이 머릿속에서 일어나지 않는 것인지 무척이나 궁금하다. 기회가 있으면 움직여야 하는데 기회만 있으면 움직임에 저항하는 아이처럼 보이는 것이 조금은 마음이 안타깝게 생각도 된다.

지금은 그런 실정이 아닌데 조금은 이상하다. 직장생활을 할 때도 일은 하기 싫어했었다. 기회만 있으면 남보다는 일을 덜하고 월급은 많이 받고 싶은 심정으로 일을 한 것 같다. 저만 그런 것이 아니고 보면 특별한 몇 사람을 빼놓고는 거의 다가 적게 일을 하는 것을 무척이나 바라고 일을 한 것 같다. 그 당시에는 그래도 노는 시간보다는 일을 하는 시간이 많기에 건강에 큰 부담 없이 일을 한 것 같다. 지금은 그때가 아닌데 아직도 그때를 생각하고 있는 것은 아닌지 궁금하다. 내가 나를 제대로 알지 못하고 살고 있으니 퇴임 후에도 제대로 만족한 삶을 살지 못하고 남에 눈이 움직임을 싫어하는 사람으로만 보이게 하고 있는 것이다. 퇴임 후에 재취업을 해서 인도에서 약 2년간 일을 한 적이 있다. 인도 사람도 저같이 일을 멀리하고 그냥 기회만 있으면 그늘이 있는 나무 밑에서 눕는 것이 그들의 일이다. 물론 더운 나라고 또 그렇게 먹는 것을 많이 먹지를 못하는 것 같다. 인도 사람은 체질이 약해서 일을 제대로 수행을 못하는 타입이다. 그 사람들을 보면 조금은 애석하게 생각도 된다. 그렇게 적게 먹고 그냥 움직임을 적게 하니 신체에 근육을 찾을 수가 없었다. 그런 과정을 잘 알면서도 움직임에 원활하게 하지 못하는 자신이 무척이나 미워지기도 한다. 위에서 말을 했듯이 사람은 이유 없이 무조건 움직임을 제대로 하고 먹는 식사를 잘 하면 삶이 어느 정도 즐거움을 가질 수 있는 것이 아닌가 합니다. 그 당시 인도 사람들을 보고 느낀 점이 많았다. 사람들은 발등에 불이 떨어져야 움직임이 시작된다고 어른들이 늘 말을 하는 것을 들을 수가 있다. 그렇게 움직임 없이 사는 인도 사람들을 보고 느꼈으면 움직이고 활동을 해야 하는데 그렇지 못한 것을 보면 아빠도 역시 조금 부족한 사람일 뿐이라는 생각을 하게 한다. 인생에 또 다른 전환기를 만났으면 더 감동적인 생각으로 자신을 이끌어 가야 하는데 그렇게 하지 못하는 아빠를 보니 마음이 아프다. 다들 그런 점에서 사람이 사람이상으로 전환할 수가 없구나 하는 것을 많이 느끼게 된다. 다들 아시겠지만 나이가 들면 제일 먼저 엉덩이 와 다리의 살이 빠진다고 한다. 살이 빠지면서 살이 올라붙는 곳은 배라고 한다. 그분의 배를 보면 나이가 먹었는지 젊은 나이인지를 알 수가 있다는 말을 알 것 같다. 이 말은 전문가가 아니라서 잘은 모르지만 활동 즉 움직임이 적기 때문에 먹는 음식의 지방이 배에 가져다 붙이는 것이 아닌지 궁금하지만 확실한 것은 움직임이 적어서 배로 가는 것은 맞는 것 같다. 한편으로 생각을 하면 움직임이 우리에게는 중요한 것 같다.

집에서 생활을 하면서 볼 수 있는 것이 사모님이 하는 일을 보게 된다. 직장생활을 할 때는 사모님 일이 그렇게 열심히는 하는 것으로 알지 못했다. 식사하고 바로 직장 나가고 휴일도 밖으로 출입이 잦아서 집에 머무는 일이 별로 없었다. 상세히 일을 하는 모습을 볼 수가 없었다. 집에 있으면 보니 사모님 일이 보통 일이 아님을 알았다. 하루 종일 즉 잠자리에 들어갈 때까지 무언가를 지속적으로 일을 하는 것을 볼 수가 있었다. 주위의 사모님들이 저의 사모님 보고 몸에 살이 적다는 표현을 하는데 그 표현에 의미가 있음을 알았다. 그렇게 많이 움직이고 일을 하니 몸에 살이 붙을 시간이 없음을 알았다. 지금도 그렇게 움직이고 있다. 다른 사람 같으면 남편이 저렇게 핑핑 놀고 있는데 가만히 놀 것인데 그렇지 않은 것을 보면 완전히 지금은 일이 몸에 익수하여 습관이 되어구나 하는 생각을 한다. 저렇게 나도 할 수가 있을까 걱정이 되기도 한다. 마음은 나도 사모님처럼 해야 될 것인데 하는데 움직이지 못하는 이 몸은 무엇인지 궁금하다. 사모님이 이렇게 움직이는 것이 가만히 생각하면 남자들보다는 오랜 살아가는 원동력이 아닌가 한다. 우리나라도 여성분들이 수명이 평균 10살은 많을 것으로 알고 있다. 회사 다닐 때도 보면 상사들은 늘 의자 앉아서 근무를 하는 것을 볼 수가 있다. 그분들은 그것을 당연시한다. 의자에 앉아서 근무하는 것이 큰 자랑처럼 부하 직원들이 무척이나 부러워하는 것을 큰 자랑인 양 폼을 잡는 것을 많이 볼 수 있다. 그것이 좋은 것이 아닌데 우리는 그것을 좋은 것으로 부러워하고 그렇게 근무를 했으면 좋겠다는 소망을 가지고 있었다. 조금은 무식하게 자기를 죽이고 있는 줄도 모른 체 상사라는 권위를 뽐내고 있다. 그렇게 뽐내고 있는 것을 부러워하면서 쳐다보는 부하 직원도 조금은 무지의 소치가 아닐까 한다. 의자에 오랜 앉아 있는 것이 좋지 않다고 지인들이 가끔 말을 하는 것을 들은 적이 있는 것 같다. 아빠도 그때 상사가 의자에 앉아서 뽐내는 그것이 탐이 나서 저렇게 의자에 앉아 꼼짝을 하지 않는 것인가. 조금은 마음에서 생각지도 않은 울림이 일어나고 있다. 다들 잘 알고 있지만 지금은 100세 시대다, 이 100세 시대를 다른 사람은 100세 까지 살기 위해서 부단히 노력도 하고 운동도 하는데 아빠는 집안에서조차도 움직임이 없다는 것은 무엇을 뜻하는 것인지를 잘 알았어야 한다. 이제는 앉아서 그냥 놀고 살아가는 것은 옛날이야기인 것을 지금에 살아가는 노인네들은 잘 알아야 할 것이다. 아빠는 앞에서 말한 좋은 이야기들이 강 넘어 멀리서 불어대는 바람소리로만 들린 것이다. 아직도 의자에 앉아서 꼼짝을 하지 않으니 말이다. 가만히 보면 궁둥이에 꿀을 붙여 놓은 것 같다.

옛날에는 앉아서 남을 지배하는 것처럼 하는 것을 무척이나 부러워하고 원하기도 했든 시절이 있었다. 지금은 세상이 변했다. 여러분들이 건강프로를 보게 되면 한약방에 감초처럼 들어가는 항목이 있다. 알고 있겠지만 그것이 바로 운동이다. 운동이 따로 있나. 무조건 움직이는 것이 운동인 것을 두 번 다시 말을 할 필요가 있을까? 그렇게들 야단을 한다. 운동이 지금시대에 필수라고 말이다. 그 말을 듣고서 실천을 하지 않는다고 해도 그 말이 진실임을 알아야 한다. 그 말이 진실임을 인정을 하지 않는다. 그 말이 진실이면 자기가 지금 움직이지 않고 있는 상황이 인정을 받을 수 없으니 인정을 하지 않는다. 그냥 하는 말 건강프로에 나오면 하는 이야기가 운동하자 라는 말인데 그렇게 신경 쓸 필요가 없다고 푸념으로 입에서 내어놓는다. 숨통이 터질 노릇이다. 이런 사람과 대화를 하면 정상적인 사람이 숨통 끊어지는 것이 아닐까? 말을 해도 근처에는 갈 수 있는 말이 되어야 하는데 그것은 말도 아니고 정말로 이상하게 들려온다. 이러니 누가 같이 소통을 하고 같이 놀아주겠는가. 이런 자신이 어떤 상황에 지금 놓여 있는 조차를 모르고 그냥 앉아서 움직이지 않는 것이 최상인줄만 알고 있다. 그러니 옆에 사모님 호흡이 늘 끊어졌다 연결 된다 한다. 이런 상황에 정상적으로 호흡을 할 수 있는 분위가 될 것 인지 그냥 의문일 뿐이다. 흔히들 말들을 한다. 모르고 하지 않는 것은 봐줄 수 있다. 알고서 하지 않는 것이 더 나쁘다고 하는데 이것이 그런 것 아닐까. 모르면 옆에서 도와주고 같이 이행하면 되는데 알면서도 하지 않는다. 아빠의 행위 즉 움직지 않는 것이 정당하다고 생각하고 가만히 앉아서 입만 벌리는 것이 어떻게 보면 더 밉다. 두 번 다시 근처에 오고 싶지 않다. 참는 것이 복이라고 했으니 참고 언제 가는 아빠도 진정으로 자신이 무엇을 해야 할 것인지에 대해 답을 알 것으로 믿는다.

1-10
가정과 자신의 돌봄에 멀어짐

직장 생활을 많이 했었기에 이제부터는 잠도 좀 많이 자고, 푹 쉬어야겠다는 생각에 늦잠을 일관하고 모든 행동도 어제와는 완전히 다르게 늘어지는 수양버들처럼 그렇게 가져가고 있다. 행동이 신속에서 완만하게 하는 것이 아니라 이것은 완전히 느림보 행동을 한다. 그러다 보니 사모님 눈에는 정말로 좋게 보이지가 않는다. 사모님의 음성이 높아지고, 어제까지는 그렇게 순한 양인 것처럼 행동이나 말을 하듯 사모님이 오늘에는 완전히 다른 사람으로 변하고 있다. 그럼 그런 것을 예상 못한 우리 아빠가 불쌍하다. 부부 생활도 세월에 맞게, 나이에 맞게 하는 것인 줄을 모르고 살아온 분들이 우리들 아빠다. 그냥 직장에 다니면서 돈만 벌어주면 모든 것이 끝난다는 생각, 그 생각이 오늘 이렇게 아빠를 힘들게 만들고 있다. 더 애석한 것은 어제의 행동에서 내가 이렇게 변한 것은 당연한 것으로 생각하고,

마누라가 변한 것은 다른 각도로 내 머리에 들어오니 여기서부터 나의 생활이 슬퍼지려고 한다. 왜! 진작 이런 것을 생각하지 못했을까? 정말로 너무나 안타까운 일이 벌어진다. 오늘부터 무엇을 해야할지 하는 마음에서 생활되는 삶이다. 과장된 표현을 빌리자면 막막한 바다 한복판에 떠 있는 선박처럼 아무것도 할 수없는 자신을 확인하게 된다. 이렇게 인생이 변화할 것으로는 생각지도 못했고, 생각하지도 못 했다. 그것이 문제다. 오늘이 내일로 계속될 것이라는 생각이 나의 발목을 잡는 결과가 온 것이다. 주위에 지인들이 늘 그런 말을 한다. 매일 생각하고 늘 준비하는 삶을 살아야 한다고 말을 하고 한다. 그런데 진짜 당사자는 그것이 자기에게는 해당이 되지 않음으로 일축한다. 그렇게 일축된 일이 오늘에서야 알게 되고 지금 내가 무엇을 하고 있지 하고, 생각하는 순간에 앞이 캄캄하게 된다. 그 캄캄함이 오늘 이 가정에서 내가 할 일이 아무것도 없다는 생각에 매몰되게 된다.

　　내 가족이나 가정을 위해서 할 일이 없다고 생각하니 정말이지 내가 다 살은 것이 아닌가 하는 우울의 상태로 접근도 가능하게 하고 있다. 특히 사람이 어떤 목적과 목표가 없는 삶을 살아야만 한다고 할 때 얼마나 괴롭고 힘이 들까? 이것이 사람을 죽이는 일이다. 잠자리에서 일어나는 것 조차도 싫어지고, 모든 것이 나와는 관계없는 일로 여겨지는 생활이 시작된다. 이런 삶 때문에 우리들 아빠에게는 찾아오는 방문객이 한 명도 없는 완전히 이 세상 사람이 아닌 상태의 일상으로 돌아간다. 그렇게 돌아가다 보니 아빠의 눈에 들어오는 것들이 완전히 어제와는 다른 세상의 삶을 살도록 아빠를 끌어가고 있다. 자신이 그렇게 내몰린 것이라고 생각을 못하고 있다. 내 주위에 일어나고 있는 상황이나, 사물들이 변하고 있는 것으로만 생각하고 자기는 아무런 이상이 없고 지극히 정상적인 사람으로 생각한다. 어제처럼 빨리 일어나서 출근 준비도 하고 그렇게 하듯 사람이 오늘부터는 논다는 개념이 이 아빠를 이상하게 끌어가고 있다. 모든 것에 손을 떼는 상황이 일어난다. 옆에 있는 식구들이 볼 때는 완전히 다른 사람으로 변하고 있지만, 어떻게 보면 손가락 하나도 꼼짝하지 않을 상황으로 자신을 만들어 간다고 가족들은 생각하기 시작한다. 자신을 돌보고 지금까지 가족의 돌봄, 가정의 돌봄에 멀어져 가는 삶이 일어나게 된다. 그것으로 인하여 사모님하고 완전히 다른 생각에 같은 배를 타고 가는 실정이다. 사모님은 앞으로는 아빠가 놀면서 그동안 사모님 혼자서 힘들게 한일을 조금이나마 나누어서 했으면 하고 생각을 했는데 남편이 이상한 방향으로 변하고 있다는 것에 조금은 놀랐다. 다른 한편으로 괘심하게 생각을 품게 된다. 이 괘심한 생각에 아내의 목소리가 늘 하늘 높은 줄 모르게 올라만 가고 남편의 소리는 작아지는 분위기이다. 직장 생활을 할 때는 센스가 있고, 머리가 잘 돌아간다고 생각을 한 것 같다. 그 머리가 제대로 따라 주지 않고 있다. 마누라가 무언가를 할 것을 요구를 하지만 아빠 자신은 지금 당신이 무엇을 했야 할지를 알아듣지를 못하고 있다. 어떻게 움직일 생각을 하지 않고 그냥 멍청한 자아 상태로 몰아간다. 이것이 지속된다고 생각을 할 때 가정도 물론이지만 아빠 자신도 어떻게 될 것인지 하는 명확한 답변이 없다. 자기 돌봄에도 게을러지고 그냥 노는 것이 자신을 도와주고 있는 것처럼 생각을 하는데 그 생각이 당신인 아빠를 죽이는 일이다. 빨리 그 자리에서 박차고 나와야만 한다. 그런 생활 즉 게으르게 하는 돌봄이 무엇을 죽이고 살리는지를 우리는 알아야만 한다.

어느 통계에 의하면 퇴임한 부부 중에 70% 이상의 부인이 우울증에 걸린 상태란 통계를 보았다. 이런 통계가 왜 나왔을까 하고 궁금하겠지만 답은 나와 있다. 퇴임한 남편들의 행동이나 생각이 어제와 오늘이 바꾸지 않고, 자신은 변하지 않으면서 아내는 변하고 어제와 똑같이 가장의 대우를 고대하기 때문일 것이다. 이런 사태를 봐서라도 퇴임한 당사자인 아빠가 변해만 한다. 특히 가족들에게 또 다른 인생을 걸어가는 출발점에 그 가족들을 이해하고 무언가가 다른 아빠의 상을 만들어야만 할 것이다. 우리는 그렇게 하지 않고 자기는 지금 방구석을 지키는 지킴이면서 주위 사람들에게는 어제와 똑같은 대우를 원하는 것은 조금 맞지 않은 처사가 아닌가 하는 생각을 하게 된다. 우리들의 아빠는 세상이 하루에도 수십 번 변하는 세상에 살고 있음을 이해가 되지 않은 것 같다. 주위의 사람에게 피해를 주고 자신에게도 무엇이 중요한 것인지를 모르고 자기를 돌보지 않고, 그냥 방만 지키고, TV만 보면 다 해결되는 것으로 착가를 하고 살고 있다. 사모님께서 얼마나 답답하고 힘이 들면 우울증이 발동할까? 움직임에 대해 많이들 생각을 하고 움직임이 우리를 살리고, 뇌에도 많은 활성화가 되어서 좀 더 나은 생활을 하는 머리로 돌아가야 한다. 어느 분은 말하기를 우리가 어린이 때 많이 갖고 놀 든 팽이처럼 사람도 지속적으로 움직여만 살수 있다고 한다. 즉 팽이는 사람이 계속해서 때리지 않으면 동작을 하지 못하기 때문에 금방 죽는다. 사람도 계속해서 돌려야 한다. 몸을 움직여함을 강조하는 말일 것이다. 그렇게 해서 사모님도 도와주고, 밖에서 활동을 가정으로 돌려 가정의 돌봄을 시작하는 것이 좋고, 그렇게 되면 사모님한테도 좋고, 나 자신의 건강에도 좋고, 이것이 꿩 먹고 알 먹는 일이며, 서로 좋아하는 일이란 생각을 한다.

이렇게 벌어지는 삶의 방식을 조금만 눈을 돌려서 다른 방식에 '대응'이라는 낡은 습관을 버리고 자신의 눈앞에 벌어진 사태를 새롭게 바라보는 습관을 키우는 것도 포함되어 있다. 새로운 습관은 우리가 더욱 풍요롭고 만족스러운 삶을 누릴 수 있도록 해준다. 이런 습관도 처음에 어렵게 지만 살아가야 하는 현실 앞에서 조금씩 노력하고 꾸준히 실천한다면 새로운 습관도 얻어질 것이다. 나이가 들어가면서 큰 것에 목매고 하는 것 보다는 작은 것, 작은 것을 하루에 조금씩 하다 보면 나의 좋은 습관이 된다. 이제부터는 자신에게 이런 행동적 습관을 만들어 보는데 눈을 돌리면 좋을 것이다. 가정이 우리에게 최소의 단위 집단이지만 그 집단에 속해있는 우리에게는 가정만큼 나에게 큰 행복을 주고 쉼을 주는 곳은 이 세상에 아무 곳에도 없다. 생각해 보면 가정은 정말로 외모는 작을 줄 모르지만 가족들에게는 세상에서 비교할 수 없는 큰 단위의 소속의 보금자리다. 큰 보금자리를 한 분이 다르게 조금 변했다고 해서 가정에 큰 문제점을 유발한다는 것은 생각을 달리해야 하는 것이 오른 것이 아닐까? 물론 아빠는 힘들 것이다. 몇 년도 아니고 몇 십 년을 일하듯 자리에서 물러났으니 조금은 어두운 동굴을 달려가야 하는데 쉬운 일이 아닐 것이다. 퇴임하는 것이 아빠만 하는 것은 아니다. 지금 보면 많은 분들이 퇴임을 하고 있다. 이 많은 분들을 만나보지도 못했고, 앞으로 어떻게 보낼 것인지 물어도 보지는 못했지만 나름의 길을 찾을 것이다. 그분들이 자기의 길을 찾아서 가듯이 아빠도 그렇게 찾고 찾아서 좋은 제2의 인생이 시작을 해야 한다고 생각을 합니다. 조금은 이해하고 옆에서 좋은 말로 호응해주는 분위기를 만들어 보자.

사람이란 환경이 바뀌게 되면 잘은 모르지만 의욕이 떨어지고 지금까지 잘 할 수 있듯 일들도 순간적으로 손을 놓게 된다. 우선은 의욕이 일어나지 않으니 옆에 있는 가족들이 무언가 부족하고 도와줄 일이 있는데도 망설여지고 쉽게 힘이 솟아나지를 않는다. 그렇게 되나 보니 가정에 일이 있어도 남은 일처럼 보이고 그렇게 보이다 보니 남의 일처럼 싫어지고 가정의 돌봄이 한 발짝 한 발짝 멀어지는 것이다. 가족일이 내일인데 도와주고 같이 하기가 싫지만 머리는 있는데 마음이 따라 주지를 않는다. 따라주지를 않으니 가정 돌봄에서 멀어지고 관심 밖의 일이 되는 것이다. 몇 십 년을 저희들을 위해서 일을 했었는데 지금 내가 돌보지 않는다고 무슨 일이 일어날 것인가 하는 생각이 퇴임의 아빠에게 몰리는 생각이다. 퇴임을 해보지 않은 사람은 이해가 되지 않을 것이다. 우선은 내가 무엇을 해야 하는 것인지에 대한 명확한 답변이 내 머리에서 떠오르지를 않는다. 다들 남의 일처럼 생각을 하니 쉽게 뭐라고 하지만 당사자는 그렇지가 않다. 아무것도 하고픈 생각이 없다. 이런 행동에 파묻혀 있는 지금 나 자신도 내가 누군지 하는 생각에 함몰되어 간다. 이렇게 함몰되어 가는 사람에게 어제와 같은 행동을 요구하니 서로가 괴리가 생기고 음성만 높아지는 것이다. 말은 쉽다. 말이 쉬우니 지인들이 말을 합니다. "세상에 말로 해서 안 되는 것이 없다고" 말입니다. 말로 할 것 같으면 못할 것이 없다. 그런데 그렇게 가정을 옛날처럼 돌보고 씩씩하게 하고 싶지만 가슴 한구석에는 지금 내가 누굴 일까? 하는 생각에 갇혀 있다.. 마누라가 여보 불러도 그렇고, 자식들이 아빠라고 불러도 그 말이 내 귀에 들어오지를 않는다. 오다가 중간에 다 날아가 버린 것 같다고 해야 할 것이다. 이런 일이 계속되면 정말로 우울한 기분으로 전환이 되겠구나 하는 생각이 나를 몰아가고 있다.

가정의 돌봄에 등한시하다 보니 가정만 돌보지 않은 것이 아니고 자신도 돌보지 않는 자세로 일관한다. 식사 후에 바로 칫솔질도 하루에 세 번씩 빠짐없이 하고, 먹는 것에도 열심히 챙기고 그렇게 했었다. 당연시 여기고 꾸준히 자기를 관리하듯 분이 퇴임 후에 변해서 아무것도 하지를 않는 것이다. 사모님은 가정을 돌보지 않는 것도 걱정이지만, 당신의 몸도 관리하지 않는 것이 걱정이 된다. 가정의 돌봄은 사모님이 전보다는 좀 더 신경을 쓰면 어느 정도 헤쳐 나갈 수가 있다. 아빠가 옛날처럼 몸을 돌보지 않고 무언가를 잃어버린 사람처럼 그냥 그렇게 앉아있기만 한다. 사모님은 아빠를 한 번 볼 것을 두 번 세 번을 쳐다보고 무슨 일이 일어나지는 않을까 하는 걱정에서 바쁘게 행동을 한다. 사모님이 그렇게 바쁘게 움직여도 별 반응 없이 그냥 쳐다보기만 하지 말도 없다. 사모님은 남편에게 말을 한다. " 무언가 필요한 것이 있으면 언제든지 말을 하세요." 아빠는 "상관하지 말고 자네 볼일이냐 보게" 이렇게 대답을 하는 것이 끝이다. 퇴임이란 것이 아빠에게 이렇게 힘들게 하는 것이구나 하는 것을 느끼게 한다. 가정의 돌봄이나 자신의 돌봄에 큰 무엇을 요구는 하지 않는 것이다. 쉽게 생각하면 쉽고 어렵게 생각하면 어렵다. 지금까지 하든대로 실행을 하면 쉽고 퇴임을 했으니 조금은 다르게 행동을 하겠다고 하면 어려운 것이다. 어떤 행동에 새로운 것을 첨가해서 한다는 생각이 아빠를 어렵게 만드는 것이다. 다시 말해서 지금까지 하든대로 해서 살아 가면은 큰 문제가 없다. 문제가 없는 것을 아빠가 퇴임을 했으니 무언가 다르게 하려고 생각하고 노력하다 보면 아무것도 하고 싶은 생각이 달아나 버리는 것이다. 그 점에 맹점이 있는데 무언가 자꾸만 문제가 있다고 생각을 하고 퇴임을 했으니 다른 삶을 살아야겠다는 생각으로 들어가면 나올 수 없는 환경에 매몰되는 것이 아닐까? 그런 생각에 메몰 되다 보니 답은 찾을 수 없고 옆에서 누군가 말을 걸어오면 모든 것이 싫어지는 태도가 발동을 한다. 그런 발동이 시작되면 아무 말도 귀에 들어오지 않고 아무것도 하고픈 생각이 없어진다. 그렇게 싫어지는 분위기에서 무엇을 할 수가 있겠는가. 그렇게 하루하루를 보내고 보니 진작 가정에 쉽게 해결해줄 일도 도전하기 싫어진다. 물론 움직임도 이행 하지 않다 보니 자기 자신을 돌보는 행동조차도 멀어지게 된다. 그렇게 멀어지면 금방 싫어지는 것이 자신에 대한 애정이 없어지고 그렇게 없어지면 자기 돌봄이란 것에서 완전히 멀어진다. 가끔 퇴임한 분에게 전화통화를 해보면 며칠 동안 면도를 하지 않아서 얼굴이 보기가 싫어졌다는 말을 하는 분들도 있다. 그분도 아빠처럼 자신을 돌보지 않고 살고 있다는 증거다. 다시 일을 하게 되면 몸 관리부터 시작이 되니 사람이 건강해 보이고 옷도 조금은 신경을 써서 입게도 된다. 놀면 이런 것에 모두가 해방이 되어서 정말로 보기 싫은 사람으로 변하는 것이다. 당사자는 그런 보기 싫은 꼴에 대해서 감각을 못 느끼는 것 같다. 해방이라 감에 매몰되어 그냥 가만히 있는 것이 최선이라고 생각하고 모든 것을 버리고 창살 없는 감옥 속에 있는 사람으로만 보인다. 우리가 가정을 돌보고, 자신을 돌보면서 취하는 행동이 별것 아닌 것 같지만 그렇지가 않은 것 같다. 이유는 계속해서 움직이고 머리를 회전시키고 하다 보면 자기를 제대로 보게 된다. 자기를 보면 자기의 꼴이 지금 어떤 상태인지 눈에 들어오는 것이다. 사람의 습성이나 감각이라는 것이 정말로 묘하다는 것을 많이 느낄 수가 있다. 그렇게 해서 돌봄이란 의식을 가져야 하는데 그렇지 않으면 계속해서 돌봄 없이 그냥 가만히 멍하게 있는 삶이 되는 것을 옆에서 볼 수가 있다.

지인들은 가끔 이런 이야기를 들려준다. '세상사는 것 별 것 없는데' 하는 소리를 옆에서 들을 수가 있다. 중년이 넘어서 앞으로 살아가는 인생살이는 별 것 없는데 관심을 내려놓고 살아야 하는 것이 아닐까? 너무 복잡하게 생각을 하지 말고 말이다. 위에서 말했듯 것처럼 가정을 지금처럼 돌보고 자신의 건강도 조금 챙기면 살면 되지 않을까? 지금의 아빠도 퇴임 후에 뭐가 다르게 해보고 다르게 살아야 한다는 생각이 머리에 먼저 들어와 있어서 이렇게 힘든 과정을 겪는 것이 아닐까? 쉽게 살고 단순하게 살면 그렇게 큰 문제가 없을 것인데 하는 마음이 자꾸 고개를 들어 올리고 있다. 가볍게 마음을 먹고 정리하고 옆에 사모님을 똑바로 쳐다보고 무슨 말을 하는가에 신경을 조금 쓴다면 좋을 것인데. 내모습도 가끔은 거울에 비추어 제대로 형상을 이루며 살고 있는지 쳐다보고 부족하고 빠진 부분 채우고 웃기도 하면서 살면 되는 것인데 그것이 그렇게 어려운 것없는 인생살인데 말이다.

2부

나를 새로운 패턴으로 변화시키자

2-1

은퇴를 받아들이자

은퇴하는 것이 우리들에게는 너무나 큰 영광이다. 아무나 이 은퇴를 하는 것은 아니다. 그런 명예스러운 일을 인정하고 받아들이는 자세가 필요하지 않을까? 자신감에서 시작하는 나의 퇴임 후 생활은 암울한 것은 않을 것이다. 나도 모르게 주눅이 들어서 자신의 큰 영광을 회피하려는 의식이 아빠의 몸에 들어와 노는 것은 아니지 무척이나 궁금하다. 한 직업에서 30년 이상을 근무하는 것은, 위에서 말한 것처럼 누구나 다할 수 있는 것은 아니다. 긴긴 세월 속에 얼마나 많은 역경과 고뇌와 신체적인 어려움이 있어도 그 어려움을 이겨내고 참고, 견디고 해서 영광스러운 퇴임을 할 수 있는 것이다. 퇴임하시는 당사자도 그렇지만 옆에 있는 가족들, 특히 사모님이 남편의 긴긴 세월 동안 고생을 했다. 퇴임 행사 때만 축하는 그런 축하가 아니고 영원히 남편을 위해서 축하할 마음을 만들면 어떨까? 퇴임 후에 아빠가 제일 많은 눈치를 의식하고 받게 하는 분이 사모님 일 것이다. 왜냐하면 퇴임 후에 아빠의 행동이 어제와 오늘이 다르다. 그것이 사모님 눈에 별로 좋게 보이지를 않을 것이다. 사모님의 음성이 조금은 높아지고 말 수가 늘어나고 하니 아빠는 사모님의 눈치를 보는 것이다. 이것은 우선 아빠의 잘못도 있다. 어제는 어제고 오늘은 오늘임을 인식하고 자신 있게 행동하는 자세가 필요하지 않을까? 다시 말해서 아빠는 자기의 영광된 퇴임을 영광스럽게 생각하는 자세가 정말로 필요하다. 몰라도 아니 안다고 해도 누가 그 영광을 당사자처럼 그렇게 영광되게 생각을 할 수 있을 것인지 궁금하다. 왜냐하면 다른 분들은 아빠가 직장에서 어렵고, 힘든 과정 속에서 얻은 것을 인식도 못하고 잘 알지도 못하기 때문이다. 그 영광은 자기가 알고 자신의 퇴임을 이 세상에서 그렇게 많이 있을까 말까 하는 그 퇴임을 생에 있어서 최고의 영광된 일로 생각하는 자세기 중요하다. 퇴임을 어떻게 생각하는 나에 따라서 퇴임의 영광은 달라질 수도 있을 것이다. 그 영광이 영원히 유지되도록 하는 것이 어쩌며 자기의 퇴임을 적실하게 받아들이는 자세가 될 것이다.

퇴임 후의 자기 생활에 많은 윤택이 생기고 활력소가 되는 시발점이 될 것이다. 이 시발점에 불을 붙여서 새로운 세계로 자신 있게 출발을 해야 한다. 어제와 다른 세계를 보는 눈을 키워서 또 다른 제2의 인생에 활력소를 찾는 것이 퇴임을 받아들이는 일이다. 앞으로 올 세상에 대해서 자신감과 함께 나름의 목표를 발견할 수가 있을 것이다. 나이가 들면 어느 정도 경제도 유지가 되어야만 하지만 그것보다도 내가 할 수 있는 일을 찾아야 한다. 찾은 그 일에 목표를 정한다. 그 목표의 목표 항목도 중요하고 그 목표를 완성하는 일정도 구체적으로 정해서 하루에 조금씩 욕심을 너무 많이 가지지 말고 지속적으로 한다면 좋은 결과의 멋진 퇴임 후의 생활이 될 것이다. 내용 목차 제목이 은퇴를 받아들이는 것이다. 어제는 어제 일이고 어제의 영광에서 오늘의 일을 찾아야만 하고 찾은 것에서 구체적인 항목을 작성하고 그 항목별로 실천할 일정도 삽입해서 실행을 하는 것이 목표를 완성해 가는데 많은 도움이 될 것이다. 목표를 정할 때도 물론 잘하고 그것에 능력이 있는 분은 모르겠지만 그렇지 않은 분은 목표를 결정할 때 많은 고뇌를 동원해서 정해야 할 것이다. 일을 할 때는 우리는 한 가지 명심해야 할 것이 있을 것이다. 실천과 성공도 못할 일에 너무 큰 목표를 정해 자신에게 실망을 주는 일이 되면 그다음에 다른 것에도 자신을 받쳐 일할 마음을 잃어버리게 하는 위험도 있다. 나이가 들면 조절 기능이 떨어지게 된다. 목표가 크면 그렇게 쉽게 빨리 추진을 할 수가 없게 된다. 바로 실망을 하게 되고 그 실망에 따라서 그다음의 목표 설정에도 염려와 걱정에 매몰될 수가 있다. 실패하는 결과를 초래하고 그 결과로 해서 일에 대한 흥미를 저버릴 수가 있게 된다. 가능하면 쉽고 자기의 능력에 한계를 초과하는 일은 선택하는 자체를 좀 멀리하는 것이 좋을 것으로 생각된다. 인정하고 싶지 않겠지만 현실은 은퇴한 사실에 놓여있다. 놓여 있는 사실을 받아들이고 앞으로 나의 일을 찾고 나의 보람된 생활을 연결한다면 은퇴 후 생활도 재미있고 흥미롭고 행복한 삶을 살 수가 있을 것이다. 주위에 돌아보면 그렇게 자기의 길을 찾아서 자유롭게 어느 누구의 간섭도 필요 없이 살 수 있는 기회를 잡을 수가 있을 것이다. 이 길을 찾아서 노력하고 열심히 공부도 하고 하면 은퇴 후 제 2의 인생에 꽃을 피울 수 있을 것으로 확신을 한다.

앞에서도 말했지만 은퇴를 문제라고 받아들이는 신호가 문제다. 다시 말하면 은퇴 자체에는 아무 잘못이 없다. 추구할 목표가 없다는 것이 당신의 건강에 위협할 수도 있다. 목표가 꼭 돈이나 명예에 관련될 필요는 없다고 생각된다. 세상에는 돈이나 명에 말고도 목표를 삼을 만한 가치 있는 일들이 수없이 많다. 스포츠, 여행, 취미 같은 개인적인 목표에서부터 환경과 봉사 활동과 같은 많은 목표 등이 있다. 당신이 추구할 목표는 수도 없이 많다는 것을 알고 있자. 이런 것에 목표를 추구한다면 지금의 퇴임에 대해서 불만이나 불평이 생길 수가 없을 것이다. 이런 점에 주안점을 주는 생활로 나를 이끌어 갈 수 있게끔 노력을 하면 어떨까? 서두에서도 말을 했지만 제일 먼저 자기 현재의 위치를 정확히 인식하는 것이 제일 중요할 것이다. 지금 위치를 확실히 확인을 한다면 지금의 위치에서 퇴임한 자신들이 갈 수 있는 출발점을 찾는 것이다. 그 출발점을 정할 때 꼭 명심해야 할 것이 퇴임을 한 당사자라는 생각을 확실히 기억을 해야 한다. 이 퇴임한 사실을 정확하게 받아들이는 것이 너무나 중요하다. 그냥 퇴임을 한 것이 아니고 약 30년 이상을 일하듯 곳에서 나와 완전히 다른 땅에 내가 서있다는 사실을 내부 깊숙이 심어야 한다. 퇴임한 것에 대해서 그렇게 신경을 쓰면 다짐을 하느냐고 누군가가 반문을 할 수가 있다. 그렇지 않다. 그 구분을 못하고 생각지도 않은 일에 뛰어들 수가 있다. 그렇게 뛰어 들어가면 십중팔구 실패와 좌절이 내 앞에 놓이게 된다. 주위에 그런 분들을 많이 보고 있다. 특히 공기업이나 교육 공무원들에게 사기꾼들이 달려온다. 이유는 간단하다 한 직장에서 오랫동안 근무했다. 그렇게 오랜 세월 동안 근무를 했기에 사회 전반에 대해서 전문가 아니다. 전문가 아닌 사람들에게 사기꾼들은 접근을 해서 자기들이 원하는 데로 이용을 하는 세상이 지금의 세상이다. 꼭 우리는 퇴임한 사람임을 정확히 인식을 해야 한다.

퇴직을 받아들이는 상황에 따라서 다른 것 같다. 퇴직을 당연히 하는 것이고 당연한 것이기 때문에 앞으로는 지금까지와는 다른 일을 하거나 산업을 한다는 자신을 가지고 도전하는 분들이 있다. 이렇게 자신 있게 도전하고 활기 있게 자신감을 가지고 출발하는 것이 보기에는 좋은 것 같다. 옆에서 이런 분들을 보고 손뼉도 쳐주고 칭찬도 해준다. 이렇게 자신감에 충만을 하다 보니 누가 옆에서 산업을 같이 하자는 말이 떨어지게 무섭게 일을 시작한다. 옆에서 보기에도 너무나 좋아 보이고 무언가를 하늘에서 떨어트린 용맹이 보이기도 한다. 가족들도 그렇고 주위의 사람들도 부러워하기도 하고 빈말로 이렇게 부탁도 한다. " 사장님 사업 잘 되면 한자리 부탁합니다." 이런 자신감에 도취되어서 지금 자기가 무엇을 하고 있는지도 모르 체 일을 받아들이고는 한 방에 날아 가버린 수가 있다. 바람에 휘청휘청하는 감을 받는다. 많은 분들이 우리는 왜 저렇게 퇴직하자마자 일을 하지 못할까 하고 자신을 부족한 사람을 생각을 하고 고개를 숙인 체 그냥 세월만 보내는 것이 부끄럽기도 하고 해서 깊은 고민도 해보지 않고 그냥 달려가 사업을 시작한다. 주위 분위기에 도취해 날아가는 몸으로 사업을 시작했다가 바로 한방에 날아가는 사람들이 이런 패턴의 사람들이다. 이 사람들은 퇴직을 너무 강하게 인정하고 받아들인 사람들의 실태다. 한 직장에 30년 넘게 일을 해왔으니 나머지 사회 일은 잘 모르고 상황에 대해서도 모른다. 모른 면 시간을 가지고 조금은 세상 돌아가는 것도 들어보고 쳐다보기도 하면서 시작을 했야 하는데 산업은 하면 되는 것으로 착각을 하고 시작하다가 한방에 그냥 날아가 버리는 사람들이 제법 많다고 하는 소리를 많이 듣게 된다. 우리는 어릴 때부터 들어온 말이 있다." 돌다리도 두드리면 건너야 한다고 말이다" 너무 신중해도 문제지만 어느 정도는 시간을 가지고 검토 분석 연구를 하고서 무슨 일이라도 시작을 했야 한다.

이번에는 반대편 사람들이 있다. 퇴직을 영광스럽게 받아들이지 않고 조금은 원망스럽게 비관적인 태도로 임하는 사람들이다. 어떻게 하드래도 회사를 좀 더 다닐 수 있는 나인데 퇴직하라고 하니 불만이 있기도 하는 사람들이다. 회사의 규정이 그렇게 정해진 퇴직인데도 반갑게 받아들이지 못한다. 그런 부정적인 감정으로 퇴직을 하고 보니 주위에 내가 할 수 있는 일이 없다. 그렇게 나오자마자 고객을 숙인 퇴직자에게는 누가 같이 일을 하자고 요구하는 사람들도 없다. 또 자신이 자신감 있게 할 수 있는 일을 찾을 수 있는 사람도 되지 못한다. 상황이 그렇게 흘러가고 있으니 퇴직을 한 것인지 아니면 내가 놀고 있는 것인지 구분이 되지 않는다. 마음속에는 회사를 달려가고 싶은 마음만 자꾸 꿈틀 거리고 있다. 그런 생각이 마음에서 솟아올라오니 주차장에 있는 자가용만 두 번 세 번 쳐다보게 된다. 지금이 자기가 퇴직했음을 제대로 받아들이지 못하고 누가 옆에서 일을 하러 가자고 불러주기를 기다리는 패턴이다. 능동적으로 일을 하고 싶어서 찾아다니고 전화로 이리저리 알아보지도 않고 가만히 있으면 부름을 줄 것 같은 마음에 맴돌고 있는 타입의 이런 분들은 실제는 퇴직했지만 마음에서는 퇴직을 하지 않고 일을 하러 갈 것으로 착각을 하고 앉아 있는 사람들이다. 퇴직했음을 당연히 받아들이고 앞으로 무엇이든 하겠다고 결심을 하는 사람이 되어야 한다. 그렇게 하지 못하니 옆에서 보는 사람들이 괴롭고 힘들다.

우리는 이런 병폐가 왜 일어날까 하고 누군가 생각한 사람이 있을까? 무척이나 궁금하다. 지금도 가끔 회사 YB를 만나서 퇴직하면 무엇을 할 것인지 계획을 세우고 있느냐고 물어본다. 물어보는 내가 미안하다. 그들은 영원히 회사에 근무할 것처럼 대답을 한다. 우리는 그런 현상을 많이 느끼고 살고 있다. 고속도로 바닥에 제한 속도를 표시하고 있다. 그 속도만큼 달려가는 자동차의 수가 10대 중에 1대가 있을까 할 정도다. 그렇게 표시한 것은 그 이상의 속도는 이 도료에서 위험함을 표시를 하는데 그것을 지키는 사람은 다른 사람이 지키는 것이다. 그 속도 표시는 나와는 아무런 관계가 없다고 생각하고 자기가 운전하고 싶은 속도로 달려간다. 이것이 우리들의 정서가 아닌가 한다. 곧 퇴직자가 될 사람이 아무런 준비도 계획도 없다, 그렇게 준비하고 계획하는 것은 남이나 하지 자기와는 아무런 관계도 없고 신경을 쓸 조차도 없다는 답변을 하는 사람들이 많다. 많은 사람 중에 이 책을 읽고서 퇴직자 생활이 정말로 힘들고 어려운 것인가 정도만이라도 안다면 조금은 쉽게 제2의 인생을 살아갈 수가 있을 것이다. 그렇게만 된다면 나도 이 책을 쓴 보람을 얻을 것이다. 가끔 지인들은 말을 합니다. ' 행복을 만나고 싶은 면 욕심을 내려놓아야 한다고' 한다. 퇴직자들도 자기에게 제대로 퇴직자임을 확실히 내려놓아야 할 것이 있다. 회사에 다닐 때 누리고 있었던 기득권을 내려놓지 않으면 퇴직했다는 생각조차도 없을 것이다. 회사 다닐 때 많은 사람들이 자기를 떠 올려 주듯 일들이 머리에 남아 있기에 퇴직했다는 감정이 가까이 오지를 않는다. 퇴직했음에도 불구하고 아직도 회사에서 누리듯 기득권에 잠겨 헤어 나오지를 못한다면 그것을 자신을 죽이는 일이다. 잘들 알겠지만 이미 내 앞에 떠나 버스를 아무리 기다려도 지난 간 버스는 오지를 않는다. 오지 않는 버스를 기다리는 그 심정은 알겠지만 현실은 현실임을 자각을 해야 한다. 나이가 들면서 쓸데없는 고집을 부린다가 거나 권익을 부리는 노인데 한 테는 외로움과 슬픔만이 가까이 있게 될 것이다. 퇴임을 제대로 받아들이자는 것이 쉬운 일은 아니지만 앞으로 제2의 인생을 조금 전에 직장생활 해온 기간만큼은 살아야 하는데 첫 시발점에서 이것도 저것도 아닌 상태에 놓여 있다면 얼마나 많은 힘든 일들이 앞으로 나열 되겠는가 궁금하다. 퇴임을 제대로 받아들이는 자세 이것이 앞으로 제2의 인생을 열어 가는데 큰 비중을 차지한다는 사실을 확실히 알아야 한다. 저는 그래서 퇴임 후부터 당당하게 퇴임한 사실을 외치고 다녔다. 먼저 퇴임한 사람들을 만나서 퇴직자에게 어떤 일이 좋은지 질문도 하고 답사하는 일을 꾸준히 하고서 나의 일을 찾아다.

잘들 아시겠지만 퇴직자가 퇴임을 확실히 알고 난 다음 일을 찾는다. 일을 찾을 때 최고의 기준점은 내가 제일 좋아하고 내가 제일 잘하고 싶은 일을 찾아야 하는 것으로 알고 있다. 특히 우리 주변에 하나의 습성처럼 따라다니는 것이 있는데 그것은 남과의 비교문화다. 퇴직자가 일을 찾을 때 절대로 남을 의식하고 남을 비교해서 일을 찾으면 실패의 확률이 100%인 것을 저는 확신한다. 자기가 제일 좋아하고 자기가 제일 하고 싶은 일을 찾아야 한다. 찾아갈 때 돈을 버는 것 남에게 명함이라도 내밀 수 있는 일을 찾는 것 이런 것은 흔히들 말을 하는 하루살이의 일이 될 가능성이 높다는 것을 알고 일을 찾아나야 할 것이다. 살면서 단계 단계를 걸치면서 살아가야 한다는 것이 얼마나 힘든 일이고 고통인 것을 나이가 들면서 조금은 알아간다. 퇴직을 하면 인생이 꽃이 피고 그냥 놀기 만 하면 되는 것으로 알았는데 그것이 아니다. 100세를 살다가 가기 위해서는 지금의 중간단계에서 확실하게 나의 일을 발견하지 못하게 된다면 진짜 노후에 살아갈 방법에 답을 찾을 수가 없다. 답을 찾을 수 없는 이 시점에 좀 더 고민하고 인내하고 해서 나의 일을 찾아야 한다. 그 찾음에 제일 중요한 것이 네네 언급한 일이지만 지금 내가 퇴직했다는 사실을 긍정적으로 인정하고 받아들어야 한다는 것이다. 퇴직했음을 확실히 받아들이는 자세 이것이 100세 인생의 시발점이다. 이 시발점을 제대로 출발 시켜야 만 100세 인생에 꽃을 피우고 행복한 삶이 될 것이다. 한 번 더 강조하고 싶다. 퇴직자임을 자신 있게 말을 하고 남들에게도 자신감 있게 말을 할 수 있는 퇴직자가 되자.

2-2
운동으로 몸을 만들자

2-2-1 신체적 운동으로 자신감 키우기

퇴임 후에 나타나는 정서적인 심리상태가 낙관→ 의기소침→ 초조와 불안→ 분노로 연결되는 것이 퇴임 후의 아빠 심리상태다. 여기에 비교되는 상태가 이 상태를 잘 알고서 나를 알고 나를 대처하는 방안을 만들어야만 할 것이다. 말기 암 환자가 죽음을 받아들이는 심리 상태를 알아보자, 거부→ 분노→타협→ 의기소침→ 수용으로 분류됨을 어느 책에 심리학자가 분석한 자료다. 여기서 우리가 알아야 할 사항은 조금은 비슷한 상태를 나타내고 있음을 알 수가 있다. 우리는 주위에 퇴임한 많은 아빠들이 간단하게 받아 들어진다고 생각하는 사람들이 많을 것이다. 우리가 좀 더 눈을 돌려서 퇴임한 아빠를 방치하게 되면 말기 암 환자의 신세로 전락하고 만다는 사실이다. 우리는 그냥 보고 넘길 것이 아니라 조금은 관심과 배려로 감싸는 분위기를 만들어야만 할 것이다. 이렇게 주위에 관심과 사랑도 중요하지만 우선은 제일 먼저 해야 할 것은 암 환자도 자기의 건강에 엄청나게 신경을 쓰는 것처럼 퇴임 후 아빠도 자기 건강을 돌봄으로 전환시켜야만 할 것이다. 심리상태가 같은 퇴임 환자는 그냥 운동이 아니고 열심히 할 수 있는 운동을 선택해서 인내심을 발휘할 수 있는 운동으로 자기 신체를 치료하도록 해야만 몸이 복귀가 된다고 한다. 서두에 말기 암 환자와 퇴임 환자의 심리상태를 소개한 것은 퇴임 후에 있는 아빠도 암 환자 못지않게 열심히 신체 건강을 찾아가는 자세를 소홀히 하면 말기 암 환자의 선택에 따라갈 수밖에 없음을 우리는 제일 먼저 인식을 해야 한다. 그 인식하에서 내 몸을 건강하게 만들어가는 방안을 선택했어야만 할 것이다.

너무 심하게 표현 한 것인지 모르겠지만 지금 퇴임 후에 계시는 아빠들은 그냥 방관하고 간단하게 생각을 하면 되지 않는다. 자기의 심리상태, 신체 상태가 자기도 모르는 사이에 엄청난 변화가 일어나고 있다는 사실을 인정을 해야 한다. 새롭게 몸을 살리는 즉 몸을 운동에 맡기는 자세의 전환점이 무척이나 중요할 것이다. 그렇게 전환이 된다면 희망이 보이고 그 희망 속에서 자기신체를 만들어가는 생활이 향상될 것이다. 운동을 하는 것을 입으로만 하는 그런 운동이 아닌 것이다. 우리 많이 접하는 일은 새해에 담배 흡연자들은 늘 결심을 한다. 올해부터는 담배를 금연한다고 말이다. 그 목표가 작심삼일이 되고 만다. 그것뿐만 아니다. 담뱃값 상승 시 많은 흡연자들이 담배를 끊게 다는 결심을 하고 야단법석을 떨었다. 담뱃값 인상이 초기에는 담뱃값이 떨어지는 것으로 알고 있었는데, 얼마 지나지 않아서 전과 동일한 수준으로 향상되고 말았다. 습관에 젖은 행동은 그렇게 쉽게 결심을 한다고 해서 금방 무엇이 달라지는 것이 않니 것이다. 그러니 은퇴 후 아빠도 운동이 그렇게 쉽게 다가오는 것이 아닌 남의 일로 여겨지게 된다. 그렇게 되면 위에서 말한 것처럼 작심삼일이 되고 만날 입으로만 하는 운동이 될 것이다. 그렇게 하지 않기 위해서는 이 운동도 습관을 만들어 가야만 한다. 어느 책에서 저자가 이렇게 말을 한다. "습관은 제2의 자연이다. 습관은 결코 하루 아침에 만들어지는 것이 아니다. 같은 행동을 오랫동안 반복하며 하나의 습관이 형성된다." 한번 습관이 만들어지면 사람은 그 습관에서 벗어날 수가 없다. 담배 피우는 습관이나 도박하는 습관이 생기면 인이 박혀 끊으려야 끊을 수가 없다. 습관은 무서운 힘으로 우리를 지배한다. 습관이 손아귀에서 벗어나기 어렵다. 이렇게 말하고 있는 습관을 운동으로 연결하게 되어야만 몸을 만드는 운동이 될 수 있을 것이다. 습관을 만들기가 엄청나게 힘들고, 그 습관이 생활하기까지 많은 인내와 시간이 필요할 것이다.

나의 제2의 인생을 만들어가는 길목에서 제일 우선순위가 운동이다. 그 운동이 신체 육체만 만들어가는 것이 아니고 그 육체가 만들어지면 그에 따른 정신력도 같이 향상되는 것으로 알고 있다. 지인들 말씀이 사람들은 신체 따로 정신 따로 라고 생각을 하는데 그렇게 생각하는 분들이 많을 것 같다. 신체운동을 열심히 하게 되면 정신건강도 바로 따라 올라가는 것으로 가르쳐 준다. 신체적인 운동 활동을 열심히 하면 정신건강은 그냥같이 향상된다고 하니 우선 신체운동을 열심히 하도록 하자. 지금부터는 저의 말을 하려고 합니다. 어쩌며 저의 이 운동의 습관이 여러분들에게 도움이 될 것 같아서 여기에 수록 하고 싶다. 저는 키가 175cm이고, 몸무게가 84kg 지시했고, 제일 이슈가 되는 것은 배 둘레가 보통 이상의 크기를 나타내고 있었다. 보통 남성의 표준이 32인치 이하가 정상이라고 알고 있는데, 저의 배 둘레는 40인치 이상을 나타내고 있었다. 보는 사람마다 한 마디씩 하는 것이 아기를 밴 엄마의 배와 똑같이 10개월째 배라고 다들 놀리고 했었다. 처음에는 내 배가 그렇게 크고 문제가 되는 것인 줄 모르고 살아왔다. 나이 40이 넘으면서 나의 비만이 심각성을 주는 것 같고, 걷는 것부터 시작하여 계단으로 올라 다니는 것도 엄청나게 힘이 들기 시작하는 것을 느낄 수가 있었다. 마음속으로 이렇게 방치가 되면 나의 신체는 망치가 되고 신체는 되지 않을 것 이 다는 것을 실감하게 된다. 제일 먼저 시작한 것이 음식 조절법이다. 먼저 돼지고기와 닭고기를 먹지 않기로 결심을 하게 된다. 처음에는 그것이 무척이나 힘이 들었다. 왜냐하면 배가 고파서, 밥을 먹어서는 늘어진 위장을 채울 수가 없었다. 잘 알다시피 먹는 것 조절이 제일 힘들고 어려운 일이다. 밥을 조금 많이 먹는 것으로 돼지고기 닭고기는 나한테서 멀리하는 식사패턴으로 하게 된다. 그런데 돼지고기 닭고기를 먹지 않는 날로 약 15일이 경과하자 몸무게 변동이 왔다. 이때는 회사생활을 하든 때라서 매일 샤워도 할 수 있고, 목욕도 할 수 있는 목욕탕이 갖추어진 회사에 다녔고, 그 안에는 몸무게 달아주는 저울이 있기에 하루에 한 번씩 몸무게를 측정할 수가 있었다. 84킬로그램을 육박하듯 몸무게가 4킬로그램이 줄어든 것을 알 수가 있었다. 돼지고기, 닭고기로 시작되는 몸무게 줄임은 더 이상 변화를 주지 않았다. 시작한 것이 앞산에 등산하는 것을 두 번째로 시작하였다. 하루에 한 번씩에 산에 가는 것을 실시했고, 산에 갔어도 다양한 운동기구가 있지만 특별히 살을 빼는 기구는 없었다. 어느 날 천천히 운동시설 주위를 돌아다니다가 후라 우퍼를 만나게 된다. 처음에는 이 후라 우퍼가 내 몸에 익숙지 않아서 허리에 올리면 떨어지고 하는 것이 반복이 되었다. 특히 아줌마들이 보고서 서로 웃기도 해서 무척이나 힘들 기만 했다. 더 이상 이 후라 우퍼를 가지고 운동을 할 수가 없을 정도로 나의 자신감에 자꾸 멀어지게 만들었다. 눈을 감고 열심히 죽기 아니면 살겠다는 심정으로 노력한 결과 약 15일 지나서 오른측 방향으로 돌리 수가 있게 되었다. 문제는 한 방향만 돌리면 허리에 이상 조짐을 준다고 주위에서 말을 하고 했다.

그다음에는 반대 방향 즉 왼쪽으로 돌리는 것도 쉽지 않다. 왼쪽 방향도 거의 1주일 연습 끝에 떨어지지 않고 허리에 붙여서 돌아가기 시작을 했다. 그렇게 시작한 후라 우퍼의 운동이 적극적으로 시작을 하게 된다. 그런데 산속에서 하는 운동은 좋은 것 같은데, 이 후라 우퍼를 돌리는 남자들은 없었다. 이것은 여성의 전용물이다. 옆에서 남자가 무엇 때문에 저렇게 후라 우퍼를 열심히 돌리냐고 비정되는 여성분들이 많았다. 그런 것도 의식하지 않은 체 이 운동에 매달리고, 산에도 하루도 빠짐없이 걸었다. 눈이나 비가와도 그 나쁜 기후에 내가 물러설 수가 없었다. 매일매일 그렇게 시작되는 운동과 돼지 닭고기를 멀리하면서 음식 조절도 시작했다. 밥 한 스푼 남기는 것을 시작으로 음식 조절이 시작되었다. 이렇게 시작한 음식 조절, 운동, 등산으로 지금도 계속되고 있다. 그렇게 운동을 하면서 식사조절 등으로 제일 많이 효과를 본 것이 허리둘레 40인치가 31인치로 줄어들었고, 몸무게도 거의 10킬로그램으로 내려왔다. 이렇게 변화를 준 것이 거의 18년 후부터 변화를 주기 시작했다. 운동의 효과를 얻었다. 부탁하고 싶은 것은 그렇게 간단하게 생각하는 마음가짐으로 변화시킨다는 것은 어렵다. 인내로 하루에 10시간 운동에서 1개월 내에 끝낼 것이면 시작도 하지 말아야 한다고 생각 하는 사람이다 . 저는 하루에 10분이라도 20년 30년 하는 것이 중요하다고 생각하는 사람이다. 하다가 중단을 할 것이며 처음부터 시작을 하지 않는 것이 조금은 낮다고 보는 사람이다. 자기와 싸움에서 이기는 것이 분들이 살을 빼는 것에도 성공을 할 것이라는 생각이 나를 지배하고 있다. 이런 운동을 운동으로 생각하지 말고 나의 일상의 습관으로 익히는 것이 좋을 것이다. 식사 후에 꼭 이빨을 닦는 것처럼, 이빨에 칫솔질을 하지 않으면 입에 이상이 일어나고 있고, 식사를 해도 식사한 기분이 나지 않는 것처럼, 운동을 일상의 습관화가 되게 하는 것이 제일 좋은 방법일 것이다. 지속성을 요하는 운동이나 좋은 습관은 쉽게 하루아침에 성공을 할 수가 없다. 꾸준함에 도전을 한다는 나름의 큰 결심을 하지 않으면 지속성을 유지할 수가 없다. 지속성으로 운동을 하니 나도 모르게 신체에 변화가 오기 시작을 하고 그 변화에 성취감을 얻고 그 성취감에 도취되어서 지속성이 유지됨을 저는 확인을 했다.

이렇게 운동을 하고 나면 자신에게 자신감도 생겼다. 신체의 단련이 정신건강에도 좋아진다고 하니 열심히 운동을 하면서 나름의 나를 체크도 한다. 육체단련은 물론 정신건도 단련이 됨으로 해서 자기 자신의 위치에 자신감이 생겼다. 자기가 앞으로 무엇을 할 것인지 하는 목표가 생기고 그 목표를 추진할 의욕은 물론 가만히 앉아 있고 싶은 마음이 없어진 다. 내가 지금 그렇게 하고 있습니다. 운동을 열심히 하다 보면 나에게 많은 것을 얻을 수가 있었다. 육체의 건강함에 오는 자신감으로 아무리 어렵고 힘든 일도 할 수가 있었다. 그중에 하나가 교대 근무를 하면서 5년제 한국 통신대 영어과를 공부할 수 있는 자신감이 생겨서 무사히 공부를 끝낼 수가 있었다. 이것이 매우 중요한 사실임을 깨우치게 되었다. 그 깨우침으로 나의 생활에 또 다른 활력소가 생기고 살아가는데 색다른 희망이 생겼다. 그 희망에 몰입하여 제2의 인생을 설계하는 좋은 계기와 기회를 얻을 수 있을 것이다. 제일 중요한 것은 몸을 움직이고 움직이는 힘에 의해서 새로운 인생의 설계가 펼쳐질 수 있음을 약속을 드릴 수가 있다. 저도 그렇게 해서 지금 굉장히 자신 있게 나의 일을 만들었고, 목표도 생겼어 그 목표를 향하여 오늘도 열심히 매진하고 있다. 이 세상에서 안 될 일이 없으므로 제일 우선이 저는 건강을 위한 운동이 제일임을 강조하고 싶다. 그 운동으로 신체가 강해야만 우리의 삶을 돌진 해 가는데 엄청난 효과가 될 것이다. 지금도 동네 뒷산에 약 36년째 산을 오르고 운동을 하고 있다. 지금은 나이가 좀 있어서 하체 다리운동이 좋다고 해서 2년 전부터는 다리를 집중으로 스쿼트 운동을 하는데 많은 근육이 다리에 붙어 있다. 이 다리운동으로 요사이는 다리에 많은 힘이 솟아나는 것을 느끼며 행복하게 살고 있다. 저처럼 운동으로 몸을 만들어 보는 것을 시도하지 않겠냐고 묻고 싶다!

2-2-2 이빨 운동으로 내부 장기에 기동력을 향상시키자

옛날부터 우리 조상님들은 이빨 튼튼한 것이 오복 중에 하나라는 말을 했던 것으로 알고 있다. 이 말을 주위에서 자주 들으면서 자란 것 같다. 그렇지만 그렇게 오복에 속하는 이빨이지만 제대로 알고 이빨을 관리하는 사람은 그렇게 많지 않는 것 같다. 그래서 말인데 이 운동은 그렇게 많이 비용이 들어가는 것 아니고 그렇게 많은 시간이나, 특별한 장소가 필요 한 것도 아니다. 잘만 알고 열심히 한다면 입으로 얻어지는 건강비법은 무척이나 많이 있을 것이다. 특히 퇴임 후에 여러 방면으로 신체가 정상적으로 움직이지 안 해 건강에 남다른 문제를 유발하게 된다. 노후화 증표가 제일 먼저 이빨이 문제가 생긴다고 한다. 신체 부위 중에 몸이 고단하거나 나이가 들면 제일 먼저 어떤 문제점을 유발해 먹는 음식을 제대로 먹지 못하게 하는 것이 큰 문제라고 한다.

즉 힘들고 면역성이 부족하면 입 주위에 물집이 생기고 그렇지 않으면 입안에 종기가 발생하는 것을 알고 있을 것이다. 이것이 나의 건강이 나빠지고 있는 상황을 가르쳐 주는 신호다. 늘 그것을 그냥 간단하게 생각하고, 또는 별것이 아님을 인식하는 사례가 많다. 그렇지 않은 것이다. 이런 작은 어떤 현상에 내 몸을 돌아보고 무엇이 나쁜 것인지를 소리를 들어야만 할 것이다. 어떤 분들은 내 몸에서 말하고 있는 이야기의 소리를 들어보도록 요구를 하면 정확하게 그 말을 이해를 못한다. 지인들 말씀이 조용한 시간에 가만히 앉든가. 누워서 자기의 몸에서 말하는 소리를 듣기를 강요한다. 우리의 몸에서 어떤 소리가 나는지 듣는 것을 습관 하는 것이 좋다고 한다. 이빨 운동에 대해 우선 우리가 매일 3번씩 하고 있는 것이 있다. 그것이 바로 식사를 할 때 오래 씹으면 건강에 좋은 혜택을 받을 수가 있다고 한다. 사람들은 이런 말을 하면 그냥 귀 밖으로 흘러 버리는 사람들이 많다. 이제는 퇴임 후에 많은 시간이 있으니 이런 작은 일에 매진하여 나의 건강에 좋은 점을 가지도록 하는 것이 나 자신한테도 좋다. 가족들한테도 좋은 가정을 이루어 가는데 초석이 될 것이다.

오랜 씹을 때 우리가 제일 먼저 얻을 수 있는 것은, 누구나 다 잘 알고 있는 장점은 소화 기능을 향상시켜 주는 것이다. 나이가 들면서 특히 퇴임 후에 우리의 신체 기능이 떨어지는 상태에서 제일 힘들어가는 것이 소화 기능이다. 퇴임 후에 움직임이 소홀하고 운동도 하지 않는 분에게는 소화 기능이 매우 중요하다. 활동 부족, 정신적인 스트레스로 소화가 잘 되지 않고 그렇게 되다 보니 먹은 음식이 소화 기능 저하를 촉진시킬 수가 있고, 그렇게 되면 음식량이 줄어들고 해서 제2인 출발선에서 병을 얻을 가능성도 있다는 것을 퇴임 후 아빠들은 알아야만 할 것이다. 나이 들어서 이빨 고장을 호소하는 사람들이 너무나 많다. 잘 아시겠지만 치과병원에 가보면 90% 이상은 할아버지, 할머님들이 많다는 것을 분명히 느낄 것이다. 오랜 음식을 씹으면 또 얻게 되는 장점은 이빨이나 잇몸이 튼튼해진다고 한다. 병원에 가지 않고, 시간 낭비하지 않고, 비용이 들지도 않은 이빨, 잇몸은 건강을 가만히 앉아서 찾을 수 있는 길을 우리는 외면하고 있다. 제1의 고통 제2,3의 고통을 호소하고 병원에 가야만 한다. 원하는 음식을 제대로 먹지도 못하는 악순환이 지속적으로 발생된다. 정말로 적합한 행위인 오래 씹기이다. 퇴임 후의 아빠들은 꼭 실천해야 한다. 그렇게 함으로써 새로운 건강을 찾아가는 길이 될 수 있을 것이다. 오랜 씹을수록 얻을 수 있는 이점은 다름이 아니고 늙어짐이 천천히 온다고 한다. 지금 다들 100세 시대라고 야단을 하고 있다. 그것도 아무나 100세 시대를 맞이할 수 있는 것이 아니다. 나의 신체의 모든 것이 건강하고 이빨운동을 잘하는 하에서 100세의 건강을 가지고 가짐으로서 100세까지 살 수 있을 것이다. 그냥 사는 것이 아니고 늘 준비하고 작은 행동이지만 건강을 위해서 좋은 일이라면 열심히 반복하는 것이 좋다고 한다. 그렇게 하는 것이 남보다 건강하게 즐겁게 사는 길이 될 것이다. 그냥 있어서 얻어지는 것이 아님을 알자. 주위에 사람들에게 음식을 오래오래 씹을 것을 요구하면 그렇게 하는 것이 힘들다고 다들 말을 한다. 살기는 오래 살아야 하고 준비는 제대로 하지 않는 이것이 맞지 않는 삶이 아닐까? 좀 더 나에 대해서 고민을 하고 반성을 하는 자세가 꼭 필요할 것이다. 퇴임 후의 우리 아빠들도 이렇게 음식을 오랜 씹는 것에 도전을 해서 이렇게 많은 좋은 결과를 얻도록 하는 것이 꿩 먹고 알 먹는 기분이 될 수 있을 것인데 왜 이것을 이행하기 싫어할까? 세상에 공짜는 없다고 야단인데 그 소리가 귀에 들어오지 않나 보다.

그 외에도 많은 것들이 우리의 이빨을 튼튼하게 하고 장기에 좋은 영양을 주는 방법들이 있을 것이다. 그런 많은 것 중에 저가 '두뇌혁명'이란 책에서 정말로 이빨을 잘 이용하여 이빨은 물론 우리의 내부 장기까지도 튼튼하게 하는 방법을 알게 되었습니다. 그 좋은 방법을 소개하고자 합니다. 이 좋은 방법은 유명한 선비들이 그 옛날에 이빨을 튼튼하게 관리하고 그래서 오복 중이 하나인 이빨 관리를 참 잘한 것에 감동을 했다. 지금도 한의사분들은 가끔 TV에 나와서 말씀하신 것을 본 적이 있다. 그 방법 중에 '고치 삼육[叩齒 三 六]' 이란 방법이 있다. 그 방법은 "아래 이빨 위 이빨 36회 마주치기를 한다. 그런데 마주치기를 하 기 전에 눈을 감고 마음을 가다듬어 편하게 앉는다. 그렇게 고요히 앉아 있다가 두 손으로 뒷머리를 감싸고 아래 이빨 위 이빨을 36회 마주치기를 해본다. 이렇게 하면 우선 제일 먼저 이빨을 튼튼하게 하고 충치를 예방하게 한다. 이렇게 마주치게 하는 것은 또 다른 효과를 유발하는데, 그것이 이빨은 뼈의 일부분이므로 이빨을 다스리는 것은 신장을 튼튼하게 해주고 허리를 강화 시킨다는 말이 있다. 옛날 우리나라 선비들은 얼마나 똑똑하고 지혜가 있음을 확인시켜 주는 글귀이기도 하다.

그다음의 방법은 '적룡 교수 혼[赤龍攪水渾]' 이란 방법이다. 이것은 간단하게 말을 하면 이빨을 닦은 침을 삼키는 행동이다. 여기서 적용[赤龍]이란 사람의 혀를 말한다. 혀를 입안에서 휘저어 이의 구석구석을 닦는 것으로 36회 혀를 돌린다. 그동안 입안에 고이는 침을 신수[神水]라고 한다. 그렇게 혀가 입안에서 36회 돌리면 신수가 입안에 가득 고이며 세 번으로 나누어 삼킨다. 즉 침을 한입 가득 만들어서 세 번에 삼키는 것이 적룡 교수 혼이란 방법이다. 즉 침을 만들어 삼키는 모양이 마치 붉은 용이 물을 휘젓는 것과 같다고 해 적용 교수 혼이라고 이름을 붙여 온 것 같다. 이 방법은 침을 삼키는 핵심은 침이 오장 육부 중에 비장과 신장의 장기에 전달하는 것이다. 이런 동작으로 해서 침을 많이 삼키면 오장 육부의 정기를 견실케 한다. 우리의 건강이 얼마나 좋음을 알 수가 있다. 이렇게 우리가 모르는 행동을 옛날 지인들은 사용해서 이빨도 건강하게 관리하고 오장 육부도 견실케 했다고 하는 이것은 우리가 정말로 본을 받고 열심히 실천을 해야 할 좋은 지혜라고 생각한다. 이런 것도 독서를 하면서 얻어지는 지혜라고 생각을 한다. 퇴임 후 그냥 빈둥빈둥 놀고 계시는 퇴임 아빠들 열심히 작은 것에서 행복을 찾는 이런 일을 실천하자고 외치고 싶다. 앞에서 말하고 있는 작은 일들은 어떻게 보면 작은 일에서 큰 것을 우리에게 주고 있음을 알게 하는 좋은 사례라고 생각을 한다. 그냥 흘러버리지 말고 노후화에서 제일 많이 오는 질병이 이빨 관련 질병이라고 다들 알고 있을 텐데, 이것을 실천하면 충치도 없어지고 허리도 강화되고 오장 육부가 견실하다고 하니 속은 척하고 열심히 하는 우리 퇴임 아빠들이 될 수 있다는 것을 확인 하자.

2-3

웃음의 달인이 되자

주위에 많은 분들이 외치고 있다. 많이들 웃어라 하고 한다. 웃음에 대해서는 옛날에 우리나라 속담도 있다. 웃음이 소문난 만복해라고 말이다. 즉 다시 말해서 웃음이 복을 가져다준다고 한다. 지금의 시대는 복도 복이지만 힐 링의 구체적인 주제로 활용된다는 것이 지금의 시대에 목적이 되고 있다. 그렇게 웃음을 간단하게 생각하고 간단하게 웃어서 넘길 일이 아닌 것 같다. 주위에서 들려오는 이야기들 중에는 병원 치료가 힘든 병을 치료하는 치료제로 대용하고 있음을 가르쳐주고 있기도 한다. 웃음에 대해 우리는 웃을 일이 있어야만 웃는 것으로 알고 있는 분들이 많을 것이다. 그렇지 않다고들 한다. 웃으며 행복했진 다고들 하고 있다. 웃음은 그렇게 간단하기만 한 것이 아닌 것 같다. 지금까지의 고정관념을 깨도록 하자. 웃을 일이 있어서야 만 웃는다는 웃음 별로 도움이 되지도 않은 말에 너무 오랫동안 속아서 살아온 것은 아닌지 궁금하게도 한다. 어느 지인은 웃음도 연습을 해야 한다고 한다. 자꾸 웃을 일이 없어도 가짜로 웃기만 해도 그 웃음이 연습이 되어서 실제에 저절로 자주 웃게 된다고들 한다. 이 웃음 연습 정말로 필요한 것 같다. 저는 이 웃음의 연습으로 평소에 많이 웃는다. 특히 TV 유머 코너에서 50살 넘어서부터 웃음이 나오지 않았다. 젊은 사람들이 그 유머 프로그램에서 넋 나간 사람처럼 웃기에 왜 그렇게 웃을까 하고 생각했지만 나 자신에게 문제가 있다는 것은 몰랐다. 어느 날 우연히 책에서 웃음도 연습을 해야만 된다는 조언을 발견하고는 저도 웃음 연습을 시작했었다. 그렇게 웃음 연습을 사직하기 시작해서 약 3~4개월이 지나면서 저도 TV 유우며 프로그램을 보고 웃기 시작을 하게 되었다. 그렇게 웃기 시작한 것이 지금도 열심히 웃을 수 있는 계기가 되었다. 이 웃음이 우리에게 많은 좋은 점을 주고 있음을 알아야만 할 것이다.

웃음에 대한 효과에 대해서 다양하게 소개 해주는 책들이 시중에 돌아다니고 있는 것으로 알고 있다. 그중에서 하루에 열다섯 번 이상 웃는 사람은 의사가 필요 없다고 한다. 그뿐만 아니다. 하루에 세 번만 크게 웃으면 아침 조깅을 한 것과 같은 효과를 얻을 수가 있다고 말을 해주는 사람도 있다. 이런 웃음을 웃지 않는다는 것이 얼마나 우리 아빠들을 힘들게 할까. 그냥 집에 앉아서 아무것도 하지도 않고 이런 좋은 웃음도 웃지 않은 은퇴 후의 생활은 정말로 우리 아빠들을 우울증이 걸리게 할 것이다. 웃음이 우리에게 좋다는 것은 위에서 열거한 것 외에는 없다고 생각을 하고 있겠지만 또 있다. 웃음은 위산이 많이 나오는 것을 방지해 위산 과다 예방과 치료에도 한몫을 한다고 지인들이 하는 말을 옆에서 들은 것 같다. 정말로 놀라운 일은 한번 웃음에 15초를 넘기도록 웃으면 생명이 2일 연장이 된다고도 하니 웃음을 그냥 귀 밖으로 흘러 보내면 되지 않을 것 같다. 이것에 도전할만한 일이 아닐까? 소극적으로 삶을 살지 말고, 적극적으로 많이 웃는 생활로 이끌어 가자고 주장하고 싶다. 또 있다. 얼굴에는 근육이 40개로 구성이 되었다고 한다. 그중에 찌푸릴 때 근육 6개가 활동을 하고 억지로 미소를 짓을 때 10개가 활동을 하고 진짜 미소나 웃을 때 17개 이상의 근육을 사용되고 사용한 근육으로 행복의 호른 몬 발생량이 달라진다고 어느 TV 건강 프로에서 본 것 같다. 그렇게 웃음으로 우리의 생활이 달라지고 우선은 내 건강에 엄청난 활력소를 주는 것이며 생활에 행복한 리듬을 타게 된다는 것을 알려주는 말이다. 그뿐만 아니라 한번 웃음에 얼굴의 근육이 활동을 하고 또 내부에서는 우리는 650개 장기를 가지고 있다고 한다. 그 650개 내부 장기 중에 웃을 때마다 230개 장기를 운동시키고, 그 운동은 뇌를 활성화시킨다고 하니 우리는 웃음만 잘 웃어도 병원 근처에도 갈 필요가 없음을 알게 해주고 있다. 이런 것을 정말로 모르고 살아온 것이 무척이나 바보스럽게 생각 된다. 지금부터 알았으니 웃는데 우리의 정열을 마음껏 웃어 보도록 하자. 이렇게 좋은 것인 줄 알고서도 실천에 옮기지 못한다면 그것은 자기의 생명을 자기가 죽이는 것이나 별반 다른 것이 없다고 생각을 한다. 웃음은 웃기만 한다면 그 웃음에서 얻어지는 장점으로 인해 우리들의 생활에 활력소를 불어넣을 수가 있을 것이다. 이렇게 웃음이 우리에게 많은 것을 주고 있다는 것은 우리가 한 번 더 자신을 돌아다보고 이 웃음에서 얻을 수 있는 많은 좋은 점을 내 것으로 만든다면 그것이 바로 나의 몸에 좋은 보약이 되는 길이 따로 없고 이것이 바로 나의 보약이다. 따로 몸을 위해서 보약을 먹을 필요가 없다고 생각을 한다. 웃는 가정이 복이 온다는 소리 그냥 하는 소리가 아님을 알 수 있도록 하고 있다. 지금부터라도 웃음의 연습을 많이 해서 웃음의 근육을 강화시키도록 하자. 얼굴에 웃음의 근육을 많이 만들어야 자주 열심히 웃을 수가 있다고 생각을 한다. 웃음에 대해서 이런 이야기도 있다고 한다. '웃는 여유를 가지고 있는 사람은 좌절하는 일이 없다고' 들은 것 같다. 웃는 것도 여유가 없으면 웃음이 나오지도 않겠지만, 특히 퇴임 후 제2의 인생을 출발하는 분들이나, 이미 출발한 분들도 여유를 찾으면서 살아야 할 것이다. 내 생활의 의미를 다시 새기는 생활로 나간다면 아무런 장애도 없이 행복한 생활을 할 수 있을 것으로 믿는다. 늘 미소를 잃지 않고 사는 버릇은 어떨까. 미소도 몸에 많은 좋은 점을 준다고 지인들은 말을 하고 있다. 알고 있는 사실을 말로 하며. 유대인들은 압박을 받고, 세상에 떠돌이 신세를 면하지 못하고 굴욕적으로 힘들게 살아 다고 한다. 이 유대인들이 살아갈 수 있게 용기를 주고, 새롭게 살아갈 수 있는 희망을 준 것이 바로 이 웃음이라고 한다. 이들은 그런 절망 속에서도 웃음으로 항상 용기를 가질 수 있었다고 한다. 그 웃음이 주는 용기로 지금은 전 세계를 지도하는 나라의 사람들이 되어 있음을 우리는 알고 있다. 한 번 더 강조하지만 웃음의 달인이 되면 생활도 용기가 생기고, 지금의 현실에서 안주하지 않고 멋지게 살아갈 수 있는 힘이 생길 것이다.

　　서두에서 말을 했지만 웃는 연습을 부지런히 해서 우리들의 얼굴에서 웃음이 사라지는 일이 없도록 한다면 퇴임 후에 어렵고 힘든 생활도 충분히 이길 수가 있을 것으로 확신한다. 이 웃음의 연습에 달리 장소가 필요한 것도 아니다. 돈이 필요한 것도 아닌데 어렵고 힘든 일은 없으니 그냥 허허! 허허! 이렇게 웃음을 웃는 사람으로 자신을 키워 보자. 저는 책을 읽다가도 이렇게 웃는다. 허허! 허허허! 가끔은 시계의 초침을 보면서 15초가 되게 웃기도 한다. 이왕에 웃는 것 우리들의 생명을 연장하기 위해서는 15초 웃는 웃음이 필요하다고 하니 그렇게 해보자. 한번 웃는 연습이지만 2일의 생명의 연장을 할 수 있으니 얼마나 좋은 일이가 그리고 행복도하다. 다들 알고 있지만, 그냥 거짓으로 웃는 웃음도 90% 이상의 효과를 준다고 하니 그냥 공짜가 없는 것이 웃음임을 알게 해주고 있다. 목차에 웃음의 달인이라고 해서 달인되는 특별한 방법이 있는 것은 아니다. 그냥 허허! 허허허! 하면 연습에 연습을 하루에 생각날 때마다 꾸준히 웃게 되면 달인도 될 수 있고 전도사도 될 것 같다. 이유는 저가 그렇게 하고 있다. TV의 어떤 장면이든 조금만 웃을 수 있는 화면만 보면 그냥 웃음이 나오고 한다. 말씀

드린 것처럼 연습에서 얻은 웃음의 근육 때문에 그렇게 웃을 수 있다고 저는 확신을 한다. 지금 당장 웃음의 달인이 되세요, 또 언제부터 한다는 결심을 버리고 당장 그래야만 무언가를 얻을 수가 있다. 시작이 반이라는 말이 있듯이 뒤로 미루고 하다 보면 또 시작인 어려워지고, 웃음의 근처에도 가지 못하는 신세가 되어서 어렵게 살아가는 나를 만들게 된다. 왜 어렵게 사는 나를 만들려고 할까? 좋은 방법은 여러 가지가 있을 것이다. 저는 이 웃음으로 나를 찾을 수 있었기에 이렇게 적어보는 것이다.

끌리는 사람은 1%가 다르다는 책에 미소에 대해서 이렇게 평가를 하고 있다. 우리는 미소를 별로 대견스럽게 생각하는 것을 이 책의 저자께서는 우리와 다르게 표현을 한다. "미소에는 세 가지 메시지를 전달한다고 강조를 한다. 첫째, 당신이 좋아요. 둘째, 힘께 있으며 좋아요. 셋째, 만나서 반가워요!" 이런 좋은 의미를 전달받을 수 있는데 웃음은 말할 필요가 없을 같다. 정말로 많은 퇴임 후에 쓸쓸하게 살고 계신 분들이 좀 더 웃음을 웃고, 씩씩하게 행복하게 살아간다면 얼마나 좋을까? 웃음이 좋은 것을 열거하면 끝이 없을 것 같다. 이 웃음은 횡격막과 배 호흡기, 얼굴, 다리와 등의 근육을 빠짐없이 운동을 시키고, 전신운동의 효과를 볼 수 있는 동시에 우리 몸의 즐거운 의미의 효과를 볼 수 있도록 한다고 한다. 웃음도 여럿이 함께 웃는 것이 혼자서 웃는 것보다도 약 33배의 웃음 효과를 얻을 수 있다고 한다. 당신의 뇌를 코칭 하라는 책에서 서술한 것을 읽은 것 같다. 다양한 웃음의 장점을 그 책에서 만날 수가 있었다. 그 외에도 말할 수 없을 정도로 많은 장점이 웃음에 있다. 그 장점을 아는 것이 문제가 아니고 직접 이런 좋은 장점이 많은 웃음을 자주 웃자. 부담 없이 웃는 분위기를 만들자. 웃음을 나눌 수 있는 사람 관계 등을 열심히 관계를 한다면, 건강은 물론 제2의 인생에 활력소도 주고 행복과 즐거움을 동시에 얻을 수 있는 좋은 웃음의 달인이 되도록 노력을 하자. 나와 같이 웃음의 달인으로 거듭 탄생할 수 있도록 노력에 노력을 하도록 하자. 서두에서 말한 것처럼 연습이 중요하다고 하니 열심히 연습해서 웃음의 달인으로 행복을 찾아가는 달인이 되자.

몸을 만들자는 목차에서도 말을 했지만 이런 것을 제대로 내 것으로 만들어 가는 것의 첫째는 아무것도 없다. 무조건 꾸준함에 대적할 것이 없다. 주위에서도 보면 처음에는 당장이라도 무언가를 성공할 것 같이 말을 한다. 그 말을 들은 후 며칠 뒤에 확인을 하면 언제 내가 무슨 말을 했느냐고 바로 반박의 성명을 발표하듯 야단하고 소리를 지르는 답을 얻게 된다. 특히 나이가 들면 그런 일이 비일 비재하는 것 같다. 아무리 몸에 좋고 앞으로 제2의 100세 살 것을 위해서 최고가 건강이라는 말을 다들 입에 달고 산다. 달고 사는 말이 입에서 나온 말일 뿐 실천을 제대로 하는 분들이 그렇게 많지가 않다. 아마도 그렇게 되고 있으니 지금의 TV 건강프로에 구체적인 행위의 방법을 보여줘도 돌아서면 그뿐이다. 웃음의 달이 되자고 아무리 외쳐보아도 실제로 그렇게 하는 사람은 10명 중에 1명도 힘든 상황이 우리들 주위에서 지금 일어나고 있는 현실이다. 옆에서 웃음의 달인이 되고 나서는 건강한 몸을 만들자 말을 서로 간에 자주 하는 분위기로 돌아섰다. 실천을 행동으로 옮기는 것이 문제가 된다. 그 문제를 어떻게 하면 찾을 수가 있을까 걱정이 된다. 두들기면 열린다고 했으니 옆에서 앞에서 자주 소통도 하고 시범도 보이는 행위로 따라잡을 수 있게 하자. 앞에서 열거한 말들을 지금 한창 잘나가고 있는 젊은 사람들에게 말을 하면 그 사람들이 이렇게 말을 한다. " 그런 말들은 산신령이 하는 말인지 보통 사람이 하는 말이 아니에요." 이렇게 말들을 한다. 물론 이 말이 틀린 것은 아니고 그냥 참된 말에 대한 나름의 반박으로 하는 말로 들린다. 그렇다 누구나 자기들에 유리하고 좋게 말을 해주는 것을 쉽게 받아들이지 않는다. 젊은 사람들이 더 그런 언행을 하고 있다. 같은 퇴직자로서 이런 이야기를 더욱더 이상하게 받아들인다. " 당신이나 잘 하세요"라는 말로 대변을 한다. 어쩌면 이것이 인간의 심리인 줄은 모르겠지만, 자신의 신체적인 기능을 잘못 판다고 사는 분들이 많다. 신체 중에 귀가 2개고 입이 1개인 것은 듣는 것을 두 배로 들어야 하고 말을 한 번 하는 것인 줄 안다. 사람들은 그렇게 생각을 하지 않는 것 같다. 소통을 할 때도 경청이 중요하다고 한다. 이런 과정의 교육을 제대로 받지 못한 것이 우리의 잘못은 아닌지 하는 의문점도 생긴다. 듣는 자세만 제대로 이행을 할 줄 알아도 성공은 따놓은 것이라고 하는 말들을 지인들에게

들어왔다. 주위에 좋은 이런 말을 듣고 나 자신을 제대로 만들어서 나도 주위에서 조금은 다르게 살고 있다는 말을 들으면 좋을 것인데 그렇게 하지 못하는 사람들이 많은 것을 볼 때 어떤 때는 마음이 답답하다. 저는 같은 퇴직자로 좀 더 건강하고 좀 더 정신적으로 활발하게 활동하는 사람들이 많아지는 것을 위해서 이렇게 이 글을 쓰고 있다. 이 글을 쓰면서도 자신 있게 말을 할 수 있는 것이 나 자신이 앞에서 말하는 것을 실천하면서 행동으로 하고 있는 상태에서 자신 있게 말을 하는 것이다. 이렇게 하는 것이 달인 되는 길이 아닌가 한다.

달인이 되는 것도 중요하다. 주위에 보면 무슨 일을 하려면 남이 봐서 와! 하는 소리를 짖을 수 있는 일을 해야 한다. 그것이 지금의 추세고 흐름이다. 어떻게 보면 웃음을 웃는 달인이 퇴직자에게 그렇게 큰 무엇이 될 수 있겠는가? 하고 의문을 가진다. 그렇게 생각을 하면 우리가 어떤 것도 할 수가 없다. 늘 들어온 이야기 돈의 일백만 원도 단돈 일원으로 시작되는 것이다.. 특히 퇴직자는 작은 것에 즉 남이 별로 신경을 쓰지 않고 쳐다보지 않는 작은 일에 매달려서 성공의 맛을 보도록 해야 한다. 그렇게 작은 성공이 모이다 보면 큰 발전의 성공에 도달할 수 있고 남에게 칭찬을 받을 수가 있다. 그렇게 실천하기 위해서는 우선은 작은 것에 매달려서 조금씩 성공의 문을 열어가는 꾸준함을 성취하는 것이 퇴직자가 되어야 하는 달인의 자세고 달인의 경지라고 생각을 한다. 다시 말을 하면 일원이 백만 원 될 때까지 우리가 무엇을 해야 할 것인가 하는 것은 내가 답을 찾고 답을 찾아 돌진하는 자신감을 가져야 하는 것이 아닌가 한다. 들은 이야기다 " 인상이 바뀌면 인생이 바뀐다"라는 말이 있다. 그러니 웃음이 우리에게 얼마나 좋은 것인 줄은 더 이상 말을 할 필요가 없을 것 같다. 열심히 웃을 수 있는 달인이 되어서 퇴직자 인생이 끊임없이 앞으로 행복의 나래만 지속될 것을 바란다. 웃음의 달인이 되는 것에 대해 나 자신에게도 물어보고 싶다. 웃음의 달인이 되어서 행복하게 살아가는 멋진 퇴직자 길로 걸어갈 것인가? 하고 말이다. 걸어가면서 나 혼자만이 걸어가는 것이 아니고 많은 퇴직자들과 같이 걸어갈 수 있기를 기원하면서 저의 이 책이 많은 도움을 줄 수 있는 기회가 되도록 기도도 하고 많은 분들에게 웃음으로 행복을 찾아가는 퇴직자들이 많이 나올 것임을 확신한다.

2-4
부부간에 공동 취미를 만들자

퇴임 후에 제일 중요한 것이 부부간의 일심동체가 되는 일인 것 같다. 지금까지 살아오면서 서로 간에 잘 안다고 하지만 그렇게 가까이서 같이 행동하고 같이 대화한 시간이 많지 않을 것이다. 특히 아빠 직장 생활할 때는 아빠가 바빠서 엄마한테 진솔한 이야기의 대화를 가져 보지 못 했을 것이다. 우선 진솔한 이야기 간단한 이야기 정다운 이야기 등을 풀어놓고 서로 간에 주워서 담을 수 있는 소통을 할 수 있는 기회를 만들어야 한다. 때로는 덤으로 더 줄 수 있는 그런 이야기의 대화 분위기를 아빠가 이끌어 간다면 좋을 것이다. 조금은 서먹서먹하고 대화의 물 꼴을 터놓기가 힘들 게지만 우리 속담에 시작이 반이라는 말이 있는 것처럼 시작을 하자. 아빠가 시도하고 조금씩 변화시키는 것에 우선 매진을 해보는 것이다. 그래야 정말로 남은 인생, 아니 제2의 인생의 출발점에서 좀 더 즐거운 생활, 행복한 생활이 시작될 것이다. 좋은 부부를 위해서는 대화의 자리를 만든 것이 저는 제일 우선인 것으로 생각된다. 서로 대화가 잘 통하게 만든다. 속내를 털어놓을 수 있는 분위기가 되었을 때 앞으로 우리가 어떻게 하면 잘 살 수가 있는지에 대한 소통이 된다. 우리의 여생을 남들과는 다르게 우리를 이끌어 갈 것인가 하는 문제점에 대해서도 소통으로 풀어야 할 것이다.

직장 생활할 때처럼 그냥 아빠의 일방적인 태도로 앞으로는 가정의 모든 일을 끌어갈 수 있다고 생각하는 것은 큰 문제점을 유발할 수가 있다. 우선은 아빠가 엄마의 이야기를 많이 들어 주는 경청이 필요하면, 그렇게 시작되는 대화가 좀 진전이 된다면 다양한 주제의 이야기도 가능할 것이다. 그런 분위기 위에서는 서두에 말한 것처럼 대화가 되는 분위기 서로 간에 마음의 내부에 있는 이야기도 할 수 있는 여건이 중요하다. 분위기를 만들 때까지는 나름의 요령과 대화의 기법에 대해서 고민도 하는 것이 우선일 것이다. 더 중요한 것은 엄마의 말을 잘 들어 주는 경청의 자세가 매우 중요할 것이다. 서로 부부간에 대화가 되고, 이제는 나름의 속내를 파악하는 단계에 돌입하는 것이 우선일 수도 있다. 그렇게 대화의 자리가 잡히면 우리들의 취미에 대해서도 이야기를 하는 것이다. 대화의 여건이 될 때 이런 깊이 있고, 어떤 취미의 이야기도 가능 할리라 생각을 하게 된다. 특히 살아가면서 공통의 취미를 한 가지씩 가지게 된다면 작은 이야기, 생활의 시시 콜

한 이야기, 즉 평소에 쓸데없는 대화도 가능하다. 그렇게 취미를 같이 하다 보면 부부간에 일체감, 일심동체라는 의식이 발동되어서 한 몸이 되는 결과를 가져다줄 것이다. 저희 부부가 공통의 취미생활을 하고 있다. 저희들은 퇴임 전부터 같이 하는 취미 활동이 있었다. 퇴임 후에도 별문제 없이 늘 같이 활동을 하고 그 활동을 하면서 다양한 대화도 나눌 수 있는 기회를 만들고 있다. 저희는 매일 하루 중에 약 3시간은 같이 활동을 한다. 다른 것이 아니고 우리 부부의 건강을 휘해서 동네 뒷산을 산행하고 산속에 만들어진 운동기구를 활용하여 운동 하는 취미활동이다. 특히 저의 사모님의 초기에는 몸이 형편없는 몸이었는데 지금은 몸은 굉장히 건강한 상태. 공동의 취미가 끝나면 나머지는 각자의 활동을 하는 삶으로 살고 있다. 저희들은 육체적인 건강을 얻고, 그에 따라서 정신적인 건강도 얻는 그런 일석이조의 효과를 얻고 있다.

산에서도 굉장히 행복한 부부로 칭송을 받고 있다. 칭찬도 중요하지만 우선 저의 부부는 일심동체라는 의식이 자연적으로 생겼다. 산에 등산하면서 어떤 어려움이 있을 때 서로 당겨주고 밀어주고 한다. 운동할 때도 어려움이 있으면 옆에서 도와주고 하는 이런 일이 남이 보기에는 간단하게 보이는 이런 작은 일이 거듭되고 자주 일어남으로 이것이 쌓여서 깊은 사랑으로 변하고 있음을 느낀다. 남에게 부탁할 수 없는 일을 부부간에 같이 수행하면 일어나는 행동의 정, 사랑은 부부를 더욱더 가까이 아닌 더 한마음의 부부로 결속시키는 밑거름이 될 수 있다고 확신을 한다. 평소에도 사모님한테 더 많은 사랑을 받았고, 퇴임 전, 후가 똑같이 사랑을 받고 살고 있다. 나는 부부간에 공동 취미가 왜 좋은지를 직접 체험을 했고, 지금 이 시간에도 단결의 완성된 사랑을 받고 있다. 아침에 일어나면 산행하는 일과로 우리들의 생활은 시작되니 무언가 불안하고 오늘은 무엇을 할 것인지 하는 걱정, 두려움은 생기지 않는다. 여러분들도 밖으로 돌지 마시고 집안에서 마누라와 같이 할 수 있는 작은 일부터 찾아보는 것이 좋을 것이다. 마누라와 살아온 세월이 많은데, 매일 같이 한 이불 속에서 없든 사랑 있는 사랑을 서로 나누고 살아왔는데 무슨 공동의 취미냐고 반문을 할 분도 있을 것이다. 그것이 그렇게 간단한 문제가 아님을 알아야한다.

어제의 분위기와 오늘의 분위기는 다르다. 그 다른 분위기를 채우면 살아야 하는 것이 속마음을 터놓고 소통의 징검다리의 공동취미를 만들어야 한다. 아빠들은 조금 생각을 바꾸며 살아야만 될 것이다. 지금은 내 위치가 다르다는 것을 인식하는 마음의 자세가 필요할 것이다. 남하고도 사귀면서 살아가는 형편인데, 왜 마누라와 좀 더 진지하게 다가가는 것을 두려워하는지 조금은 이해가 힘든 분도 있다. 그것은 사실이다. 주위의 환경이 바뀌었으니 조금은 어색하고 좀 그렇지만 그래도 자신 있게 시작을 해야 한다. 우선 내 위치가 바뀐 것을 먼저 인식하는 것이 매우 중요하다. 그런 다음에 내가 추구해야 할 삶이 무언가를 고민도 하고 어떤 나름의 준비도 하는 것이다. 그 준비에서 우리가 꼭 시행해야 할 과제는 사모님하고 같이 할 수 있는 취미, 일을 찾아서 돌진하는 자세를 아빠들이 가지게 된다면 제2의 인생 살 이에는 행운과 행복의 햇빛이 비친 다고 확신한다. 저가 그렇게 살고 있다. 이것은 그렇게 어렵지도 않는 일이다. 서로의 대화가 잘 된다면 얼마든지 가능하고 실천할 수 있다고 저는 확신을 한다.

저도 직장 다닐 때 등산과 운동 하는 것을 시작을 했었다. 비가 오나 눈이오나 하루도 쉼 없이 운동을 했는데 처음에 이렇게 열심히 운동을 하니 마누라가 나를 보고 미친 사람으로 보았다. 그 당시 마누라도 몸이 좋은 상태는 아니면서도 운동 하는 것을 무척이나 싫어했었다. 건강은 마냥 나쁜 상태가 지속되었다. 매일 코에서 코피가 흐르고 감기는 계절을 넘어서지 못하고 감기를 달고 살아왔다. 자식들을 어느 정도 키워놓고 내가 마누라와 진지하게 토론을 하고 난 후에 우선은 새벽에 등산을 하자는 것으로 시작했다. 그렇게 일 년을 하고 보니 몸에 변화가 왔다. 그 변화는 그렇게 매일 흘러내리는 코피가 흘러내리는 병이 줄어들기 시작을 하면서 마누라와 나는 더 열심히 등산과 운동을 하게 되었다. 마누라는 지금 20년 이상을 운동을 하고 있고 저는 36년째 운동을 하면서 행복하게 살고 있다. 이렇게 공동의 취미가 시작이 되었고 지금도 열심히 하고 있다. 어느 정도 산에 가니 우리 사모님은 나름의 신체에 건강함을 느꼈고, 정신의 건강에 어느 정도 도움이 되고부터는 우리 사모님께서는 저보다 더 산에 갈 것을 요구를 한다. 등산을 하고 난 뒤에 우리의 하루 일상생활이 시작이 된다.

자주 부탁을 드리는 말이다. 너무 크게, 너무 과욕을 부리는 취미보다는 내 주위에서 할 수 있고, 경제적인 문제점도 유발하지 않는 취미가 좋을 것 같다고 생각을 한다. 저희들은 그렇게 공동의 취미활동이 끝나면 그다음부터는 각자의 취미 각자의 일에 매달리는 상황으로 변경된다. 저의 사모님은 꽃 가꾸는 것을 매우 좋아하고, 집안에 꾸미는 것을 매우 좋아한다. 아파트 내에 사는 이웃들이 방문을 하면 놀라지 않는 사람이 없다. 너무 잘 꾸며 놓았고, 아파트 내에 사시사철 꽃을 볼 수가 있어서 너무나 좋은 것 같다. 저는 책을 읽고 서평을 카페에 올리는 일에 몰두를 하고 있다. 적어도 1년에 300권을 읽겠다는 결심에 꾸준히 실행을 하고 있다. 책도 내 돈으로 사는 것이 아니고 카페에서 공짜로 책을 받는다. 그렇게 공짜로 책을 읽으면서 서평을 쓰고 있다. 서평을 쓰는 날짜가 정해져 있기 때문에 열심히 읽고 열심히 서평을 쓰고 난 다음에 또 책을 받을 수가 있다. 이런 과정 속에 매일매일 신간의 좋은 책을 받아서 읽는 것이 나에게는 엄청난 행복과 기쁨을 받고 있고 세월도 낚으면서 세월이 가고 있는지 오고 있는지를 구별 못할 때가 많다. 그렇게 때문에 하루에 시작되는 일과가 언제 끝나는지 생각할 겨를이 없이 하루가 후딱 지나가고 있다! 취미 활동도 돈이 없어도 할 수 있는 취미 즉 적은 것에서 큰 것으로 전환할 수 있는 취미로 살다 보면 매일 기쁨과 행복 속에 생활을 영유할 수 있음을 확신한다. 돈보다도 더 행복하고 즐겁게 살 수 있는 생활을 영유하도록 노력과 연구를 하면 어떨까? 적은 취미도 조금은 고민을 하고 연구하고 해서 장기적으로 할 수 있는 것이 우선이 아닐까 하고 생각을 한다.

저는 책을 독서하고 서평을 쓰는 취미로 이렇게 글도 조금은 쓰고 있다. 이렇게 좋은 글인지 베스트셀러의 책이 될는지는 모르지만 우선은 이렇게 책을 쓰는 것에 만족과 한자 한자 글을 쓰는 것이 흥분도 되고 나의 머리가 조금은 빨리 회전하고 해서 너무나 행복한 삶을 살 고 있다고 생각을 한다. 잘 알 게지만 이런 작은 취미도 열심히 하면 내일의 희망을 가지고 그 희망에 도전하는 정신, 그 도전으로 희열을 느끼는 마음은 실제로 해보지 않으면 느끼지 못할 것이다. 우리에게 주어진 생명에 그냥 방관자로 살아가는 것보다는 부부가 서로의 아픔을 말도 하고 그 아픔에서 우리가 살아남을 방법을 찾아 대화도 한다. 제2의 인생에 꽃을 피울 수 있는 대화, 취미에 대해서 진술하게, 진정성 있게 대화를 하다 보면 분명히 좋은 취미생활을 쉽게 할 수 있다고 생각을 한다. 그렇게 해서 취미를 만나고 그 취미를 통해 새로운 희망과 목표가 정하게 된다. 그 목표가 정해지면 너무나 행복감에 젖어서 생활에 진정한 활동성에 불을 붙일 수가 있다고 저는 장담을 하고 확신을 한다. 저희가 그렇게 살고 있기 때문에 확답을 말할 수가 있다. 꼭 우리는 앞으로도 남은 인생에 부부가 같이 갈 수 있고, 같이 행복을 얻을 수 있는 공동의 취미생활을 할 것이다. 실천에 도전을 하자. 분명히 좋은 결실을 맺을 수가 있다고 확신한다. 우리에게는 어려운 것이 있다고 본다. 남이 좋은 습관을 가지고 생활 하는 것을 보면 나도 저렇게 한번쯤은 도전을 해야겠다고 생각을 해야 하는데 그런 것에 부족함이 많은 것을 느낄 수가 있다. 그냥하지는 않고 시기심만 있어서 당신네들 얼마나 오랫동안 하는지 옆에서 지켜 불 것이다. 그런 생각을 하는 동안에 자신의 문제를 들어다 보고 극복할 방안을 찾아야 하는데 그렇게 하지 못하고 어렵게 사는 사람들이 있다는 것에 마음이 아프다. 앞에서도 그런 이야기를 했지만 부부가 나이가 들어가면서 마음에 담고 있는 이야기를 나눈 것이 어려움이 많은 것으로 알고 있다. 우리부부는 걸으면서 자식이야기, 옆집이야기, 부부간에 문제점, 부부간에 서로가 도와줄 이야기 등을 나눌 수 있어서 너무나 좋다. 그렇게 이야기를 하면서 서로의 문제점을 지적도 하고 어떻게 하면 해결할 수 있는 것이지 조언도 하고 해서 문제로 일어나 싸움으로 벌어지는 일들이 이렇게 해서 해결이 된다. 이렇게 해결이 되고 있으니 저는 집에서 책을 하루 종일 읽고 서평도 쓰고 때로는 쉬고 세끼의 식사 대접도 받고 간식도 대접 받으면서 살아가고 있다. 지인들이 말을 한다. 대접을 받고 싶으면 내가 먼저 대접을 하라고 하는 말이 저에게는 맞는 말임을 실감한다. 이런 분위기로 살아가니 대접을 받을 수밖에 없다는 생각을 한다. 조금은 힘들고 힘들지만 나이 들어서 쉽게 즐겁게 살기 위해서는 내가 희생을 하고 마누라를 도와준다는 생각으로 살아보자. 그것이 우리들 같이 퇴직해서 제2의 인생을 남과는 조금은 다르게 살아갈 수 있는 비법이 아닐까 하는 생각을 한다.

남자라는 말을 많이 듣고 산다. 남자는 여자 앞에서 여자를 위하고 여자를 조금은 보호하는 차원에서 살아야 한다고 본다. 지금까지 회사에서도 상사를 위해서, 가끔은 부하 직원을 위해서 힘들게 일을 했다. 그렇게 한일을 집에서 조금만 투자를 하면 정말로 마누라한테 칭찬과 사랑의 대접을 받고 살아갈 수가 있을 것이다. 지금에는 마누라에게 조금은 투자한다는 생각으로 같이 걸어가는데 쉬는 시간에 같은 의자에 앉아서 우리들 이야기만 할 수 있는 기회를 만드는 것이 우리들 공동의 취미생활이라고 생각을 한다. 그렇게 어렵지도 않고 못할 일도 아닌 같은 취미 생활을 만드는데 조금은 투자한다는 생각으로 접근해서 만들어 보자. 이렇게 공동취미를 만들어 행복만 할 수만 있다면, 만들어 가는 것이 우리에게 얼마나 좋을까? 세상에 쉬운 것이 어디에 있을까 다들 힘들고 어렵다고 한다. 이렇게 어렵고 힘들 때 노부부가 행복하게 살고 있으면 자식들도 좋게 보고 부부가 사는 아파트에 자주 들리게 될 것이다. 모든 것이 노부부가 어떻게 사는 나에 따라서 가족의 행복 출발도 그것에서 시작된다고 확신을 한다. 작은 고생이 큰 행복을 가져다주는 부부의 공통취미 생활을 만들어 시작을 하면 분명히 좋은 결과의 꽃불이 일어 날 것을 저는 확신을 한다. 세상에 아무리 사소한 일이라도 그냥 저절로 되는 것이 없다. 특히 부부가 한 마음으로 공동의 취미를 만들어 보고자 하는데 쉽게 금방 이루어 질 수가 없을 것이다. 이때 수록 남자의 아빠가 조금은 여유 있게 느긋한 마음으로 사모님을 유도하는 전략을 계획해 서서히 만들어 가도록 하면 분명히 만들수 있다고 확신합니다. 나도 그렇게 해서 지금의 우리부부의 공동취미인 등산을 만들어서 꾸준히 실행을 하고 있다. 주위에 등산하는 분들이 우리부부가 같이 산행 하는 것을 보고 부러워한다. 힘든 것을 이기고 만들 때 더욱더 오래가고 진짜 좋은 공동취미 활동이 활발하게 남이 부러워 할 정도로 할 수 있을 것으로 믿는다. 가볍게 시작을 해서 지속적으로 할 수 있는 취미를 선택만 한다면 그것도 좋을 것 같다. 사모님께 유리하고 사모님 위주의 취미를 정하는 것이 좋다고 생각을 한다. 다른 곳에서도 매번 언급을 한 사항이지만 제일 중요한 것은 한 번 무언가를 결정을 했으면 지속성을 유지하도록 해야 한다. 공동의 취미가 어렵다고 생각하는 사람들이 주위에 보면 제법 있을 것으로 안다. 그런 분들은 공동의 취미가 우리에게 얼마나 좋은 것인지를 잘 몰라서 그런 생각을 할 것이다. 정말로 공동의 취미를 해보면 알 것이지만 좋은 점이 너무나 많고 어떨 때는 새롭게 만난 여인사이에서 느끼는 기분을 느낄 때도 있다. 이런 기분을 느끼면서 제2의 인생을 살아가는데 큰 자양분이 될 수 있다는 것을 믿고서 적극적으로 하게 되면 많은 부분에서 얻는 것이 많아질 것이다. 내 생활에 활력소를 준다는 것을 잊지 말 것을 부탁한다. 이 책을 읽게 되면 이것은 내가 직접체험을 했고 지금도 공동의 취미를 수행하고 있다. 어느 날 한쪽에서 힘든 표정을 지으면 이끌어 주는 소통으로 실행에 옮긴다. 또 한쪽에서 가기 싫어하면 서로 간에 위로를 하면서 수행하도록 밀어주는 행위나 말로서 실천에 옮기도록 한다. 그렇지 않으면 취미 활동이 중단을 할 수도 있기 때문에 이렇게 서로 간에 밀고 당기는 분위기를 만들어 가면서 지속적으로 할 수 있는 방향으로 끌어 갈 수 있도록 해야 한다.

2-5

집안에서 가볍게 보는 일에 최고가 되자.(1)

서두에서도 자주 등장한 말이지만 퇴임 후에 집에 안착하기 시작하면 모든 것에 애착도 없어지고 무언가를 하고 싶은 마음이 생기지를 않는다. 그렇게 되다 보니 늘 앉아서 TV 앞에서만 생활을 하게 되고 모든 것에서 멀어지는 인생살이가 시작된다. 그렇게 되면 제일 먼저 화를 만들게 하는 것은 사모님이다. 왜냐하면 남편이 퇴임 후면 퇴임 전과는 다르게 하는 일이 좀 있어서 사모님 일에 조금은 보탬이 되는 행동의 일이 계속 연결 지어지는 것으로 생각을 했다. 남편은 퇴임 후부터는 내 세상이나 만난 것처럼 매일 TV 주위에서만 움직거리고 무언가를 할 생각을 하지 않는다. 사모님의 원성만 높아지고 집안의 사모님의 목소리로 가득 차게 된다. 이런 상태를 신속히 해결할 수 있는 방법이 사모님의 한 일을 거들어 주고 도와주는 태도의 변화가 제일 중요하다. 노력만 한다면 제2의 인생 출발점에서 사모님의 사랑을 받을 수 있을 것이다. 순진한 아빠는 그것을 모르고 그냥 지금까지 돈을 벌어왔는데 많은 정열을 소비했으니 지금은 집에서 쉬는 것으로 생각을 몰아가면 늘 사모님한테서 잔소리만 늘어나게 만드는 원인만 제공을 한다. 진정한 사랑도 멀어진다. 왜 남편들은 이런 사실을 못 깨우치고 있을까 남편만 보면 안타깝다. 이것이 답답한 일이고, 퇴임 한 아빠를 죽이고 있음을 빨리 알아차려야만 앞으로 남은 인생에 꽃을 피우는 빛을 받을 수가 있다. 부탁이 TV 주위에서 얼쩡거리지 말고 지금부터는 사모님 주위에 우선 맴도는 일부터 시작하는 것이 좋을 것 같다.

저의 이야기를 해서 조금은 이상 한다. 저는 제일 먼저 실시한 것이 아파트에서 발생되는 쓰레기를 매일 비우는 일부터 시작했다. 그렇게 시작을 하고 보니 이런 말이 생각난다. 꿩 먹고 알 먹고 란 말이다. 왜! 그렇게 생각을 하느냐면 쓰레기를 비울 때 비우고 나서 승강기를 타지 않고 계단으로 걸어서 올라간다. 우선 내 신체가 활력소가 생기고 특히 다리가 강해지는 느낌을 받는다. 이것은 신체 탄력이 그냥 되는 것이 아니고, 또 사모님 말하기 전에 즉 잔소리하기 전에 쓰레기를 버리고 하니 사모님이 좋아도 해주고 사랑도 해주고 하니 이것이 꿩 먹고 알 먹고 하는 일이 되는 것을 알게 되었다. 이렇게 일반 쓰레기 비우는 일을 조금은 그렇게 하다 보니 사모님들이 싫어하는 것이 음식물 분리해서 버리는 것임을 알았다. 음식물 분리 쓰레기도 저가한다.

그렇게 해주며 해줄수록 나에게 사모님의 긍정적인 눈으로 쳐다보고, 음식에 결 들이는 반찬도 한 가지씩 밥상에 올라오는 것을 볼 수가 있다. 어떻게 보면 큰일도 아니지만 사모님에게는 힘들고 거의 한두 번씩 밖으로 왔다 하는 것이 번거롭게 생각되는 것 같다. 생활에 조금은 힘들게 하는 것인데, 남편이 하고 있으니 한 가지 일은 나한테서 멀어졌구나 하는 생각에 속으로는 무척이나 좋아할 것 같다. 작은 일에도 사모님을 도와주고 가정에 같이 할 수 있는 일에 조금은 도와주게 된다면 새로운 그 무언가를 찾는 좋은 기회로 만들 수가 있을 것으로 본다. 우리 아빠들은 순진하여 늘 큰일 대박 되는 일을 찾는데 그것이 그렇게 중요하지 않고 비록 작아도 지속적으로 할 수 있는 일을 찾아 도와주자.. 작은 일이지만 오래 하고 지속적으로 사모님이 일에 도움을 줄 수 있는 일을 찾아야만 환영을 받는다고 생각한다. 집안의 청소에도 일조하도록 하자. 진공청소기로 내부의 전체를 청소를 하게 되면 집안이 깨끗해서 좋다. 사모님의 관심을 끌어낼 수가 있다. 그렇게 작은 일, 한 번으로 끝내는 것이 아니라 연속적으로 할 수 있는 일에 매진하게 되면 우리 아빠 자신들도 무언가를 가족을 위해서 하고 있다는 자부심을 가지게 된다. 아빠들은 이런 작은 일은 일로 생각하지 않는다는 것이 문제가 될 수 있다고 생각을 한다. 그 정도는 알고 살아야 하는데 그렇지 못하니 문제가 되고 힘들게 살아가게 된다. 작은 것이 모여모여서 큰일을 할 수 있다는 지인들의 말을 우리는 명심하고 살아야 할 것이다. 그렇게 작은 일에 충실하고 전문가 되면 우리에게 새로운 희망과 목표가 생길 것인데 왜 그것을 알 수가 없을까 여하튼 힘이 들고 어렵다. 그전에는 잘 모르는 일들이 일어난다. 그냥 밥 한술을 먹으면 직장으로 달려가든 몸이기에 못을 수밖에 없는 환경임을 알 수가 있다. 지금 놀아보니 한 가정이 올바른 게 이끌어 나가기 위해서는 사모님들이 집에서 많은 일을 하고, 많은 고민을 하는 것으로 이해가 된다. 그 이해에 아빠들의 자신의 변화를 시도해야만 한다. 지금부터는 나의 작은 일이 사모님들한테 큰 힘이 되고 작은 일이지만 그 일을 덜어준다는 좋은 마음을 가져보는 것이 아빠들에게 큰 어떤 영광도 되고 사모님한테 나의 동지를 맞은 기분을 줄 수가 있다는 사실을 알아야 한다. 우리 아빠들은 빨리 깨닫고 사모님을 위해서라도 열심히 하는 아빠로 전환을 하는 것이 아빠도 좋고, 엄마도 좋은 생활이 되고 그것이 행복이라고 생각된다. 자신 있게 말을 할 수가 있다 그렇게 하는 것이 사랑이라고 크게 소리쳐보고 싶다. 사랑이란 무조건 대단하고 큰 것으로만 이루어진다고는 말을 할 수가 없다고 생각을 한다. 작은 것에 찾는 우리들 마음도 굉장히 중요하다고 생각을 한다. 큰 바다도 작은 물방울이 모여서 그렇게 큰 바다가 된다. 저 자신도 늘 작은 것에 매진하는 습관을 만들어 가는 것이 우선인 것으로 실행을 하고 산다. 이렇게 작은 것에 우리의 큰 무엇이 있음을 알고 그것을 내 것으로 만들어가는 습관을 실천한다면 좋은 결과가 올 것으로 믿는다. 우리를 이끌어 가는 마음을 제어하는 습관을 만든 것이 첫 번째 우리 아빠들의 길인 것 같다.

잡무일 이 집안에서는 많지만 또 한 가지 말을 한다면 음식을 먹고 나오는 그릇 씻는 일이다. 그전에 우리가정의 허드레 일을 말할까 한다. 집 사모님이 놀러 가거나. 여행을 가면 저는 먹은 음식의 그릇을 그냥 모아놓는 것이 저의 일었다. 어떻게 씻어 봐야 한다는 생각은 전혀 관심이 없는 일었다. 그렇게 모아놓는 일이 저의 일로서 끝나는 것으로 알았다. 이럴 때 하는 말이 '무식이 따로 없다.' 평소에 그렇게 하는 것도 아니고 사모님이 놀러 간 사이에는 그릇을 씻어서 놓아야 하는데 그렇게 하지를 못했으니 얼마나 우리 사모님이 몰래 올라오는 감정을 참느라 얼마나 고생을 했을까 멋대가리 없는 남편. 그릇을 씻어 놓으면 어디에 벌금 받으러 오는 사람이 있나 왜 그렇게 했을까 답답한 일을 사모님은 참아 왔다는 사실에 가슴에 이상한 무언가가 올라올 것 같은 기분이다. 그런 일이 지금 퇴직 상태에서 일어난다면 밖으로 쫓겨 나간 든가 그렇지 않으면 이혼 감이다. 감사함을 느낀다. 그런 말도 되지 않는 행동도 참고 살아주어서 고맙다는 생각이 든다. 반성의 기회도 잡고 이제는 백수이기에 조금은 착실히 집안일을 배워서 사모님을 편하게 도우는 조력자로서 행동을 할 것으로 다짐을 한다. 그렇게 생각하고 집안일을 시작을 하니 그렇게 부담감도 여하튼 사모님에게 잘 보이고 인정받는 남편으로 살아가고 싶다. 직장생활을 할 때 상사에게 잘 보이고 잘 모시고 했든 시절이 생각난다. 조금은 다른 위치 다른 각도이기도 하지만 새로운 상사를 모시고 산다고 생각을 한다. 남도 상사를 모시고 살아왔는데 사랑하는 사모님 모시고 열심히 또 살게 되면 제2

의 인생 30년은 무사히 살아갈 수 있고 행복한 노후생활이 될 수 있을 것임을 확신한다. 남에게 열심히 하니 인정을 받았는데 내 사랑하는 사모님한테 열심히 하면 사모님은 남이 아니므로 더 융합이 잘되고 서로 상호 소통도 잘 되는 사이가 되리라 믿는다. 어른들이 이런 말을 많이 하는 것을 들어왔다. ' 안에서 새는 바가지 박에서도 새다.'란 말이다. 즉 안에서 제대로 사모님한테 사랑을 받지 못하고 서로가 사이가 나쁜다면 밖에서도 제대로 사회생활을 자신 있게 할 수 없다는 뜻으로 나는 받아들인다. 그런 뜻의 일인데 특히 지금 다들 어렵다고 하는 이 시점에 안에서 부부가 문제가 있고 작은 트러블이 있으면 밖에서 그대로 들어 날 것이다. 사이좋게 오손도손 살면 밖에서도 무척 행복하게 사는 것으로 인정을 받는다고 확신을 한다. 이렇게 행복하게 살아가는 것이 바로 집안의 일을 가볍게 보지 말고 열심히 노력하여 달인이 되도록 하는 것이 우선이라고 생각한다.

몸만들기에서도 언급을 했다. 중년을 넘어서면 이상하게도 몸 움직이는 것이 싫어지는 것이 나인 탓 같다. 무엇이든 하 기가 싫어지고 그냥 앉아서 보내는 습관으로 흘러가기를 많이 원하는 것 같다.. 그전에 그렇게 하지 않은 것 같은데 생각지도 않는 상황들이 자꾸 나한테서 일어난다. 모르기 해도 직장에서 그냥 앉아서 부하직원을 다루었듯 탓인지도 모르겠다. 화장실에 가는 것도 싫어지는 행동이 몸에서 싹을 틔우고 있다. 생각을 하다 보면 요놈의 나태를 그냥 놔두면 정말로 큰 문제를 유발 하지 않겠는가 하는 생각이 나를 감싼다. 움직이지 않고 그냥 앉아서만 있으면 몸이 그냥 약해질 것이다, 이것을 이겨야 한다. 나이가 들면 자연적으로 근육이 우리 몸에서 빠져나간다고 하는데 그 냥 방치하면 정말로 문제 있는 몸으로 변할 수가 있다는 생각이 들었 다. 그런 생각을 없애는 일을 하는 것이 제일 좋다고 생각을 했다. 움직 임을 싫어하는 나의 자세를 버리는 일이 다름이 아니고 집안에서 무언 가를 할 수 있는 것에 나의 몸을 투자하는 것이 다는 생각을 얻게 되었 다. 그런 생각을 없애는 방법은 우선 제일 먼저 움직이기는 것이다. 아 무것도 아닌 일이지만 집안에 걸레도 정위치를 찾아주고 생수를 다 먹 게 되면 마트에 가서 사 와서 채워놓고 이런 작은 일을 눈에 뜨면 바로 바로 실천에 옮기는 자세로 전환을 시작을 하고 어떤 일이 있어도 나 를 조금은 힘들게 몰아가는 수법을 나의 자세에게 강요를 하게 된다. 나이가 먹고 노후화에 이길 수 있는 제일 좋은 수법은 무조건 동작 하 도로 나를 강요하고 나를 압박하는 자세가 꼭 필요할 것 같다. 사모님 이 무엇을 요구하듯 저는 대답을 먼저 한다. 이렇게 말이다. " 여보 알 아서, 갈게" 이 말을 내 입에서 제일 먼저 나오게 만든다. 이렇게 시작 을 하다 보니 사모님이 시키는 일에 대해 반감이나 짜증이 내 곁에서 멀어진다. 멀어지는 그 태도로 인하여 지금도 우리 부부는 조금은 과장 이지만 맞춤 궁합으로 산다고 확신한다. 어떻게 보면 그런 행동이 사모 님을 위하는 행동으로 알겠지만 그렇지 않다. 그렇게 행동을 하는 것은 내가 나 자신을 위해서 하는 행위이다. 그렇게 하므로 해서 내가 우선은 부정적인 생각이 나에게서 멀어지게 하는 방법이라고 생각을 한다. 요사이 책 속에서는 강조되는 말들이 생활 속에 긍정적인 자세가 중요하고 부정적인 태도가 좋지 않다는 말들을 많이 하고 있다. 책을 많이는 읽지 않지만 조금은 읽으면서 그런 글귀를 많이 읽는 것 같다. 저는 하루 종일 집에 있어서 사모님과 투정을 하거나 싸움도 하지를 않는다. 항상 마음속에 긍정적으로 살게 다고 생각하고 다짐하면서 살고 있기에 생각을 한다. 제일 중요한 생각은 남을 위해서 무언가 하는 것이 아니고 나를 위해서 내가 건강하게 살아가기 위해서 하는 일이라고 역지사지로 생각하고 생활을 한다면 이런 행동이 자신도 모르게 발휘가 되지 않을까 하고 생각을 한다.

가정에서 작은 일을 작은 일로 보지 말고 이 작은 일이 우리 가족 살아가는 데는 그렇게 작은 것이 아니다. 잘 알다시피 기어 이빨에 한 곳이 문제가 생기면 그 기어는 회전을 하지 않는다. 그것과 마찬가지로 비롯 작은 일이지만 그 작은 일이 제대로 돌아갈 수 있도록 해야 한다. 지금까지는 그런 것이 퇴직자 아빠에게 보이지를 안 했다. 앞으로는 이런 작은 일의 문제점을 찾고 발견하여 수정하고 문제점을 해결해서 잘 돌아가도록 하는 것이 나의 의무로 전환을 해야 한다. 이렇게 하는 것이 가볍게 보는 우리의 일에 최고가 되는 것이다. 최고가 아니고 작은 일이 큰일로 흘러가지 않도록 세심하게 보는 나의 눈이 되는 것이 중요할 것 같다. 일만 그렇게 보는 것이 아니고 소통에 있어서도 작은 것에 쉽게 흘러가는 물처럼 흘러가게 하는 것도 가볍게 보지 않는 일이라고 생각을 한다. 작은 소통이 막히면 큰 소통의 다리가 놓이지 않고 가족에 투쟁이나 짜증이 유발된다. 생각을 잘 해야 한다. 일만 중요한 것이 아니고 소통도 중요한 일임을 알고 접근하는 방식을 터득해야 할 것이다. 앞에서도 말한 것처럼 사모님 호출을 할 때 시원한 답를 먼저 하는 자세 그것이 소통의 물결을 터놓는 첫 번째 일이라고 생각을 한다. 조금은 저도 처음에 그냥 대답 없이 시키는 일만 하면 되는 줄 알았다. 그것이 아님을 알았다. 제일 중요한 것이 처음 시작이라고 말을 하듯이 대답에서 나오는 말이 무엇인가 따라서 그 일이 70% 이상은 성공이 아닌가 한다. 대답을 잘 하는 작은 일에 달인 될 수 있는 퇴직자 아빠가 되자. 흔히들 말을 합니다. 부부간에 일어나는 싸움은 작은 것에서 시작이 된다고 한다. 그런데 우리는 살면서 그런 것에 별로 관심 없이 살아가고 있는 것 같다. 그것이 우리는 일이 아니고 그냥 말이라고 생각하고 사는 것이 문제인 것 같다. 일만 중요하고 말도 중요하다는 사실을 알고 살아야 한다. 이렇게 하루 종일 같이 사는 퇴직자 부부일수록 더욱더 중요함을 알아야 한다. 저는 퇴직 후에 모든 상황을 전환시켰다. 무엇이든 할 때 사모님 의견을 꼭 물어보고 실천에 옮긴다. 심지어는 외출을 할 때도 " 이 옷이 어때" 하고 물어보고 " 괜찮은데 좋아요" 하면 그대로 이행을 한다. 지적을 해서 다르게 알려주면 아무 말도 하지 않고 " 고마워" 하면서 지적한 것을 바로 실행에 옮기고 한다. 이렇게 하니까 부부간에 짜증을 낼 이유가 사라진 것 같다. 다들 그렇게 하고 어떻게 사는 나고 반문을 할 것 같다. 이제는 내가 아니 남자가 무엇을 주장하는 것에서 '사모님의 주장으로 변환 장소에 살고 있다는 사실을 빨리 감지하는 것이' 중요 하다. 퇴직자들이 쉽게 편하게 살아갈 수 있는 길임을 인식하지 않는 분은 남은 인생 정말로 힘들게 살게 된다. 나는 그렇게 살고 있으니 너무 편하고 행복하다.

　　반복되는 이야기지만 앞으로는 큰 것에 매달리지 말고 작은 것에 매력을 느끼자. 작은 말을 해서 서로 간에 소통에 큰 다리를 놓을 수 있는 기회를 만들고 그렇게 만들어진 기회를 우리의 것으로 만들어보자. 모든 것은 여기에서 출발점으로 시작한다면 좋은 대화 좋은 웃음 사랑의 환의들이 우리들 주위에서 머물게 할 것이다. 저는 화장실에서 실내화를 벗는 작은 일을 6개월 만에 성공을 했다. 들어가는 사람이 쉽게 실을 수 있도록 화장실 밖으로 나올 때 한 번 돌아서 벗고 나오면 들어가는 사람이 쉽게 바로 신고 들어간다. 이것을 하면서 6개월 동안 이렇게 했으면 좋겠다는 말 한 마디도 하지 않고 나 혼자서 실시했는데 그것이 6개월 만에 식구들이 같이 하게 되었다. 어떻게 보면 작은 배려고 이것이 우리 가족의 배례 심을 향상시키고 작은 일에 성공을 거두게 되었다. 이렇게 작은 성공을 시작하면 다른 것도 할 수 있다는 자신감이 붙여서 두 번 세 번 성공이 이루어지게 된다고 어느 책에서 읽은 것 같다. 비록 작은 성공이지만 우리 속담에 " 고기도 먹어본 사람이 고기를 먹는다고 했다." 작은 성공이지만 이렇게 성공을 하게 되면 다음에도 목표를 정한 일은 성공으로 성취할 수 있다는 자신감을 얻을 수 있는 길이라고 생각을 한다. 작은 성공 작은 일에 최선을 다해서 자신의 자존감에 살을 붙여 보는 우리들이 되면 좋을 것 같다는 생각을 하게 된다. 아는 것 작은 물방울이 모여서 강이 되고 바다가 되듯이 이렇게 작은 성공이 계속해서 이루어 진 다면 진정으로 큰 성공도 성취할 수 있는 날이 올 것을 확신한다. 주위에 빨리빨리 문화가 우리를 유혹하고 있지만 그런 유혹에 말려들지 않고 여유 있게 조금은 적지만 성공의 맛을 볼 수 있는 길을 지속적으로 만들어 가는 사람으로 살아갈 것이다. 그렇게만 된다면 힘든 이 퇴직자 생활을 청산하고 즐겁고 행복한 삶이 내 곁에서 함께 할 수 있다고 자신을 한다. 이렇게 작은 일에 매달리고 작은 일에 성공을 하다 보면 우선은 내 마음에 자신감이 생기고 나도 무언가를 하면 이렇게 성공도 할 수가 있구나 하는 자존감을 가지게 된다. 자존감을 가지고 산다면 남은 인생에 조금은 힘들고 어렵다고 해도 충분히 앞으로 밀고 나갈 수가 있다. 나의 성공에만 안주하지 않고 나처럼 어려운 분들이 있으면 서로 노하우를 전수도 하고 같이 나갈 방향을 찾아서 나가도록 노력하는 사람으로 살아갈 것이다.

2-6
집안에서 가볍게 보는 일에 최고가 되자.(2)

나부터도 작은 것에 너무나 무신경으로 살아온 것 같아서 가끔은 놀라는 일도 있다. 많은 지인들 말씀이 작은 것이 모여서 큰일이 된다고 한다. 주위에서도 우리는 많이 보고 느끼고 살고 있다. 예를 들면 작은 물방이 모여서 강을 이루고, 강을 이루어진 강물은 나중에 큰 바다 물을 형성하는 것을 늘 보고 살고 있다. 그것이 나에게 적용되지 않을까? 잘은 모르지만 우리는 그런 과정을 그냥 심도 있게 보거나, 생각하지를 않기 때문에 앞에서 뒤에서 일어나도 잘 모르는 상태로 넘어가는 일들이 많다,.그것을 내가 살아가는데 적용하기는 더욱더 잘못한 것이 아닐까 하는 생각을 가지게 된다. 특히 가정에서는 그런 일들이 무척이나 많다. 우리는 직장에 다니고, 밖의 일에 치중을 하다 보면 가정 내에 그런 일이 있는 것조차도 모르고 살아왔다. 막상 퇴임 후에 집에 앉아서 돌아다보면 그런 일, 작은 일 어떻게 보면 자투리 일이라고 할 수 있는 그런 일들이 가정 내에 많이 존재하고 있음을 볼 기회를 가지게 된다. 퇴임 후에 아무것도 할 수 없다고 생각하고 있는 아빠들이 이 일을 해주기만 한다면 사모님들은 엄청나게 좋아할 것이다. 늘 고민하는 자신을 이런 작은 일에라도 자신을 투입하면서 살다 보면 그런 작이 일이 모여서 큰일을 다시 할 수 있는 기회를 얻을 수가 있을 것 이다. 그런 작은 일중에 제일 먼저 눈에 보이는 것이 쓰레기 버리는 일이다. 잘 알고 계시지만 쓰레기를 그냥 버릴 수가 없는 세상으로 바뀌었다. 쓰레기를 서로 분리해서 밖에 있는 쓰레기통에 버려야 한다. 지금까지는 집에서 사모님들이 이것을 분리하고 그리고 밖에 버리고 하는 일을 하고는 했지만 한편으로는 누군가 한다면 얼마나 좋을까 하는 생각을 자주 했을 것이다. 그런데 퇴임 후에 방 구석만 차지하고 있듯 아빠가 치워준다고 하면 사모님들은 너무나 좋아할 것이다. 남편을 새로운 각도로 생각을 하게 될 것이다. 이것이 우리가 보기에는 작은 일에 비교되고, 별것 아닌 것으로 생각하는 사람들이 많다. 멀리서 큰 것을 바라지 말고 가까운 곳에서 남이 그렇게 우습게 볼 수 있는 일에 열심히 정성스럽게 하는 자세를 만들어 보자.

들은 이야기다. 어느 주부가 어느 기업에 입사를 했는데, 입사하고 나니 주어진 업무가 복사하는 것, 그리고 커피 타는 업무를 맡아 다고 한다. 그 여성분은 입사해서 일을 주는 것에 일을 하는 것에 만족을 하고, 그 일에 매진하면서 커피 맛을 이 회사 내에서 최고의 커피 만들기로 결심하고 열심히 커피 타는 것에 매진을 하게 된다. 복사도 정말로 정성스럽게 하고 해서 나중에 그 회사의 임원이 되었다는 이야기를 들은 것 같다. 이런 별것 아닌 것처럼 여기는 일에 나의 정성을 어떻게 투자하는 나에 따라 달라짐을 앞에 글귀에서 읽을 수가 있다. 이 일이 별것 아닌 것으로 생각하는 마음 자체를 버려야 한다. 남자가 무엇 할 일이 없어서 쓰레기 분리하고 버리는 일을 해야 하는가 하는 마음을 가지면 이 일을 해주고도 칭찬이나 감사하다는 말을 사모님한테 듣지도 못한다. 일을 해주고 고생하는 내가 얻는 것이 무엇인가 하는 생각을 하게 된다. 작은 일에 정성스럽게 할 수 있는 일인자가 되도록 마음을 고쳐먹는 것이 우선인 것 같다. 이렇게 일을 하면 내가 나를 부지런하게 만들 수 있는 습관을 만들게 되고 그 습관이 반복이 되면 다른 일에도 매진하고 나 자신을 몰입의 정신으로 이끌어 갈 수가 있을 것이다. 요사이는 진공청소기로 청소를 한다. 청소기도 여러 가지 형태로 있기 때문에 어떤 패턴의 청소기를 사용하는가에 따라 사람의 역할이 달라진다. 조금은 가격이 낮은 것은 사람의 직접 조절하게 되어있다. 사모님의 일이 많아지는 부분을 찾지 한다. 이 진공청소기로 집안 청소를 도와주거나 직접 청소를 하게 되면 사모님들한테는 또 한 가지 일과가 줄여들게 된다. 이때 사모님의 표정을 직접 보고 나며 왜 이 청소를 하는 것이 당연할까 하는 답이 나올 것이다. 지금까지 청소기로 청소하는 것이 간단하지도 않고, 때로는 청소기로 열심히 청소하다 보면 허리도 아프게 된다. 청소하고 나면 나름에 힘들다는 생각을 하게 한다. 그런 일을 사모님이 지금까지 했는데 그것을 놓고 있는 아빠가 한다면 엄마는 정말로 춤을 추어라고 해도 춤을 출 것이다. 너무나 힘든 일을 남편이 해결해주고 있으니, 너무나 좋다. 하늘나라도 날아갈 것 같은 생각에 무척이나 행복하게 생각을 할 것이다. 방구석에서 빈둥빈둥 놀던 사람이 청소를 해주니 얼마나 좋아할까? 우리 아빠들은 그냥 있지 말고, 여하튼 집안에서 아내를 도울 수 있는 일을 찾아서 해결해주고 직접 도와주는 일에 내가 최선을 다 하자. 최선을 다하겠다는 생각으로 접근을 하고 실천을 하는 아빠가 된다면 자신감과 자존감을 찾을 수 있는 좋은 기회가 될 것으로 확신을 한다.

집안에서 작은 일은 혹은 위에서 열거한 일 외에도 많은 일이 있다. 그런 작은 일, 화분에 물주기, 화장실 청소, 자고 일어나서 이불, 베게 정리정돈하기 등 많은 일들이 있다. 이런 작은 일에 나를 투입하도록 한다면 가정에는 늘 웃음꽃이 피고, 즐거운 날이 연속이고, 아빠들도 마음에 여유를 가질 수가 있을 것이다. 생활의 활력소를 찾을 것이다. 그렇게 하면서 새로운 나의 취미나, 나의 일에 매진할 수 있는 일을 찾아간다면 아빠의 행복은 시작이 된다고 확신한다. 마음껏 새로운 나를 발견하고, 나의 멋진 모습으로 되돌아갈 수 있는 기회를 얻을 수 있는 최고의 찬스다. 늘 하는 이야기지만 처음부터 큰일, 남에게 자랑을 할 수 있는 일만 찾지 말자. 우서 내 주위에서 작은 것부터 시작하는 마음을 가지고 시작한다면 되지 않을 일이 없을 것이다. 욕심이 화근이라고 늘 큰 것에 너무 매달리지 말고, 작은 것에도 달인 되고픈 정신으로 열심히 하다 보면 무언가 다른 패턴으로 아빠를 즐겁게 할 일을 찾을 수가 있게 된다. 자기 자신을 멋지게 살아갈 수 있는 기회를 만들 수가 있을 것이다. 모든 일은 작은 일이 모여서 큰일이 된다는 자신감을 가지고 노력하는 아빠가 되어 보자. 부정의 생활 형태에서 긍정적인 생활로 연결되고 행복의 불꽃이 일어날 수 있는 작은 불씨를 만들어 가는 큰아빠가 되자. 옷을 세탁기에 넣기 전에 주머니에 있는 휴지를 비롯하여 다양한 물건을 제거한다. 또 양말이나 티셔츠는 옳은 방향 상태로 만들고 잠금 장치는 잠김의 상태로 돌려놓는 일을 해서 세탁을 하도록 한다. 사모님은 세탁 후 말려서 곱게 정리할 때 늘 지적을 한다. 양말 티셔츠가 뒤집어 있어서 고혼을 치르게 한다고 야단을 한다. 어떻게 보면 작은 일이고 조금은 귀찮은 일이지만 사모님이 원하는 상태로 세탁을 하도록 만들어 놓으면 사모님의 목소리는 높아지지 않을 것이다. 이렇게 작은 것에 착안을 하고 전문가 되도록 하자. 별것 않는 곳에서 영광의 불꽃을 만들 수가 있다는 것을 알고 살아가자. 알면서 사는 것이 좋고 실행을 하는 것은 이런 전문가 되려고 노력하는 가운데서 찾아 가게 된다. 새벽에 우리 부부는 산을 타고 운동을 하러 간다. 이때도 먼저 일어나서 아침에 조금은 먹을 수 있는 간식을 준비한다. 등산가방을 준비해서 가지고 갈 물건을 담고 필히 먹을 물을 준비해서 가지고 간다. 이런 것도 별것 아닌 일이다. 반복되면서 부인의 불편을 주지 않고 나도 불평을 하지 않고 산에서 운동하면서 쉽게 취할 수 있는 것들 준비가리 우리의 하루를 즐겁게 행복하게 한다고 믿는다. 주위에서 말을 한다. 그들 부부가 꼭 그렇게 다정하게 산에 오는 것이 질투심이 난다고 다들 자주 그렇게 말을 하고 있다. 이 행위도 부부 공동 취미에서 말한 것처럼 우리들이 스스로 만들어 취하는 행동이다. 산에 갔다 오면 자기의 물건 자기가 가져가 물건들을 아빠가 앞장서서 정도를 한다. 그렇게 정도를 하고 나면 오늘의 운동이 너무나 행복하고 삶의 진미를 주는 것 같아서 저절로 입가에 웃음이 번지다. 이 글귀에서도 보듯이 간단한 일이다. 그렇게 어렵기도 하지 않고 누가 먼저 정성을 다해서 노력을 하는 나에 따라서 달라지는 것을 볼 수가 있다. 이것이 살아가는 재미가 아닐까? 하고 확신을 한다.

요사이는 아파트에 다들 많이 살고 있는 패턴이다. 아파트에 들어오면 제일 먼저 하는 것이 신발을 벗는 일이다. 신발은 그냥 벗고 안으로 들어가면 끝이 다는 생각들을 많이 하는 것 같다. 그것이 간단한 일이 아닌데 간단하게 생각하는 우리들 정서가 문제라고 본다. 포스코 신문에서 읽은 기사다, 일본 초등학교 6학년 학생들을 포항 지곡 서 초등학교에서 초정을 했다. 경주를 유적지를 구경하고 일본 학생들과 우리 학생들과 점심을 먹기 위해서 식당 방으로 들어가게 되어 다고 한다. 놀라운 사실을 우리나라 학교 교장선생이 발견을 하고 칼럼을 쓴 것을 읽었다. 방에 들어갈 때 일본 학생들은 자기 신발을 벗어서 나올 것을 대비해서 반대 방향으로 신발을 정리하고 들어가는 것을 확인했다고 한다. 한국 학생들은 그렇게 하지 않고 자가 멋대로 벗고 그냥 들어갔다고 한다. 이 광경을 보고 교장선생님이 역시 우리는 일본을 이길 수 없구나 하는 것을 느꼈다고 칼럼에 쓴 글을 읽은 적이 있다. 이것이 얼마나 슬프고 가슴 아픈 일인가? 저는 들어갈 때 꼭 신발을 정리한다. 수시로 나와서 다른 사람들이 정돈을 하지 않는 신발도 정리정돈을 한다. 어느 지인이 한 말을 들은 것 같다. 그 사람의 인간됨을 알려고 하면 그 사람이 신은 신발을 어떻게 정리하는가 보면 알 수 있다고 했다. 그 말이 초등학생들이 신을 벗은 데서 느낄 수가 있다. 혹은 어떤 분은 말을 합니다. 신발을 가지런히 정돈된 상태를 보고 귀신도 놀라서 도망을 했다는 말을 들은 적이 있다. 이런 신발 정돈도 그렇게 큰일이 아닌데 그 뒤에서 얻어지는 힘은 대단함을 확인할 수가 있다.

지금의 생활은 다들 차를 이용하는 것이 필수가 되었다. 마누라는 밖에 외출을 자주하는 편이다. 마누라를 위해서 차로 마누라를 모시고 다닌다. 마누라가 차를 운전할 줄 모른다. 집안에서 마누라가 차를 타고 외출을 할 때며 눈치를 자주 보는 것 같다. 차를 타고 외출을 할 때 저를 부르는 음성이나 말을 제일 정답게 하는 것을 느낄 수가 있다. 이럴 때 잘은 모르지만 다른 남편은 목에 힘을 주는 것인지는 모르겠다. 저는 절대로 그렇게 하지 않는다. 서두에서도 늘 강조를 했지만 이런 작은 일에 어떻게 응대하는 하는 나에 따라서 나를 이기는 비법이 아니고 괜히 지금까지 따놓은 점수가 밑으로 내려갈 수가 있다. 눈치 보는 사모님 태도에 더욱더 적극적이고 친절하게 접대하는 방법을 취해야 한다. 남자들은 그렇게 상대방이 저자세로 나오면 무언가 큰 것을 하는 것으로 착각하고 고자세로 대응하다가 지금까지 벌어놓은 것 한 번에 다 날려 보낼 수가 있다. 여성분들은 남성분들보다도 머리가 영리하고 직감이 굉장히 빠르다고 한다. 괜히 잘 못 행동했다가 지금까지 벌어놓은 점수 다 잃어버리고 다시 새롭게 시작을 해야 한다. 어떤 교수가 쓴 책 제목은 모르겠는데 생각나는 글귀가 있다." 21세기 여성들한테 이기기 위해서는 하루에 10시간 공부를 해야 한다고 했다." 이런 말만 들어도 여성들이 남성들보다 머리 회전을 빨리 돌리고 생각이 빠르다는 사실을 알고 진실의 생활태도를 보이는 것이 사모님한테 사랑을 받는 일이라고 저는 생각을 한다. 말이 옆으로 나가는데. 저는 차를 사모님이 필요한 곳까지 봉사 정신에 임 각해서 모셔다드리고 한다. 다른 퇴직자들이 보면 조금은 다르게 생각을 할지 모르지만 이왕에 하는 것 제대로 해서 고생하고 고생의 덕을 볼 수 있는 기회를 놓치지 말아야 한다고 생각을 한다. 이런 작은 일이 뭐 그렇게 살아가는데 도움이 될까 하지 말고 오늘부터라도 적극적이고 실천적으로 행동을 해서 사모님 마음을 끌어드리는데 최선을 다하는 것이다. 어느 책에서 읽은 글귀이다. 한편 '습관화된 일은 반복을 해서 이행해도 뇌가 그렇게 피로감을 받지 않는다고' 말이다. 우리가 새로운 것에 일을 시작하면 우리는 잘 모르지만 뇌에서는 많은 부하를 받게 된다고 한다. 저는 이런 행동을 습관을 해서 나에게 부담도 되지 않고 사모님에게 '역시 우리 남편 나를 위해서 무언가를 하려고 열심히 노력 하네' 하는 소리를 들을 수 있는 환경을 만들어 가자고 외치고 싶다. 지금 이렇게 한 것이 2년 넘게 시작을 하고 있는데 전혀 부담도 가지 않고 스트레스도 받지 않는다. 이렇게 좋은 일을 왜 하지 않는 냐고 여러분들에게 반문하고 싶다. 아무리 어려워도 직장에서 돈 벌 때 하는 일에 비하며 이것은 정말로 일이 아니고 작은 일 놀면서 할 수 있는 일 그런다고 누가 평가도 하지 않는 일이다. 회사에서 일을 할 때는 정말로 스트레스 받는다. 지금은 관리직도 부하직원들이 평가를 한다. 어떻게 보면 회사에서 하는 일은 늘 감시와 평가단 속에서 일을 진행하는 것이니까 얼마나 힘들고 고단했겠냐 하는 생각을 하면 집안일은 정말로 쉽고 칭찬을 받고 하는 일이다. 무슨 일을 하고 난면 사모님이 이렇게 늘 말을 한다. "여보 오늘도 고생했어요, 고맙다" 이런 말을 들을 때마다 힘이 나고 한 일에 후회보다는 잘해구나 더욱더 열심히 하겠다는 생각이 내 주위에 몰려오는 것을 느낀다.

처갓집에 조금만 신경을 써서 하면은 그것도 마누라에게 환영을 받는 일이다. 내가 먼저 앞장서서 일을 추진을 하고 결과를 내놓는다. 작년에 장모님이 허리에 균열이 생겼다. 처음에 병원에 모시는 것은 처남댁이 했다. 그다음부터 내가 직접 나서서 병원에서 하는 일에 책임을 쥐고 했었다. 그렇게 병원에서 치료를 하고 저의 집에 7주일 거주하게 되었다. 이때는 정말로 물불을 가리지 않고 열심히 했다 지금은 장모님이 걸어 다니고 직접 음식도 요리해서 먹고 거동이 가능한 상태로 복귀가 되었다. 요사이도 몸에 무엇이 불편해서 병원에 갈 일이 있으면 내가 직접행동을 한다. 이렇게 하는 것은 누구나 다 할 수가 있는 일이다. 중요한 것은 당신께서 불편이 있으면 나만을 찾는데 그 이유가 있을 것 같다. 우리는 일을 할 때 표정이 일의 실천도가 된다고 한다. 당신께서 자기를 위해서 도와주고 있구나 하는 것을 느끼게 하는 자세가 중요하다고 본다. 이런 분위기에 퇴직자이니까 대충 도움을 주면 되겠지 하는 생각을 하면 되지 않을 것 같다. 다른 사람이 하겠지 하는 생각으로 몰고 가면, 이것이 퇴직자를 죽이는 일이라고 생각을 한다. 이렇게 생각하지 않게 누가 보더라도 정말로 정성을 다해서 일을 하고 있구나 하는 분위기를 만들어 가는 태도가 중요하다고 생각을 한다. 자기의 위치에 너무 맹종하지 말고 무엇을 하든 긍정적인 태도 긍정적인 자세가 나올 수 있게 일을 하는 것이 좋다고 생각을 한다. 이렇게 가볍게 생각되는 일 그냥 가볍게 보이고 작은 일이지만 여기에 퇴직자의 긍정적인 자세가 포함되지 않은 면 최고인 이 될 수가 없다고 생각된다. 가볍게 보이는 일이라도 생각은 나의 최고의 재능으로 이일을 수행한다고 해야 할 것이다.

2-7
몰입의 달인이 되자

사람이란 자기가 좋아하고 자기가 하고 싶은 일에 몰입만 할 수 있다면 그 사람은 이 세상에서 정말로 멋지게 행복하게 살아갈 수가 있을 것이다. 무슨 일이든 몰입에 도달하지 않으면 지루하고 실증을 들어내는 것이 사람이다. 퇴임 후에 있는 아빠는 아직도 자기가 해야 할 일을 찾지 못하고 방안에만 빙빙 돌아다니는 사람에게는 엄청난 충격을 줄 것이다. 아무것도 할 수도 없고 할 수 있는 일을 찾을 수도 없는 상태에 놓여 있다. 어떻게 보면 진퇴양난에 서있는 사람이다. 사람이 그렇게 아무것도 할 일이 없다는 것은 정말로 사람을 죽이는 일이다. 사람은 동물이다. 동물의 동(動) 자는 움직일 동자다. 사람은 하루 동안에 아무것도 하지도 않고 그냥 있을 수 있는 것이 아님을 우리는 동물의 동작에서 볼 수가 있다. 모두 동물은 일을 하고 움직이어야 하는데 움직이지 않고 있다는 것은 그 사람을 죽이는 일이다. 퇴임 후에 있는 아빠들은 일 없이 몇 십 년을 산다고 하는 것은 상상도 할 수가 없는 일이다. 작은 일이지만 일을 찾아서 매일 할 수 있는 일을 알아보는 일을 시도하는 것이 퇴임 후의 아빠들의 목표다. 목표를 삼은 일이 결정이 되면 그 일은 그냥 시간을 때우는 일로 생각을 하면 안 된다. 어떠한 일이 있어도 그 일에 매진을 하고 그 일에 몰입의 상태로 자기 자신을 몰아가야만 한다. 그렇지 않으면 중도에서 포기하게 되고, 그냥 묵묵히 움직이지 않는 것에 그냥 방관자가 되는 것이다. 이렇게 되면 또 한 번 퇴임의 아빠들을 죽이는 일이 된다. 이유는 간단하다. 사람은 움직이고 일을 해야 하는데 일을 하지 않고 그냥 배회하는 사람으로 변신한다면 그 아빠는 정말로 힘든 삶이 될 것이다. 이것을 방지하기 위해서는 일을 선택할 때 잘 해서 그 일에 매진도 하고 목표도 정해서 그냥 몰입하는 자세로 자신을 몰아가야만 그날의 일과가 행복의 일과가 될 것이다. 기쁨을 얻을 수 있는 삶으로 전환하게 될 것이다. 그렇게 가져갈 수 있는 일을 선택하고 선택했다면 몰입의 상태로 돌진을 하자.

주위에 독서로 자기의 취미는 물론 부족한 지식을 메꾸기도 하고, 독서를 자기의 일과로 이끌어가는 사람들이 있다고 한다. 책을 읽는 것은 여러모로 좋은 점이 많을 것이다. 그 독서는 그렇게 큰 에너지 소비가 필요하지 않으므로 해서 늙은 나이에도 도전할 수 있는 일이다. 어느 책에 독서에 대해서 이렇게 논평을 하고 있다. " 작가님 포기하고 싶거나 힘들 때 어떻게 하시나요? " 이 질문에 대한 답은 책이다. 꿈을 지켜나갈 수 있었던 가장 큰 비결은 ' 몰입독서'였다. "나를 다시금 일으키고 자신감을 심어주고 의식을 확장시키고 승리할 수 있는 마인드의 긍정적인 관점으로 상황을 바꾸게 한 것 모두 독서의 힘이다." 이렇게 역설을 하고 있다. 독서도 그냥 독서가 아니고 몰입의 독서를 강조하고 있습니다. 서두에서 말한 것처럼 무언이든 하려면 몰입하는 정신으로 무언가에 매진하여야만 자기의 그 무엇을 얻을 수 있는 것임을 이 책의 글귀가 우리에게 확신시켜 주고 있다. 퇴임 후에 이렇게 몰입의 경지에 도달할 수는 없다고 해도 나의 일, 즉 취미는 있는 것이 엄청나게 생활하는데 도움을 줄 것이다. 이런 취미를 찾아서 새롭게 나를 그 일에 매진시키거나, 몰입을 해서 제2의 인생 출발에 무언가를 얻을 수 있도록 한다. 생활의 활력소를 찾는 것이 우리들 아빠들의 몫이 아닐까 합니다. 책에 대해서 말을 하고 있으니 좀 더 하면 많은 사람들이 독서를 굉장히 어렵게 생각하고 좀 별개의 일처럼 생각하는 사람들이 있는 것 같다. 그렇게 어렵게 힘든 일이 아님을 우선 생각하는 자세가 중요하지 않을까 한다. 독서에 대해 '가스통 바슐라르'는 분은 이렇게 말을 하고 있다. 즉 10분 몰입을 강조하고 있다. 하루는 1,440분 중 단 10분만 하루 10분의 몰입독서로 이루는 변화는 엄청나다. 하루에 10분만 책에 미쳐라! 책은 꿈꾸는 것을 가르쳐주는 진짜 선생이라고 말을 했다고 한다. 책을 가까이하지 않은 사람은 처음부터 책에 몰입하는 것은 힘든 일이다. 처음부터 너무 힘들지 않고 책 가까이 갈 수 있는 환경을 만들어 보자. 우선 내가 어떤 책을 좋아하는지를 파악하고 그런 책을 찾기 위해서는 서점에 가끔 들러본다. 지금의 베스트셀러 책은 무엇인지도 파악도 한다. 그렇게 처음부터 책 읽기에 부담이 된다면 만화책으로 접근하는 것이 어떨까? 무엇이든 하며 된다는 생각만 가지게 되면 무엇 이들 못할까. 할 수 있다고 먹는 자신감이 중요할 것이다. 만화책을 가까이하다 보면 읽는 것에 어느 정도 습관이 들면 자연적으로 다른 책, 소설이나. 에세이 책으로 전환이 되고, 읽고 싶은 욕망이 생길 것이라고 믿는다. 처음부터 많은 시간을 독서에 허용하지 말고 위에서 말한 것처럼 10분을 투입하여 보는 것이다. 처음에는 10분이지만 어느 정도 시간이 경과되면 10분이 1시간으로 변화를 가져올 것이다. 그렇게 시작한 분들이 주위에 많이 있다고들 한다. 그 책 속에서 나를 찾아가는 방법이 나를 향상시키고, 생각에 변화, 생활에 변화를 주는 멋진 생활이 될 거라고 확신한다.

이번에는 저의 이야기를 하고 싶다. 결론적으로 말을 하자면 저가 그렇게 살고 있다. 매일매일 책 속에 살고 있다. 그 책 속에 많은 분들을 만나고 있다. 많은 것들 세상의 변화를 실제로 느끼면서 너무나 흥미롭게 책과 살고 있다. 가끔은 가슴이 두근거리는 마음으로 책을 읽 있기도 한다. 서두에서도 말을 했지만 많은 에너지를 부여하지 않고 할 수 있는 일이다. 나이에 관계없이 얼마든지 할 수 있는 일이 저는 이 독서라고 생각을 한다. 저는 책을 사지 않고 카페에서 보내주는 것으로 책을 읽고 있다. 자세한 것은 뒤편에서 소개를 하겠다. 늘 나의 책상 위에는 정말로 싱싱한 신간들 책이 나를 항상 기다리고 있다. 이것은 너무나 행복한 일이 아닐까? 늘 일어나면 새로운 책을 만날 수 있다. 그만남 속에서 다양한 세상, 다양한 사람, 다양하게 변화를 하고 있는 세상을 만나고 알아가고 있다. 책을 소개했는데 책을 좀 많이 읽을 수 읽고 책 가까이 가서 책과 같이 생활을 할 수 있는 방안이 이 책 속에 있다. 어떤 책을 읽으면서 이렇게 좋은 말을 읽은 것 같다. '항상 당신의 주변에 책을 놓아 두 길 바란다. 사랑하는 사람도 자주 보지 않으면 마음에서 멀어져 간다. 책 역시 마찬가지다. 항상 주변에 손을 뻗으면 닿을 수 있도록 책을 놓아두어라. 지금 읽고 있는 책을 계속 옆에 두지 않아도 괜찮다. 아직 읽지 않은 책 일지라도 당산의 서랍, 가방, 책상, 선반 위 어디든 좋다. 놓아두어라. 그럼 읽게 되어 있다. 이 모든 건 결국 당신의 뇌를 바꾸기 위한 노력임을 잊지 말기를 바란다.' 좋은 말인 것 같다. 책을 가까이 있게 되면 자기도 모르게 그 책에 손길이 가기 마련이고 그렇게 되면 한 번 정도 읽게 된다. 그렇게 반복하는 조금 한 습관이 반복되면 저처럼 많은 책을 읽을 수 있는 기회도 가지게 될 것이다. 그 책 속에 많은 정보도 읽게 되고 지혜도 얻게 되는 행운을 얻는다. 이것은 너무나 좋은 자기 습관 형성이 되는 좋은 계기가 된 다고 확신하다. 이렇게 자기의 뇌를 제어하는 방법을 알아 가면 다른 그 무엇에도 도전할 수 있다고 확신을 한다. 몰입할 수 있는 상황이 일어난다. 그렇게 도전하는 인식에 도전장을 내밀어 보는 것이 어떨까. 재미있고 도전하고 싶은 마음이 생길 것으로 확신을 한다. 우리들은 주위에서 독서 관련 책을 많이들 만나게 된다. 이런 좋은 책을 만나고 보면 그 속에 다양한 방법들이 소개되어 있음 발견도 한다. 배울 점도 엄청나게 많다. 이런 좋은 기회를 살려서 그냥 독서하는 것으로 끝내지 말고 몰입해서 독서하는 자신을 만들어 가는 것이 좋지 않을까 하고 생각도 한다. 그렇게 하는 것이 나를 살려 주는 것이다. 나의 주변 즉 사모님께 환영받을 수가 있다. 이렇게 시작하는 독서로 사람을 만날 수 있는 기회도 많아지는 생활이 될 것으로 믿는다. 왜 이런 일을 하지 않는 나고 물어 본다. 그럼 대답은 다들 어렵다는 말로 일축 하는 것을 볼 수가 있다. 직장에서도 그렇게 힘든 일울 헤쳐 나왔다. 그 분야에서 달인 된 경험도 있었다. 어떤 일이든 처음에 쉬운 것이 어디에 있겠는가 하는 생각으로 시작을 하면 가능할 것인데 그렇게 도전장을 던지지를 못하는 사람들이 많다. 도전을 해보고 죽기 아니면 살도록 노력을 하면 될 텐데. 당신 아빠는 확실히 할 수 있다. 당신의 잠재의식 속에는 무엇이든 할 수 있는 능력을 가지고 있기 때문이다. 미리 겁먹고, 못한다는 말을 하지 말고, 저 사람도 하는데 왜 나는 못해 하는 오기를 불러서라도 시작을 하는 것이다. 그렇게 시작을 하면 시작이 반이라 충분히 할 수 있는 자신을 만들어 갈 것으로 확신을 한다. 그렇게 시작되는 시초가 조금씩 시간이 지나면 몰입의 상태로 몰고 갈 것이다. 그렇게 됨을 저는 확신한다. 저가 그렇게 해서 오늘 이렇게 책에 묻혀서 살고 있으니 말이다. 한번 도전하자고 자산에게 외쳐보자.

독서하기로 마음을 먹고 시작하기로 했으면 72시간 내에 돌입을 했어야만 그 목적을 성공으로 이끌어 갈 수 있다고들 지인들은 말을 하고 있다. 그렇게 도전해서 나의 것으로 만들고, 그렇게 만든 것에 자신의 몰입에 도전하고 그 도전을 성공의 깃발을 달도록 하자. 한 가지 일에 전심전력을 다하는 것이 그렇게 쉽지는 않는 일이다. 쉽지 않기에 아무나 할 수 있는 일이 아닌 것이다. 그것을 이기고 앞으로 돌진을 해야 한다. 다들 잘 알고 있겠지만 성공한 사람들 모두가 쉽게 무언가를 이루어내기라 쉽지 않다. 자신의 마음을 어데 로 끌어갈 수가 있는가 하는 것이 중요한 일이다. 중요한 일로 끌어갈 수 있는 마음을 만든다는 것이 보통의 문제가 아닌 것이다. 위에서도 말을 했지만 독서를 시작을 할 때 10분을 요구했지만 이것도 힘들다고 생각을 한다면 방법을 바꾸어야 한다. 어떤 분들은 책을 반쪽을 읽을 것을 요구를 한다. 그 반쪽이 지속되다 보면 어느 정도의 책을 읽고 있는 자신을 발견한다고 한다. 쉽지는 않다. 그런데 퇴직자가 미리 준비를 하지 않은 상태에서 지금 당장 무언가를 하려고 한다면 어렵지 않은 일은 없을 것이다. 이렇게 생각을 해야 할 것이다. 어렵지만 내가 무엇이든 일을 만들지 않으면 거의 30년 인생을 어렵고 힘들게 살게 될 것이다.

지금도 어려 분 눈을 옆으로 돌려서 찾아보면 어렵고 힘들게 사는 사람들이 많은 것을 찾을 수가 있을 것이다. 그분들이 우리의 거울이다. 그 거울을 보고 답을 찾을 수가 없다면 앞으로 늘 나의 것으로 만들지 못할 거울만 쳐다본다고 생각에서 생각으로 끝을 맺을 것이다. 이왕에 시작을 하려면 지금의 나이 때 찾아야 하고 만들어야 한다. 나이가 조금 더 들면 자신감이 없어서 머리가 제대로 회전을 하지 못해서 찾지도 만들지도 못한다. 시간이 내주위에서 빠르게 흘러간다는 것을 알았어야 한다. 시간은 여러분들이 알다시피 나에게만 관용을 베풀어 주지 않는다. 시간은 뒤도 돌아보지 않고 냉정하게 무조건 앞으로만 달려간다. 그렇게 달려가는 세월을 잡을 수도 뒤로 물러가게 할 수도 없다. 지금 이 시간에 더 많이 고민하고 노력해서 나의 일을 찾고 찾았으면 그 찾은 일에 몰입하는 정신력을 투자해야 한다.

책으로 다시 돌아가 보면 지금까지 몰랐던 사실을 알려준다. 저는 몸만들기에서도 언급을 했었다. 운동하는 책에서 스쿼트 운동에 대해서 제대로 배울 수가 있었다. 다들 새벽에 산에 가면 많은 분들이 운동을 하고 있다. 운동하는 분들 중에 중년을 넘어가는 분들이 많다. 그런데 그분들이 며칠씩 보이지 않을 때가 가끔 있다. 우연히 며칠 지나서 만나서 물어보면 감기 때문에 산에 올라오지를 못했다고 말을 한다. 그 말을 들을 때마다 늘 마음이 아프다. 운동을 하지만 운동을 제대로 배우지 못하고 남이 하는 방식대로 그냥 따라서 하는 것을 볼 수가 있다. 특히 나이가 들어서 운동을 하는 것은 건강을 위해서 하는 것인데 건강을 버리는 운동을 하는 분들이 많다. 지인들 말씀이 운동을 하면 면역력을 키워준다고 한다. 우리는 면역력을 키우는 운동을 하지 않는다. 몸에 맞는 운동이 하체를 살리고 몸의 면역력을 키워주는 스쿼트 다리 운동이 최고라고 책에서 읽었다. 헬스 트레이너가 쓴 책이다. 스쿼트을 하면 성장 호른 몬 이 많이 나와서 면역력에 도움을 준다고 한다. 성장 호른 몬 은 50 세가 넘으면 우리 몸에서 발생되지 않으니 운동을 해도 신체 근육이 성장을 하지 않는다고 한다. 필히 다른 운동 전에 스쿼트를 해서 몸에 성장호르몬을 발생시켜야 한다고 한다. 일반 운동보다 몇 배의 면역력을 키워 주고 근육을 성장시키는 스쿼트 운동을 하는 사람을 찾을 수가 없다. 나는 이 운동법을 책을 통해서 알았다. 책이 우리에게 얼마나 중요하고 좋은 지식 지혜를 주는지를 알게 하고 있다. 이왕에 몰입의 일을 찾고 싶다면 독서가 최고라고 저는 확신을 한다. 늘 말을 하지만 이 책에서 나오는 이야기는 작가가 직접 경험한 일이기에 확신을 할 수가 있다. 이렇게 책을 읽으면 공부도 되고 나의 건강을 찾아가는 일도 되고 여기에 우리가 무엇을 더 이상 원하는 것이 있을 것인가? 이왕에 퇴직자가 일을 찾는다면 독서하는 일을 찾아가고 몰입을 한다면 더없이 좋은 일이 될 것이다. 자주 말을 하는 것이지만 책을 통해 나를 가꾸고 나를 만들어 갈 수 있다는 것에 좋은 일이기에 하루에 한 권의 책을 읽고 서평을 쓰는 일에 몰입을 한다.

시작하는 것 같은 몰입의 일이 다른 것으로 흘러가는 과정을 얻고 있다. 앞으로는 다른 것에 도전장을 낼 것이다. 그것이 다름이 아니고 글 쓰는 일이다. 앞으로는 글을 읽고 서평 쓰는 것에서 책을 쓰는 일로 발전을 가져왔다. 이 책을 읽게 되는 여려 분들도 충분히 이렇게 전환의 발전을 할 수가 있다. 처음에 저도 책까지 쓸 줄은 몰랐다. 서평을 쓰고 있으면 가끔은 나도 글을 쓸 수가 있을까 하고 자신에게 반문도 하게 되었다. 어떤 때는 책 제목을 정하고 소제목도 정하고 습작으로 한 줄 한 줄 써보기도 했다. 그렇게 하는 과정에 마음으로 나도 책을 쓸 수 있으면 얼마나 좋겠나 하고 마음속으로 반복하고 했다. 그렇게 원하고 바라는 마음이 하늘에 도달했는지는 모르겠다. 우연히 훌륭한 작가님을 만나서 글 쓰는 방법을 지도 받고 지도해주시는 데로 열심히 글을 써봤다. 여러분들도 무언가 한 가지 일을 정해서 몰입을 하고 열심히 하는 달인이 된다면 원하는 소망이 이루어질 것이다.

이유는 간단하다. 내가 그렇게 하니까 이렇게 왔으니 말이다. 어떤 분들도 내가 책을 쓰다고 하면 믿어주지를 않았을 것이다. 믿어 주지 않는 일이 결과로 이렇게 나타나고 말았다. 무엇이 되겠는가에 대해서 의문을 가지지 말고 내가 진정 몰입의 달인으로 열심히 할 수 있을까에 마음을 집중한다면 무엇이든 되지 않는 일이 없을 것이다. 늘 이렇게 말을 한다. 우리 손에 있는 스마트폰이 이렇게 등장할 것이라고 누구나 생각이 나 했겠는가? 누군가가 열심히 우리 눈에는 보이지 않지만 수만은 노력과 고민을 통해서 탄생되어 내 손에 와 있다. 지속성 있는 노력으로 달려가면 언제 가는 목표지점에 도달할 수 있다는 자부심 자신감으로 내가 정한 일에 몰입하는 달인이 되자. 달인이 되어서 제2의 인생에 세월을 낚는데 한없이 즐겁고 행복이 가득한 삶을 만들어 보자 그것이 우리들 퇴직자들의 권한이고 특권인 것을 알고 잘 살아 보는 우리들이 되도록 하자.

꿈을 만들어 가자

다들 그런 추억을 가지고 있을 것이다. 초등학교 시절에 소풍을 갔다고 하면 그날 밤에 잠도 오지 않는다. 설렘으로 하룻밤을 지세우고 내일의 소풍이란 꿈에 어찌할 바를 몰라 하든 추억들이 있을 것이다. 그렇게 작은 꿈에도 어찌할 바를 몰라 하든 시절은 아니지만 그래도 나에게 작은 꿈이라도 있다는 것은 없는 것보다는 낫고 좋다. 작은 꿈이지만 마음 설레고 그 꿈을 성취하기 위해서 매일매일 나를 그 꿈에 도전하도록 하는 정신적 마음이 너무나도 중요할 것이다. 퇴임 후에 그냥 마연하게만 무언가를 바라고 생활하는 것보다는 그래도 작은 꿈이 있으면 모든 생활의 패턴이 달라지고 사물을 보는 나의 시각이 달라질 것으로 생각된다. 내가 지금은 무엇을 하려고 이렇게 흥분상태로 있을까 하는 의문도 제기된다. 그 꿈을 이루기 위하여 달려가는 길목에서는 생각지도 못한 일을 만나게 된다. 그 꿈을 조금씩 이루어 가는데 나름의 어떤 성취감도 얻을 수 있을 것이다. 우연히 읽은 책에 책을 소개하는 부분을 읽은 생각이 난다. 책 속에 꿈을 향해서 열심히 노력하고 있는 일화를 소개하고 있었다. 82세 할머니'는 2015년도 수능 최고령 응시생이다. SBS[8시 뉴스] 인터뷰에서 '배우지 않는 사람은 밤길을 걷는 것과 마찬가지다. 죽을 때까지 배워야지, 행복이라는 게 마음먹기에 달린 거다'라고 말을 했다고 적은 글귀를 본 것이 기억이 난다. 우리도 이 할머니처럼 이런 꿈을 가지고 있을까? 꿈속에서 자기를 발견하는 아빠가 된다면 얼마나 좋을까? 위에서 82세 할머니도 수능 시험에 도전을 하는데 아빠들은 어디에 도전할 그런 꿈이 없는 것인가? 그렇게 생각하지 말자. 정말로 도전할 수 있는 일에 아니 나의 꿈을 만들어보는 것을 어떨 것인지 무척이나 궁금하다. 그냥 가만히 앉아서 자기 신세타령에서 벗어나 나의 작은 꿈을 만들어서 그 꿈에 도전하는 생활로 전환을 해보자. 정말로 멋지게 생각이 된다.

어떻게 보면 꿈을 가지고 그 꿈에 도전하는 것은 어찌 보면 모험일 수가 있다. 사람은 늘 자기가 한일에 그냥 하는 관습에 만족을 하는 패턴이다. 무언가 새로운 것에 도전을 싫어한다. 그 관습에서 벗어나기를 무척이나 싫어하는 것이 사람이라고 지인들은 말을 하고 한다. 그 중에서도 나이 먹은 노인들은 이런 꿈을 가지는 자체를 더욱더 싫어한다고 하는 것을 주위에서 많이 들어온 이야기다. 그냥 있는 그대로 살고 싶어 하는 것이 인간의 본능임을 자랑삼아 이야기하는 분들도 있다.

그렇게 살면 생활이 무척이나 지루하고 시간을 보냈는데 많이 힘이 드는 생활이 될 것이다. 특히 퇴임한 아빠들도 지금까지 일을 많이 해왔다는 생각에 빠져있기에 꿈을 향하는 마음도 생각하지도 못하는 것이 지금 퇴임 후 아빠들의 심정이 아닐까 한다. 우리는 주위에서 말을 하고 있는 제2의 인생살이를 하려면 지금까지 했온 일들이나 감정을 모두 버리고 우리가 잘 알고 있는 새로운 감정을 받아들이는 자세가 우선이 아닐까? 우리는 초등학교에 처음 들어갈 때 우리가 준비하고 그리고 마음을 달리 먹고 새로운 생활을 시작하는 것처럼 지금도 우리는 그런 심정으로 우리의 제2의 인생을 준비하고 내가 무엇을 할 것인가 하는 것에 질문을 던져서 해답을 찾는 고민을 해야 할 것이다. 모든 것에는 자기와의 대화에서 자기가 앞으로 달려갈 해답을 찾고 꿈도 찾아서 나의 새로운 꿈을 만들어보자. 일본의 책에서 우연히 만날 수 있는 글귀를 인용을 하면 우리에게 좋은 본보기가 될 수 있는 이야기를 던져주고 있어서 조금은 담아 볼까 한다. "몇 년 전 일본에 '우타자와 도요쿠나'라는 할아버지가 있었다. 나이는 96세, 초등학교 졸업이 유일한 학력이었다. 그런데 중학교, 고등학교를 검정고시로 합격하더니 결국 대학에 입학한 것이었다."

일본 기자들은 할아버지에게 벌떼처럼 달려들어 인터뷰를 했다.

"어떻게 그 연세에 대학에 입학하셨습니까? 비결이 뭡니까?"

"비결? 그런 거 없어! 그냥 아침에 30분 더 일찍 일어나고 저녁에 30분 더 늦게 잔 것뿐이야!" 이런 나이에도 도전을 하고 하는데 우리의 인생에 대해서 한 번 더 새롭게 생각하고 96세 할아버지도 초등학교 졸업장을 가지고 대학까지 갈 수 있는 비결은 큰 것이 아니고 나름의 자기 학습계획표를 만들어 공부한 자세가 그렇게 만들었다고 한다. 우리 젊은 우리 아빠들 주저하고 그냥 세월을 보내는 행동에서 벗어나야만 할 것이다. 이런 많은 나이에도 도전정신이 있고, 꿈이 있는데 우리가 꿈 없이 산다는 것이 말도 되지 않을 것이다. 방안을 지키는 파수꾼 아빠들 꿈과 도전을 하는 것이 어떨까.

꿈이 있다는 것은 생명이 있는 것이라고 지인께서 말하는 것을 들은 적이 있다. 꿈을 가지는 것이 나의 생활태도, 생각의 각도가 달라지고, 나도 모르게 내부에서 힘이 솟는 것을 느낄 수가 있다. 저 이야기를 해서 죄송합니다. 저는 매일 아침 눈을 뜨면 나의 목표를 매일 10줄씩 씁니다. 잘들 알겠지만 목표를 몰라서 노트에 쓸까? 그것이 아니고 혹시나 마음먹은 나의 꿈을 성공시키는데 중간에 포기할 것 같은 두려움 없애는 일이다. 그 꿈에서 내 마음이 멀어질까 봐 매일 그렇게 10줄씩 쓰고 있다. 그렇게 마음먹고, 꿈을 이루어나가는 일이 하루에 조금씩 진전되고, 실천하는 나를 보고 칭찬도 한다. 이루어나가는 일에서 성취감도 느끼고, 매일매일 그냥 흥분과 행복으로 진행되고 있다. 그 꿈속에 이렇게 잘 쓰지 못한 책도 도전하고 있고, 매일 한 권의 책을 읽고서 서평을 쓰기로 한 과제들이 어느 정도 실행에 옮겨지고 있는 나의 모습을 볼 때 이렇게 칭찬을 한다. "너 정말로 대단하다." 이렇게 자기를 몰아가는 꿈의 자세가 필요하고 그 꿈속에서 살아가는 마음은 어느 것에도 비교를 할 수가 없다. 우리 아빠들 그냥 나는 힘들어하는 생각에 빠지고 있는 나를 나는 할 수 있다는 마음 전환을 하자고 요구하고 싶다. 내가 좋아하고 늘 하고 싶은 일 즉 꿈이 무언가를 생각하는 자세로 전환한다면 분명히 자기의 꿈을 만날 수가 있다는 것을 저가 확신시켜 줄 수가 있다. 그것은 이렇게 오늘도 나의 꿈을 하루하루 조금씩 실천을 하고 있으니 말이다. 생각을 깊게 하고 내 머리에서 말하는 말을 잘 들어야 한다고들 말을 한다. 그 말은 조용한 곳에서 자기와의 대화를 하면 분명히 하루 이상을 지나면 여러분의 능력 있는 머리에서 답을 준다. 이렇게 하는데 익숙하지 않기에 조금은 시간이 걸리지만 걸리는 시간에 자신을 다른 방향으로 끌고 가면 되지 않는다. 굉장히 재능이 있고, 능력이 있는 사람임을 내가 먼저 인식하고, 나 자신에게 답을 얻을 수 있다는 자신감을 인정하는 시간을 가져야 한다.

　　지금의 세상은 하루에도 엄청나게 변하고 있다. 그 옛날에 10년 걸려서 무언가를 만들던 시대가 하루에도 몇 가지 이상이 만들어지는 시대가 되었다. 정보가 물결치는 시대에 사는 우리가 우리를 위해서 노력을 한다면 얻지 못할 것이 없을 것이다. 미리 겁먹고, 못하게 다는 감옥 에서 탈출을 해야 한다. 그렇게 자신에게 할 수 있다고 매일 매일 외쳐보자. 못할 것이 없다. 나는 할 수 있다.[I can do!] 즉 나는 할 수 있다고 외친 사람이 미국에 가서 여성 장교도 하고 하버드 대학교에 나온 여성분을 알고 있을 것이다. 그 여성분처럼 그렇게 외치면서 나의 꿈을 찾도록 하자. 그렇게 실행을 한다면 우선 당신의 생활에 새로운 바람이 불어올 것이다. 내가 그렇게 변한 인생을 살고 있다. 어떤 분들은 목표를 정할 때 돈벌이의 꿈을 생각하는 사람도 있다. 이 세상에는 돈의 꿈 말고도 엄청나게 한 일이 많은 시대에 우리는 살고 있다. 퇴임 후에도 그 돈 문제에 국한 시키는 마음의 자세를 버려라. 세상에 돈 만이 모든 것을 해결 준다는 생각은 퇴임 후에는 멀리하고 내가 직접 하고 싶은 것에 고민을 한다. 무언가를 도와주는 일, 그렇지 않으면 운동, 여행 등 다양한 취미를 가져 볼 수 있는 것들이 많다. 잠시 돌아다보면 실제로 할 일들이 엄청나게 많다는 것을 알 수가 있을 것이다. 목표나 꿈을 가지고 산다는 것이 내 생활에 얼마나 큰 활력소와 기쁨을 주는지 모른 것이다. 희망을 품고 살아보라고. 우선은 세상이 달라 보인다. 매일매일 새로운 힘이 몸에서 솟아나는 것 같은 기분이 나를 감싸다. 먹지 안 해도 배고픔도 모르는 생활이 있게 된다. 누군가 보드래도 늘 힘이 있어 보인다. 목소리도 자신감 있게 나오고, 정말로 남이 인정해주는 생활로 나를 몰아갈 것이다. 어쩌며 꿈이 있다는 말이라도 할 수 있는 단계에 도달했다면 당신께서는 성공을 한 것이다. 주위를 돌아보자. 한일이 없어서 그냥 배회하거나 공원 주위로 돌아다니는 분들을 발견할 수가 있다. 때로는 공원 주위에서 바둑 장기를 두는 사람 옆에서 그냥 멍하니 앉아 있는 것으로 시간을 보내고 있는 분들도 많이 발견을 할 수 있다. 그 모습이 정말로 진정으로 살아가고 있다고 말을 할 수 있을까? 집에 돌아가서는 자기가 오늘 공원에서 바둑을 두고 왔다고 자랑하듯 한다. 이런 상황들이 자기를 비하하고 있고 자기를 죽이고 있음을 모르고 사는 사람들의 실상이다. 나의 한일 내일의 꿈을 찾는 것이 제2의 인생에 멋진 등불이 될 것인데 조금은 답답하다.

이 시기에는 기다리면서 무언가를 얻을까 하는 생각보다는 내가 주체가 되어서 무엇이든 할 수 있다고 마음먹기가 급선무다. 수동자의 자세가 되지 말고 능동자의 자세로 되는 길을 찾아 나서도록 해야 할 것이다. 특히 직장생활에 주도적인 일을 추진하고 기획을 해보지 못한 퇴직자들은 능동적인 자세로 자기의 일을 찾기란 그렇게 쉽지가 않다. 직장생활을 할 때도 누군가 지시하고 시키는 일만 받아서 했던 사람은 이런 변화된 환경에서 자기의 일을 찾아가기가 무척이나 힘든 일이 된다. 이런 상황에 있는 분들은 주위에 평생교육을 위한 프로그램을 하는 곳에 찾아가서 새로운 일을 찾는 법에 대해 교육을 받는 것도 하나의 순서가 될 것이다. 그렇게 자신의 일을 찾아서 행복하게 살아가는 사람들의 책도 시중에는 많이 있다. 주위에 퇴직을 하신 선임자들도 있을 것이다. 선임자들을 만나서 좋은 의견을 들어보는 것도 좋을 것이다. 우선은 내가 지금의 상태에서 변화를 할 것이란 생각을 가지게 하는 것이 급선무다. 자신의 마음을 먼저 변화를 하겠다는 생각을 먼저 가져보는 결심이 중요하지 않을까? 모든 문제 해결은 그것이 출발점이 될 것 같다. 나 자신이 하겠다는 결심이 서 있으면 자연적으로 무언가를 찾게 되고 조언을 얻기 위해서 주위 사람들을 찾아다니는 일이 마음속에서 일어날 것이다. 꿈이란 말을 하게 되면 무언가 큰 것 남에게 자랑을 할 수 있는 일을 찾는 것이 우선이다. 지금 나이에 꿈은 직장을 찾을 때와는 조금은 다른 상황이다. 그렇게 큰 것도 아니고 그렇다고 누구에게 자랑을 할 꿈을 찾는 것도 아닌 것이다.

지금의 꿈은 앞에서도 언급을 했지만 내가 평소에 하고 싶었던 일을 찾는 것이다. 남에게 자랑하고 돈도 많이 벌 수 있는 그런 일이 아닌 것을 확실히 알고 일을 찾아 한다. 보여 주는 일을 찾거나 하면 그런 일은 찾을 수가 있겠지만 주위에서 보면 실패한 사람들이 많다는 것을 알아야 할 것이다. 진정으로 하고 싶고 그렇게 복잡하거나 불필요한 시스템이 많은 것도 아닌 조금은 혼자서 할 수 있고 그렇게 복잡하지 않는 단순한 일을 찾아야 할 것이다. 단순하면서도 내가 손을 놓기 전까지는 오랫동안 할 수 있는 일이 되면 더욱더 좋을 것이다. 외로움이나 조금은 지루함을 해소 시켜 줄 수 있는 일이라면 더욱더 좋을 것 같다는 생각을 한다. 시간에 관계없이 내가 하려고 하면 언제든지 할 수 있는 일이면 그것도 좋을 것 같다. 때로는 조금은 큰일이면 장소에도 제약을 받게 되고, 그런 큰일은 내가 원하고 내가 하려고 할 때 할 수 없는 일이 될 수도 있다. 그런 일은 배제되는 것이 좋을 것 같다.

멀리 가지 말고 가까운 곳에서 찾아보는 일도 좋을 것 같다. 꿈을 찾는 일에 너무 몰입해서 찾다 보면 그 일을 어떻게 추진하고 어떤 방향으로 이끌어 갈 것인가 하는 것에도 주안점을 두고 찾아야 한다. 무조건 좋은 일이라고만 하고 찾다 보면 실행의 방법이나 실행 시에 발견될 수도 있는 문제점이 있을 수가 있다. 조금은 내 꿈을 찾는 것이 그렇게 쉽지 마는 않다는 것이다. 그렇게 어렵고 고민을 많이 요구하는 일이기에 많은 퇴직자들이 어려움에 봉착하는 것을 볼 수가 있다. 그 점을 미리 예측을 하고 조금은 여유를 가지고 조금 늦어진다고 큰 문제가 생기는 일도 아닐 텐데. 요사이는 인터넷에서 많은 정보를 얻을 수 있다. 인터넷 정보나 블로그 카펫 등에서 좋은 정보와 지금에 실제로 활동을 하고 있는 일들을 많이 볼 수가 있다. 직접 생각해서 찾기가 힘들면 지금 우리에게 다양하게 주고 있는 정보를 활용해서 나의 것을 찾아본다. 블로그에서는 그분들이 직접 활동하고 있는 사례를 직접 만날 수가 있어서 많은 도움을 받을 수가 있을 것이다. 좋은 정보를 보고서 나에게 맞는 정보를 찾아 나의 것으로 만들어 가는 것도 좋을 것으로 생각이 된다. 위에서도 말을 했지만 무언가를 하고 싶다고 생각만 먹으면 못할 것이 없는 것이 지금의 세상이라고 생각한다. 특히 지금은 흔적의 시대라 많은 흔적을 볼 수 있는 것들이 내 주위에 많이 포진하고 있다. 그렇게 찾으면 내가 선택할 일 찾기도 쉽고 그 일을 수행하는데 많은 도움을 줄 수 있는 데이터들이 많을 것으로 확신하다. 꿈을 찾는 것도 중요하다. 꿈을 찾아서 지속적으로 할 수 있는가 하는 것도 문제가 될 수가 있다고 본다. 위에서도 그렇게 강조를 했지만 찾은 꿈을 제

몸에 딱 붙여서 나의 것으로 만들 수 있다는 자신력이 꽤나 중요하다고 생각을 한다. 저도 위에서 말을 했지만 매일 나의 꿈을 10줄씩 매일 쓴다는 것은 나의 꿈을 내가 할 수 있을 때까지는 하겠다는 나의 결심의 반증이기도 하다. 꿈을 찾아가는 분들도 나름의 자기의 약속을 지킬 수 있는 기준을 만들어서 지속적으로 꿈의 일을 실천하도록 준비하는 것도 중요한 일이 아닐까 한다. 주위에 많이 볼 수 있다. 결심이 작심삼일이 되는 결과를 주위에서 많이 보았기에 부탁을 한다. 꿈을 꿈으로 끝나지 않고 꿈이 나의 원대한 희망이 되어서 성공의 문턱을 넘을 수 있도록 만들어 가는 것이 중요하다고 강조하고 싶다. 이렇게 자주 강조를 하는 것은 많은 분들이 결심한 꿈을 쉽게 버리고 그것이 사람 이기기에 당연한 것으로 여기는 사람들을 볼 때 너무 가슴이 아프다.

2-9

자기의 일을 만들어 보자

지금까지 살아오면서 내 것이 있었을까? 사람마다 이 물음에 조금은 놀라고, 그렇지 않으면 쉽게 대답하기가 힘들 것이다. 지금까지 살면서 이것이 내일이라고 확신 있게 말을 못했고, 자기가 하는 일 모든 것이 자기 일인 줄 알고 살아왔다. 그런 사람들에게 당신의 진짜 당신의 일이 무엇입니까 하고 묻는다면 명확히 이것이 나의일이라고 말을 못할 것이다. 돈을 벌어오는 것이 나의일인 것처럼 알고 있다. 가장으로서 집안에서 행하는 모든 일은 나의일임을 알고 지금까지 살아왔기에 명확하게 이것이 나의일이라고 말을 할 수가 없을 것이다. 어떻게 보면 다 아빠들은 이런 생각에서 살아왔다. 자신 있게 이것이 나의 일이라고 말을 할 수가 없을 것이다. 지금부터는 나의일 즉 나의 일을 만들어 보는 것이 어떨까? 자기 일이 있다면 퇴임 후에도 그렇게 방황하거나, 어려운 인생이 시작은 되지 않을 것이다. 이 일은 퇴임 전에 많은 고민을 하고, 그 고민 속에서 자기의 일을 찾아서야 한다. 찾은 자기의 일에 대해서 준비도 하고 퇴임 후에 어떻게 실천할 것인지 정도는 계획을 세워서 나왔다만 퇴임 후의 생활이 재미있을 것이다. 즐거운 제2의 인생에 날개를 달수가 있을 것이다. 그렇지 않은 사람에게는 퇴임 후의 생활이 고통이고, 고민이고, 우울증이 생길 수도 있다. 내가 하고 싶은 말은 직장생활을 할 때 머리가 잘 돌아갈 시기에 나의 일을 찾고, 나의 일을 찾아서 그 일을 실천하는 방안. 계획을 했어야만 할 것이다. 그렇지 않고서는 쉽게 나의 일을 찾기가 어렵다. 고기가 물에서 놀 때 자기의 모든 역량에 활기를 내고 살아간다. 이때 원하는 날개를 달수가 있지 않을까? 물속을 떠나서 다른 장소로 이동한 물고기는 모든 것이 제대로 돌아가지 않는 상태로 변한다. 새 환경에 자신도 모르게 이상하게 적응도 하지도 못하고, 머리도 잘 돌아가지 않는다. 고기가 물을 떠나서 살아가기가 힘든 것처럼, 사람도 똑같다. 자기가 살든 물을 떠나며 당황하고, 우선 그 환경에 익숙하기가 어렵게 된다. 다른 생각 다른 것을 찾는 일에 100%의 정신을 활용 할 수가 없다. 내가 부탁하고 싶은 말은 물속에 놀 때 고기가 활동을 잘하고 자기의 독무대로 움직일 때 좋은 생각이 많이 나는 것처럼, 사람도 똑같다는 것을 인식했어야만 할 것이다. 순간의 어려움을 잘 해결하지 못하게 된다고 할 때. 나중에는 더 큰 어려움과 생활의 리듬을 깨는 일이 일어난다는 것을 우리는 잘 모르고 사는 것이 아닌가 한다.

우선은 내가 할 수 있는 일을 찾아야만 제2의 인생살이가 활력이 있을 것이다. 즐겁고 그렇게 즐겁게 살 수 있는 일이 있다면 모든 것에 행복을 느끼면 살 수가 있을 것이다. 지금부터는 나의 일은 내가 직접 찾아야만 된다고 본다. 또 그렇게 찾아야만 내가 몰입을 할 수가 있다. 특히 우리는 잘 알겠지만 자가가 좋아하고 자기의 능력 으로 리드할 수 있는 일을 찾는 것이 우선일 것이다. 그렇지 않으면 작심삼일이 되고 말 것이다. 그렇게 자주 자기가 좋아하는 일을 찾아도 나름의 목표에 도달하지 못하는 과정이 연속이 되면 뜻하지 않는 우울증에 걸리 수도 있다. 나의 일을 찾을 때 신중하고 나름의 관련되는 책도 참고를 하고, 전문가와 상담도 받고 대화를 할 수 있는 롤 모델도 찾아서 대화를 나누는 것도 좋지 않을까 한다. 앞면에서도 말을 했지만 처음부터 너무 큰 목표를 정하는 것이 그렇게 좋지 않을 것이다. 잘 알다시피 처음부터 큰 목표를 정해서 좀처럼 목표에 도착할 수 없는 일이 일어날 것이다. 어느 정도 진전이 없게 되면 중도에 포기하고 자신에게 실망감을 주어서 자신을 자신감이 없는 아빠로 만들어 갈 위험이 있기 때문이다. 그렇게 되면 일의 재미를 얻지 못하고 불안감만 싹트게 만들 것이다. 무언가를 시도하기가 엄청나게 힘들고, 하고자 하는 의욕이 자꾸만 나를 몰락하게 하는 쪽으로 몰고 갈 수가 있다. 쉽고 조금은 간단하고 일에 성취감을 얻을 수 있을 선택하는 것이 좋을 것이다. 그 성취감으로 불씨가 점점 커지고 의욕이 상승할 수 있는 여건을 만들어보자. 좀 더 다른 즉 직장생활 와는 또 다른 일에서 나름의 맛을 느낄 수 있는 기회를 차츰차츰 만들어 가는 것이 좋은 방법일 것이다. 우리가 불을 붙이는 방법에도 처음에 너무 큰 불로 불을 붙이면 쉽게 붙지 를 않는다. 이런 것을 많이 경험을 했을 것이다. 처음에는 내 마음에 일의 불씨를 조금씩 붙여가면서 일에 어떤 흥미를 유발하고, 자기가 계획한 일에 성취감도 가지게 할 기회만 되면 그다음부터 고속도로를 달리는 속도와 경쾌함을 맛볼 수가 있을 것이다. 일에 대해 더 많은 흥미와 환의를 맞이할 수가 있을 것이다.

일을 갖는 것도 중요하지만 저가 생각하기에는 절대로 옆 사람과 비교를 하지 말아야만 할 것이다. 그렇게 되면 옆 사람이 무언가를 하드래도 잘 하고 나는 시작하면 잘 되지 않는다고 생각을 하게 되면 그 일, 그 목표는 또 실패의 일이 되고 말 것이다. 이 아빠는 또 실망과 좌절로 빠질 수가 있다. 또 한 가지는 욕심을 적게 가지는 것이 좋을 것이다. 우리는 잘 아시겠지만 나이가 들면 욕심이 먼저 앞선다. 왜 일이 빨리 잘 되지 않는가 하는 욕심의 구멍에 빠질 수가 있다. 남들은 잘 하고 있는데, 나만이 잘 되지 않는다는 생각에 돌입하게 되면 자기 일은 하지 않고 남의 일 잘 되는 것만 보게 된다. 또 자기를 밖으로 내 몰아서 좌절로 가져가게 된다. 생각을 잘 해야 한다. 사람의 차이는 그렇게 많이 나지 않고, 다만 조그만 차이. 사람은 거기에서 거기라는 생각을 하는 마음가짐이 중요하다. 옆 사람이 나보다 잘 하는 것은 평소에 노력의 시간 몰입의 시간 일의 시작 일정이 다름을 인정해야 한다. 우리는 지금 이 일로 어떤 큰 어떤 희망보다는 나의 일을 먼저 생각하자. 나의 일에 먼저 애정을 주는 일부터 시작을 한다. 즉 하루에도 할 수 있는 일을 만들어 본다. 작은 욕심에서 시작하는 마음의 자세가 매우 중요하다고 생각을 한다. 물론 어떤 일을 하고 있으면 큰 성과를 얻으면 좋은 것은 당연한 일이다. 그렇게 생각하면 늘 하는 일에 부담만 가지게 된다. 그런 부담을 가지게 되면 하고 싶든 일도하기 싫어진다. 쓸데없는 상상만 자꾸 늘어나서 내가 먼저 하고자 했든 일은 자꾸만 멀어지고 세월만 자꾸 흘러가게 만들게 된다. 아무 의미도 없는 일에 내 정신이 빠지는 일과만 계속되고 말 것이다. 내가 할 수 있고, 그냥 하루 즐길 수 있는 일에 매일 조금씩 해보는 것임을 마음으로 시작하자. 그 시작이 매일매일 지속되다 보면 생각지도 않았던 어떤 결과물도 얻을 수 있다. 지금의 나이에 나의 일만 조금씩 할 수 있는 나의 일을 찾아서 시도하고 꾸준히 한다는 것에 매진해야만 할 것이다. 그 일이 성공과 나 자신을 상승시키는 동력이 될 것이다. 그렇게 되면 그다음부터는 어떤 것도 할 수 있다는 자신감이 붙게 된다. 정말로 제2의 인생을 살아가는데 부담 없이 재미있고 멋있는 생활이 될 것이다. 저는 인터넷 카페에서 책을 공짜로 받아서 읽고 서평을 쓰는 일에 몰두하고 있다. 얼마 전에 서평을 쓴 책이 천권을 돌파했다. 이 말을 자주 이용을 한다. 저도 처음에 시작할 때는 이렇게 많은 책을 읽고 서평을 쓸 줄은 몰랐다. 시작하고 보니 매일 한 권씩 책을 읽고 서평을 쓰는 것이 하루의 일과가 되어서 나 혼자서 있어도 그냥 있을 수가 없다. 매일 책상 위에 신간의 책들이 배송되어 도착되어 있다. 읽고 서평 쓰다 보면 하루가 한 달이 일 년이 언제 지나가는지 모르게 지나가고 있다. 내 서평의 글은 매일매일 쌓여가는 성취감으로, 그 재미로 나를 몰고 간다. 나도 처음부터 잘 한 것은 없었다. 여하튼 꾸준히 반복하고 그 반복 속에서 성취감을 얻게 되었다. 나의 서평에 댓글이 달리고, 칭찬의 소리도 듣고 하니 정말로 하루에도 이 일을 하지 않으면 정말로 살맛이 나지 않는다. 분명히 알아야 할 것은 하루에 24시간 중에 1%를 이용만 해도 큰일을 할 수가 있다고 지인들이 말을 한다. 즉 하루에 1%은 15분이라고 한다. 그 15분 만이라도 하는 일에 꾸준히 열심히 한다면 달인이 될 수 있다고 한다. 작은 일에 도전하고 그 작은 일이 큰일이 될 수 있도록 매일매일 하는 자세 그것이 중요한 것임을 나는 맛을 보고 있다. 매일매일 실천하는 것이 최고다. 하루의 1%를 잘 활용할 수 있는 일을 만들어 보는 것이 우선은 최고일 것이다. 그렇게 많은 시간이 아니고 하루 중에 15분을 실천하는 자신을 만들어 가면 어떨까! 분명히 어떤 결과물이 등장을 하고 당신의 생활에 빛이 나도록 해줄 것이다. 작은 일에 하루 1%에 도전하도록 무조건 하는 것이다. 그렇게 해서 이렇게 성공을 하고 또 다른 목표에 도전을 한다. 그 도전이 다름이 아니고 책을 쓰는데 나를 몰입의 단계로 몰아가고 있다. 옛날 우리 성인들이 시작이 반이란 말을 그냥 귀 밖으로 흘러 보내지 말자. 하찮은 것이 남는 다고 했다. 가볍게 보는 그 작은 일을 오늘도 15분만 투자하는 자신으로 몰아가면 무언가 가 될 것이다. 우리 앞에는 많은 시간이 우리를 기다리고 있다. 무엇이 나를 기다리고 있을까 시간이 기다리고 있다. 그 기다림에 한 번 도전하고 도전해서 제2의 인생에도 우리의 멋진 꿈을 만들 수 있다고 많은 분들에게 가르쳐주자 퇴직자 여러분!

어떻게 생각하면 그 15분 가지고 무엇을 할 수 있을까 하고 의문을 제기할 사람들이 많을 것이다. 그렇게 간단한 시간이 아닐 것이다. 15분이란 시간을 매일매일 사용할 것인가 하는 것이 중요하다. 15분이란 시간이 많고 적은 것이 문제가 아님을 우리는 알아야 할 것이다. 일을 할 줄 모르는 목수가 공구에 대해서 불만을 터뜨린다고 한다. 다시 말해서 일을 할 줄 모르는 사람이 아니고, 일을 싫어하는 사람들이 도구에 대고 불평을 한다고 한다. 이 15분이 그렇게 작은 시간이라고 생각을 할 것이다. 이렇게 작은 시작이 그냥 있는 것이 아닌 것을 알아야 한다. 작은 시간으로 시작해서 그 일에 몰입을 하다 보면 그다음에 시간이 중요한 것이 아니고 자기가 하는 일에 매몰되어서 시간 가는 줄 모르고 일을 하게 되는 것이다. 시작은 15분 만에 일을 끝냈다고 하지만 일에 몰입하고 일에 도취해서 하다 보면 15분이 1시간이 되고 10시간이 될 수 있는 상황으로 전환이 된다는 것을 알아야 할 것이다. 시중에 돌아다니는 책 중에 10분 독서법이 있는데 그 작가도 처음에 10분부터 시작한 것이 어느 때는 3~4시간 넘게 독서를 하는 자신을 발견을 했다고 한다. 10분의 독서로 지금 책을 몇 권을 썼고 강의도 하는 것으로 알고 있다. 말을 했는데 시작이 반이란 말, 잘 생각해서 마음에 새겨 두는 것이 좋을 것이다. 이분도 책을 전혀 읽지 않은 분인데 이 10분이 독서 길로 작가로 인도해준 것으로 자랑을 한 것을 들은 것 같다. 우리도 할 수 있다. 다른 사람이 할 수 있다는 것은 나도 충분히 할 수 있고 가능성이 100% 임을 증명을 해주는 결과물이다. 처음부터 겁먹지 말고 놀고먹는 백수가 한 번 해보는 것이라는 자신감으로 시작을 하는 것이다. 그것이 우리에게 그 무언가를 만들게 하고 가지게 할 수 있다고 생각을 한다. 자신감을 가지고 나도 할 수 있다는 자신감이 있으면 할 수 있다. 어느 지인은 '자신감이 마음의 밥'이라고 하는 말을 들은 것 같다. 마음을 움직이고 살리는 것은 어쩌며 자신감인 것 같다. 한 번 더 강조한다. 나도 할 수 있다.

다시 저 이야기로 돌아간다. 책은 그전에도 조금은 읽었다. 퇴직하면서 책은 도서관에서 읽기로 하면 되겠다는 생각으로 큰 의미를 주지 않고서 퇴직을 하게 된다. 회사에서 퇴직하기 전에 3개월 교육을 시켜 주었다. 사회에 나가서 잘살 수 있는 방법들 가르쳐 주기도 하고 지금까지 고생했다고 단거리 여행도 하고 했었다. 그 과정에서 인터넷 시간에서 교수가 앞으로는 흔적을 남기는 시대로 가고 있다고 말을 하면서 블로그나 카페를 만들 것을 요구를 했다. 그렇게 시작한 블로그에 가끔 읽은 책의 좋은 글귀를 올렸다. 가끔은 북 카페가 나의 블로그 방문하여 자기 카페에 놀러 와서 독서 이벤트 참가하여 책을 읽고 서평을 쓰면 좋겠다고 하면서 초대를 해서 시작한 것이 지금에 천권을 넘는 숫자의 책을 읽게 되었다. 그렇게 시작한 독서는 나를 긴장을 하도록 만들었다. 책을 배송 받고서 7주일 이내 책을 독서하고 서평을 올려야 한다. 그렇게 카페에서 요구를 하니 그 요구에 응해야 한다. 그렇지 않으면 다음 기회에 책을 받을 수가 없다. 서평도 늘 800자 이상을 쓰도록 요구를 한다. 이런 긴장된 하루하루가 지속을 하다 보니 지금은 습관이 되었다. 독서하고 서평 쓰는 습관 속에서 세월이 가는 줄 오는 줄을 모르고 살아가고 있다. 나에게는 이만큼 좋고 행복한 일이 없다고 생각을 한다. 지금도 하루에 한 권씩 읽기 위해서 늘 도전을 한다고 생각을 하면서 책을 읽고 있다. 이렇게 매일 나의 일이 있다는 것은 아무것도 하지 않은 사람은 이 기쁨과 즐거움을 느낄 수가 없을 것이다. 부러워할 필요가 없다. 여러분들도 무언가를 선택하여 조금씩 하다 보면 저처럼 행복한 퇴직자 생활을 할 수가 있다. 그것은 내가 보장을 한다. 내가 그렇게 해서 지금 이렇게 행복을 즐기고 있으니 자신 있게 말을 할 수가 있다. 일단 일을 선택하고 시작을 하는 것이다. 그렇게 하는 것이 이기는 길이고 행복을 얻는 길이다. 그냥 얻어지는 것은 없다는 것은 여러분들도 잘 알고 있을 것이다. 시작을 하면 된다. 믿고 도전을 하는 것이다.

이렇게 나의일이 있으니 우선은 집안에서 별로 간섭이 없다. 나름의 나의 일을 하고 있으니 칭찬을 하지 안 해도 잔소리를 듣지 않는 생활을 한다는 것이 살 것 같다. 초기에는 나의일이 없고 그냥 빈둥거리는 나의 꼴을 아내가 보지 못하는 것 같다. 별일 아닌데도 마누라의 음성은 높아지고 괜히 심술을 부리는 듯했다. 꼴에 그래도 남자라고 마누라가 뭐라고 하면 그냥 넘어가지를 않고 대답하고 화를 내고했다. 화를 내는 나도 싫은데 마누라는 얼마나 싫어했을까? 많은 고통을 아내에게 준 것 같다. 많은 분들이 그렇게 생각을 할 것이다. 짜증을 내는 마누라가 잘 못을 하고 있다고 생각을 한다. 내가 잘못을 하고 마누라의 마음에 분노의 화살을 붙이고 있는데도 그것을 자기 합리화 시키는 자세로 생각을 하는 퇴직자들이 많다고 한다. 물론 자기가 잘못이라고 인정을 한다면 근본적인 문제는 해결이 될 것이다. 잘못을 하고 있는 당사자가 자기 잘못을 모르고 있으니 해결이 되지 않는 것이다. 자기 일을 찾아서 열심히 하고 있으면 가끔은 간식도 챙겨준다. 사랑을 받고 싶으면 내가 무언가를 줄 수 있는 여건을 만들고 만들어서 사랑을 주도록 해야 한다. 주어야 온다는 철칙을 우리는 가끔 잃고 사는 것이 병이요 문제다. 부탁을 하고 싶다. 처음부터 크게 선택하지 말고 조금은 작게 선별하여 성공을 하자 그렇게만 되면 또 다른 일들이 내 앞에 나타난다. 확신을 가는 것이 너무나 좋다. 매일 처음으로 가는 화장실에서 이렇게 외친다. 하루에 적어도 30회 이상을 외치면 산다. 그것도 거울을 보고 외친다. 지인이 거울을 보고 외치면 당사자 잠재의식 속에 빨리 들어간다고 한다. 이렇게 외친다. " 배 방구는 오늘도 행운의 여신을 만날 수 있다. 배 방구는 모든 것을 할 수 있다. 배 방구는 자신이 있다." 이 글귀는 어느 책에서 빌 게이츠가 외치는 글귀라고 말을 해준 것 같다. 지금도 세계의 1위의 부자인 사람이 외치는 글귀를 외치면 부자는 될 수 없어도 어느 정도의 위치에 갈 수 있다는 자신감으로 오늘도 외치고 있다. 이런 것은 자신을 성장하게 하는 좋은 글귀인 것으로 안다. 이 말을 외치고부터는 자신감이 많이 붙고 행운도 받는다. 역시 무엇이든 노력하는 자에게 무언가를 준다고 하니 좋아하는 글귀를 선택하여 거울을 보고 외치기를 부탁한다.

2-10

두 개의 폰을 한 개로 만들자

늘 두 개의 폰으로 살아오면서 많은 마음의 고생을 하게 된다. 어쩌며 사람들은 두 개 폰이라고 하면 이해가 힘들겠지만, 한 개는 사모님 잔소리 폰이다. 이렇게 해서 우리 퇴직자 남편들에게는 두 개의 폰을 가지고 사는 것이다. 특히 마누라가 울려주는 폰은 엄청난 스트레스와 생활의 리듬을 깨뜨리고 삶의 맛을 느끼지 못하게 하고 있다. 그렇게 되고 보니 생활을 생활로 볼 수가 없는 생활이 지속된다. 어떻게 하면 마누라의 폰 소리에서 멀어질까 하는 생각으로 하루의 일과가 시작된다. 마누라 폰의 시작은 있는데, 끝이 없다. 모든 것은 시작이 있고, 끝이 있는데 이놈의 마누라 폰의 끝은 잠자리에 들어가지 않는 한 끝이 없다. 다시 말해서 잔소리가 내 귀전에서 멀어지지도 않고, 끝도 없이 진행되는 잔소리! 말만 들어도 사람을 놀라게 하고 신경질적이 상태로 아빠를 몰고 간다. 그 마누라 폰 소리에 퇴직자는 자기 자신을 찾을 수도, 만들 수도 없는 상태로 몰아간다. 이럴 때 자기 자신을 이끌어 갈 방도를 찾아야만 한다. 우선 마누라 폰 소리를 낮추는 첫째 방안은 나의 진짜 폰 소리가 많이 울릴 수 있는 방법을 찾아야만 한다. 그 방법은 딴 것이 없다. 여하튼 나에게 직접 폰이 걸려오든가. 그렇지 않으면 내가 직접 폰을 울리게 하는 곳을 찾아서 폰을 직접적으로 내가 하는 것이다. 그렇게 해야만 우선은 마누라의 폰 소리를 자재시키고, 조금은 떨어지는 여건을 만들 수가 있을 것이다. 나이가 들면 외로운 감을 많이 가지게 되는 생활에서 친구나, 다른 사람들을 만나고 대화하고, 폰도 자주 주고받는 생활을 하게 되면 조금은 살맛이 날 것이다. 마누라 폰 소리가 크게, 자주 듣기가 싫으면 돈 벌기 위해 직장을 가져 보거나. 그렇지 않으면 나의 진짜 스마트폰에서 소리가 자주 들을 수 있는 여건을 잘 만들어야만 할 것이다. 저는 내가 주체가 되어서 지금까지 관계를 해온 사람들, 한때같이 직장생활하든 사람 등한테 자주 전화를 걸었다. 서로 음식접대 및 술 한잔할 수 있는 기회를 만들어서 지금의 문제점에 대해서 조언도 받았다. 좋은 취미생활도 배우는 그런 삶을 이어 간다면 정말로 사모님의 폰 소리에 별로 신경을 쓰지 안 해도 쉽게 생활을 할 수가 있을 것이다.

저는 그래서 외부에서 나의 폰 소리를 자주 오게 하는 것을 만들었다. 책 관련 카페를 방문하여 책을 공짜로 받기 위해서 부지런히 출석하고 책을 신청한다. 신청해서 당첨이 되면 저의 집으로 택배가 배

달을 한다. 택배 기사가 문자를 발송하거나. 그렇지 않은 폰으로 직접 통화를 하는 시간을 가진다. 멍청하게 있는 나의 폰이 살아서 하루에 5번 이상도 울리고 한다. 그 울림으로 저는 사는 맛을 느끼고, 책도 공짜로 선물도 받고 하니 이것이 꿩 먹고 알 먹는 방법이 아닐까! 이렇게 작은 일을 만들어서 내가 가지고 있는 스마트폰이 좀 자주 울리고, 그 울림으로 해서 살아있다는 자신감도 가지게 되었다. 이렇게 신청해서 당선된 책도 읽게 되고 작은 습관이 나의 취미 활동으로 변하므로 해서 정말로 진정한 사는 재미를 느꼈다. 삶의 활력소를 가지게 된 것이다. 삶의 활력소를 가지게 되면 사모님의 폰이 잔소리를 해도 별로 나의 감정에 영향을 주지도 않는 것 같다. 나도 나의 일이 있으니 그렇게 사모님의 잔소리에 흔들지 않고, 화를 내는 생활에서 차츰 멀어지게 되었다. 책도 그냥 읽기보다는 자기의 목표를 만들어서 한 달에 몇 권, 일년에 몇 권을 읽게 다는 목표를 정했다. 목표에 도전하게 되면 나름의 큰 그 무언가를 얻을 수 있다는 자신감이 생겼다. 책 속에서 얻는 지식, 지혜로 해서 나의 살아가는 목표, 희망들이 생긴 것이다. 생활에 변화가 되는 것이 나의 스마트폰 소리, 폰 통화가 많아지고 사모님의 잔소리 폰 소리도 어느 정도는 줄어드는 현상이 일어났다.

조금만 노력을 하면 재미있고, 행복하고 멋지게 살아갈 수가 있음을 느낀 것이다. 그전에는 방 안에서 움직이지도 않고 멍청이 앉아있는 남편을 보는 것이 미워서 잔소리 폰을 많이 울린 것 같다. 보기 싫기도 하니까 잔소리가 늘어나고 무언가를 하도록 하기는 해야겠는데 그런 능력이 되지 않으니 그냥 잔소리만 늘어난 것이다. 그런 잔소리가 반복되고 반복되면서 늘어나는 것은 사모님 화만 자꾸 일으키게 된다. 퇴임 후에 아빠는 안방을 지키고, TV를 지키는 사람이 되지 말고 무엇이든 하는 사람으로 변환시켜야 한다. 무언가를 하고 있으면 절대로 사모님의 잔소리는 줄어든다. 가족 간에 행복도 솟고, 재미도 있는 그런 생활이 될 것이다. 퇴임 후에 아빠는 집을 지키는 파수꾼에서 자기의 일을 하는 아빠로 전환이 된다면 진짜로 아빠에게 두 개 폰이 존재할 이유가 없어 질 것이다. 부탁은 퇴임을 할 분들은 시간적 여유를 가지고 현역에 계실 때 자기의 일을 찾아서 미리 준비를 해야 한다. 준비를 해서 일이든 취미든 무언가를 하게 되면 모든 것이 해결이 된다. 퇴임을 한 후에도 두 개의 폰으로 해서 나름의 절망감이나 생활의 권태를 만나지 않을 것이다. 잘 아시겠지만 지금은 퇴임 후에도 짧으면 20년 길게 잡으면 30년 이상을 살아야만 하는데 그냥 아무런 대비 준비 없이 어떻게 살 수가 있는가? 잘 생각하고 퇴임을 맞이해야 할 것이다. 준비를 철저히 하고 나오는 분들은 행복하게 살 것이지만 그렇지 않은 분들은 조금은 어려울 것이다.

폰을 한 개로 만들 수 있는 방법은 여러 가지가 있을 수가 있다. 퇴임 후에도 그냥 자신을 놓아버리는 상태로 자기를 끌고 가지를 말아야 한다. 내가 앞으로 제2의 인생을 살기 위해서는 무엇을 했야 하는 것이 좋은 것인지를 많이 고민하고 고뇌하다 보면 찾을 수가 있을 것이다. 제일 중요한 것은 넉넉하게 마음을 먹고, 여유 있게 나의 길을 찾아보자. 나의 길만 찾으면 자연히 두 개의 폰이 하나로 만들어진다. 우선은 자기 혼자서 자기 일을 찾는 것이 당연하겠지만 주위를 둘러보고 다른 사람들은 무엇으로 하루의 일과를 보내고 있는지를 보고, 물어도 보고, 적절하게 상담도 하는 방향으로 노력을 해야 할 것이다. 자기의 적성에 맞는 일을 찾을 수가 있을 것이다. 우선은 실망을 하지 말고, 절대로 부정적으로 무엇을 찾으면 되지 않는다. 즉 부정적인 생각을 마음속에 가득히 채우고 찾으면 찾을 길도 못 찾고 자신만 죽이는 결과를 가져올 것이다. 긍정적인 마음으로 여유 있게 "나도 내가 한 일을 찾을 수 있다"라는 마음가짐을 가지고 찾는다면 못 찾을 일이 없다. 많은 사람도 그렇게 해서 찾고, 자기 길 속에서 멋진 행복을 찾아가면서 살아가는 분들이 많이 있다. 부정적인 생각에서 자기를 죽이는 일이 없도록 하자. 그렇게 열심히 찾고 하면 찾아질 것이다. 찾아진 일을 나름대로 계획도 세운다. 목표도 정하고 일을 할 방안도 만들고 다양하게 구성을 하도록 한다. 구성을 잘하고 만들어 간다면 얼마든지 제2의 인생을 멋지게 맞이할 수가 있을 것이다. 폰도 한 개만 되고, 한 개의 폰으로 다양한 사람들과 교류를 하고, 또 나의 일에 집중하기만 한다면 늘 행복의 미소는 나에게로 오고 말 것이다.

사람들은 말을 하고 있지요, 세상 살아가는 방법은 마음먹기에 달렸다고 한다. 찾은 일이 있으면 그 찾은 일에 매달리고 매달려서 나의 참된 길이 될 수 있도록 노력을 하자구나. 한 개의 폰으로 살 수가 있고, 나의 앞날은 늘 행운과 행복이 가득할 것이다. 이렇게 조금만 수고를 하면 나의 앞날에 정말로 멋진 일만 우리에게 일어날 것이다. 그 외에도 사모님의 감정을 건드리지 않고 살아갈 수 있도록 너무 심하게 노력하지 않고도 작은 일에 매진만 한다면 사모님 폰이 울리지 않도록 할 수 있을 것이다. 새롭게 집중하는 생활을 하게 되면 정말로 행복할 것이다. 작은 일이지만 매일 반복해서 하게 되면 우선은 재미란 맛이 붙게 될 것이다. 그 맛에 도취해서 누가 옆에서 뭐라고 말을 해도 듣지도 않고 재미있는 일에 매달리게 될 것이다. 사람을 연구한 학자는 아니지만 살아오면서 얻은 경험으로 무언가에 열심히 하게 되면 사람은 마음속에 화나 분노가 없어진다고 한다. 마음속에 분노나 화가 없으니 옆에서 사모님이 어떤 소리를 해도 우선은 감정이 올 라 오지를 않는다. 감정이 오라 오지 않으니 격한 말로 시작될 수 있는 싸움 와는 거리가 멀어진다. 좋은 분위기가 형성되면 다들 긍정적인 마음을 가지게 되고 생각지도 않은 일이 생길 수도 있다. 긍정적인 의식으로 무언가를 하게 되면 지금 하는 일이 처음에는 별것 아닌 것으로 시작이 되었지만 긍정적인 분위기로 더 많은 아이디어 일어나고, 하는 일에 많은 발전의 모티브를 얻을 수가 있다. 이것이 사람들이 살아가는 나름의 과정에서 새롭고 창의적인 아이디어가 머리에서 나오게 되는 절차인 것 같다. 긍정적인 사고의 분위기를 가져갈 수 있는 환경을 조성하자고 나는 외치고 싶다.

　　여기서도 저의 이야기로 조금은 알려드리고 싶다. 처음에 북 카페에서 책을 공짜로 받고 서평을 쓰는 것이 보통의 문제가 아니었다. 시작 초기에는 하지도 싫고 컴퓨터 근처에도 가기 싫었다. 가기 싫은 마음을 달래기 위해서 그냥 카페에 방문하면서 출석을 하고 다른 사람들이 카페에 와서 무엇을 하고 가는가 하는 것을 조금씩 연구를 하게 된다. 연구를 하면서 내가 먼저 할 수 있는 일을 찾아가기 시작을 한다. 그 시작이 출석을 꾸준히 하면서 책을 읽는 방법에 몰두를 하기 시작을 했다. 시작이 반이라고 꾸준히 방문하고 다른 사람들이 카페 와서 하는 일들을 보면서 나의 일을 찾았다. 내가 찾아서 시작한 것이 카페 방문하여 서적 이벤트에 참석하여 책도 신청을 하고 신청을 하고 난 후에는 발표 날 당첨을 기다리는 생활로 연결되었다. 그 생활이 연결되면서 어느 날 당첨이 되고 당첨이 되고 나면 7주일 후면 택배가 내 이름을 찾아서 책을 배송해주고 간다. 아무런 응답 없는 행복의 보따리를 받으면서 나의 길을 찾게 되고 그 길에서 서두에서도 말을 했지만 책을 위해서 이렇게 글도 쓰고 있다. 이렇게 글을 쓰고 책을 읽으니 사모님이 나에게 전혀 잔소리가 없어지고 지금은 한 개의 스마트폰만 가지고 있는 생활을 하고 있다. 한 개의 폰을 만들어가는 것은 다름이 없다. 퇴임 후에 꼭 돈을 벌지 않아도 퇴직자 당사자가 무언가를 할 수 있는 일이 있게 되면 사모님의 폰은 멀어질 것이다. 이것을 알아서 한 개의 폰만 가질 수 있는 여건을 만들어 보자고 외치고 싶다. 한 개의 폰으로만 작동하게 하는 것은 내가 직접 무언가를 하고 있는 분위기를 만들어 가는 것도 한 방법의 역할이기도 할 것이다. 그 외에도 나의 스마트폰이 자주 울리게 하는 것도 하나의 방법일 것 같다는 생각을 하게 되었다. 저는 스마트폰의 일기를 쓰고 있다. 내가 직장생활 때 아는 사람, 학창 시절에 친구들 또는 살아오면 아는 지인들에게 폰으로 전화를 하게 된다. 폰의 연락도 내가 먼저 한다. 상대방이 전화를 오도록 기다리는 것이 아닌 것이다. 일기책을 만들고 나서는 내가 누군 한 테 언제 전화를 했다. 받았다는 날짜를 기록을 한다. 시간적 여유가 있을 때 일기책을 보고 수시로 전화를 하고 때로는 문자를 보내기도 한다. 여기서 저는 절대로 상대방이 폰의 전화가 오지 않는 것에 대해서 조금 한 나쁜 감정도 가지지 않는다. 이런 전화를 하는 것은 내가 좋아서 전화를 하는 것이기 때문이다. 전화를 자주 하고 문자를 서로 주고 받다 보면 얼굴을 보자는 친구, 지인들이 있어서 가끔 외식 식사를 같이 하면서 서로 간에 좋은 대화와 살아가는 이야기로 꽃을 피우는 시간도 만들어 진다. 꽃을 피우는 대화를 하게 되다 보면 생활에서 오는 스트레스 해소도 되고 상대방의 살아가는데 좋은 점도 배우는 일들이 생긴다. 그런 일로 해서 내가 퇴직 후에도 살아있고 살아감을 느낀다. 실감을 느끼는 것도 중요하지만 이런 만남에서 나도 살아있구나 하는 무의식적인 감동을 받기도 한다. 그 감동에 빠져서 늘 만나서 식사하고 전화하고 사는 맛을 느끼면 살아가고 있다.

두 개의 폰을 한 개로 만들어 가는 것이 그렇게 쉬운 일은 아닌 것이다. 쉬운 일이 아니기에 지금도 주위에 많은 퇴직자들이 힘들고 어렵게 살아가고 있는 것이다. 간단하게 생각하면 별것이 아닌데 조금은 어렵게 생각하고 그냥 무시하는 태도로 살아가다 보면 엄청나게 큰 문제가 된다 간단하게 생각하고 간단하게 처리를 하면 다들 쉽게 넘어간다. 간단하고 쉬운 것으로 알고 너무 안이한 태도로 일관을 하게 되면 조금은 힘들고 해결이 어려운 문제로 전환될 수가 있다. 우선은 내가 알 수 있는 일을 찾고 찾아서 매일매일 할 수 있도록 유도하면서 살아가자고 말을 하고 싶다. 하다가 하지 않고 불규칙적인 업무일 때는 사모님의 잔소리 폰이 살아서 기세가 당당해지고 말 것이다. 임시로 하는 그런 일은 선택하지 말아야 한다. 조금은 시간이 걸리고 힘이 들더라도 매일 할 수 있는 일을 만들거나 찾아야만 할 것이다. 내가 몰입하고 그 몰입의 현장을 사모님이 직접 볼 수 있도록 해야 할 것이다. 이것이 매우 중요하다. 그냥 말로만 무엇을 한다고 하는 일은 절대로 될 수가 없을 것이다. 두 개의 폰에서 한 개의 폰으로 가는 것이 그렇게 쉬운 일이 아닌 것을 제대로 파악이 되어야 할 것이다. 어떤 분은 두 개의 폰을 하나의 폰으로 만들어 간다는 것에 의미를 모르는 분들도 있을 것이다. 내가 가지고 있는 스마트폰과 사모님이 가지고 있는 잔소리 폰이 적절하게 사용이 되도록 하는 것이 중요할 것이다. 스마트폰은 자주 울리고 자주 문자를 받아도 문제가 되지를 않는다. 많이 받고 많이 할수록 내가 지금 살아있구나 하는 감정을 받을 것이다. 스마트폰이 많은 작동을 한다는 것은 다름 사람과의 접촉이 많음을 나타내는 실증이 될 것이다. 많이 올 수 있는 방법은 앞에서 언급을 했으니 그 방법을 이용하도록 부탁한다. 지금 저가 그렇게 하고 있는 방법이기도 하다. 전화 일기책을 읽고서 내가 이번 달에는 스마트폰을 하지 않은 체 빠진 곳을 체크하여 바로 지금 당장 전화를 올리는 것이다. 그렇게 자주 전화를 받는 문은 다음번에는 미안해서 전화를 걸려온다. 이런 방법을 지속적으로 하다 보면 스마트폰이 울릴 횟수가 증가하고 증가 횟수만큼 오늘 나는 정말로 살아있구나 하는 생각에 몰입하게 될 것이다. 이것이 사람 사는 관계이고 마누라 잔소리 폰보다는 나의 스마트폰의 울림의 횟수가 증가할 것이다. 다시 말해서 퇴직자의 활동력 범위가 넓어지고 사회활동에 불이 붙여서 집안에 퇴직자 남편이 있는지 없는지 알 수가 없게 되면서 사모님의 마음도 편안하고 무언가 모르게 기쁨이 솟아오를 것이다. 퇴직자 아빠는 무엇을 하든 여하튼 사모님의 폰이 울리지 않은 방법을 잘 선정할 수 있도록 해야 할 것이다. 이것이 아빠의 가슴에 두 개의 폰이 한 개로 작동이 되고 좋은 스마트폰이 기세를 돋우고 삶에 도움이 되는 한 개의 폰으로 유지가 될 것이다.

2-11

TV 파수꾼 탈출

늘 방 안에서 TV 만을 보고, TV만을 지키는 일과로 하루를 보내는 사람들이 많은 것이 지금의 실태다. 특히 퇴임 후에 무엇을 할 것인지를 정확히 확정을 하지 못한 상태에 있는 분들이 제일 쉽게 접근하고, 친숙하게 가까이 갈수 있는 것이 바로 TV다. 그렇다 보니 안방에 있는 TV를 보거나 그렇지 않으면 TV 근처에서 머물게 되고, 그렇게 보내는 것이 부담도 없고, 시간을 보내는데 제일 좋은 방법인 줄 알고 있다. 그런지 잠자리에서 일어나기만 하면 TV 앞에 머물게 되고, 그렇게 살아가는 것이 하루의 일상이 되고 만다. 퇴직자가 TV만 보고 있는 꼴을 보기만 해도 마누라의 눈에는 정말로 눈이 아픈 정도로 보기가 싫어진다. TV만 쳐다보는 것으로 이루어지는 삶! TV만 보고 사는 것이 삶이라고 할 수가 있을까? TV 앞에서만 사는 우리를 한 번 돌아보고 자기 자신에게 질문도 던져보고 답을 찾는 것이 좋을 것이다. 매일 안방이나 거실에 있는 TV만을 쳐다보는 것이 꼴불견이고, 사모님의 눈에는 별로 달갑지 않게 보일 것이다. 지속되는 TV와의 사는 삶이 사모님께는 아빠에 대한 신경질적인 반응을 나타내게 하는 행동으로 볼 밖에 없다. 그렇게 되다 보면 두 분 사이에 감정만 쌓이고 그 쌓인 감정이 폭발하여 뜻하지 않은 음성이 높아지고 싸움이 일어난다. 그 싸움으로 인하여 지금까지 쌓여진 사랑도 하루아침에 멀리 가버리고 지금까지 서로 간에 감정을 쌓이게 한 일이 입에선 나오게 된다. 분노가 터져 나오면 언성만 높아지고 사람의 살길이 보이지 않은 생활이 연속으로 진행이 된다. 한쪽은 별것 아닌 것으로 생각을 하고 다른 쪽은 심각하게 생각하는 괴리가 부부간에 발생이 된다. 부부가 이 정도만 되어도 무언가 다름을 생각하게 할 것이다. 집안의 분위기가 이상하게 흘러가면서 가정의 균열이 일어날 수 있는 지경으로 흘러간다. 그렇게 되기 전에 TV 파수꾼들은 그 자리에서 탈출을 했어야만 한다. TV에서 탈출을 위해서는 그냥 아무 생각 없이 밖으로만 빠져나간다고 해서문제가 해결 되는 것은 아닐 것이다. 이 점에 아빠들은 잘 생각을 해야 하는데 그렇게 하지 못한 분들이 주위에 많다. 미리 퇴임 전에 무엇을 할 것인가 하고 고민해서 자기 할 일을 찾은 사람은 그렇게 결정을 할 필요가 없을 것이다. 그냥 퇴임한 아빠들은 이런 위치까지 오게 되면 정말로 앞이 캄캄할 것이다. 직장 다닐 때 이런 문제점, 즉 퇴임 후에 무엇을 하고 살아야지 하는 고민을 하고 무언가를 찾을 생각을 깊이 하고서 퇴임을 했다면 별문제가 되지 않는 문제점이다. 직장 다닐 때는 여유가 있고 머리도 잘 돌아가는 시점이다. 퇴임 후에는 장소가 변경된 환경에서 무엇을 찾으려고 하면은 실제로 직장에 몸을 담고 찾을 때와는 완전히 다른 상황으로 전환된 시점에 도달하게 된다. 왠지는 몰라도 퇴임 후에 무엇을 생각하고 고민을 해도 그렇게 무언가 쉽게 머리에 떠오르지도 않고 그냥 멍한 상태가 지속이 된다. 이점은 실제로 당하지 않은 사람은 이해가 되지 않을 것이다. 인간들은 환경에 지배를 받는 동물이다. 어제까지는 무언가를 생각하면 튀어나오든 아이디어들이 환경의 변화가 되고 나면 생각보다는 그렇게 쉽지가 않다. 사람들 즉 퇴임을 앞둔 남자들은 집에 가서 쉬면서 무언가를 생각하면 잘 될 것으로 생각을 한다. 그 생각이 머리에서 나도 모르게 환경이 변했다는 사실을 먼저 터득한 것 같다. 퇴임을 앞둔 사람들은 남들도 퇴임해서 잘 살고 있는데 나도 그렇게 잘 살 것으로 착각을 하는 분들도 많다. 우리가 많은 사람들을 일일이 조사하고 관찰을 하지 않는 상태에서 그냥 외부만 보고 판단하는 잘못을 범하고 있는 것이다. 그 점에 생각을 제대로 해야 한다.

환경 탓하고 주위에 다른 외부 조건에 이유를 달고, 외부 환경을 원망하고 어떻게 다른 도움이 있지 않을까 하는 생각에 매달리지 말자. 지금의 위치가 힘들고, 많은 고통이 주어진다고 해도 그냥 넘어가지 말자. 이것이 정말로 내 일을 찾는다는 심정으로 달라 붙여서 내가 직접 해결하겠다는 신념으로 여기에 매달리지 않으면 해결이 어렵다.

그냥 하루하루 또 TV 앞에 머물고 있는 자신을 발견할 수도 있다. 할 일을 찾는 것이 쉽고 간단한 일이 아닌 것은 안다. 저 같은 경우에도 직장을 다니면서 나의 한일을 찾아다. 그렇게 찾기까지는 거의 3년의 세월에 몰입하고 준비하고 그렇게 해서 내 일을 찾아서 퇴임을 했다. 남이 하는 일은 우리가 생각하기에 쉽게 그렇게 하는 것처럼 볼일 가능성이 많다. 그런 것이 아님을 먼저 알고 많은 고민과 생각 속에, 다른 아빠들도 그렇게 하고 있다는 것을 우선은 알아야만 할 것이다. 세상에 그렇게 간단하게 무언가 되는 일은 없다. 이 세상에 하는 일은 다 어렵고 힘든 것이라는 것을 생각하는 것에서 출발을 해야만 할 것이다.

주위를 돌아보자 남들은 무엇을 하고, 어떻게 무언가를 하는지 말이다. 그냥 TV 앞에 있는 나를 TV로부터 멀리 떨어지게 하는 것에 신경을 쓰자. 그렇게 하려면 먼저 집 밖으로 나오는 길부터 시작하자. 주위를 돌아다보고, 같이 퇴임한 분들에게 전화도 하고, 그분들도 나처럼 그렇게 TV 앞에 만 머물고 있는지를 탐색하자. 그렇지 않으면 나름의 자기 길을 찾아서 그 길로 가고 있는지 확인하는 자세가 필요할 것이다. 전화도 남이 오기를 기다리지 말자. 내가 먼저 하자. 내가 그분들의 안부도 물어보는 긍정적인 자세가 꼭 우리같이 퇴임하신 분들에게 필요하다고 생각한다. 저는 전화를 받은 것과 내가 직접 전화 하는 것을 알고 있다. 또는 참고하기 위해서 전화 통화 일기를 가지고 있다. 가끔 그 일기를 확인하고 너무 오래 전화를 하지 못한 분에게는 직접 전화를 해서 안부도 물어본다. 지금 무엇을 하고 있는지도 여쭈어 보고, 시간이 허락되면 점심도 한 그릇하면서 세상 돌아가는 이야기를 하고 싶다고 한다. 내가 찾고자 하는 일에 대해서도 서로 대화도 하고 해서 정말로 나의 일이 무엇이 좋을까 하고 상의하는 자세 그렇게 내가 먼저 능동적으로 움직이고 대화의 물 꼴을 터야만 무언가를 얻을 수 있을 거라고 생각을 한다. 만난 사람과 서로의 어떤 동기 유발적인 무언가도 얻을 수 있는 분위기가 조성된다고 본다. 그날에 나의 일에 보탬이 되는 정보도 얻게 된다. 그분의 삶을 이끌어가는 정보도 얻고 해서 나의 일을 찾아가는데 도움도 구하고 이렇게 해서 꾸준히 노력하게 되면 정말로 자기가 할 수 있는 일. 하고 싶은 일을 만나게 될 것이다. 하루 이틀 TV 앞에서 멀어지는 작은 일을 사직하게 되면 자기도 모르게 TV 앞에서는 멀어지고 머리도 맑아지고 세상을 보는 눈이 달라질 것이다. 직장생활에서 보든 세상을 다를 게 보는 눈도 생기고 생각도 바뀌어 가는 것을 느낄 수 있다. 조용히 알아보고 노력하고 하면 분명히 나의 일을 찾을 수가 있다고 확신을 한다. 나를 다른 사람으로 변화시킬 수가 있을 것이다. 세상에 노력해서 되지 않는 일은 없다. 긍정적 사고방식으로 수동적으로 접근하지 말고 긍정적으로 나의 일을 찾는데 매진하는 적극적인 자신감으로 실행을 해보자. 자신들을 발견하는 많은 아빠들이 있기를 기원하고 너무 자신을 강요하거나 빠르게 몰아가는 것보다는 조금은 천천히 작은 것에서부터 출발하는 자신을 만들어 간다면 분명히 TV 파수꾼에서 탈출할 수 있다고 본다. 좀 더 행복하게 살아가는 자기를 만들 수 있다고 확신을 한다.

저는 이렇게 생각을 합니다. 나도 남들처럼 퇴임을 적절히 잘 활용하여 멋지게 살아갈 수 있다는 자신감을 가지는 것이 최고라고 말이다. 지인들은 말을 한다. 자신감이 마음의 밥이라고 말이다. 자신감을 가지는 일에 우선은 매진하는 것이 좋지 않을까 생각을 한다. 앞에서도 언급을 했는데 자신감을 갖는 것이 그냥 가져지는 것은 아님을 다들 알고 있다고 본다. 자신감을 가지는 것도 어떻게 보면 성격을 바꾸는 일인데 그렇게 간단하지가 않다. 간단하지 않은 일을 간단하게 만들기 위해서는 나름의 무언가를 해야 할 것이다. 나이가 들어가면서 제일 먼저 우리 곁에서 떠나는 것이 신체 근육과 자신감이라고 하는 것을 들은 것 같다. 자신감을 얻고 근육을 얻기 위해서는 그냥 누가 가져다주는 것이 아닌 것이다. 근육은 그래도 조금 단백질을 먹고 운동을 꾸준히 하면 얻을 수 있다고 한다. 그럼 자신감은 어떻게 해야 얻을 수 있을까 궁금하다. 저는 지금까지 두 가지를 꾸준히 했다. 하나는 앞에서 말한 것처럼 열심히 운동을 하여 내 몸에 근육을 성장시켰다. 그 근육의 성장으로 무척이나 자신감이 올라붙은 것을 확인할 수가 있었다. 특히 여름에 운동을 갔다 오면 그 나이에 근육이 대단하다는 말을 자주 듣는다. 그 말에 나도 모르게 자신감이 생긴 것을 느낄 수가 있다. 신체의 변화가 우리의 정신력에도 큰 변화를 주는 것으로 알고 있다. 근육을 키우는 운동이 매우 좋은 것으로 알고 있다. 또 하나는 앞에서도 말을 했는데 여기서 반복을 하면 " 배 방구는 오늘도 행운의 여신을 만날 수 있다. 배 방구는 모든 것을 할 수 있다. 배 방구는 자신 있다." 란 문장을 특히 거울을 보고 많이 외친다. 이것으로 저는 나의 자신감을 키우고 있다. 이 글귀는 표구를 해서 거울 옆 서재 벽에 달아놓고 수시로 외치고 있다. 매일 새벽에 등산을 위해서 산에 올라갈 때나 내려올 때도 계속해서 외친다. 그것이 나의 자신감을 키워주는 행동이다. 자신감을 키울 수 있으면 키우는 것이 우리들 같이 퇴직자들에게 좋은 방법이 아닌가 한다. 환경이 바뀐 현실 앞에서 무언가를 할 수 있다는 자신감이 그 사람에게는 엄청난 큰 무엇을 가지게 할 수 있다고 자신 있게 말을 할 수가 있다. 저가 지금도 그렇게 살고 있다. 이 책을 쓰기 전에 저는 포스 코 인재 창조원에 강의하고 싶다고 찾아갔었다. 담당 교수가 실적 즉 내가 나를 내세울 실적 없다는 것이다. 내가 책을 좋아하고 많이 읽고 있으니 책을 쓴 실적이 있어야 강의를 할 수 있다고 했다. 그 실적을 만들어서 저와 같은 퇴직자들에게 조금은 도움이 될 수 있는 길을 찾아 주기 위해서 도전을 했었다. 지금도 이 책을 쓰면서 포스 코 인재 창조원에 가서 강의하고 싶은 욕망뿐이다. 주위에 퇴직자들이 많은 어려움에 즉 이렇게들 말을 한다. "노는 것이 짜증이 난다고" 말을 한다. 이와 같은 말을 들으면 무척이나 미안하고 죄스러운 마음이 든다. 나 혼자만이 재미있게 살고 있구나 하는 죄책감이 들어서 말이다. 이 책이 완성이 되어 출간이 되면 포스 코 이외의 기업에도 가서 앞으로 퇴직자들에게 무언가를 준비하고 퇴직할 수 있도록 알려주고 싶다.

TV 파수꾼으로 벗어나기 위한 것은 앞에서도 말을 했지만 다른 것이 없다. 나의 일을 만들어서 일을 하게 되면 조금은 속되 말로 돈을 받고 TV를 보아라고 해도 보지 않을 것이다. 제일 큰 원인은 할 일이 없기에 하는 수 없이 시간을 보내는 구실로 TV 앞에 앉게 되고 그렇게 앉으면서 세월을 낚고 있는 것이다. TV 앞에 앉으면 바보가 되고 잠자기 전 4시간 이전에는 TV를 보면 잠도 잘 오지 않는다고 한다. 저도 그렇고 많은 분들이 휴식을 TV로 보내는 사람들이 많은데 실제로는 머리에 뇌에 많은 긴장감을 주고 뇌에게 스트레스 많이 준다고 전문가들이 이야기하는 것을 들은 것 같다. 얼마나 우리 뇌에 부하를 가져다준다는 것을 알아야 할 것이다. 그것을 모르고 쉬는 시간이 있으면 무조건 TV 앞에 간다. 조금은 생각을 달리하는 것이 좋은 것 같다는 생각을 하게 된다.

잘들 알고 있지만 할 일이 없기에 제일 쉽게 할 수 있는 일이 TV 앞으로 가는 일이다. TV보는데 어떤 비법이나 신경을 써서 할 일이란 것이 없다. 그냥 전기에 연결해서 리모컨으로 조작만 하면 TV가 살아서 우리가 원하든 원하지 않듯 간에 무언가를 보여준다. 의지도 필요 없고 머리도 쓸 필요가 없다. 즉 다시 말해서 내가 능동적으로 어떻게 해야 할 것인가 대해 아무런 의지도 없이 실행되는 일이라 사람들에게 이익을 주는 일이란 것이 없는 행위다. 두뇌는 무언가를 하게 되면 스스로 무언가를 수행하는 능력이 발휘되는 것으로 알고 있다. 두뇌가 이행이 되지 않는 일이 일어나고 있으니 우리 인간에게는 아무런 의미를 주는 행위가 될 수가 없다. 우리를 죽이는 일이라고 지인들은 말을 한다. 사람을 죽이는 이 일을 계속하고 하면 어떻게 될 것인지는 자신들이 더 잘 알고 있다. 잘 알고 있으면서도 그렇게 이행을 하지 못하는 것이 우리들의 큰 잘못이다. 이 큰 잘못을 빨리 청산을 할 수 있도록 해야만 우리가 제대로 살아갈 수가 있다고 본다. 아무 의미도 의식도 없이 이행되는 TV 보는 것에 떨치고 일어나지 않으면 더욱더 우리는 폐인의 길로 접어드는 것이다. 나이가 들면 모든 신체기능이 내리막을 걷게 된다고 한다. 내리막을 걷게 되는 신체를 그래도 남보다는 조금이라도 오래 쓸 수 있게 하도록 위해서는 TV 앞에서 바보가 되는 것보다는 일을 하는 것이 우리를 위해 좋은 것이 아닐까 하는 생각을 한다. 이런 원인들이 우리로 하여금 우리를 폐인으로 끌어가고 있는 비법이다. 하루라도 빨리 이런 위험의 요지가 있는 것에서 멀어지도록 하는 것이 모두에게 좋다는 것을 우리는 알고 있다. 알고 있으니 제대로의 방법을 찾아 나가야 한다. 그렇지 않으면 폐인이 되고 남들보다는 더 삶에 의미를 빨리 잃어버리는 퇴직자가 될 것이다. 그렇게 하지 않기 위해서는 조금 야무진 마음, 자신감 있는 실천의 행동을 하도록 해야 할 것이다. 그렇게 하도록 노력을 하자고 외치고 싶다. 남이 시켜서 하는 것은 금방 중단 하게 된다. TV 앞에서 탈출도 내 의지와 나의 결의에 의해서 탈출을 해야 할 것이다. 저는 지금도 TV 앞에 갈 시간적 여유가 없다. 시간이 있으면 세상 돌아가는 것은 알아야 하니 저녁 9시 뉴스를 사모님하고 같이 보는 것 외에는 TV 볼 여유의 시간이 없이 살아가고 있다.

보는 시간이 없다는 것을 자랑하기 위해서라기보다는 이렇게 보지 않으려고 조금만 노력만 해도 볼 여유가 없음을 알리고 싶어서다. 나는 할 수 없다. 할 것이 없다 고만 주장을 하면 정말로 없다. 없는 것이 아니고 내가 찾으려고 하는 의지가 없다는 것을 알아야 할 것이다. 한 직장에서 30년 이상을 근무했으면 무엇이든 할 수 있는 능력이 있다. 자신이 능력이 있다는 것을 인정을 하자. 그 인정 속에서 나의 할 일 내가 하고 싶은 일을 찾는 것이다. 내가 하고 싶은 일이 있으면 TV 근처에도 가지를 않는다. 나의 안이한 생각에 빨려 들어가지 말고 내 의지에 따라서 행동을 하도록 자신을 유도하자고 말하고 싶다. 세상에 우리가 꼭 알아야 할 것은 불가능은 없다는 사실을 알아야 한다. 이것만 알며 무엇이든 할 수가 있고 TV 앞에서 이별을 고할 수가 있다.

2-12

한일 있고 내일을 있게 만들자

세상을 살면서 나의일 없이 산다는 것이 얼마나 힘들고 괴로운 것인가? 나의일 없이 사는 일에 경험을 한 사람은 알 것이다. 정말로 죽이는 일이고 살아갈 마음이 없을 것이다. 잠에서 일어나면 오늘도 무엇을 하고 하루를 보낼 것인가 하고 생각을 한다면 얼마나 짜증스러운 일이 될까? 평소에는 아니 직장생활에서는 한 번도 경험하지 못한 일을 퇴임 후에 내 곁에서 나를 이상하게 힘들게 하고, 정말로 이렇게 해서 살아야 하나 하는 생각에 자신을 파산으로 이끌어 가는 것 같다. 나의 일을 찾는 것이 급선무다. 모든 것은 우리의 준비성 부족함을 인정해야 할 것이다. 그렇지 않으면 나중에 하면 되겠지 하는 생각에 도달하면 퇴임 중에는 그렇게 심각하게 꼭 준비를 해야 된다는 어떤 강박관념에 도달하지 않는다. 퇴임 후에 나의 일에 대해서 고뇌를 하거나 고민을 하는 일이 드물 것이다. 퇴임 후에 나를 어떻게 끌고 갈 것인가 하는 것을 좀 더 깊이 있게 생각을 했더라면 바로 이 시점에 이렇게까지 힘든 삶을 살아가지 안 해도 될 것이다. 어떻게 보면 이 일은 내 앞에 오든 버스가 그냥 지난 간 후에 왜 빨리 버스를 탈 준비를 못했나 하고 원망하는 것과 별다른지 않는 일이다. 이미 버스는 내 눈앞에서 사라져버린 것이다. 평소에는 별것 아니지만 지금의 현실, 즉 퇴임 후에 와서는 보통 문제가 아닌 것이다. 남들도 퇴임하여 잘 살고 있다고 생각을 하고 자기도 그렇게 살 수 있을 것이라는 막연한 생각이 자기를 합리화 시킨다. 남들의 겉면만 보고 판단했든 시행착오를 정확히 읽지 못하는 신세로 전락하게 되는 것이다.

나의 일을 만들어 보는 것이다. 이 길이야말로 제2의 인생을 살아가는데 첫걸음이 되는 것이다. 그냥 가만히 있다고 해서 누군가 만들어 주는 것도 아니고, 그렇다고 일이 저절로 생기는 일도 아닌 것이다. 이럴 때 제일 중요한 일이 무엇일까 하고 고민도 하고 나의일이 어는 것이 나를 위해서 유익한 일인가 하는 것에 매진하여 나의 일을 찾는 것이다. 달리 방법도 없겠지만 그렇게 쉬운 일도 아닌 것이 나의 일을 찾는 것이다. 깊이 생각하고 주위를 잘 돌아보면 한 일이 많이 있기도 하지만, 달리 생각하면 내가 할 수 있는 일이 없다는 것에 봉착하기가 쉽다. 지금의 젊은 인들이 직장을 못 구해서 야단을 하고 있는 이 시점에 퇴임한 나 같은 사람이 돈을 벌어오는 일을 찾기보다는 내 취미를 살리고 하루하루를 재미있게 다듬어 갈 수 있는 일을 찾는 것이 우선이 아닐까 하는 생각이 난다. 예를 들면 텃밭을 일구어 유기농 채소 등을 키우고, 내 손으로 키운 채소를 직접 내가 먹을 때 맛은 어떤 것과도 비교가 되지 않을 것이다. 작은 것이지만 이런 일에 몰두하면 어떨까? 그렇게 내가 직접 키운 채소를 먹는 기쁨도 있겠지만, 씨를 뿌리고 새싹이 나오면 그 새싹을 들여다보면서 생명의 잉태의 기분도 맛보고, 내가 사랑을 하면서 키우고, 키우는 것을 어떻게 키우면 질 키울 수가 있을까 하고 걱정도 하면서 말이다. 채소한테 사랑한다고 직접 이야기도 하고 그렇게 채소를 키우면 정서적인 면에서 엄청난 상승효과를 볼 수 있다고 한다. 우리가 애완견을 키우는 것처럼 채소한테도 그렇게 사랑을 하고 잡초를 제거하고 물도 주고, 또 대화를 하면서 하루하루 채소를 키우는 재미가 엄청나게 크다고들 주위에 지인들이 말들을 하고 있다. 그것뿐만 아니라 채소를 키우면서 요사이는 사진기가 필요 없고 스마트폰으로 사진을 촬영하여 본다. 사진 찍은 채소들을 블로그나, 카페를 만들어서 차근차근히 등록하면서 일기처럼 적어서 흔적을 만들어 본다. 채소가 커나가는 것을 기록하고 등록하면 많은 전국적인 사람들이 방문하여 댓글도 달고, 나름의 칭찬과 찬사를 받을 수가 있다. 이렇게 댓글도 달고 칭찬의 말도 받으면서 키우는 재미가 바로 성취감을 얻는 일이다. 요사이는 이런 흔적으로 인하여 많은 호응을 얻으면서 살고 있는 분들이 많은 것으로 알고 있다. 그렇게 하다 보면 나도 모르게 다른 재능도 발견할 수가 있고, 그렇게 하므로 해서 내가 멋지게 살고 있구나 하는 자부심도 가질 수가 있으니 정말로 고마운 일로 생각을

할 수가 있을 것이다. 이런 작은 일에도 어떤 의미를 부여하면서 일을
하다 보면 자연적으로 희망도 생기고 목표도 생기는 그런 일이 발생할
것으로 생각된다. 그냥 가만히 있지 말고 주위에 작은 일을 찾아서 특
히 블로그나 카페에 나의 흔적을 만들어 가는 것도 매우 흥미롭고, 나
의 상승효과도 가져다준다. 이런 흔적을 만들어가는 것이 지금의 시대
에 할 일 아닌가 한다. 무엇이든 열심히 머리를 활용하는 일을 찾아서
하면 한일이 있고 내일이 있을 수가 있다.

     나중에 뒤에서 세밀하게 말을 하겠지만. 저도 지금은 인터넷 블
로그에서 흔적을 남기는 일에 몰두하고 있다. 저는 책을 카페에 신청하
고, 책을 받아서 읽고 서평을 쓰고, 쓴 서평을 인터넷 서점에, 나의 블
로그, 카페 등에 흔적을 남기고 있다. 그 흔적으로 전남일보에서도 나
의 블로그에 대해 이용도 하고, KBS 작가님이 연락이 오는 등 다양하
게 접촉을 할 기회를 얻은 적도 있다. 지금의 시대에 흔적의 덕이 아닌
가 한다. 무엇이든 작은 것, 내가 할 수 있는 일을 찾도록 하자. 저의
책상 위에는 늘 따끈한 신간의 책들이 놓여 내가 읽고 서평을 쓰도록
대기를 하고 있다. 일어나는 아침에 이 책 속에 무엇이 들어 있을까?
궁금증에서 하루의 일과를 시작한다. 이 책을 읽고 서평을 쓰고 나면
오늘도 책을 한 권을 읽고 서평을 섰네 하는 성취감 자부심이 마음속에
서 일어나는 것을 느끼고 있다. 여러분들도 얼마든지 할 수가 있다. 자
신감을 가지고 내 일을 찾고 그 찾은 나의 일을 조금씩 지속하다 보면

나도 모르는 발전이 되어서 새로운 나를 발견할 수가 있을 것이다. 많은 나의 일이 주위에 널려 있다고 생각을 한다. 너무 큰 것도 말고 너무 작은 것도 말고 내 몸에 내 취향에 맞는 나의 일을 만들어 보면 어떨까? 얼마 전에 퇴임 후에 아무것도 하지도 못하고 자꾸만 자기 자신을 학대하는 사람과 저녁을 먹었는데, 엄청나게 힘들게 살고 있었다. 첫째 무엇을 해야 할지를 모른 상태에 놓여 있다. 무언가를 할 일을 찾아서 이 일이 나를 즐겁게 할 것인가 하는 의문이 먼저 앞서고 해서 무언가를 시작을 못하고 머릿속에서만 자꾸 맴돌고 있다면서 하소연을 했다. 저는 이렇게 말을 했다. " 될 것인지 안 될 것인지는 나중에 생각을 하고 우선 자기의 눈에 들어오는 작은 일에 매일매일 많이도 말고 조금씩 시간을 투입해서 약 3개월 정도만 지속적으로 하라고" 요구를 한다. 먼저 무언가를 하려고 말하기 전에 어떤 결론부터 결정하고 하는 것은 조금은 참아야 한다. 될 것인지 안 될 것인지에 대해 미리부터 결론을 내리는 분들이 주위에 많이들 있다. 결과를 보고 난 후에 판단을 해야 하는데 그것도 아니고 초기부터 결론에 도달하다 보니 무언가를 시작도 하지 못하고 그냥 머릿속에서만 매일 매시간 기와집을 짓고 있다. 그렇게 짓다가 부수고 하는 생각만 하다 보니 어느덧 퇴임한 시간이 2년을 넘기고 있는데도 그냥 생각 속에서만 놀아나고 있었다. 주위에 이런 분들이 많을 것으로 생각을 한다. 늦어 지만 제일 빠른 시기라고 생각하고 지금도 망설이는 분들은 주위에 내가 할 수 있는 일을 먼저 찾자 보는 것이 좋을 것 같다.

위에서도 소개를 했지만, 낚시, 등산, 바둑, 운동, 독서 등 다양하게 많이 있는 일들을 나의 취미로 만들어서 조금 조금 하다 보면 나도 최선을 다하고 있는 자신을 발견하게 되고 그렇게 되면 그 취미를 취미 이상의 그 무엇을 할 수 있을 것이다. 노력을 하다 보면 좀 더 좋은 그런 목표를 정해서 도전도 할 수가 있고 삶을 살 수도 있을 것이다. 조금씩 하다 보면 나의 일 한일이 되어있고, 내일이 있으매 한일이 주어짐을 알고서 생활을 하게 되는 것이다. 노력을 하다 보면 할 일을 만들고 그 일을 하게 된 면 내일은 무엇을 어떻게 할 것인가, 내일은 어느 정도쯤 이 일을 이끌어갈 것인가 하는 고민을 하고 생각을 하게 된다. 그렇게만 된다면 내일은 자연적으로 주어지는 것이다. 늘 내일을 또 어떻게 보내고, 무엇을 하면 하루를 소비할까 하는 고민을 하고 걱정을 하는 고민은 없어질 것이다. 나의 일 즉 할일이 있으므로 해서 내일이 기다려지고 내일의 할 일에 대한 구체적인 계획을 세우게 된다. 계획을 세우고 미리 무언가를 준비를 하게 되면 내일이 빨리 왔으면 하는 욕심도 생기는 것이 인간 마음이 아닐까? 얼마나 다르게 내 인생이 전개되는 것인지를 분명히 느끼게 된다고 본다. 나도 모르는 희망이 마음속에서 솟아난다. 내일을 있게 하는 것은 다름이 아니고 나의 일 즉 할일만 있으면 내일은 그냥 따라 오게 되고, 내일이 기다려지고, 나의 삶에 무언가 다른 어떤 현상을 느끼게 할 것이다. 꼭 알아야만 할 것이 지금의 할일이 없으면 내일은 절대로 존재하지 않음을 인식하고 무조건 나의 일을 만들고 찾아야만 한다는 것을 생각해야 된다고 본다. 제

2의 인생은 행복으로 넘치게 될 것이다. 생각을 해보자. 매일매일 한일이 없이 산다고 생각만 해도 머리가 아프고, 머리에 나도 모르는 어떤 우울함이 오는 것을 우리는 스스로 느낀다. 무엇이든 하는 것, 그렇게 시작되는 일을 지속적으로 하게 되면 그 속에서 다른 일, 다른 목표가 또다시 퇴임 후의 아빠를 방문할 것임을 저는 확신을 한다.

잘 알게 된다 하루 이틀 아무것도 하지 않고 놀다 보면 아무것도 하지 않는 것이 얼마나 사람을 힘들게 하는 것인지를 말이다. 앞에서도 말을 했지만 이렇게 안달을 나지 않는 방법을 위해서는 미리미리 준비를 해야 한다. 어떻게 보면 꼭 소를 잃어버리고 무언가를 준비를 한다고 야단들이다. 늘 이렇게 한 발짝 늦는 행동을 취하게 된다. 미리 준비해서 무언가를 이행하는 것보다 당하고 난 뒤에 하는 일이 엄청나게 힘들고 어려운 것이다. 물론 이래서 지인들이 사람들은 조금 모자란다는 말을 하고 있을지도 모르겠다. 잃어버리고 무언가를 준비하고 대비하면 되기는 되겠지만 많은 노동 고민 경제가 같이 소요되는 것이다. 퇴직자들이 자기 일을 찾는 것도 이것과 똑같다고 생각을 한다. 미리 준비를 하고 미리 퇴직해서 사는 사람들도 만나고 탐색도 하고 해서 나의 길에 무엇이 필요하고 무엇을 준비해야 할 것인지를 실행했어야 한다. 늘 누군가 도와주겠지 누군가가 나의 일에 참견을 하겠지 하는 생각 이것이 자기를 죽이는 일임을 알아야 한다. 퇴직한 후에는 아무도 없다. 오직 나 혼자만이 나의 일을 찾아야 하고 나의 일을 만들어 야만 한다.

왜냐하면 내가 나를 제일 많이 알고 있으니 알고 있는 당사자가 자기에게 맞는 일을 찾는 것이 당연한 일이다. 다들 알겠지만 남이 소개해주고 남이 추천 하는 일은 그 사람의 특성과 재능에서 추천 하는 일이므로 그 일이 나의 일이 될 수가 없다. 어느 정도 참고는 할 수가 있어도 그분이 추천 하는 일은 그분의 일이다. 퇴직자 여러분들이 이 사실을 확실히 알아야 할 것이다. 할일이 없어서 어렵게 사는 사람들이 주위에 많이 있다. 일이란 특별한 날에만 있는 일은 일이 아니라고 생각을 한다. 특별한 날이 올 때까지 기다리고 있어야 하니까. 일이란 특별한 날에만 있고 그렇지 않은 날에는 없다고 생각을 하면 조금은 지루하기도 하고 이번에 이 일을 끝내고 나면 다음 특별한 날이 올 때까지 기다리고 있어야 된다고 생각을 하면 조금은 힘들어지고 조금은 만역하게 생각이 될 것이다. 꼭 그렇게 일이 있을 거라고 확정을 짓지 못하기 때문이다. 다시 말을 하면 일은 언제나 내가 할 수 있고 내가 조금은 힘들어서 쉬어다 할 수 있고 어떤 상황에 놓이는 일이 없이 항상 할 수 있는 일이 있어야 될 것 같다. 퇴직 후에는 그렇게 인간관계도 많지 않고 다르게 무언가를 할 수 있는 여건이 되지 않는다. 내가 주축이 되고 내가 능동적으로 할 수 있는 일이 지속적으로 있어야만 나의 생활에 지루함이나 짜증이 나지 않을 것이기 때문이다. 잠을 자고 나면 항상 내 앞에 나의 일이 놓이는 것이 퇴직자들에게 행복이다. 누군 한 테 물어봐도 그만큼 행복은 없다고 한다. 늘 항상 시간에 쫓기는 일을 만들어야 할 것이다. 그것이 우리를 살리는 길이다. 저에게는 매일 책을 읽을 수 있는 분위기 되고 있다. 만약에 택배에 문제가 있거나 명절 같은 날에 택배 지연으로 책을 배송 받을 수 없는 날에는 다른 방법을 선택한다. 집안에 많은 책들이 있다. 그 책들 중에서 새롭게 다시 읽고 싶은 책을 선별하여 읽고 서평을 쓴다. 읽은 책을 또 읽고 하는 것이 때로는 좋은 기회를 주기도 한다. 조금은 소홀하게 읽은 부위를 좀 더 신경을 써서 읽고 처음에나 두 번이나 읽은 뒤에 느끼는 감정과 맛은 색다르게 느끼게 한다. 읽음을 반복하면 머리에 조금은 여유 있게 남아서 나의 생활에 보탬을 주기도 한다. 읽으면 읽을수록 새롭고 알지 못한 맛을 얻을 수가 있다. 세종대왕은 책을 한권을 읽기 시작하면 100번을 반복해서 읽는다는 사실을 책에서 얻은 정보다.

회사생활을 할 때는 남보다 일을 적게 하고 일을 하지 않는 것이 무언가 크게 자신을 잘남으로 여기도 했었다. 퇴직을 하고 보니 그것이 아닌 것 같다. 일이 있다는 것이 얼마나 좋고 행복한 일인가 하는 것을 퇴직하고서 느끼는 감정이다. 이런 감정을 일으키고 있다는 것이 내 주위의 환경이 변화를 요구한다고 보아야 할 것이다. 지인들 중에는 이렇게도 말을 한다. " 사람은 죽을 때까지 일을 해야 한다고" 말이다. 일이 없는 삶은 정말로 죽음의 삶임을 알려주는 말이 아닌가 한다. 나이가 들어서 퇴직을 하고 보니 일이 얼마나 중요한 것인가 하는 것을 느낄 때가 많다. 우선은 일이 있음으로 해서 인간관계에 떳떳하게 보일 수가 있다. 나도 모르게 얼굴에 자신감이 있어 보이고 말하는 음성이 달리 들린다고 한다. 지금도 주위에 다른 사람들은 놀고 있는데 자기 일이 있어서 일하는 사람은 말을 할 때 그 말의 목소리가 울린다고 한다. 자신감이 목소리에 울림을 주는 것이 아닌가 하는 생각을 한다. 일이 있다는 것이 자신이 말을 하지 않아도 얼굴의 표정이나 말의 소리에서도 느낀다고 말을 한다. 일이 얼마나 중요한 것인가 하는 것을 스스로 느낄 수가 있다. 한일을 제대로 찾아서 앞으로 제2의 인생살이를 30년 이상을 살아야 하는데 큰 행운의 목표가 된다는 사실을 지금 곧 퇴직하는 분들은 알아야 하는데 알지 못하고 있으니 그것이 더 큰 문제다. 가끔은 YB를 만나면 알려준다. 알려주면 받아들이는 자세가 자기들 와는 아무런 관계가 없다는 식으로 받아들이는 표정들이다. 다른 사람의 일이지 자기들의 일이 아닌 것처럼 보디랭귀지로 알려준다. 답답하고 슬픈 일이지만 어찌할 도리가 없다. 꼭 소를 잃어봐야 소 외양간이 중요함을 알 듯이 지금에는 그 말이 강 건너 불구경하듯 자기와는 아무런 관계없는 것으로 받아들인다. 지금에 퇴직자들이 그런 분들이다. 주위에 많은 이야기들이 있었지만 자기와는 다른 이야기로 들어오다가 막상 퇴직하고 보니 앞뒤가 다른 상황이 벌어진 것이다. 정말로 힘든 일이다. 선배가 하는 말을 받아들이지를 않으니 말이다. 조금은 부족한 책이지만 이 책을 미리 읽고서 왜 퇴직자는 준비를 해야 되는지를 알았으면 좋겠다는 작은 소망이고 바램이다.

2-13

식구 간에 대화 단절 연결하기

서두에서는 식구 간에 대화 단절에 대한 문제점을 제기했는데 여기에서는 그 문제점을 해결해 식구 간에 대화의 단절을 끊어 내는 방안을 제시하고자 한다. 우선 대화가 없어지는 것은 나의 환경으로 보면 당사가 자신의 위치에 대해서 인정을 하지 않는 것에서 오는 것으로 생각이 된다. 아빠는 지금까지 열심히 돈을 벌어오는 직장에 생활을 열심히 했었다. 직장을 떠나서는 자기의 중심으로 할 수 있는 어떤 나름의 일이 없어진 것이다. 그렇게 되다 보니 아빠는 자기가 무언가 잘못해서 지금부터 일이 없어진 것처럼 아빠 자신도 모르게 그런 생각에 몰 임하게 된다. 마누라한테나 자식들에게 무언가 부족한 사람으로 인식되는 것처럼 생각을 하고 있으니 자기도 모르게 마음속에는 죄를 짓는 것 같은 그런 분위기에 자기 자신을 이끌어간다. 그렇게 빠져 들어가다 보니 지금은 집안의 분위기 자체가 조금은 어색하고 무언가 말을 하려고 하니 말이 제대로 나오지도 않는다. 그다음부터는 식구들 눈치를 보는 환경으로 전환되어 버린 것이다. 제일 중요한 것은 내가 나의 일이 없이 생활을 하다 보니 그렇게 자신감이 없어지고 가장 마음을 잘 아는 식구들 간에도 대화가 멀어지게 된다. 단절된 대화를 살리기 위해서는 다른 가족이 단절을 해결하는 것이 아니다. 대화 단절을 해결하는 사람은 본인인 우리 아빠들이다. 우리는 늘 그렇게 살아오고 있다. 무엇이든 먼저 남들이 해결해주기를 기다리는 것이다. 길거리에서도 누군가 길을 양보해주어도 감사함의 인사말을 잘 하지 않는다. 그것이 습관이 되면 나도 모르게 그렇게 부정적인 사람으로 변한다. 저는 이란에서 몇 개월 살은 적이 있는데, 아침 일찍이 운동을 하려 길거리에 나가면 그 들은 외국에서 오신 분들에 대해서 이란 사람들이 먼저 인사를 하고 미소를 짓고 하는 것을 경험한 적이 있다. 집에서도 똑같다. 내가 먼저 식구들에게 인사도 하고 말을 건네고 대화를 시도해서 그 대화에서 대화로 연결하는 분위기를 만들어 간다면 가족끼리 냉 냉하게 생활을 할 필요가 없을 것이다.

어떤 지인들은 말씀하시기로는 자신감 있고, 용감하고, 긍정적인 사람이 남보다 먼저 인사를 한다고 했다. 우리도 이렇게 힘든 과정에 놓여 있을 때 자신이 자신에게 용기를 낼 수 있는 분위기를 만들어 보자. 만들어보는 시도로 자신감을 찾아만 간다면 우리는 가족과는 절대로 대화가 단절이 되지 않을 것이다. 내가 나를 키우고 내가 나 자신에게 자신감을 주는 행동을 하게 된다면 우리가 걱정하고 염려하는 대화에 대해서 그렇게 걱정을 할 필요가 없을 것이다. 잘들 알고 있는 일이지만 제일 중요한 것은 내가 먼저 시도하고 내가 먼저 대화를 하는 자세를 가져보자. 긍정적인 자세로 자신을 변화시킨다면 그렇게 가족들에게 왕따를 당하지 않고도 살 수 있을 것이다. 가족에게 눈치를 보는 그런 분위기는 되지 않을 것이다. 한 번 더 강조하지만 누가 시키고, 누가 먼저 대화를 걸어오도록 기다리지 말고 내가 시도하고 내가 먼저 말을 걸어보고자. 말을 던져 보는 습관을 길러 가다 보면 대화의 단절은 절대로 있을 수가 없는 것이다. 늘 대화를 할 수 있을 것이다. 특히 중요한 것은 부부간에 대화가 잘 되는 여건을 만들어 가는 것이 지금의 시점에서 제일 중요한 문제인 것 같다. 부부간에 대화를 하는 것이 가족의 대화에 시발점이 될 것이다. 아빠들은 엄마하고 대화를 많이 할 수 있는 기회를 만드는 것이 우선임을 잘 알아 할 것이다. 부부간에 대화의 시발점이 되기 위해서는 공동의 취미를 가져보는 것도 대화의 좋은 시작이 되리라 믿는다. 공동의 취미를 가지게 되면 그 취미를 수행하는 가운데서 상세한 대화도 나누고, 정말로 밑바닥의 이야기도 할 분위기 된다고 본다. 그런 대화를 자주 함으로써 부부간의 정도 생길 것이다. 사랑도 깊어지게 되는 것도 물론이고 지금까지 나누지 못한 이야기, 좀 더 세밀한 이야기도 나누게 된다. 지금까지는 그저 일상적인 이야기 아이들 키우면서 아이들 이야기를 주목적으로 했었다. 지금은 진정한 우리들 이야기, 우리들이 앞으로 살아가야 할 이야기를 해야 할 것이다. 우리들 이야기, 우리 이야기를 하게 되면 마음속에 잠자고 있던 이야기도 하게 될 것이다. 그런 진솔한 이야기 속에서 서로 간에 품고 있는 나를 너를 상대방에게 던짐으로 해서 진정한 부부가 될 수 있는 길이 열릴 것으로 믿는다. 그 길에서 우리의 참 자아들을 발견하게 될 것이다. 서로의 속내를 발견하고 서로 상대방이 부족하고 내가 그 부족함을 메워가는 분위기의 대화가 되면 정말로 새롭게 아빠의 자리도 찾아질 것으로 믿는다. 부부간에 정다운 대화 있는 생활을 하는 것을 보는 자식들의 눈에도 더 할 나위 없이 좋은 것을 보여주는 행동이 될 것이다. 그 발견으로 가정에 좀 더 활력소와 기쁨이 샘솟는 것을 볼 수가 있을 것이다. 대면 대화는 저절로 이루어지고, 행복하고 즐거운 가정을 만들 수 있는 초석이 될 것임을 확신한다.

말 중에 '주는 것이 있어야만 오는 것이' 있다는 말처럼 내가 먼저 주는 대화법으로 식구들 간에도 그렇게 대화를 이끌어 가는 주도자가 되는 것이 필요할 것이다. 그 주도자가 다른 식구가 아니고 아빠가 그렇게 주도적으로 이끌어 간다면 얼마나 좋을까? 하는 생각을 하게 된다. 아빠들 자신이 잃어버리는 자신을 스스로 가 만들어 가는 것도 중요하다고 생각을 한다. 지금까지 직장생활을 하면서 열심히 살아왔다. 오직 일념은 식구들을 위해서 약 30년 이상을 직장 생활을 했는데 무엇이 자신감을 잃게 할까? 자신감을 가져야 되고 집에서 조금은 쉬고, 그 쉼을 통해서 조금 조금씩 일도 취미도 알아보고 여유 있게 찾아가는 자세가 중요할 것으로 본다. 너무 서두르고 긴장하고 서먹서먹한 분위기를 만들지 말자. 즐거운 마음으로 한일을 찾고 내일이 존재하도록 한다면 지금까지의 능력으로 충분히 자기의 일을 찾을 수가 있을 것이다. 자기의 취미도 살리고, 멋진 훌륭한 퇴임 후의 아빠가 될 것으로 믿는다. 자! 퇴임 뒤에만 서면 작아지는 아빠들 힘을 내어 할 수 있다는 자신감을 불어넣어서 나의 자신감이 아무도 방해를 할 수 없도록 만들어 보는 것이다. 자신감 있게 행동을 하므로 해서 더 멋진 아빠가 될 것이고, 식구들 간에도 늘 행복과 웃음이 가득한 대화가 이루어 질 것이다. 대화도 어떤 대화가 좋을까 하고 고민도 하게 된다. 정말로 제일 처음에 대화를 시도할 때 무슨 말로, 어떤 배경의 대화를 시작할까 하고 망설여지고 뒷걸음질을 하게 된다. 처음의 말문을 열기가 힘이 들 것이다. 주로 서로 만나서 제일 먼저 시작되는 말이 날씨 이야기나. 그렇지 않으면 건강이야기를 시작하는 것이 우리들의 소통의 범례로 되어있다. 저는 제일 먼저 상대방에게 칭찬을 하면서 소통의 문을 열어보는 것이 좋지 않을까 생각을 한다. 이런 말도 있다 '칭찬을 하며 고래도 춤을 추게 한다고' 했으니, 시도의 말은 상대방을 칭찬으로 시작하면 될 것 같다. 칭찬으로 시작하면 그 담례의 대화도 연결될 것이다. 순간의 멈춤 세상에서 문을 열어 보게 되는 것이다. 우선은 그렇게 말을 하다 보면 이런 말 저런 말이 나오게 되고 소통의 문만 열어놓으면 그다음의 말은 저절로 연결이 되어서 대화가 시작되는 것이다. 상대방을 칭찬하는 마음을 가지게 되면 나 자신의 마음도 긍정적인 상태로 변화를 하게 되고, 내 성격에 새로운 바람이 일어나는 현상을 느끼게 될 것이다. 대화는 무난히 할 수 있는 기회를 잡게 되고 혼자서 방구석에 앉아서 세월을 보내고, 고독한 신세 상태에서 벗어날 수 있는 여건이 형성될 것이다. 이런 행위가 대화의 연결 지어 주는 시초가 되고 그로 인하여 삶의 진정한 대화가 형성되는 자세 변화가 오게 될 것이다. 이런 일에 적극적으로 참여하면서 대화의 단절을 스스로 만드는 아빠들이 없을 것을 기원도 해본다.

없는 일을 만드는 것도 아니다. 사람은 잠자는 일 외에는 말을 하게 되어 있다. 말을 하게 되어 있는 본능을 저버리고 혼자서 말도 하지 않은 체 살아간다는 것이 가능할까 무척이나 궁금하다. 이 궁금증을 해결하기 위해서는 우선은 말을 하는 소통의 다리를 놓을 수 있는 우리가 되어야 할 것이다. 말을 하지 않고서 살아가는 것이 보통의 문제가 아닌 것이다. 말을 하면서 살도록 되어 있는 것을 하지 않으면서 산다는 것이 가능할까 궁금하다. 지금 우리 주위에서 많은 우울증 환자가 발생하고 있다. 정확한 통계의 숫자는 잘 모르겠지만 미국 사회에서도 우울증이나 신경성으로 오는 환자들이 매년 증가하고 있다고 한다. 매년 증가를 하다 보니 의료비가 무척이나 상승세를 타고 있다고 한다. 잘은 모르지만 소통의 부재라고 본다. 특히 기계설비들이 우리 주위에서 많은 일을 하고 있어서 대화가 필요 없는 세상으로 가고 있다. 이것이 문제다. 퇴직자인 아빠들은 사회가 이렇게 변화하는 분위기에 더욱더 발을 맞추어 가는 듯 말이 나에게서 멀어지는 것이다. 멀어져 가는 물결에 발맞추다 보니 더욱더 대화에서 멀어지는 것이다. 사회가 그렇게 변화를 한다고 해서 나만 져 그런 변화에 따라가다 보면 생각지도 않은 우울증에 도달할 수가 있을 수 있다. 이러한 상황 속에서 그냥 빠져 들어가는 것이 아니라 나름의 나의 길을 찾아서 빨리 빠져나와야 한다. 빨리 빠져나오는 길이 내 입에서 자주 말이 나올 수 있도록 만들어 가야 한다. 저는 우리 아파트 경비 아저씨한테 내가 먼저 인사를 한다. 인사라고 해서 그렇게 높임의 말로 인사를 하는 것도 아니다. " 아저씨 오늘도 고생이 많습니다. 날씨가 무척 더운데 물이라도 많이 마시며 일을 해요"라고 말입니다. 이렇게 인사를 하게 되면 경비 아저씨는 고맙다고 인사도 하게 되고 서로 간에 대화 하는 시간을 만들게 된다. 어렵게 생각할 필요가 없다. 작은 것이라도 우리가 잘 알고 있는 한 방울의 물이 모여서 거대한 강들도 만들고 바다도 만들 다고 하니 저부터 조금씩 말을 하는 것이다. 말을 하며 상대는 누군 나 대답이 돌아오게 되어 있다. 이런 점을 이용하는 자세 그렇게 어려운 것이 아닐 텐데. 또한 우리 통로에 청소하는 부인에게도 인사를 하고 때로는 더운 날에는 음료수도 가끔 드리고 한다. 음료수를 드리고 서로 간에 대화도 하고 그렇게 되면 서로 간의 대화는 늘 자주 하게 된다. 주위에 "대화를 자신부터 걸어보세요" 하고 요구를 하면 돌아오는 말이 누가 있어서 대화를 하지요! 하고 반문이 되어서 돌아온다. 내 주위에 조금은 힘들 분들과 대화를 나누는 습관이 생기면 집에 와서도 사모님과 잦은 대화가 된다. 부부간에도 조금한 것에 대해서도 대화를 나누고 내가 먼저 무언가를 사모님한테 물어보고 사모님이 무언가를 물어보면 대답을 하고 이것이 대화다. 무언가 크게 물어 보고 대답을 하는 것만 대화가 아닌 것이다. 앞에서도 말을 한 것처럼 내가 먼저 대화를 나누기 위해 인사를 하고 덕담도 나누고 하다 보면 대화가 되고 대화가 이루어지는 것이다. 대화 속에 조금 한 것에서부터 다양하게 얻어지는 정보가 있고 지혜가 있는 것이다. 좋은 정보 지혜를 얻을 수 있는 기회를 내가 만들어 보자.

어렵게 생각을 하면 한이 없다고 생각이 된다. 또 사례를 들어보면 우리 주위에는 대화의 길을 만들어 갈 사람들이 무척이나 많다. 새벽에 집사람과 같이 등산을 한다. 등산하면서 걸어가는데 약 50분이 소요되고 정산에 도착해서 운동하는 시간이 약 1시간 정도가 소요된다. 또 집에 올 때도 약 50분이 걸리는 운동을 매일 한다. 자연적인 상황 즉 비나 눈이 오는 날이나 내가 나름의 바쁜 일이 있으면 그날은 쉬는 날이다. 이렇게 소요되는 장소에서 많은 대화의 시간을 갖는다. 특히 사모님은 운동하러 오는 사람들과 많은 대화를 하고 운동도 하고 한다. 그렇게 수다스러운 대화를 나누면서 웃기도 한다. 의료지식이 없는 내가 생각해도 정말로 좋은 시간을 갖는 것 같다. 어느 지인이 말을 하기 로는 여성분들은 하루에 3만 단 어를 소비를 해야 하고 남성은 1만 단어를 소비 해야 정신 건강에 좋다고 했다. 우리 부부는 산에서 여러분들과 대화를 하면서 운동도 하는 시간을 매일 가지게 된다. 매일

행하는 운동, 대화, 웃음이 이루어지는 이런 좋은 취미 활동이 우리 부부에게 매일 스트레스를 풀어주고 정말로 살 맛 나는 기회를 만들어 주고 있다. 우리는 무언가 제대로 이루어지지 않으면 남의 탓 사회의 탓으로 돌리는 사람들이 조금은 있다고들 하는데 그것이 아닌 것 같다. 우리 부부에게도 누군가 가르쳐 주고 조언해주고 한 것이 아닌 것이다. 우리 스스로가 새벽에 몇 십 년을 등산을 하고 운동을 하면서 얻어지는 자산이고 우리의 행복임을 생각을 한다. 산에서 만나는 사람에게 제일 먼저 행복을 던져주는 인사를 할 수 있어서 너무나 좋다. 인사 뒤에는 서로 간에 문제점, 사회 문제점을 서로 공유하고 어려운 점이 있으면 도와줄 수 있는 정보를 교류하고 시간이 허락되면 산속에 자리 잡고 있는 커피숍에서 차도 한 잔을 한다. 그것도 부족하면 서로 시간을 허락해서 점심 식사도 한다. 작은 마음이 모여서 여러 것을 나누고 즐기는 시간을 만들어 가는 이런 대화의 연결이 되면 그다음에 식구 간에 대화는 자연적으로 흘러간다. 대화를 하는 것이 아니고 그냥 가족 간이 대화를 흘러가는 물처럼 흘러가듯 대화가 이루어진다.

정말로 지인들은 말을 합니다. 부부간에 진솔한 대화를 나눌 수 있는 분위기 및 사이가 되어야 한다고 말입니다. 물론 조금은 힘들 수도 있지만 누가 먼저 이런 대화의 분위기를 만들어 갈 것인가 하는 것이 문제라고 생각을 한다. 앞에서도 말을 했지만 우리는 대화란 하면 부부간에 대화만 중요한 것으로 생각을 하는데 그런 것이 아닐 것이다.

앞에서 말한 것처럼 주위에 사람들과 대화를 나누는 기회가 많아지고 하면은 자연적으로 식구 간에 대화도 단절이 되지 않고 저절로 진행이 잘 되는 대화가 되는 것으로 확신을 한다. 모든 행위에 있어서 연습이 된 것은 쉽게 무언가 잘 된다고 했다. 외부에서 잦은 대화를 하고 등산을 갔다 오면서 부부간에 지속적으로 대화를 하든 습성이 있기에 자연적으로 대화가 되고 식구 간에 대화의 단절은 있을 수 없다고 확신을 한다. 지금까지 내가 걸어온 길을 열거했으니 저가 거짓말로 하는 것도 아니고 지금도 저는 식구들과 대화를 잘 합니다. 그중에서도 부부간에 대화를 제일 많이 합니다. 부부간에 사랑의 진솔한 이야기도 나누고 합니다. 대화란 것이 이렇게 우리를 즐겁고 행복하게 만들어 주는 것으로 저는 퇴직 후에 경험으로 알게 되었다. 다시 말해서 실천해서 해보지 않은 사람은 절대로 알 수 없는 경험이다. 주위나 가족들 간에 진솔한 대화를 할 수 있는 분위기는 누군가가 만들어 주는 것이 아니고 내가 직접 만들어야 한다는 것을 알아야 할 것이다. 조금은 어렵게 생각을 할 줄 몰라도 저는 그렇게 어렵게 시작을 한 것이 아닙니다. 우선은 몸을 만들기 위해서 등산과 운동을 하면서 몸 만들었고 몸을 만들면서 사모님도 같이 운동하고 등산을 할 수 있도록 서로 대화로 해결을 했습니다. 대화로 해결된 등산 운동이 이루어지면서 자연적으로 서로 간에 인사도 하고 대화도 하고 좋은 정보교류도 하고 해서 오늘까지 이르게 되었다. 저는 솔직히 이렇게 운동을 하고 한 것이 약 36년의 세월 동안에 해온 일이다. 앞에서도 언급을 했지만 이렇게 해온 등산 운동이 너무나 나를 건강하게 만들어 주고 행복을 주고 있어서 정말로 살 기분이 난다. 여러분들도 지금이라도 늦은 것이 아닌 것 같으니 같이 한 번 하자고 외치고 싶다.

2-14
사람을 멀리하는 자세 탈피

사람을 멀리하고 혼자서 외롭게 살게 되면 잘은 모르지만 그렇게 사는 대부분 사람들이 우울증이 오거나 그렇지 않으면 수면을 제대로 이행하지 못한 분들을 주위에서 많이 만날 수가 있다. 그렇게까지 하면서 사람을 피할 그런 뚜렷한 이유가 있을까? 무척이나 궁금하다. 나중에 저세상으로 갈 때는 혼자서 가는 일이 정상인데, 살아있는 동안에는 주위의 사람들을 가까이하고 대화도 하고 그렇게 사는 것이 좋을 것이다. 이렇게 사는 것이 좋은 것임을 잘 알고 있다. 그런데 그렇게 좋은 줄 알면서도 사람들 가까이 가기 싫어지는 마음은 무엇일까? 무척이나 궁금하고, 정말로 안타까운 일이다. 이런 과정이 정신적으로 오는 현상인지는 모르지만 조금이라도 정신적으로 오는 과정이며 해결하기가 무척이나 어려운 일이라고 지인들은 말을 한다. 나이가 들면서 이런 상황은 일어나지 않음이 우리들 노인네들에게 상책이라고 생각을 한다. 정신적인 문제는 치료도 그렇게 쉽게 빨리 치료가 되는 일도 아님 알고 있다. 나이가 들면서 제일 중요한 요인은 정신적 문제점 치매에 함몰되는 일은 없어야 한다. 우선 대화 단절 해결에서도 언급했지만 마누라와 가까이 지내는 요인이 제일 좋을 것 같다. 그렇게 마누라와 가까이 즐겁게 살게 되면 그것이 시발점이 되어서 다른 사람들과 접촉이 늘어날 전망이다. 잘 알다시피 여성분들은 사람 사귐이 남자들보다는 쉽고, 조금은 아빠들보다는 적극적이다. 쉽게 말을 터놓고 하는 태도 등으로, 여성분들은 남자들보다는 상대방 사귐에 있어서 긍정적이고 적극적이다. 어느 심리학자 말씀하기로는 여성분들은 하루에 말을 3만 단어 이상을 하는 분들이고, 남성은 말을 해봐야 겨우 1만 단 어를 사용한다고 하니 여성과 남성분의 차이를 확실히 알 수가 있는 대목이다.

늘 사람들 주위에서 움직이는 사모님에게 잘 보이고 사이좋게 살아가므로 해서 자연적으로 사람들과 접촉이 많아질 그런 가능성이 높아짐은 사실이다. 사모님에게 잘 보이고 서로 대화가 잘 통화가 됨으로 해서 부부간에 간단히 한 끼의 식사도 할 수 있는 기회를 만들어 갈 수가 있다고 본다. 때로는 간단하게 여행도 할 수 있는 기회를 만들 수도 있다. 그렇게 되면 이 집, 저 집같이 여행도 같이 다니고 만남이 활성화되는 여건을 만들어 가게 된다. 그렇게 하므로 해서 만남이 지속되고 그 만남으로 해서 다른 식구들도 만날 수가 있을 것이다. 이런 기회를 만들어 갈 수 있도록 사모님의 능력을 칭찬하고 사모님의 활동에 칭찬은 물론 재정적인 문제도 지원하는 그런 긍정적인 자세로 변화 시켜 가는 일이 좋지 않을까? 저를 알고 있는 분의 사모님은 기타도 치고 기타 모임의 활동으로 일주일 며칠씩 바깥 활동을 많이 하는데 이 집의 아빠는 즐거운 활동을 하는 마누를 부러워하고 질투를 하고 마누라를 미워만 하는 자세로 일관한다. 자연적으로 서로 간에 한 집안에 살아도 제대로의 대화도 없고 그냥 각자의 행동으로 생활을 한다고 한다. 아빠는 아무 한일도 없고 그냥 아내의 일을 부러움과 질투, 시기로 자신을 자꾸만 작아지고 자기 자신을 학대하는 일변도로 달리고 있다. 그러다 보니 우울증 문 앞에서 지금 방황하고 있다고 나에게 하소연을 한다.

이런 가정은 정말로 남편을 외로움의 굴레로 몰아넣고 있다. 남편을 정신적인 환자로 만드는 일 외에 다른 일이 없음을 알게 한다. 이런 행위는 아빠도 문제지만 사모님도 남편을 한 번쯤 돌아다보는 자세가 필요한 것이 아닐까 하고 생각된다. 우리 남편이 지금 어떤 선상에 있는지 관심을 가져 보는 마음도 같은 한 식구 간의 예의가 아닐까? 한때는 이 가정을 위해서 열심히 직장생활을 했든 분이라고 인정을 하는 자세가 서로 간에 좋은 일이 될 일인데. 그렇게 너무 아빠를 냉하게 대하고 자기만을 위해서 생활한다면 사모님 본인에게도 나름으로 생각지도 못한 일이 생길 수도 있다고 본다. 어차피 같이 늙어가고 세월 앞에 다들 장사가 없다고 하는데 이 정도쯤에서 서로 부부가 사랑하고 부족함이 있으며 서로 머리를 맞대고 나름의 문제점을 해결하고자 하는 마음이 있음이 정상이라고 생각된다. 같이 늙어가는 노인네들은 이런 환경에서 우리가 무엇을 해야 문제점 해결에 도움이 되는 일을 조금은 생각하면서 살아야만 한다. 부부간에 서로 이해하고 문제점을 마음을 터놓고 대화를 할 수 있는 분위기를 사모님 주도로 만들어 가면 좋겠는데. 혹시 아빠가 대화의 문을 열지 않고 있다면 대화 없는 아빠를 위해서, 아빠의 대화 결핍이 무엇 때문인지 엄마의 입장이 아니고 아빠의 입장에서 생각하는 자세가 필요하지 않을까?

식구들 속에 왕따가 되다 보니 자꾸만 말의 숫자가 적어지고 식구들 대화 속에 끼어들지 않으려는 의도가 생기다. 그런 왕따의 감정이 생기는 의도로 식구들 대화 속에서도 빠져나오려고 한다. 그런 생활이 지속되다 보면 밖에서도 자연적으로 말을 숫자가 적어지게 된다. '우리 속담에 안에서 새는 바가지 밖에서도 샌다고 했다.' 자연적으로 그렇게 되면 친구들 간에 또는 아는 지인 분들 만나는 자리 등에서도 소통 하는 행위는 멀어지게 될 뿐이다. 사람은 다들 잘 알겠지만 어떤 행위를 한 번 두 번 하지 안이 하고 나며 그것이 이상하게도 하지 않는 행동 쪽으로 흘러가게 된다. 자신도 모르게 하지 않는 행동이 서서히 자리를 잡아 가게 되는 일이 일어난다. 말하기가 싫어지는 현상이 일어나는 것이다. 사람은 여하튼 무엇인가 자꾸 무엇을 하고 조금씩 움직이면 일상적인 행동들이 지속이 되고 활성화가 되는 방향으로 달려간다. 나쁜 방향으로 흘러가지 않도록 대화의 단절도 조금은 모험심을 가지고 나부터 적극적인 자세로 식구 간에, 이웃 간에, 친구 간에 대화를 이끌어가는 자세가 필요하지 않을까 하는 생각을 한다. 수동적인 자세가 되지 말고 능동적인 자세로 이끌어가는 아빠들이 많았으면 좋겠다. 퇴임 후에 자기가 직접적으로 주도적이고 능동적인 사람이 되기 위해서는 주위의 사람들이 어떻게 살고 있는지 살펴보는 생각도 중요하다고 생각이 된다. 제일 우선으로 해야 할 일은 미리 준비 차원에서 여기에 준하는 책을 선택하여 읽어보는 것도 크게 도움이 될 수 있다고 확신을 한다. 저의 이야기를 해서 죄송하다. 저는 나이가 들어서 살아가는 다양한 방법의 책을 약 10권정도 있어서 자주 읽어보고 한다. 한 번 정도 읽어서는 도움이 되지 않고 해서 권당 3회 이상을 읽었다. 지금도 나를 돌아보고 좀 더 활발하게 살아가기 위해서 부족함을 얻기 위해 자주 돌아가면서 읽고 있다. 그 읽음 속에서 많은 간접적인 도움을 받고 있다. 저는 우선 아파트 승강기를 타고 올라가거나 내려갈 때나 스스로 내가 먼저 인사를 하고 말을 붙여본다. 그렇게 하므로 해서 나의 능동적인 행동을 연습할 수 있는 기회도 된다고 본다. 남에게 말을 건네는데 주점함, 부끄러움을 이기고 대화를 시도하는 기법도 배우고 많은 부분을 저는 책을 통해서 배우고 있고, 실천도 한다. 아직까지는 대화 단절에까지 도달 한 적은 없다. 우리가 알아야 할 주안점은 이 세상에 모든 일은 연습이 필요하고 지속성 있게 연습하는 습관이 중요함을 알아야만 한다.

그렇게 하다 보면 그것이 나의 습관이 된다. 다른 사람들이 나보다도 잘 하는 것은 물론 나름의 특기나 재주도 있겠지만 우선 그런 재주가 없다고 해서 너무 기죽을 필요가 없다. 누군가 말을 한 것으로 알고 있다. 연습 앞에는 천재가 없다고 했는데, 늘 자주 일관성 있게 연습하는 자세, 태도가 정말로 지금의 이 시점에 꼭 필요한 행위라고 생각을 한다. 한두 번 시도해서 되지 않는 일은 없다고 생각된다. 우리 퇴임한 아빠들도 그냥 있지 말고 능동적으로 긍정적으로 행동을 하게 되면 그렇게 문제가 될 일은 이 지상에서는 없다. 꾸준히 연습하는 습관을 한 번 길러 보면 어떨까? 정말로 필요하고 제2의 인생을 살아가는데 우리의 직접적인 일임을 인식해야 한다. 우리들의 대화를 늘 즐겁게 하는 기회를 만들어 보는 일이 우선일 것이다.

흔히들 주위에 자주 듣는 말이다. 이 세상에는 공짜가 없다고 하는 말이다. 이상하게도 나이가 들어가면 남이 무언가를 성공시키는 일은 간단하게 할 수 있는 행위로 생각하는 것이 문제다. 나도 할 수 있다고 시작을 하다가 실패를 하게 된다. 실패하는 이유가 남이 성공한 사례를 너무나 쉽게 간단하게 생각하는 데서 출발을 했기 때문이다. 앞에서도 말한 했지만 성공이란 그렇게 간단하는 일이 아니다. 세상에는 공짜가 없다는 것은 나름의 많은 전력을 투구해야만 가능한 일임을 알아야 한다. 중견을 넘어서면서 무언가를 쉽게 얻게 된다는 생각이 우리 퇴직자를 죽이는 일이다. 다른 사람들 성공 사례에 대해서 그냥 보는 일이 아니고 좀 더 철저히 검색하고 분석하여 나의 목표를 삼아서 실행에 옮기는 자세가 필요하다고 본다. 처음 시작하는 일도 어렵지만 이렇게 쉽게 시작해서 실패를 하게 되면 두 번 다시 시도하기가 어려워진다. 어려워지는 상황이 반복이 되면 그저 우리는 포기하고 어렵게 살아가는 길로 접어들게 된다. 이렇게 무언가 하다가 실패를 하면 제일 나쁜 행동이 사람을 피하게 되고, 세월이 갈수록 더욱 심하게 된다. 심하게 되는 상황 속에서 사람을 기피하게 된다. 기피하게 되면 사람의 관계가 없어지고 나 혼자만의 삶을 살게 되는 길이 될 가능성이 많게 된다. 그렇게 되면 자연스럽게 외부와는 차단을 하게 되고 혼자서 살아가는 방법을 택하게 된다. 무엇을 해보는 일이 중요하지만 나름의 시간적 여유를 가지고 넓게 정보 수집을 하고 넓게 다른 사람들의 상황을 관찰도 해가면서 일을 추진해야 한다. 잘 알다시피 사람은 하다가 실패도 하고 성공도 하는데 퇴직자 입장에서 한번 실패를 하면 이상하게도 밖아 출입을 중단하고 다른 사람은 물론이고 가족들 와도 대화의 결핍이 일어나게 되고 또 식구들을 피하게 된다. 이렇게 대화의 단절을 탈출할 수 있는 방법은 나의 일을 찾아서 나의 일이 남에게 인정을 받을 수 있도록 하는 것이 최우선임을 말하고 싶다. 앞에서도 여러 번 언급을 해서 알고 있다. 그렇게 실패를 하지 않고 할 수 있는 일을 찾기 위해서는 직접적인 돈을 벌어들이는 일에 접근은 하지 않는 것이 좋지 않을까 하는 생각을 한다. 우선은 취미의 일로 시작하는 일이 제일 좋다고 생각을 한다. 다들 잘 아는 사실이지만 취미는 그렇게 자신에게도 주위에 사람에게도 부담감을 주는 일이 아니기 때문이라고 생각을 한다. 특히 지금은 인터넷 시대이므로 인터넷을 통해서 많은 사람들이 어떤 취미 활동을 하고 있는지를 알아보는 일이 좋다. 그 많은 취미 중에 내가 하고 싶고 때로는 자주는 아니지만 경험이 있는 일들을 선택하며 좋을 것 같다고 생각을 한다. 취미 활동을 하면서 나의 부족함을 알고 싶은 면 주위에 혹은 전문가에게 물어보는 시도를 하다 보면 나도 모르게 단절되어 온 대화가 살아남을 수 있는 갈로 안내된다. 사람을 피하는 관습은 우선은 내가 무언가 일을 하게 되고 하게 되면 자연적으로 사람을 친숙하게 만날 기회가 주어질 것이다.

지금까지 조금은 쉬었다고 생각을 하는 것이 좋을 것이다. 능력이 없어서 가진 것이 없어서 사람을 멀리하고 움츠리고 있었던 것이 아니다. 개구리가 좀 더 멀리뛰기 위해서 잠시 뒤로 주춤하다가 앞으로 크게 뛰어나간다는 밀이 있듯이 우리도 그런 상황이 아닐까 하는 생각을 하게 된다. 지금까지는 주위의 상황 내가 누군 인지를 조금 살피는 기회를 가지기 위해서 쉬었다고 생각을 하자. 잘못 생각하여 내가 조금은 부족해서 늦어졌다는 마음으로 생각하게 되면 앞으로 나가고 싶은 마음이 없어지고 주춤하는 것이 길어질 수가 있다. 우리 속담에 '집에 들어온 도둑도 도망갈 구멍을 보고 쫓으려고' 했는데, 자신도 조금은 도망갈 구멍을 마련 해놓고 질책을 하자. 질책을 심하게 하게 되면 하고 싶은 생각이나, 사람 가까이 가고 싶은 생각들이 멀어진다. 그렇게 멀어지게 되면 더욱더 사람들 근처에 가기가 힘들어지게 된다. 이때는 자기를 조금씩 칭찬을 하고 긍정적인 마음으로 자신을 이끌어 가야만 한다. 그렇지 않으면 사람 주위에 가고 싶지 않는 마음만 자꾸 깊어지게 된다. 깊어 질려는 마음을 없애기 위해서는 내가 나 자신에게 칭찬도 하고 당신을 앞으로 사람들과 재미있게 사귀면서 살아갈 수 있을 있어, 너무 걱정을 하지 말고 자신 있게 돌진을 하자고 부추기는 마음으로 시작을 한다. 조금의 차이는 분명히 있다. 빨리 적응하는 사람과 조금 늦게 적응하는 사람과 차이가 있으니 처음부터 너무 조급하게 자신을 몰아가거나 자신을 학대하는 언어나 생각은 멀리해야 한다. 할 수 있다는 자신감을 불어넣어 주고서 주위의 사람들에게 내가 먼저 가까이 갈 수 있는 기회를 만들고 만들어서 대화의 소통을 만들어 가자 그것이 제일 좋은 방법이다. 웃는 얼굴에 침 뱉지 못하다는 말이 있다. 내가 먼저 인사를 하고 가까이 가는데 누가 당신보고 나에게 인사 못하도록 말하는 사람은 없다. 그것이 시작이 되어서 두 번 이야기하고 세 번 이야기하다 보면 자연적으로 가까이 가고 소통의 다리가 놓이게 되고 그런 시도가 사람 가까이 갈 수 있게 되는 비법이 아닐까? 특별한 방법이나 묘책이 있다고는 생각을 하지 않는다. 내가 먼저 하는 자세가 중요하다고 본다. 처음에는 힘들고 조금은 어색하기도 하겠지만 세상일이란 다 그렇게 해서 처음은 조금씩 힘들겠지만 무언가 이루어진다. 그렇게 하지 않으면 나는 이 세상에 태어나서 아니 퇴직 후에는 영원히 사람들과 격별하면 살아가게 되는 신세가 되고 만다. 이런 신세를 왜 만들고 있는지 이해가 되지를 않는다. 몇 십 년 직장생활에서 얻은 노하우를 한 번 이럴 때 발휘해 나도 사람들 가까이 가서 친교를 할 수 있는 사람임을 입증시키도록 하자. 저는 생각을 한다. 충분히 할 수 있다고 자신을 한다. 내가 그렇게 해서 지금도 많은 사람들 속에서 생활하고 있기 때문이다. 이 책을 쓰면서 부탁해온 것이 작은 것부터 하자는 모티브가 나의 외침이다. 크게 해서 빨리 실패하기보다는 작은 일에서 시작하여 꾸준히 오랜 갈 수 있는 여건을 만들어 가자는 생각이 지금도 내가 외치고 실재에서도 그렇게 하고 있다. 사람이면 다 할 수 있는 일이다. 사람이면 호흡하고 먹고 잠자고 말하고 살 듯이 나도 그렇게 살 수가 있다. 가까이 갈려는 처음 시작에 조금 신경이 쓰이고 힘들지만 조금만 공을 들이면 얼마든지 사람을 멀리하는 자세에서 벗어날 수가 있고 행복하게 살 수 있다고 저는 하늘 두고서 맹세를 할 수가 있다. 아무 망설임 없이 지금 당장 내 옆에 앞에 있는 사람에게 인사를 하자. 이렇게 말입니다. " 안녕하세요. 오늘 날씨가 무척이나 좋습니다." 하고 말입니다. 이것이 시작이면 사람 가까이 갈 수 있는 즉 사람을 멀리하는 자세를 탈피하는 것으로 생각된다. 조금만 노력을 해서 사람을 멀리하는 자세에서 벗어나기만 한다면 행복해지고 즐겁게 살 수 있고 생각지도 않은 다른 어떤 지병으로 옮겨 가지도 않고 얻는 일이 너무나 많다. 조금 힘을 들어서 이렇게 많은 좋은 것을 얻을 수 있는데 왜 망설이고 있는지 이해가 안 된다. 이왕에 할 것이면 제때 조금은 열심히 한 번 하는 것이다. 그래서 제2의 인생에 밑그림이 되도록 말이다.

현실 반항 자에서 현실 개혁자

남자는 나이를 먹어도 먹은 만큼 행동을 하는 것이 아니고 나이를 먹어도 여전히 어린애라는 칭호를 달고 사는 것이 한국 남성들이 아닌가 합니다. 늘 가정에서는 엄마가 아빠를 큰 자식처럼 대우를 하고 그것에 맞게 처신을 하면서 가정을 만들어 가는 모습이 우리네 가정사가 아닐까 하고 생각을 한다. 그런지 아빠들이 자기 일이 있고, 가족들을 위해서 돈을 벌어 와야 한다는 강박관념에 늘 놓여 있는 분들이란 그저 하루 생활을 직장에서 헌신적으로 일을 하고 있음에 만족하는 생활을 하고, 그 상황이 우리가 보기에는 일반화되어 있다. 일에만 충실하면 가족을 위한다는 생각에 달리 돌아보고 무언가를 생각할 겨를 없이 일만 하다가 막상 퇴임을 하고 나니 앞이 캄캄하다. 내가 무언가 하기는 했야 하는데 무엇을 할 해야지 그저 막막한 감만 몰아오고 있다. 쉽게 말하면 사막을 질주하는 사람이 지금까지 그냥 앞만 보고 달려오다가 앞에 큰 강이 있고, 그 강을 건너갈 수 있는 방법이 없을 때는 좌절하는 절박감에 놓이게 된다. 어떻게 보면 지금 퇴임을 하고 아무것도 할 일이 없는 분과 똑같은 상황에 놓이는 사례다. 그 사막을 달리는 사람도 앞으로는 이 사막에 앞서 다른 어떤 상황도 일어난다는 사실에 대비도 하고 준비도 하고 왔으면 아무런 문제가 되지 않을 수가 있다. 아무런 생각도 준비도 대비책도 없이 그냥 사막으로 달려가면 모든 상황은 저절로 성취할 수 있다는 생각 하나만으로 현실 앞에까지 달려온 상황이다. 아빠들도 퇴임하기 전에 오늘날 현실에 퇴임과 옛날의 퇴임에 무엇이 다르고 틀린 일이 있는지에 대해 알아봐서야 한다. 퇴임 후에 몰려오는 상황에 대해서 한 번도 생각지도 않은 일이다. 그냥 퇴임만 하고 온 사람들이다. 혹시 누군가 자네 퇴임 후에 무엇을 하고 살 텐가 하고 질문을 던지면 돌아오는 대답은 그냥 여행을 하면 살지. 아니면 그냥 놀면서 살아갈 수 있다는 식으로 대답만 할 것이다. 대답하는 것도 전혀 의미가 없지는 않다. 왜냐하면 실제로 자기가 퇴임해서 놀아본 경험이 없고, 퇴임은 남이나 하는 것이지 자기는 퇴임도 하지 않을 사람처럼 그냥 담담하게 생각하고 직장 생활을 했었다. 이런 생각으로 퇴임하는 일은 자기를 죽이는 상황인 줄은 퇴임 후에나 느끼는 일이다. 퇴임 후에 일어난 상황을 내가 직접 체험을 못했으니 지금도 나 앞에서 퇴임 후 생활을 하는 선배를 찾아서 경험담을 들어봐도 좋을 사례다. 그렇지 않으면 요사이 이런 생활에 관련 많은 책들이 시중 책방에 나와 있으니 그 책을 통해서 간접적인 경험

지식도 얻으면 많은 도움을 얻을 수가 있다. 자기는 그냥 퇴임만 하면 모든 생활이 지금처럼 그렇게 흘러갈 것으로 생각하고 자만을 하는 분들이 많음을 주위에서 볼 수 있다.

자만이 사람을 죽이다. 자만이란 환경에서 다른 방향으로 전향을 했어야만 될 일이다. 그냥 자만만 한다고 해서 무언가 되는 일이 없다. 우리는 빨리 그런 자만의 자세에서 벗어나도록 하는 행위가 우선이고, 내가 살아갈 수 있는 길이 된다. 직장생활을 할 때는 머리도 잘 돌아가고 무언가를 찾으려고 하거나, 무언가 고민을 하게 되면 머릿속에서 그냥 쉽게 뛰어나오기도 했지만 나이가 들고, 환경이 바뀌 현실에서는 그렇지가 않다. 노력을 해야 한다. 자신이 옛날 와는 다르다고 느끼는 순간에 그 다른 면을 조금 조금 해소 하는 노력에 옛날처럼 할 수는 없지만 할 수 있는데 까지는 움직이고 활동을 해아 한다. 그냥 가만히 있으면 저절로 살아남을 수 있는 환경을 될 갈 수가 없다. 나이 들어서는 너무 큰 것에, 특히 목표를 크게 만들어서 중간에 포기하는 자세에 돌입하는 일을 미리 방지하는 자세, 태도가 엄청나게 자신을 살리는 현실이 되도록 해본다. 그렇게 해서 자주 목표에 실패하고 그 실패를 자주 거듭하게 되면 그냥 자신을 자멸하는 곤경에 처하게 된다. 이것을 이기는 자가 개혁자가 되는 길이다. 개혁이 따로 있다고 생각은 하지 않는다. 작은 것에서 매일 무엇이든 조금씩 하는 것이 아닐까 한다. 퇴임 전처럼 그렇게 크게 하고, 즉 돈벌이도 되는 그런 높은 일보다는 내가 손수

할 수 있고, 나의 일상을 어렵게, 힘들게, 외롭게 만 이끌지 않고 매일 나에게 주어진 시간을 죽일 수 있는 그런 일만이라도 있으면 나를 개혁시키는 일이 된다. 잘은 모르지만 그래도 퇴임 전에 나의 능력을 봐서 간단하고 그냥 소일거리로 시간을 때우는 일은 할 수가 없다고 생각을 하면 정말로 퇴임 후에는 할 일이 없어진다. 잘못되는 생각으로 이끌게 되면 누가 죽게 되나 하면 다름 아닌 내가 죽게 된다. 생각을 제대로 해야 한다. 퇴임 후에 적어도 20년 이상은 살아야만 하는데 그냥 놀고, 아무것도 하지 않고 집안을 지키는 파수꾼, 아니면 TV를 지키는 경비병, 또 방 안에 왔다 갔다 한 건달이 되는 것 외에 하는 일이 없이 산다고 생각을 한다면 그것은 사람을 죽이는 일이라고 생각이 된다. 지금은 주위에 이렇게 자기의 일과를 해결하지 못하고서 엄청나게 자신을 죽이는 사람들이 많다. 부탁하고 싶은 요구는 그냥 아무것도 할 수 없다고 생각을 하며 정말로 할 일이 없다. 우선 나는 그냥 놀 수가 없다. 무엇이든 해서 나에게 주어진 시간을 이용해서 행복의 돛을 달 수 있도록 한다는 자신감을 가지게 하는 행동이 최우선인 선택으로 생각된다. 이제까지도 직장생활을 하면서 많은 어려운 일도 해결하면 근무를 했었고, 짧은 세월 속에서 근무한 것도 아니다. 적어도 30년 이상을 직장생활을 했는데, 그 인내력, 그 지력을 이용해서 나의 일 나의 길을 개혁하자. 자신 있게 말을 할 수가 있다. 자신을 정말로 개혁자가 될 수 있다. 퇴임 후에 당신의 일을 만들어서 정말로 퇴임 후의 생활을 영유할 수 있도록 하자. 나중에 언급을 하겠지만 지금의 직장생활을 하신 분들은 컴퓨터를 할 수 있는 일이 많다. 지금은 인터넷을 통하여 다방면으로 알아보고 다른 사람들이 자기가 지금 하고 있는 일들을 흔적을 남기기 위해서 다양하게 흔적을 남기고 있다. 그 흔적을 찾아서 참고도 하고 그 흔적들 중에 내가 할 수 있는 사례도 찾아본다. 내가 할 일들에 대해서 아이디어 찾고 하면 못할 일이 없다. 못할 일이 없음을 우선 체험할 수가 있다. 열심히 연구하고 노력하면 저는 확신 한다 찾을 수 있다고 말이다. 이 세상에서 못할 일이 없고, 많은 할 일이 있다는 사실을 알고 찾아 나서보자. 이 길이 개혁의 길이고, 개혁자가 되는 시도다.

　　돈이 되는 일이 있으면 좋겠지만 돈 되는 일이 그렇게 쉽지가 않다. 잘 알다시피 지금 직장 현장에서는 젊은 청년들도 직장을 얻기가 하늘에 별 따기보다 더 힘든 일이 지금 이 시대에 일어나고 있다. 직장 구하기가 너무 어렵다. 퇴임하고 나이 들은 노인네들한테 쉽게 돈벌이 되는 직업을 찾을 수가 없다. 일을 구하고 얻는 방향을 잘 잡아야만 된다. 방향을 잘 잡기만 한다면 실망을 하지 않으면서 일을 만날 수 있다. 처음부터 어떤 막다른 골목에서 헤매고, 갇혀서 나를 찾을 수 없는 길은 가지도 말자. 앞에서도 말을 했다. 나와 같은 사람들이 무엇을 하고 있는지를 탐문 조사도 하고, 직접 찾아가서 직접 보고 듣고 하는 일을 해서 많은 견문을 넓혀보자. 그렇게 했어야만 내 길을 찾는데 도움이 되고, 쉽게 내가 하고자 하는 일을 찾을 수가 있지 않을까 한다. 내 일을 찾으면서 너무 조급히 무언가 이루기를 바라는 욕구도 조금은 멈

추게 하자. 나에게 있는 거라면 시간뿐이다 하는 긍정적인 마인드 위에서 나의 일을 찾아야 하고, 그렇지 않고 조급하게 생각하고, 빨리 찾을 수 없다고 짜증을 내고 부정적인 생각을 한다면 엄청나게 나를 힘들게 하고 내가 하고자 하는 일을 찾는데 많은 어려움을 준다. 좀 더 더 늦어지고, 또 하다 보면 주위 사람들에게 이상한 기류를 흐르게 해서 나를 달리 보이도록 하게 한다. 그런 분위기를 만들게 되면 주위에 사람들이나 가족들마저도 가까이 모이지 않고 멀어지게 할 수가 있다. 그 멀어짐으로 인하여 또 외톨이란 신세로 전락하게 되고 만다. 점점 더 내 주위에는 냉기가 형성되어 아무도 모이지도 않는다. 접근도 하지 않는 신세로 떨어지게 된다. 이것을 방지하기 위해서는 앞에서도 말을 했지만 너무 좋고, 크고 그런 일보다는 내가 스스로 할 수 있는 일을 찾아내자. 나의 일을 작은 것에서 시작하고, 그렇지 않으면 가정 내에서 음식물 쓰레기, 일반 쓰레기. 쓰레기 분리 등 집안에서 할 수 있는 일을 찾아서 열심히 하자. 우선은 내가 부정적인 분위기 부정적인 사고에 갇히는 것을 철퇴시키자. 부정적인 사고가 내 근처에 올 수 없도록 예방을 꾸준히 하면서 여러 방향으로 나의 길을 찾자. 그 찾은 것에 조금 조금 매진하고 연구하는 자세로 몰아가는 행동이 개혁하는 일로 생각된다. 같이 퇴임 아빠들은 다른 일이 개혁이 아니고, 작은 것 우선 내가 할 수 있는 일을 긍정적으로 능동적으로 이끌어 가는 행동이 개혁이다. 반복되는 이야기지만 너무 크게, 너무 높은 것에 얽매이지 않도록 하자고 외치고 싶다.

중년을 넘어서서 앞으로는 노후화에 접어드는 나이에 도달한다. 노인이 되었을 때 지금처럼 이렇게 반항적인 성격이 우리 주위에 남게 될까 걱정스럽다. 노인이 되어서 무언가를 찾는다는 행동이 엄청난 스트레스 받을 일이다. 그만큼 모든 기능이나 재능 면에서 떨어지는 상황 속에 있기 때문에 조금은 힘들게 되는 상황이라고 생각을 한다. 우리는 잘 알고 있을 일이다. 무슨 일이든 골든타임을 놓쳐버리면 다시는 원래 상태로 돌아가기가 무척 힘들다. 지금이 우리에게는 골든타임의 시기가 아닐지 잘 생각을 하고 우리의 일을 찾아 나서는 개혁자가 되어야 한다. 반항자라는 말은 지금이 자기 상태를 아무것도 하지 않으면서 자신감 있는 사람으로 버티어 보는 상황이 아닐까 하는 생각을 한다. 반항은 끝에 가서는 자신을 죽이는 길이임을 알게 된다. 알게 되는 순간에 모든 행위는 끝나게 된다. 이렇게 살지 말고 제대로 살기 위해서는 제대로 자신을 이해시키면서 노후에도 진정성 있게 살아가는 일이 무엇인지를 알도록 해야 한다. 지금은 그래도 물어도 보고 교육을 받을 수도 있고, 자문도 얻을 수가 있겠지만 좀 더 나이가 들어가는 노년기에 접어들면 정말로 용기가 없고 신체 능력이 떨어져 정말로 일을 찾을 수가 없는 시대를 맞이하게 된다. 지금 이 순간에 우리에게 큰 무언가를 얻을 수 있는 기회라고 생각을 하자. 말만 들어온 골드 타임을 잘 활용하는 지혜를 살려 가는 것인 제일 좋은 일이라고 생각을 한다. 반항적인 성격을 지금의 나이에 들어낸다고 해서 그렇게 크게 얻을 수 있는 것은 아무것도 없을 것이다. 이런 반항적인 성격은 지금 당장 버리고 조금은 순환적인 성격으로 자기를 이끌어 가는 것이 좋을 것 같다는 생각이 든다. 무언가 있을 때 반항적인 성격이 시도하면 조금은 덕을 볼 수가 있을는지 모르겠지만 지금 상태에서는 아무런 의미도 없다고 생각을 한다. 같이 퇴직한 사람들에게는 더 이상의 무엇을 내세우고 뽐낼 수 있는 시기에 있는 사람이 아님을 확실히 알아야 한다. 조금 내세울 무엇이 있다고 해도 주가가 있는 일은 아니다. 그런 행동은 차라리 없애고 그냥 가만히 있어 보이는 자세가 더 좋아 보이다. 없기에 좀 더 자신을 위해 열심히 노력을 하려고 하는 마음이 더 낳다. 그런 마음을 가지는 상황이 지금 퇴직자 우리들에게 꼭 필요한 자산이기도 하다. 무언가 조금 있다고 뽐내고 의식하는 태도는 잘 못하다가는 살아가는데 적자생존 법칙에 걸려서 아무것도 할 수 없는 사람이 되고 만다. 이럴 때 내가 이길 수 있고 살아갈 수 있는 자세가 무엇인지를 잘 파악하고 행동으로 옮겨야 한다. 조금은 부족하지만 내가 할 수 있는 일이나 취미를 얻었을 때 살아갈 수 있는 비법을 잘 살려가는 지혜가 정말로 우리에게는 필요한 목표다. 다시 말하자면 자존심보다는 자존감을 가지고 나를 키워갈 수 있는 일을 찾는 행위가 진정으로 우리가 원하는 일이 된다. 누가 무언라고 해도 지금 앞으로 내가 원하고 할 수 있는 일을 하게 된다면 모든 문제점은 다 해결될 수 있는 일이 된다.

　나이가 들면서 사람들은 조금은 주위에서 제대로 대우를 받지 못한 행위에 불만으로 조금은 짜증스럽게 생활을 하거나 늘 얼굴에 불만을 가지고 있는 분들이 있다. 얼굴이나 마음에 불만을 가지고 식구들에게 별로 좋지 않은 기분으로 생활을 하게 되면 가족들이 위로해주고 좀 더 따뜻하게 대해 주어야 한다. 알고서 그렇게 행동을 하는 줄은 모르지만 그것은 자기를 더 어떤 함정 속으로 몰아넣은 작업이다. 나이가 들수록 말은 적게 하고 베풀어야 한다고 하는데 그것도 부족해서 짜증을 불리는 행동으로 살아간다면 그렇게 행동하는 사람만 어렵게 되고 아무것도 얻을 수가 없다. 특히 세상이 엄청나게 변했고 지금도 엄청난 속도로 변화를 하고 있다. 많은 변화의 스피드 속에서 살면서 젊은 사람에게 가족에게 대우를 받기를 기대하고만 있어서는 되지 않은 시대로 도래하고 말았다. 주위에 몇 십 년 전만 해도 스마트폰을 생각지도 못했다. 손에 들고 다니면서 모든 정보 모든 연락 모든 짧은 편지 등 안되는 것이 없다. 이런 세상에서 살 것이라고 생각도 못했다. 생각도 못한 세상이 우리 앞에서 지금 일어나고 있다. 부탁은 나이 먹어가는 사람들이 꼭 해야 할 일은 내가 먼저 젊은 사람에게 인사하고 전화하고 문자메시지를 보내는 마음으로 전환시키지 않으면 나도 모르게 영원한 왕따로 살 수밖에 없는 세상으로 가고 있다. 4차 산업혁명 시대가 오드래도 정신적 교육 차원에서 이루어지는 일은 기계가 할 수가 없기에 오는 시대에는 정신적인 교육에 충분히 매진 해여 한다고 한다. 이런 말을 들으면 정신적인 그 무언가에 대해서는 꾸준히 공부를 하거나 책을 읽어야 할 것 같다. 그런 차원에서 내가 앞으로 무엇을 해야 정말로 노인네다운 대우를 받고 살 수 있을까 하는 의문점이 생긴다. 이 의문점을 해결하는데 주력을 다하게 된다면 무언가 다른 즉 스스로의 개혁자가 되는 길이 되지 않을까 한다. 많은 정보가 내 손에서 내 머릿속에서 너무나 많이 넘쳐나고 있다. 넘쳐나고 있지만 나에게 필요한 정보는 무엇일까 하고 내 것으로 만드는 작업이 그렇게 간단한 일이 아니다. 간단하지 않은 이 시대에 살면서 나에 대해 제대로 살아가는 무언가를 찾기 위해서는 그냥 가만히 있어서 될 일이 아니다. 좀 더 차원 있는 책을 읽거나 정보를 제대로 파악해서 조금은 즐겁게 행복하게 살아갈 수 있는 길을 찾아가는 사람이 된다면, 이것이 스스로 개혁자가 되는 길이 아닐까 한다. 이런 점에서 우리의 개혁의 길을 찾아서 남은 인생에 조금은 즐겁고 행복하게 살아가는 길을 차근차근히 찾아가는 내가 되도록 하자.

부부간에 불평불만 해소하자

아빠는 퇴임했어도 자기는 아직도 직장생활을 하는 분위기에 젖어있기에 직장 다닐 때 분위기에서 벗어나지를 못한 상태에 머물고 있다. 엄마는 아빠가 퇴임을 했으니 지금부터는 어제와는 다른 남편을 보고 싶은데, 그 보고 싶은 광경 아닌 어제 그대로 광경을 유지를 하고 있으니 속에서 불평불만이 솟아난다. 아빠는 그 엄마의 마음을 인식도 하지 못한 체 그냥 그대로 지금까지 해온 패턴에 유지하려고 하는 마음과 어제와는 다른 나의 남편이 되기를 원하고 있는데 그런 자세나, 마음가짐을 가지고 있지 않는 남편을 보는 마누라 심정은 속이 타 들어가지 않을까? 마누라 속에서는 불화 통이 일어나고 있다. 이런 불화 통을 어떻게 해야 하는 지를 읽지 못하고 있다. 이제는 나이도 들었고, 인생을 살 만큼 살은 분이 딴사람은 몰라도 옆에 평생을 같이 살아온 마누라 눈치나 마음은 조금은 읽은 줄 아는 분이 되어야 할 텐데 그것도 모르고 지금까지 돈을 많이 벌어왔고, 나름에 고생도 많이 했으니 지금부터라도 방 안에서 두 다리 두 팔을 쫙 벌려 놓고 노는 것이 소원으로 생각을 하고 있어 보인다. 지금부터는 아무도 나보고 이래라 저래라 할 수 없다는 생각에 옆에도, 앞에도, 뒤에도 돌아 도, 옆으로도 돌아보지 않은 자세로 자기를 고수한다. 우리네 아빠들은 회사에 몰두해서 다니고 돈을 벌어오는데 모든 것을 지금까지 다 소진했기에 그렇게 생각하는 것이 아빠의 입장에서는 당연하다. 당연한 상황이 아님을 며칠 동안 자세를 움직이지 않고 있게 되면 무엇이 잘못되고 있음을 스스로 조금씩 느끼게 된다. 그것은 누가 가르쳐 주는 일이 아니고 가만히 조금만 눈을 돌려 봐도, 방안의 공기 흐름이 어제와는 다른 감을 느끼게 시작할 일이다. 그런데 우리 남자들은, 특히 퇴임 후에 집에서 놀고 있는 사람은 그것도 어떤 공기인 줄 알고 그런지 아니면 석두라서 이해를 못하는 것이지 구분이 못하고 있다. 파악을 하지 못하고 그냥 그렇게 가면 그것은 크게 문제가 될 일이 없겠지 하는 고정관념의 생각으로 흘러가는 일이지는 몰라도 조금은 답답하게만 보인다.

세상이 바꿨다. 다른 사람은 다 알고 있고, 그렇게 바뀐 세상에 적응하기 위해서, 변하는 세상에 어떻게 살아야만 하나 하고 고민도 해야 할 텐데. 나름의 대비책을 구하기 위하여 동 서 남북으로 뛰고 있어야 하는데 그렇게 하지 않고 있다. 퇴임 한 우리 아빠는 모르고 그냥 집에서 콧방귀도 뀌지 않고 마냥 내 세상에 머물고 있다. 이런 것이 아내의 원성을 싸게 하고 아내의 마음을 완전히 다른 사람으로 전환시키고 말아버린다. 좀 더 냉정하고 내가 앞으로 어떻게 해야만 살 수 있을까 하고 의문도 해보고, 걱정도 하면서 나의 제2의 삶을 찾아 나서야 한다. 물론 찾는다고 그냥 찾아지는 것은 아니지만, 사랑하는 마누라 고통을 가지게 하는 일은 하지 않는 방향으로 나를 이끌어 가는 행동은 어느 시점에서 중단을 하고 정말로 내 마누라에게도 부화 통을 만들어 주지 않고 나에게도 좀 더 나은 생활이 되는 길을 찾도록 노력하자. 고민하는 마음이라도 가지는 행동이 급선무가 아닌가 한다. 우리가 깊이 생각해야 할 일은 앞으로 제2의 인생 길이가 지금까지 직장생활해온 길이와 똑같다는 사실을 빨리 확인을 해야 한다. 앞으로 남은 나의 인생살이 30년을 매일 그냥 세월 흘러가는 데로 보내는 것이 그렇게 쉬울까? 30년 그렇게 적은 세월이 아니다. 어제의 30년 이상은 돈 벌고, 가정을 책임지고, 직장 현장에서도 책임감 가지고 열심히 뛰어다니다 보니 세월이 언제 그렇게 빨리 내 곁에서 멀어져 가는지 모르게 세월이 가버렸다. 앞으로 30년 그냥 가만히 앉아서 세월을 보낸다고 생각해보자. 앞이 캄캄하다. 정말로 힘들게 살아야만 한다는 생각이 나를 엄청나게 힘들게 한다. 우울증이 금방이라도 일어나 나를 꼼짝도 하지 못하게 하고 있다는 생각이 나를 힘들게 한다. 이때 정말로 누군가에 보이기 위해서가 아니고 진정 나을 위하고 평생같이 살아갈 마누라를 위해서라도 빨리 나의 일을 만들거나 찾아 나가야 한다. 직장생활에서는 동기도 있고, 상사도 있고, 아랫사람도 있고 해서 다방면으로 무언가를 구하기 위해서는 도움을 청하기도 하고, 서로 도와가면서 직장생활을 할 수 있었다. 어찌 보면 그렇게 직장생활은 당연한 것으로 했지만 지금은 퇴임 한 이 시점에는 아빠 혼자라는 사실을 잊어서는 안 된다. 이 사실을 적실하게 느끼고 정말이지 내 길이 무언가에 대해서 좀 더 많은 고민을 하지 않으면 안 되는 상황이 되어 버렸다. 나는 어느 곳으로 가야 할 것인가, 즉 끝이 없는 바다 한복판에서 어찌할 바를 모르는 신세가 되었다.

이런 환경이 될수록 나의 진정한 사람이고 나의 진정한 조력자는 아내이다. 아내와의 대화가 적절히 필요 하는 분위기를 만들어서 아내의 조언을 얻을 수 있도록 노력하는 자세가 중요하지 않을까? 잘 알다시피 무엇이니 해도 아빠를 제일 잘 아는 사람은 아내고, 조금은 구체적이고 객관적으로 평가하고 조언을 줄 수 있는 사람은 아내라는 사실을 우리는 빨리 파악 하고 아내와 진솔한 관계가 되도록 노력할 필요가 있다고 본다. 여기서부터 우리는 문제를 해결하도록 해야 한다. 마누라와 친밀한 관계를 유지하다 보면 지금까지 마음속에 담긴 불만이 차츰차츰 없어지게 되고 부부가 서로 진솔한 이야기를 나눌 수 있는 관계로 만들어 진다고 본다. 진솔한 이야기를 나누면서 남편인 아빠의 고민도 털어놓고, 그냥 털어놓는 것이 아니고 아빠의 지금 현재에 놓인 상태를 이야기하고, 이야기 속에서 아빠의 할 일을 찾아가도록 엄마와

상의하는 방법이 좋다고 생각한다. 서로 간에 지금까지 부족함을 인정하고 개선하겠다는 약속도 하고 그렇게 하다 보면 멀어진 부부간 거리가 좁혀지고, 그 좁혀진 관계에서 방황 중인 아빠의 일을 찾는데 서로 간에 보탬이 된다. 그렇게 조금씩 노력하고 서로 의지하고, 서로 사랑하는 관계가 지속된다면 안 될 일이 없다고 본다. 그 점을 우리는 높이고, 그 높임에서 진정한 우리를 찾고, 그렇게 찾다 보면 우리 부부는 일심동체란 사실에 얽매여 좋은 점을 찾게 되고 어려움은 해결된다. 하루라도 빨리 서로 간의 불면을 해소하고 진정으로 우리의 행복이 만들어지도록 노력을 하자. 노력하면서 만들어가는 행복 속에 우리들의 마음을 터놓고 진솔한 서로 간의 불평 주제에 대해 진솔한 대화가 된다면 뭐가 그렇게 어렵고 힘든 일이 있을까? 우리는 늘 바라는 것은 우선으로 한다. 그렇게 하지 말고 내가 먼저 상대방을 위해서 무언을 해줄 일이 없는가 하고 생각하는 마음의 자세가 중요하지 않을까? 그렇게만 된다면 조금은 어렵고 힘든 여건이 우리 앞에 놓여 있다고 해도 그렇게 문제가 되지 않을 것이다. 서로의 문제가 내 문제가 아니고 당신의 문제이니 당신이 해결하라고 하면 우리 부부 사이는 더 깊여진 골만 생기고 서로 간에 남은 우리 관계에서 점점 멀어 지게 된다. 이제는 끝까지 남은 인생을 같이 가야만 한다는 생각에 여러분들도 다 잘 알고 있는 자세, 즉 서로 간에 보듬어 주고 보탬을 주는 그런 사이가 돈독하게 유지가 되는 환경을 만들어 보자. 잘만 된다면 서로 간에 조금씩 발생되는 갈등이나 불만이 해소되는 환경이 되고 서로 간에 항상 얼굴에 웃음의 꽃이 피어나고, 피어나는 웃음의 꽃으로 불평불만의 모든 것이 한 참에 멀어져 간다. 결국에는 일어난 부부 불만 갈등들이 해소가 되어 멀리 떠나게 된다. 그렇게만 된다고 한다면 정말로 살아가는 좋은 맛이 내 옆에 머물게 된다. 불만 불평 갈등의 해소가 그렇게 엄청나게 무엇이 있어야 해결되는 것은 아닐 것이다. 조금만 서로 생각하고 서로 도와줄 일 있으면 먼저 내가 도와준다. 주고 싶은 마음을 꾸준히 실행하게 된다면 그렇게 힘들게 살아갈 일은 아닐 것이다.

제일 중요한 것은 사모님의 신경을 거스르지 않는 일이 아닌가 한다. 사모님은 매달 들어오는 현금이 들어오지 않는 생활을 앞으로 해야 한다. 앞으로 현금이 내 앞으로 오지 않는다고 생각을 하면 아무것도 하고 싶은 생각이 없어질 것이다. 당연한 것이지만 그것을 당연하게 받아들이기 까지는 조금은 시간이 필요할 것이다. 그 필요한 시간을 벌고 있는데 남편 즉 퇴직자 당사자가 아무것도 하지 않고 방 안에서 뒹굴고 있으니 마음속에는 곧 터질 것 같은 시간폭탄을 앉고서 지금 살고 있다. 부족한 퇴직자 남편은 아내의 이런 상황을 알고 있는지 모르는지 통 눈치도 없이 자기 자신만 생각하는 퇴직자 남편이 행하는 행동이 문제다. 이런 상황이 벌어지면 가만히 있을 사모님은 아무도 없다. 없다 보니 잔소리인 불평불만의 소리가 사모님 입에서 나오지 않을 수가 없다. 한편으로는 아내도 힘든 일이고 본인인 남편은 더 죽을 일이다. 이런 일이 벌어질 때 냉정하게 자기를 돌아볼 기회를 만들지 않고 상대방을 미원 하는 것으로 대처를 하게 된다면 서로가 아무런 답이 없는 일이 될 것이다. 이런 상황이 벌어질 경우 서로가 냉정을 찾으면서 내가 할 일이 무엇인가 하고 진솔하게 찾아가는 것이 우선일 것이다. 퇴직자 남편은 옆에서 올라오는 사모님의 목소리를 너무 감정으로 받아들이지 말고 이런 상황은 내가 잘못을 저질러진 일이라면서 받아들이는 것이 문제 해결에 보탬이 되는 된다고 생각한다. "지금까지 30년 동안에 돈을 번다고 고생했는데 조금 놀면 되지 않는 거냐." 이런 말로 안내에게 절대로 해서 안 되는 말이다. 그렇게 말을 하게 되면 지금까지 지켜온 부부간의 유계 질서가 깨질 수도 있다.

우선은 서로 간에 이해를 하는 선으로 찾아가는 것이 제일 좋은 방법이 아닐까 한다. 이렇게 일어나는 일은 내가 주공이다. 주인공이 내가 무언가를 생각하고 내가 취해할 행동이 무엇이 우선인지를 알아가는 방법이 최선이 아닐까 한다. 그 최선을 찾아가기 위해서는 남모른 고민도 하고 행동도 하는 나를 만들어 가야 할 것이다. 불만 불평을 하는 아내를 우선 이해하도록 하자. 앞에서도 말을 했지만 사모님도 무척이나 힘든 상태 일 것이다. 지금까지와는 완전히 다른 경제 흐름의 변경 상태에서 살려 고 하니 문제가 너무나 크다. 그런 환경에서 살아가려고 하다 보니 마음이 그렇게 쉽고 단순한 형태가 아니다. 이런 환경에 놓여있는 아내를 우선은 이해하고 그 이해 속에서 찾아보도록 하자. 이런 것도 모르고 퇴직자 본인이 최고이고 모든 것은 자기 위주로 이행을 하다 보면 자연히 흐림이 매끄럽게 흘러가지 않고 너무나 이상하리만큼 퇴임 전으로 돌아갈 수가 없는 상태로 돌진하게 된다. 많은 문제가 일어나고 있는 이 상태를 사모님이 해결하는 것도 아니고 내가 해결을 해야 한다. 그 해결을 하지 않고 그냥 있게 되면 어떤 상황으로 흘러갈 것인지는 눈에 바로 보이는 상황이다. 앞부분에서도 말을 했지만 미리 준비를 하지 않고 퇴임은 아무나 하는 것으로 생각 하다 보니 이런 상황이 일어나게 된다. 우리는 늘 준비를 해야 한다. 잘 알다시피 학교 들어갈 때도 준비를 하고 직장을 구할 때도 준비를 해서 입사를 하는 것으로 알고 있다. 우리는 많이 모르고 있는 것 같다. 제일 중요한 것이 퇴임 준비다. 저가 퇴임할 때도 그렇지만 많은 사람들이 준비를 해서 퇴임하는 것이 그렇게 많지 않을 것을 볼 수 있다. 이런 상황으로 퇴임을 하고 나니 많은 사람들이 어렵게 삶을 살고 있는 것을 옆에서 볼 수가 있다. 좀 더 철저히 준비는 못했지만 지금이라도 새롭게 무언이든 찾을 수 있도록 노력하는 자세로 나의 일을 만들어 보자. 이 일은 나에게도 중요하지만 제일 중요한 것은 사모님에게도 중요한 일이다. 퇴임한 당사자가 무언가를 하고 노력을 하게 되면 옆에서 보는 사모님의 마음이 안정을 찾아가기 때문에 불만 불평의 소리가 없어질 것이다. 일을 찾고 일을 만들어 가는 방법은 앞에서 언급을 했든 상황이다.

주체는 퇴임한 당사자다. 퇴임한 사람이 우선은 자기 일을 찾고 찾아서 그 일에 매진을 하고 앞으로 무언가 모르게 발전 가능성이 있도록 하는 것이 중요하다고 생각 한다. 퇴직자가 자기 일이나 취미 생활에 매달리게 되면 바쁘기 때문에 집안에 있을 수 있는 시간이 적게 된다. 집에 머무는 시간이 적어지면 사모님하고 뵐 시간이 적어지기 때문에 잔소리나 불평불만의 소리도 적어진다. 이것도 어떻게 보면 사모님 불평불만의 해소 방법이기도 하다. 퇴임한 사람들은 몇 명씩 모여서 원룸이나 조금 한 사무실을 빌려서 월요일부터 금요일까지 출근을 하여 사모님을 뵙는 시간을 줄이는 행동을 취하는 사람들도 있다. 물론 이렇게 사무실을 임대하여 사모님하고 면접시간을 줄일 수 있는 방편이 될 수가 있다. 저는 그것도 좋지만 그래도 먼 훗날에 즐겁게 살기 위해서는 시간이 걸리는 한이 있어도 자기의 일을 만들어서 생활하는 것이 좋을 것으로 생각된다. 나이가 들어서도 늘 내 가까이 일을 있다는 것은 지금이 100 세 시대의 희망이요 목표로 알고 있다. 앞에서도 말이 있었지만 지금은 정보 시대라서 정보의 시스템을 이용하여 나이가 들어감에 따라서도 할 수 있는 일들이나 취미를 찾아서 지금부터라도 내 것으로 만들어 가는 것이 먼 훗날에 너무 좋은 일이 될 것으로 생각을 한다. 그냥 살아갈 수 없는 이 시대에 나의 일로 취미도 만들고 흔적을 내고 다른 사람에게 희망을 줄 수 있는 기회를 만들어 가는 것이 좋은 것이 아닐까? 이 시대에 자기가 할 일이나 취미를 찾지 못하다는 것은 말이 되지 않는다. 저는 그렇게 생각 한다. 이런 말 즉 일이나 취미를 찾지 못한다고 표현 하는 사람들은 자기 속마음에 아무것도 하고 싶지 않다는 의식이 깔려 있다고 생각을 한다. 사람의 능력은 한계가 없다고 한다. 사람의 머리는 나이가 들어도 얼마든지 발달이 되고 선택하는 일에 따라서 뇌도 엄청나게 진보를 한다고 한다. 다른 곳에 어떤 핑계를 가져오게 하는 일은 조금 후에 노인의 되어서 자기 삶에 죽음을 가져 오는 일이다. 조금은 어렵지만 나중에 나이가 들어서 행복하게 살고 사모님 불평불만을 해소할 수 있는 길을 찾아 나서는 것은 다른 것이 없다. 위에서도 말 한 것처럼 나의 일 만들고 사모님과 같이 거주하는 시간을 줄어 본다. 이런 것에 주안점을 주어서 나의 일에 매달릴 수 있는 기회를 만들어 가도록 하자.

2-17
움직임을 싫어하는 자세 개선

늘 주위에서 많이 들어오는 이야기가 있다. 요사이 사람들이 너무 많이 먹고 움직이지를 않으니 몸이 비만해진다고들 한다. 지금의 우리 주위의 분위기가 그렇게 흘러가는 추세이고 보니 많은 사람들이 너무들 움직이지 않는다. 움직이지 않게 만들고 있는 것들이 우리들 주위에 너무 많다. 직장생활에서도 육체적으로 움직이고 활동하는 것보다는 요사이는 다들 앉아서 하는 행동들이 너무 많다. 직장생활에서 몇 십 년간 해오든 행동이 퇴임 후에도 연결되어 그냥 가만히 앉아서 생활이 하는 것이 당연한 것으로 받아들이는 우리들 자세가 문제인 것 같다. 습관화가 되다 시피 한 움직임을 싫어하는 것이다. 늘 일을 한다는 마음에서 직장생활을 하지만 퇴임 후에는 그렇게 되지 않는다. 우리는 이런 말도 생각이 날 것이다. 서있는 것보다는 앉는 것이 좋고, 앉아 있는 것보다는 눕는 것이 더 좋다는 말이 있는 것처럼 사람은 우선 동작하는 것을 싫어하는 것이 본능인 것 같다. 신체는 늘 움직임이 있어야만 새롭게 몸에 근육도 생기고 그 근육의 힘으로 몸에서 발생되는 병도 막을 수 있다. 면역력에 이 근육으로 다 대처할 수가 있다고 하니 그냥 가만히 앉아서 노는 것은 다른 말로 빌려서 한다면 자기가 자기를 죽이는 일과 똑같다고 표현 할 수가 있다. 머리에서는 요구하고 있는데 움직이지 않고 있다는 사실은 정말로 이해가 되지 않는 일이다. 우리는 음식도 내 입에 맞지 않고 맛없는 음식이 몸에는 그렇게 좋다고들 지인들이 말을 한다. 움직임도 똑같다고 생각을 한다. 머리에서는 내려오는 지시가 내려오는데도 그냥 앉아서 노는 것이 최고임을 일고 있으니 힘든 일이다. 그것을 이기고, 머리에서 내려오는 지령을 반대로 자기를 몰고 가야만 건강하게 튼튼하게 살아갈 수있는 방도가 된다. 주위에 보면 그렇게 자신을 자신의 본능에 맞게 그냥 맹종하는 일이 제일 좋은 방안인 줄 알고 몸을 그렇게 동작 없는 자세로 일관하려고 한다. 몸을 움직이기 싫어하는 일관성 자세를 움직이고 특히 밖에 나가서 처음에는 산책을 하는 습관을 만들어 보는 것이 어떨 것인지 생각을 한다. 처음에는 적게 쉽게 하는 행위로 자기를 이끌어가고, 그 산책을 습관화시키기 위해서는 적어도 21일은 지속적으로 행했어야만 습관이 붙게 된다고들 한다. 습관이 형성이 되면 잘 알다시피 자연적으로 산책을 하는 데는 문제가 되지 않을 것이다. 산책을 습관화하면서 걷다 보면 뜻하지 않은 다른 행동으로 연결되는 시초가 되고 그렇게 지속이 되다 보면 집안에서 그냥 앉아 있는 습관이 자연적으로 나를 떠나게 된다. 우리는 늘 듣는 이야기가 처음부터 큰 목표, 큰 성공을 위해서 계획을 세우고 그렇게 하면 잘 된다고 생각을 하지만 그렇지가 않다. 목표가 크고 그 목표치를 제대로 이행이 되지 않으면 한 번 두 번 실천을 하지 않게 되면 그 목표는 또 나한테서 날아가 버리게 된다. 그런 일이 자주 반복이 되고 나면 무엇인들 하고 싶은 의욕이 사라지고 그냥 또 방안을 지키는 사람으로 전락하게 된다. 산책을 할 때도 그냥 산책만 하는 것이 아니고 산책하면서 호흡을 잘 하게 되면 뜻하지 않은 건강도 얻게 된다는 것을 알고 산책 하자.

어떤 의사분이 말을 하기로 30세 이하는 배로 호흡을 하고, 50세 이하는 가슴으로 호흡을 하고, 60세 이하는 어깨로 호흡을 한다고 했다. 그 호흡량이 우리가 매일 먹는 식사량의 2배를 호흡한다고 한다. 그렇게 먹는 식사보다 많이 호흡을 단순하게 생각하고, 그냥 가만히 있으며 호흡이 되는 줄 생각하지만 그렇지 않다. 지인들은 호흡량을 조금 늘어서 호흡을 잘 해도 면역력이 강해 병에 걸리지 않고서도 잘 살 수 있다고 한다. 퇴임 후의 아빠은 60세 되었으니 어깨로 호흡하는 공기량이 적을 것으로 생각된다. 산책하면서 호흡량을 늘이기 위해서 복식 호흡에 치중하면 나의 내장 곳곳에 싱싱한 공기로 청정 작업이 이루어지고, 건강해지고, 또 그렇게 호흡량이 늘어나면 머릿속으로 전달되어 머리도 깨끗해지고 맑아진다고 한다. 지금 시대에 이슈가 되는 치매 예방도 된다고 한다. 이것이 누님 좋고 매부 좋은 일이 아닐까? 그냥 앉아 있으면 나의 신체기능이 자꾸만 떨어뜨리지만 이렇게 간단하게 하는 산책 하나만이라도 열심히 하면 여러 신체기능이 좋아지는 일을 왜 멀리하려고 할까. 지금부터라도 우선 산채이라도 시작하는 행동이 좋을 것 같다. 움직임이 시작되면 다른 방향으로 머리는 돌아가고 신체는 그 머리의 명령에 의해서 실천하는 육체가 된다고 본다. 작은 것이 모여서 큰 것이 되고 작은 물방울이 큰 바다가 된다는 사실에 주목하자. 사람은 움직이기 싫어하는 마음을 먹게 되면 정말로 나의 육체적 기능을 떨어뜨리고 나의 근육 량이 줄어들게 되고 나이 들어가는 아빠들에게 도움이 될 일이 없다. 직장생활을 할 때는 움직이는 마음이 없어도 움직이기 되어있다. 이곳저곳에 불러가기도 하고 돈을 벌기 위해서는 움직이는 것이 당연하므로 해서 몸을 사용하게 된다. 사용하는 것이 나의 신체 구석구석을 활동하게 하게 되고, 몸을 움직이기 시작하다 보면 자기 자신도 모르게 그것이 습관화처럼 되어서 움직임에서 오는 어떤 거부감도 일어나지 않는다. 그다음으로는 스스로 움직이도록 유도하게 된다. 움직임이 시작되면 위에서 말한 산책도 자연히 실천하게 되는 일이다. 그다음에는 좀 더 진전되는 활동이 수반되게 된다. 모든 일은 시작이 반이라는 말처럼 그렇게 시작이 있으며 끝이 있게 된다.

퇴임 후에 주로 쉬고, 휴식을 취하는 것이 우선이라는 생각들을 많이 하는 것으로 알고 있다. 우리는 퇴임을 앞에 두고 있는 분들에게 질문을 한다. "퇴임하면 무엇을 할 것이지 계획을 세웠습니까?" 하고 물은 면 10명중 8 ~ 9명의 대답은 이제까지 돈 번다고 일도 많이 하고 고생했는데 앞으로는 좀 휴식을 취해야 하겠다고 대답을 하는 것이 일반적 답변이다. 우리는 그것을 잘 못 알고 있는 일이다. 그냥 휴식은 사람을 죽이는 일인지 휴식이 될 수가 없다는 사실임을 우리는 정확히 알아야만 한다. 모르고 있는 사실이 있다. 작게 움직이다가 그다음으로는 점차 걷기에 열중하게 되면 좌 뇌에 의한 논리적인 사고가 약간 후퇴하고, 자연히 우뇌가 활동하기 쉬운 상태에 이른다는 말을 들은 적이 있다. 그 결과 아이디어도 잘 떠오르게 된다고 한다. 퇴임 후에 아직 무엇을 할 것인가 대한 답변에 발견을 하지 못하고 방황하거나. 힘들게 찾고 있는 사람들은 이렇게 지속적으로 걸어 다니면서 머리에 문제가 제시되면 자기도 모르는 사이에 두뇌에서 답을 준다고 한다. 이것은 내가 경험한 사례다. 공장에서 설비투자를 하는데 일본 설비를 도입하고자 추진하는데 약 110억 원이 요구 되었다. 위선에 보고를 했듯이 그렇게 많이 돈 주고는 할 수가 없다는 대답이 하달되었다. 어려운 숙제를 앉고서 매일 새벽에 걸어 다니면서 이 문제에 고심이 시작되었다. 어느 날 이 고민이 문제가 15억 원으로 추진할 수 있게끔 해결이 되었다. 즉 이 문제에 대해 걸으면서 늘 고민을 했는데 걸어 다니면서 회답을 찾아서 110억 원의 설비 교체 작업이 일본이 아닌 국산으로 15억 원에 교체하는 작업으로 성공시켰다. 그때는 몰랐는데 지금은 관련 책을 보면서 걷는 것이 두뇌에 엄청난 효력을 발생시키는 능력이 있는 것 같다. 걷는 것, 움직이는 것이 나를 살리는 명약이라는 것을 알고서 움직임에 매진하는 것도 퇴임한 사람에게는 큰 효능이 있음에 놀랐다. 거듭 걸음으로 발전하여 그다음부터는 좀 더 멀리 걷는 것으로 발전을 하게 되면 그다음으로는 나에게 필요한 정보나 답을 내 머릿속에 즉 두뇌에서 찾게 된다. 걷는 운동을 한 번 속아보자는 마음으로 실천을 해 보자! 틀림없이 움직임과 걷는 운동에서 당신, 즉 진짜 당신을 찾을 수가 있다고 자신한다. 행복한 기쁨의 활력소를 얻을 수 있다고 저는 확신을 한다. 그렇게 말을 하는 것은 저는 저 자신도 경험을 했지만, 지금 내 옆에서 지속적으로 걷고 있는 저희 마누라도 그 효과를 얻어서 지금 정말로 건강하게 즐겁게 살고 있다. 매일 새벽으로 저와 같이 걷기, 등산을 하고 있다. 절대로 걸어서 손해 볼 일은 죽어도 없다. 이익이 되었으면 되지 손해 볼 일은 죽어도 없다. 꾸준히 걸어서 문제가 있으면 내가 보상을 할 수 있다. 우리 마누라도 처음에는 많은 고민을 하고 무엇을 얻을 수가 있을까? 의문 속에서 시작한 등산 운동에 엄청난 효과를 얻어서 지금은 아픈 일이 없이 살고 있다. 등산 운동을 하지 않을 때는 계절의 감기를 달고 살았다. 지금은 나보다도 마누라가 더욱더 등산 걷기 운동에 열을 올리고 매일 걷고 있다.

우리가 그렇게 걷다 보면 생각지도 못한 것을 얻을 수가 있다고 이 책에서는 말을 하고 있다.. "걷는 습관이 나를 바꾼 다 " 라는 책에서 말하기를 ' 걷기나 달리면 두뇌내부에 마약뿐만 아니라 스트레스를 줄이는데 도움이 되는 부신피질자극호르몬도 분비된다고 한다. 걸으면 기분이 좋아지는 동시에 스트레스도 줄어들기 때문에 우울한 기분을 해소하는데 가장 효과적이다.' 것을 소개하고 있다. 움직이지 않는 것보다는 이렇게 움직이기고, 걷는 것이 우리 신체에 무엇을 주고 있는지를 알 수가 있음을 알게 된다. 여하튼 움직이고 그것에서 조금 나아가 걷기를 하도록 하자. 남은 제2의 인생에 활력소를 찾고, 나의 길을 찾아가는 밑거름이 되도록 조금씩 노력을 하는 퇴임 아빠가 되도록 하는 일이 어떨까? 우리 조금 생각을 하자. 매일매일 걸으면서 얻어지는 건강 때문에 앉아서 책을 읽어도 그렇고 앉아서 책을 써도 몸에 조금도 지친 현상이나 피로감을 전혀 느끼지 못하고 살고 있다. 몸에 자신감을 얻고 산다는 것이 우리에게 무엇을 말을 하고 있는지는 이 책을 읽을 분들이 잘 알게 될 것으로 믿는다. 저희들처럼 산속으로 걷는 것은 더 말한 나위 없이 좋다. 산에 계절에 따라 변화함을 볼 수가 있고, 그 자연 속에서 자연의 변화도 보면서 나의 삶에 효력을 주는 영양가도 찾게 할 수가 있어서 좋다. 우리도 자연의 소속이므로 그 자연의 소속이 어떻게 변화를 걸쳐서 어떻게 자신을 지켜 나가고 있는가 하는 것도 배울 수가 있어서 좋다. 이렇게 좋은 것을 왜 사람들은 싫어할까? 좋은 것에 자기를 맡기는 자세도 좋은 것이 아닐까? 주위에 나무도 많고 야산들이 많이 있기에 얼마든지 부담 없이 걸을 수 있고 자연의 참맛도 맛보면 행복하게 살 수 있다.

움직임은 동물이라면 다 그렇게 죽을 때까지 열심히 움직이는 것이 정상이라고 지인들은 말 하고 있다. 사람은 조금은 다른 것 같다. 기회만 있으면 쉬는 것을 주안점으로 가지고 사는 것 같다. 저도 현장에서 직장생활을 할 때는 아무 것도 하지 않는 것이 남에게 이기는 길임을 알았다. 퇴임을 하고 보니 그것은 굉장히 어리석고 못난 생각이란 것을 알게 되었다. 잘들 알겠지만 신체가 움직이지를 않으면 특히 나이가 들어서 움직임을 줄이면 그만큼 이상의 신체 근육이 줄어들고 또한 그에 따른 몸의 면역성도 동반해서 떨어지게 됨으로 자신에게 힘들게 하는 일임을 알아야 한다. 어느 책에서 말을 해주고 있다. 나이가 50세가 되면 일 년에 250그램이 근육이 사라진다고 하는데 그냥 있어서 된 일이 아님은 명확한 사실로 우리에게 알려주고 있다. 이런데도 움직임 없이 그냥 가만히 앉아 있는 자세가 최고처럼 생각하면 문제가 되는 것으로 증명 하고 있다. 사람들은 정말로 참 이상함을 자주 느낀다. 나이가 들면 알려진 대로 말하면 제일 먼저 근육이 없어지는 부위가 다리 엉덩이라고 한다. 이런 부위에 많이 빠지고 나며 빨리 노후와 온다고 말을 해도 이 말에 걱정을 하거나 운동에 조금도 의식하지 않으니 이상하게 생각된다. 저도 늦게 알아서 약 2년 전부터 열심히 다리에 근육을 성장시키는 운동을 하고 있다. 그렇게 열심히 해서 그런지 다리에 근육이 올라오고 있는 것을 볼 수가 있다. 다리가 제2의 심장이라고 했는데 열심히 해서 건강하게 살아가는 것이 움직임이라는 것을 확실하게 알아야 한다. 그냥 움직이지 말고 근육을 성장시킬 수 있도록 움직이는 운동에 모든 것을 받치는 퇴직자들이 되면 좋다고 생각된다. 하루를 살아도 아픈지 않고 사는 모습이 행복이라고 하는 말을 하는 노인네들이 주위에서 자주 만날 수가 있다. 나이가 너무 많으면 운동을 해도 근육이 성장을 하지 않는다. 어느 정도 나이가 있을 때 근육이 성장한다고 한다. 근육을 살리려고 열심히 노력 하지만 근육 성장이 되는 상황이 눈에 보여 지지 않는 다고 한다면 주위에 전문가와 상의를 하고 조언을 받아서 운동 하는 것이 좋다고 생각한다. 저는 책을 통해서 좋은 정보를 많이 얻고 있다. 앞에서도 말 했지만 중년이 넘어서면 심한 운동이 몸에 나쁜 영향을 줄 수도 있다고 한다. 중량을 올리는 것보다는 가벼운 중량으로 운동 횟수를 증가시키는 것이 좋다고 한다. 나이에 맞지 않는 운동으로 자기 몸을 죽이는지 살리는지도 모르면서 운동하는 분들도 많다고 본다. 조금은 전문가에게 문의해서 운동하는 방법이 제일 좋다고 한다. 조언을 받아서 운동을 해 몸에 근육이 성장하게 되면 우선은 자신감이 발동 된다는 사실은 어려 분들도 알고 있다. 자신감을 노년에 가진다는 일이 그렇게 쉽지는 않다. 쉽게 가질 수 없는 자신감이 자기 몸에 근육이 성장하면 자연적으로 얻게 되는 자신감을 위해서라도 움직이는 운동 하자고 외치고 싶다. 주위에 운동해서 열심히 자신감 있게 살아가는 분들이 많이 있다. 그렇게 구경만 할 일이 아니라 직접 내 몸을 만들어 갈 수만 있다면 그것은 다른 어떤 것과도 비교가 되지 않을 일이다. 이것은 진짜 운동을 해보고 실제로 자기 근육을 성장시켜본 사람만이 느끼는 성취감이라고 자신 있게 말을 할 수가 있다. 이렇게 좋은 운동을 하지 않고 집에 앉아서 자기를 죽이는 일만 하는 사람을 보면 이해가 되지 않는다. 이렇게 좋은 환경이 우리를 기다리고 있다. 어느 지역에 갔어도 곳곳에 운동기구가 없는 곳이 없다. 조금만 걸어서 나가면 운동기구를 만날 수가 있다. 운동 기구를 이용해서 하루 조금씩 운동량을 조정을 하면 틀림없이 근육이 살아나서 나를 행복하게 만들어 준다. 이런 좋은 것을 놔두고 방 안에서 꼼짝도 하지 않게 만들어 간다는 것이 말이나 되는 소리인지 전혀 이해가 되지 않는다. 백수로 살면서 돈 들이지 않고 자신을 건강을 유지 할 수 있는 이 시대에 몸을 움직이지 않아서 자기를 힘들게 하는 바보는 되지 말자고 말을 하고 싶다. 아니 큰 소리로 외치고 싶다. 우리 가만히 있지 말고 운동을 하여 신체의 근육을 성장시키는 운동에 매진하자고 외치고 싶다.

2-18

가정과 자신의 돌봄에 적극성을 띄우자

우선은 사람은 환경이 바뀌면 그 변화에 바로 적응하기가 몹시 힘든 것이 사람이다. 이제까지 살아온 물에 놀지 못하는 고기와도 같은 심정이다. 매일 회사로 출근하고 일과가 끝나면 집으로 와서 휴식을 취하는 것이 아빠의 일과고 그것이 아빠의 생활이었다. 퇴임하고 나면 그것이 아니다. 그냥 집에서 멍청하게 TV를 보거나 그렇지 않으면 잠자는 것이 일과로 변하는 세상에서 살게 된다. 아빠 자신도 지금 무엇을 해야 하고 자신이 놓인 상태가 어떤 상태인지 명확히 개념도 알지 못한 체 그냥 앉아있기만 하는 생활인으로 변하게 된다. 내가 왜 이렇게 멍청한 사람으로 변하고 있지 하는 생각만하고 그냥 자중하는 자세에서 자기의 갈 길, 자기의 나아갈 방향도 잡지도 못한 상태에 놓이게 된다. 그런 상태가 되다 보니 어제까지만 해도 그렇게 명석하고 똑똑한 사람이 이상 하리 만큼 변하는 자신을 그냥 보고만 있게 되고 자기가 이 집에 가장이라는 사실도 잊어가게 된다. 아무것도 할 수 없다는 생각에 묻혀서 그날그날 생활을 하게 되고, 지금까지 가장의 역할이 온데 간 데 없어지는 일이다. 자기 자신을 스스로 없게 하는 행위이다. 많은 사람들이 퇴임 후에 무엇을 해야 할지를 몰라서 그냥 방관하고 포기하는 것으로 일관하게 된다. 가정을 돌보거나 자신 관리 하는 것에서는 멀어지는 사람으로 차츰차츰 변하게 된다. 이런 변화를 만들어 가는 것이 사람 본성으로 생각한다. 인간의 신체는 잘 알다시피 그냥 활동하지 않거나, 사용하지를 않으면 그 상태에서 기능이 상실되는 것으로 안다. 특히 나이 들어서 아무것도 하지 않고 그냥 육체를 놔버리면 엄청난 몸의 근육이 빠지게 된다. 그렇게 되면 육체도 문제지만 정신도 같이 가버리게 된다. 우리는 육체와 정신이 따로 활동하는 것으로 생각을 하지만 그렇지 않다. 육체가 문제 생기고, 특히 움직이지 않으면 신체적인 활동에도 문제가 오지만, 따라서 정신적 활동에도 저항을 받게 된다고 한다. 정신도 신체와 같이 놔두는 상태로 지속적으로 간다면 정상적으로 활동을 했어야 할 신체기능, 정신적 기능이 같이 우리를 버릴 수가 있다. 움직이지 않고 그냥 있으면 근육이 상실되고 정신력도 퇴임 전과 비교가 할 수 없을 정도로 퇴색되어 버린다. 나의 앞일, 나의 일을 찾을 수 있는 정신력이 변했기에 아무것도 찾을 수가 없게 된다. 이것이 문제다. 우리는 정확하게 알아야만 한다. 육체의 기능이 떨어지면 정신 기능도 같이 떨어진다는 사실을 확실히 알고서 자신의 몸 관리에 많은 신경을 써야 한다. 우리는 학교 다닐 때 선생님이 늘 하시든 말씀, 즉 '건전한 신체에 건전한 정신이 발동한다고' 했다. 우리가 집안에 그냥 아무것도 하지 않고 있으면 두 가지다 잃어버리는 신세가 된다. 다른 퇴직 동기와는 별도의 사람으로 변화될 수가 있다. 우선 움직임라고도 시작하는 자세가 굉장히 중요함을 우리는 알아야만 한다.

노인이 되면 지인들이 말을 들어보면 일 년에 근육이 일정한 양으로 그냥 빠진다고 하니 그렇게 되지 않기 위해서는 빠지는 근육 량이라도 채워야 한다. 그렇지 않으면 같은 동년배 사람들 보다 활동량이 줄어들고, 병에 이길 수 있는 면역력이 떨어진다. 면역력이 떨어지게 되면 빨리 노인 화가 되고, 질병에 걸린 확률이 높아짐을 우리는 알아야 한다. 다들 잘 알겠지만 신체에 붙어있는 근육은 질병에 이길 수 있는 힘을 주는 것으로 알고 있다. 새롭게 근육을 붙일 수는 없더라도 기존에 가지고 있는 근육 량이라도 잃어버리지 않게 열심히 운동을 해야 할 것이다. 이와 같은 생각에 운동이 부담이 되도록 나를 몰고 가는 것보다는 그냥 내 근육을 지킨다는 마음으로 조금씩 움직이는 활동부터 시작을 하는 것이 좋다고 본다. 그렇게 시작을 하다 보면 자기도 모르는 사이에 운동으로 생각할 수 있는 행위들이 서서히 나타나기 시작을 한다. 다시 말해서 그것이 그렇게 운동으로 변화시키기 위해서는 작은 움직임부터 시작하는 일이 우선이다. 그런 작은 모임의 움직임 시작으로 운동을 하도록 신체 자체가 이끌어 갈 것이다. 몸이 움직이고 그 움직임으로 해서 정신력도 같이 움직이면 주위에 일어나는 상황, 내가 지금 해야 할일들이 우선 눈에 보이기 시작을 한다. 조금은 등한시하고 그냥 방치했든 일들이 눈에 들어오고, 들어오면 내가 무엇을 해야 하고 어떻게 해야 할 것인가 하는 방법들이 머릿속에서 일어난다. 일어나면 그 문제들을 해결하게 된다. 무언가를 해결하게 되면 퇴임 전에 내가 가정을 위해서 무엇을 했는데 하는 생각이 머리에 떠오르고 그렇게 떠오르면 그 떠오름에 하나하나 실천을 하면 옛날이 아니라 어제의 아빠로 다시 돌아간다. 또한 가족들도 돌보고 자기 자신도 돌볼 수 있는 기회를 가지게 된다. 이런 움직임 시작으로 퇴임 후의 아빠 잘못으로 이끌어 가지 않도록 하는 방법이 된다고 본다. 자신을 돌본다는 일이 그냥 가만히 노는 방향으로 돌봄이 아니고 자기 육체가 많이 움직이도록 하는 동작이 자기 돌봄이 아닐까 한다. 자기 돌봄은 자기를 건강하게 생활 하도록 하는 행위가 우선이지만, 어떻게 보면 자기 자신을 변화시키는 돌봄으로 저는 생각을 한다. 자신을 돌봄에서 자기를 작게 크게 몸을 움직이고 작동시키다 보면 자기도 모르게 늘 움직임이 연속이 되게 된다. 그 연속이 시발점으로 해서 나의 몸이 더 이상 가만히 앉아서 시간을 보내고 있는 나을 이끌어 가는 것보다는 움직임을 돌보는 것으로 시작하다 보면 그 돌봄에서 큰 것으로 이동이 된다.

이렇게 하면서 살아가는 것이 우리들 삶이 아닐까? 너무 크게 거대하게 하는 것도 중요하지만 처음 시작을 할 때는 너무 크게 하는 것보다는 작은 것에서 작은 범위로 이행을 지속적으로 하게 되면 우리들 정신력에 도움이 된다. 그렇게 도움을 받고, 도움에 대해서 좀 더 진지하게 생각하는 자세로 변화 한다. 고민하는 자세로 기울어 가다 보면 생각지도 못한 좋은 일들이 일어날 수 있다. 제일 중요한 과제는 자신에 대해 너무 과소평가하지 않기로 한다. 사람은 누구나 고민을 하고 나름의 무언가를 원하는 것에 어느 정도 집중을 하다 보면 자기에 맞는 일이 우리 곁으로 온다. 그것을 꼭 알고서 나에게 일이 오는 시점도 사람마다 조금은 차이가 있으니 좀 늦게 온다고 해서 불안해하지 말자. 너무 자기를 학대하지 말고, 긍정적인 자세로 자기에게 대화를 걸어 보는 태도도 너무나 중요한 일이다. 처음에 시작하는 일이 그렇게 쉽지도 않고, 그렇게 단순하게 생각하는 대로 나에게 오지도 않는다. 나름의 인내심과 긍정적인 태도를 가지고 옛날 직장 다닐 때 그렇게 열심히 하든 열정에 비해 조금 열심히 하는 열정만 가져도 좋은 나의 움직임을 요구하는 일들이 나타난다. 저도 여러분처럼 퇴임 후에 이렇게 글도 쓰고, 책도 읽고 서평도 쓰고 좋다는 운동도 매일 새벽에 동네 뒷동산에 올라가서 하고 있다. 그곳에서 운동기구로 운동도 하는 것도 즐겁고 같이 매일 모이는 지인들과 정다운 대화로 정말로 재미있고, 행복하게 살고 있다. 어려 분도 시간의 차일뿐 저보다도 더 좋은 일을 할 수가 있다고 확신한다. 저가 저의 일을 찾아서 이렇게 하고 있다는 것을 자신 있게 말을 할 수 있는 것은 어제오늘 일이 아니고 몇 십 년을 부부가 같이 꾸준히 하고 있다. 시간도 잘 보내며 늘 나의 일이 있고 책상

위에는 늘 5권 이상의 신간의 책이 자기들을 읽어 주기를 기대하고 있다. 여러분도 충분히 할 수 있다고 확신을 한다. 서두에서 말한 것처럼 처음부터 너무 잘하고, 남에게 시선이 집중되는 일을 하려고 하지 말고, 나에게 맞고, 조금은 쉽고, 간단하게 할 수 있는 일을 찾는다면 분명히 좋은 결과에 도달할 수 있다고 확신을 한다. 그렇게 함에 있어서 자기가 자기 관리에 자기 움직임에 좀 더 적극적이고 긍정적인 자세로 변환할 수 있다. 이렇게 하는 일이 나의 돌봄이고, 나의 가족 돌봄의 시초가 되는 결과가 된다고 본다.

　나도 남처럼 할 수 있다는 자신감을 가지는 행동이 나의 돌봄이 되고 가족의 돌봄이 된다. 자신 있게 해보자고 부탁을 하고 싶다. 우선은 내가 있어야 일도 하고 싶고 무언가를 할 것이다. 내가 있기 위해서는 앞에서 여러 부분에서 강조를 했었다. 내 몸을 만들자는 말도 했고 자기 일 자기 꿈도 만들어보자고 외쳤다. 이런 것도 추진할 신체적인 몸이 있어야 가능할 일이다. 그렇게 보면 몸만큼 중요한 것은 없다고 본다. 신체가 중요하다고 생각만 할 일이 아니라 나름의 대책을 세워야 한다. 몸을 살려야만 모든 일이 가능하다. 몸이 있지 않으면 모든 일은 하나의 꿈이고 현실에 맞지 않는 일이 되고 만다. 모든 행위의 주체는 몸임을 알았어야 한다. 신체의 건장함이 주어지지 않은 면 허공을 항해 외치는 헛소리에 볼과 하다. 어떤 지인들은 신체를 밥그릇에 비유하는 것을 들었다. 밥그릇이 문제가 있으면 아무리 좋은 물건을 담아도 그 물건이 담기지가 않는다. 즉 아무리 좋은 꿈이 있고 열망이 있다고 해도 아무런 의미가 없어진다는 일이다. 다시 말해서 가정을 돌봄에 적극성을 띄우고 싶어도 몸이 주어지지 않으면 아무것도 아님을 의미하다는 것을 알아들을 수가 있다. 신체를 제대로 살리고 그렇게 살려 놓으면 신체가 무언가를 하고 싶어서 그냥 가만히 앉아 있지를 못한다. 지금 의학 관련 TV 방송 프로그램이나 의학 관련 언론 매체를 통해서 무언가를 보면 다들 한약방에 들어가는 감초처럼 요구하는 항목이 운동이다. 이 운동을 하지 않고서는 모든 신체기능을 제대로 가져갈 수가 없다는 증거다. 무언가를 할 수 있는 기력이고 기본인 신체를 잘 다루어서 원하는 일들이 제대로 운영이 되고 발전이 되도록 노력에 힘을 다하는 일이 우선임을 말하고 싶다.

이렇게 신체적인 문제점을 해결할 수 있는 방안이 생기고 그 방안에 따라서 열심히 운동을 하게 되면 나의 위치인 신체가 정상적인 궤도에 올라오게 된다. 신체의 나약함을 해결을 하게 되면 그다음은 우리에게 중요하고 우리의 행복을 지속시켜 주는 가정에 대해서 좀 더 진지하게 생각하고 지금도 예전에 했던 것처럼 제대로 가정이 배가 바다의 파도를 잘 타고 큰 목표를 향해 순조롭게 항해를 할 수 있도록 리드를 잘 해야 한다. 신체적인 문제가 없다고 보면 정상적으로 항해를 하도록 운항을 할 것으로 믿는다. 말로만 배가 정상적으로 순항을 할 수가 없다. 나의 목표지점까지 가기 위해서는 많은 준비들이 필요하다. 준비란 말이 나와서는 하는 말이다. 퇴직자들이 미리 준비를 해서 퇴임을 했다면 지금까지 우리가 열렬히 토해낸 그런 말도 할 필요가 없다. 준비를 해서 앞날에 무슨 일이 일어 날 것을 대비했다면 크게 지금의 위치에서 하지 않아도 된 일을 지금 하고 있는 것이다. 이야기가 잠깐 옆길로 새고 말았다. 배가 항해를 위해서 많은 준비를 하는 일이 우선이다. 목표에 도달하려면 먹을 음식도 준비하고 다양하게 많은 준비를 철저히 했어야만 좋은 항해 즐거운 항해가 된다. 우리의 삶도 똑같다고 생각을 한다. 이렇게 모든 것에 준비가 철저히 이행되어야 하는데 왜! 퇴임은 준비를 하지 아닌 했을까? 궁금하다. 그냥 퇴임하고 나면 모두가 스스로 잘 될 것으로 생각하는 사람도 제법 있다고 본다. 신체가 어느 정도 활력소를 찾고 안정이 되면 가정의 일에 제대로 파악을 해서 앞에서도 말한 것처럼 적극적으로 가정을 잘 이끌어 가도록 해하 한다. 가족들이 옛날처럼 아빠를 믿고 따라올 것이며 가족들이 안심의 기쁨과 함께 제대로의 가정이 굴러 갈 수가 있다. 주위에 보면 무엇이 첫 번째로 추진해야 할 것인지에 대해서 조금은 무지한 것 같다는 생각을 하게 될 때가 있다. 저는 제일 중요한 일이 늘 자신 신체를 제대로 돌봄이 첫째고 재 일 중요하다고 생각 한다. 몸이 잘 돌아가야만 생각이 따라주고 그렇게 돌아가는 신체적 구조라면 이 세상에서 못할 것이 없다고 본다. 걱정도 없을 뿐만 아니라 무언가 하고자 하는 일도 그대로 잘 돌아가는 환경으로 만들게 된다. 자신 돌봄이 순조롭게 이행이 될 때 가정은 그다음으로 자연적으로 돌보고 관리하고 멀리 갈 수 있는 날들을 위해서 여러 점에 신경도 쓰고 준비도 하는 자세가 늘 유지 된다고 생각한다. 이 이상을 더 바래서 무엇을 할 것인가. 이렇게만 흘러가고 잘 운행이 된다면 더할 나위가 없는 삶이 되고 늘 웃음을 띠는 행복한 삶이 된다고 확신 한다.

제2의 인생이 하루 이틀을 사는 일이 아니고 회사에서 근무한 기간만큼 살아야 한다. 산다고 보면 그렇게 간단한 문제는 아닌 것이다. 그냥 산다고 살아지는 것이 아니기에 너무나 힘든 일이다. 퇴임을 앞둔 사람들은 그렇게 어렵게 힘들게 생각을 하지 않는다. 아직 겪지를 못해서 실감도 나지 않는다. 어떻게 보면 고정관념 같은 생각, 즉 살다 보면 살아지겠지 하는 생각으로 지금 그렇게 대충 생각을 하는 사람들이 많음을 알고 있다. 지금 금방 퇴임한 분들은 답답하고 짜증도 날일이다. 그냥 논다고 해도 그렇게 생각만큼 얻어지는 무엇도 없고 무언가 모르게 속에서 이상한 짜증만 쌓여지는 느낌을 받는다. 이런 기분에 있는 가장이 가정을 위해서 어떤 생각이 날까 앞이 답답할 일이다. 길거리에서 가끔 퇴직자들을 만나서 인사차 재미있게 잘 살고 있지요 하고 물어보면 하는 말 "지겨워서 죽겠습니다." 란 말이 10사람 중에 9명의 대답의 목소리다. 더 이상 그분들에게 무엇을 물어볼 일이 없는 상황이다. 여러분들이 잘 알고 있는 일이다. 휴식도 일을 하고서 가지게 되는 휴식이 진정한 휴식이 되고 휴식의 맛을 느낄 수가 있다. 놀면서 하는 휴식 생각보다 더 힘들고 어려운 사실을 놀고먹는 자가 아니면 모를 다.

이런 환경으로 우리를 몰고 가고 있는 이 시점에 내가 무엇을 해야 하는지에 대한 대답은 그대로 일을 만들거나 취미를 가지고 생활을 하는 일이 진정한 휴식이구나 하는 것을 알게 된다. 그냥 쉬고 싶다는 말은 다시 말해서 나는 어쩌며 힘들게 살아갈 것이라는 말로 대체를 해야 한다. 퇴임이 간단한 일이 아니다. 글자는 두 글자이지만 그 뒤에 따라오는 것은 엄청난 어려움을 동반한다. 제대로 직접적으로 보여 줄 수가 없어서 안타깝기만 하다. 저의 작은 경험을 읽는 분들에게 조금이나마 도움이 된다면 큰 보람으로 생각을 한다. 앞에서도 자주 반복되는 이야기지만 우선 작은 일을 찾아서 내 것으로 만들어서 나이가 중년이 넘도록 할 수 있는 일을 만드는 일이 우리에게 제일 필요한 소망이다. 여기에 자신을 매진할 수 있도록 달려가다 보면 마음에 흡족함을 가지게 되면 가정에도 옛날에 했던 것처럼 정열적으로 이끌어 갈 수가 있다고 본다. 가끔은 작은 일에 자신을 투자해서 성공의 결과도 얻는다. 성공의 결과를 얻게 되면 그 기쁨 말로 표현을 할 수가 없다. 작은 성공이지만 그 성공이 모여서 큰 성공으로 이끌어 갈 것이고 성취감을 얻다 보니 새롭게 살아간다는 마음이 샘솟고 넘쳐나는 희망이 나를 이끌어 준다.

2-19

옆길로 가지 말자

퇴임한 사람에게 옆길로 갈 수 있는 옆길이 몇 개가 있다는 것으로 알고 있다. 다른 여성과 바람을 피우는 길, 도박에 빠지는 길, 술에 빠지는 길 등이 있다. 여기서는 앞에서 열거한 3개의 항목을 다루어 볼까 한다. 퇴임해서 제대로 할 일이 없어서 눈을 다른 곳으로 돌려보다가 걸리는 것이 여성과의 밀애가 되는 일이다. 퇴임한 사람들이 아직 자기 마음을 제대로 정립을 하지 못한 상태에서 주위에 조금 한 유혹이 퇴직자를 유혹하게 된다. 처음에는 생활이 좀 지루하고 답답하고 하니 시간이나 벌어 볼과 싶어서 쉽게 그 유혹을 받아들인다. 다들 말을 하고 한다. 나이가 들어서 사랑에 빠지면 쉽게 나올 수가 없다고 한다. 퇴직자는 그런 것도 귀에 들어오지 않는다. 집에 가면 마누라부터 시작하여 가족들이 가장의 대우도 해주지 않고 멀리하는 기분에 쉽게 옆길로 들어설 수가 있다. 집안에 있는 사모님은 이런 것에 또한 지식이 없으니 퇴임한 남편이 옆길 즉 여성을 사귈 것이라고는 생각도 못한다. 주위를 돌아다녀 보면 하는 말들이 있다. 지금 시대에 애인 한 분 없으면 무슨 재미로 살아 갈 것 나고 조금은 농담으로 하는 분들이 있다. 순진한 퇴임 자는 그 말이 정말인 줄 알고 그 말에 쉽게 넘어가기도 한다. 이런 말도 유행도 하고 실제로 다들 애인 한 두 명이 있다고 하니 나도 지금까지 돈 벌고 가정을 돌본다고 아무것도 못했는데 잘 될 일이라고 생각을 한다. 시간도 많고 그 사이에 돈도 좀 벌어고 하니 별문제 없다는 자신감으로 연애를 하게 된다. 연애를 하다 보니 사모님에게서 느끼지 못하는 애정과 달콤한 말에 그냥 넘어간다. 연애를 하게 되면 외모가 변해야 하니 몸도 신경을 쓰고 옷에도 신경을 쓰면서 밖으로 돌아다니기 시작한다. 사모님은 무슨 일이라도 찾으려 나가는 것으로만 생각을 한다. 남편은 무언가 하는 일도 아니고 마누라를 속이고 하는 행동에 받은 감동으로 시간 가는 줄 모르고 돈이 마구 소비되는 줄도 모르면서 퇴임이 진정토록 좋구나 하는 말이 입에서 계속 튀어나온다. 끝에 가서는 돈만 소비되는 일이 아니고 나의 모든 것이 소비되고 내 인생은 여기서 끝이 될 수도 있다. 어리석은 퇴임 자는 이것을 모르고 그냥 앞에 쾌락에만 자신의 모두를 받치고 있다. 저는 그렇게 해보지를 못해서 잘은 모르지만 옆에서 보고 많은 것을 느낀다. 사모님 몰래 하는 행위가 지금 당장은 좋고 즐겁기만 하다. 즐겁기만 한 일이 이상하게도 머리 잠재의식 속에는 양심적인 가책을 느낄 때가 있다. 이런 양심적인 가책이 하루 이틀 쌓여가다 보면 자기도 모르게 내가 무언가 아내한테 잘못을 범하고 있구나 하는 생각이 몰려올 때가 있다. 즉 양심이 아직은 살아 있다는 증거다. 양심이 살아서 움직이면서 자신도 모르게 죄를 짓는다는 생각에 빠질 때가 있다. 양심의 박동이 서서히 자신에게 압박을 가하게 된다. 충동 받은 생각이 나를 이상하게 몰고 가고 있다는 생각에 사로잡히게 된다. 그때야 내가 무언가를 잘못을 범하고 있다는 생각이 나를 몰아가게 된다. 지금까지 한 일이 이상하게도 양심에 불을 붙여서 가슴이 더욱더 죄인으로 몰아가게 된다. 처음에는 좋았다. 이 세상이 다 내 것인 양 얼굴에 미소를 띠면서 이런 행복은 처음으로 경험을 한 것이다. 하지만 양심이 눈을 뜨고서는 이것이 아님을 알고 눈을 돌릴 때는 이미 건너지 말아야 할선을 넘어와 버렸다. 이때부터 사모님이 몰라도 자신이 자신에게 상처를 주고 바람피운 일에 대해서 엄청난 스트레스가 넘쳐 들어온다. 그냥 놀 아도 사모님한테 미안한데, 옆길로 가서 바람을 피우고 많은 돈도 쓰고 했으니 이것이야말로 죽이는 일이 되고 말았다. 나를 돌아다보고 나를 어느 곳으로 갈 것인가 하는 것을 고민도 하면서 정확한 나의 길을 찾아야 하는데 생각지도 못한 길을 넘어왔으니 집에 들어가면 더욱더 기를 펴지 못한 신세가 되고 만다. 바람피우기 전에는 그래도 무언가를 할 의욕도 있고 해서 가족들에게 자신 있고 당당한 나의 모습을 보여 줄 마음으로 행동을 하고 살았다. 그런데 생각지도 못한 다른 곳으로 넘어가버린 범죄 행위를 했다. 집에 들어오기가 힘들고 미안하다. 인생을 망치는 일은 순간이다. 내가 바람을 피우는 행위를 마누라가 알면 이것은 바로 이혼이다. 그냥 있어도 힘든 퇴임 생활이 이런 범죄를 저질러 놓았으니 앞이 캄캄한 하고 절망이다. 나를 죽이는 일을 범 했다. 이런 행위 뒤에 입에서 나올 수 있는 말은 그냥 노는 것이 나은 일이다. 이런 범죄를 범하고 나면 정말로 자신을 죽이고 싶은 심정일 것이다. 옆길로 가는 자신을 제대로 중지시킬 수 있는 지력과 힘력이 있어야 한다. 나이가 들수록 자기 자신을 자제하고 통제 절제를 하지 못하면 어른 대우를 받을 수 없다고 한다. 특히 옆길로 가는 사람 중에 위에서 말한 것처럼 여자관계로 어떤 일을 일으키는 행위는 우리 사회에 제대로 대우를 받을 수 없는 일이다. 지금 일을 하고 있어서도 살아가기가 무척 힘든 세상인데. 무척 힘든 세상에 다른 일도 아니고 중년을 넘어서는 나이에 바람을 피운다는 일이 어데 가서도 말이 되지 않는 상황이다. 말도 되지 않는 상황을 만들어서 가족들도 사모님한테도 얼굴도 들 수 없는 일을 만드니 그냥 혼자서 방안을 지키는 사람이 되는 것이 훨씬 나은 일이 아닐까 한다. 한 번 더 부탁은 바람피우지 말고 아닌 밥그릇을 깨지 말고 방이나 TV를 지키는 사람이 되는 것이 나을 것이라는 말에 주목하도록 하자. 그 길이 옆길로 가는 것보다 나은 점이 있음을 인식하는 퇴직자들이 되면 좋겠다.

주위에 보면 술로 세월을 부르는 퇴직자들도 많다. 술을 먹는 옆길도 그렇게 좋게 보이지를 않는다. 술은 혼자서 먹지를 못한다. 보면 몇 사람들이 모여서 술을 먹게 된다. 몇 잔 먹을 술이 이렇게 모여서 먹게 되면 생각보다는 많이들 먹게 된다. 많이들 먹고서 집에 들어가면 쉽게 넘어가지를 못한다. 노는 꼴도 보기 싫은데 어떤 때는 대 낮에 술을 먹고 집으로 들어온다. 낮에 술을 먹고 들어오다 보면 많은 사람들을 만나게 된다. 그 만난 사람들 중에는 가족들 아는 사람도 있다. 사모님이 그 다음날 밖에서 만나면 여러 가지 이야기들이 들려온다. 어제도 동네 사람들한테서 술 먹고 들어온 상황을 들었는데 오늘 또 이렇게 대낮에 술을 먹고 들어온다. 사모님의 머리는 다른 생각이 없다. 소리 낼 수 있는 목청을 다 동원해서 소리를 질러 본다. " 재발 노는 것은 말을 하지 않을 테니 집에 특히 대낮에 술 먹고 들어오지 마라, 동네 사람들 보기 창피해서 못 살겠다" 하고 잔소리가 날아간다. 술 먹은 사람은 그 소리가 제대로 자기 귀에 들어오지를 않는다. 오직 술 먹고 지금 기분 좋은 상태로만 기억되고 다른 것은 아무것도 귀에 들어오지를 않는다. 아무리 사모님이 소리를 크게 질러 봐도 아무런 관계없는 일로 지나간다. 그 다음날이면 또 그렇게 시작을 한다. 이러니 정말로 집안에 있는 사모님은 죽을상이다. 사람이란 다른 어떤 행동을 취할 수 있는 것도 아니고 미칠 질경이다. 술 먹은 사람에게 말을 해서 시정이 될 일이 아니다. 하도 속이 상하니 사모님도 그냥 소리를 질러 본다. 퇴직을 해서 자기를 이렇게 몰고 가면 정말로 자신도 죽이는 일이고 주위 즉 가족들한테도 엄청난 스트레스 주는 일이 되고 만다. 잘 알다시피 술은 마약과 같은 성질이 있어서 먹으면 자기도 모르게 그냥 기분이 좋다. 옆에 누군가에 대해 피해를 주거나 나쁜 무언가를 준다고 생각을 하지 않는다. 자기 좋은 기분이 도취되어서 그렇게 먹게 된다. 술은 먹는 사람에게는 기분이 좋고 행복한 일로 생각된다. 술도 계속 먹게 되면 제일 문제가 뇌의 손상을 많이 준다고 한다. 뇌의 손상은 나이가 들어서도 이행이 된다고 하는 것을 의사한테 들은 것 같다. 나이가 들면 가만히 있어도 뇌에 손상이 와서 치매의 시발점이 된다고 했다. 가만히 있어도 뇌가 손상되는데 술을 많이 먹으면 더욱더 손상이 되어서 뇌의 문제 즉 치매의 활력을 가해준다고 했었다. 술이란 매개체가 들어감으로 해서 치매에 한걸음 더 빨리 달려갈 수 있는 여건을 만들어 주는 일이다. 이 것도 우리 퇴직자들에게는 이중고의 어려움을 던져 주는 것 같다. 퇴직자들은 조금 속상하고 집안에서 무시당한 다는 생각에 술을 가까이하면 사람대접을 받지 못하고 치매에 걸릴 수 있는 확률에 좀 더 가까이 가도록 하니 나에게 좋은 점은 한 개도 없다. 남는 것은 아무것도 없고 돈만 쓰고 내가 병신 될 확률만 더 높아지게 한다. 돈을 벌어 와도 대접받기 힘든 상황인데 이렇게 돈을 쓰고 가족들 스트레스 주고 당사자에게 치매란 큰 병을 가지게 하는 일을 해서 될까 정말로 걱정이 된다. 앞서도 말을 했지만 퇴임한 교장선생이 술을 먹지 않기 위해서 청소부로 재취업을 했다는 사실을 알려 주었다. 전 교장선생처럼 술을 멀리할 수 있는 비법을 만들어야 한다. 술을 멀리하는 비법을 만들어서 술을 멀리하지 않으면 자기를 환자로 만들어 가야 된다는 사실을 확실하게 인식하도록 하자. 술은 혼자 먹는 것도 문제다. 술은 잘 알다시피 여러분들이 같이 먹는 술은 적게 먹을 수가 없다. 서로 술을 먹어 보세 하고 권하는 맛에 한 잔이 두 잔이 된다. 모여서 먹는 술은 여하튼 많이 먹게 되고 많이 취하게 된다. 청소부로 취업한 교장선생처럼 미리 알아서 술 근처에 가지를 말아야 한다. 노는 사람들이 모여서 시작하는 술자리 많이들 먹게 되고 문제는 한 번 그렇게 먹기 시작하는 습관이 되고 나면 자연적으로 모여서 술을 먹는 일상의 일처럼 되고 만다. 아무리 사모님이 술을 먹지 않도록 잔소리를 해도 귀 밖으로 떨어지고 그냥 술자리를 오늘도 내일도 찾아가게 된다. 주위에 보면 그렇게 술을 먹다가 병원에 가서 무언가 신체에 문제가 발생했다는 소식이 있어서 술자리를 멀리하는 것을 볼 수가 있다. 잘은 모르지만 그렇게 문제가 있다고 병원에 가면 신체에 어느 부위가 많은 문제가 생김을 알려주는 신호일 것이다. 문제가 생겨서 병원에 가게 되면 간단한 문제가 될 수가 없고 큰 문제로 야기되는 수가 많은 것으로 알고 있다. 병원에 가지 않고 중년에 조금이라도 편하게 살고 싶으면 술을 적극적으로 멀리해야 한다. 술은 정말로 담배와 만찬가지로 우리 몸에 아무런 효력을 얻을 수 없는 것임으로 제대로 절제하는 습관을 길러야만 한다. 이런 바보 같은 행동은 하지 말아야 한다. 중년에서 노년기로 전환 시점에 운동으로 몸을 만들어야 할 시점에 술로 몸을 나쁘게 만들어 가는 일은 정말로 근절해야 한다. 젊은 시절에는 술을 좀 먹어도 어느 정도 회복이 되기도 하지만 중년기에 넘어서서 술을 지속적으로 먹게 되면 엄청난 몸의 손상을 얻게 된다. 바보 같은 행동으로 우리를 바보로 만들어 주는 일이다. 가만히 있으면 근육이 살아진다고 하는 시점에 술로 시간을 벌어가는 일을 하는 행동은 많은 반성을 하고 자신을 제대로 돌아보는 기회를 만들어야 된다. 우리가 아직도 젊다는 생각에 떨어져 나와야만 한다. 떨어져 나와야 몸도 제대로 살피고 지금의 내 몸은 이제까지 많이 사용했기에 조금은 보호하는 차원에서 몸 관리를 했야 한다고 본다. 생각을 바꾸지 않으면 잘못하면 병원 신세로 전락하게 된다는 사실을 확실히 알아서 몸 관리를 하자. 몸의 건강이 퇴직자에게 최고의 우선이다.

도박도 사람 죽이는 행위라고 생각을 한다. 사람들 이야기를 들어 보면 이 도박에 빠지면 정말로 사람을 죽이는 병이라고 말들을 한다. 도박에 발을 들어 놓으면 쉽게 빠져나오지를 못한다고 한다. 도박도 사람을 엄청나게 병으로 유도가 된다고 한다. 도박장에는 첫째가 담배가 문제라고 한다. 도박장에서는 담배를 피우지 않는 사람이 없다고 했다. 이유는 남의 돈을 내 것으로 만들려고 하다 보니 엄청난 신경을 쓰게 된다고 한다. 신경을 쓰다보니 쓰는 고달픔을 달래는 방법이 담배라고 한다. 담배는 직접 피우는 사람도 문제가 되지만 옆에 있는 간접흡연도 똑같이 해롭다고 한다. 담배로 부차적인 건강이 피해를 받는다고 하니 이것도 보통의 문제가 아니다. 남의 돈을 빼앗기 때문에 많은 신경을 쓰는 분위기에 죽어나는 것은 담배라고 한다. 담배 피우는 횟수도 무척이나 증가를 한다고 한다. 이렇게 증가되는 횟수 때문에 한 사람이 한 갑 이상을 피우게 된다고 하니 정말로 문제가 된다. 그다음은 앉아서 하는 자세가 문제라고 하고 있다. 특히 앉아서 하다 보니 양측 관절에 엄청난 부하를 주게 된다고 한다. 그런데 보통 사람이라면 그렇게 한자리에 오랫동안 앉을 수가 없다고 한다. 돈을 먹고 빼앗기는 상황이라서 그렇게 앉은 자세에 아픈지도 모르고 자기의 다리를 죽이는 줄도 모른다고 한다. 평소에 앉는데 필요한 에너지의 4~5배가 필요하고 그렇게 필요로 하다 보니 이것은 완전히 중노동이라고 말들을 하는 것을 들을 수가 있었다. 그렇게 중노동을 하루에 몇 시간씩 하다 보니 몸이 제일 죽이는 일이다. 담배로 죽고 앉아서 중노동을 해서 죽고 돈을 잃어서 죽고 하나도 이익이 되는 일이 없다. 이렇게 자기를 죽이고 있어도 도박에 한 번 빠지면 헤어날 수가 없다고 하니 이것 정말로 사람을 죽이는 일임에는 틀림이 없다. 104세 살고 계시는 할아버지와 인터뷰 기사를 읽은 적이 있다. 104세 할아버지는 그렇게 오래 살수 있었던 일은 세 가지를 하지 아니했다고 했다. 그중에서 도박을 하지 아니했다고 자랑을 했다. 기자가 "왜 도박을 하면 어떤 점이 문제가 될까요?" 하고 물었다. 대답 왈 "남의 돈을 빼는 일이 쉬운 일이 아닌지요." 남을 돈을 빼앗아 오기 위해서는 자기의 모든 것을 받쳐야 한다고 했다. 그렇게 도박을 위해서 모든 것을 받치고 나면 사람은 파렴치가 된다고 한다. 자기는 몸에 피해를 입는 일은 못한다고 말을 하는 것을 들은 것 같다. 도박에 대해서 앞에서도 말을 한 것처럼 그렇게 간단한 일이 아닌 일이다. 이렇게 말을 할 수가 있다고 본다. 돈을 잃고 사람 몸 버리고 남는 것은 아무것도 없다고 하는 도박을 하고 있으니 정말로 사람을 죽이는 일이다. 이것은 앞뒤가 틀린 말이다. 퇴임해서 무엇을 할 것인가 물으면 좀 쉬었으면 좋을 것 같다고 말을 하는 사람들 중에 이렇게 힘든 일들 도박, 술, 바람을 피우는 사람들이 있다고 하니 도저히 이해가 되지를 않는다. 쉽게 살아갈 수 있는 일이 않는데 힘든 일을 선택하여 옆길로 새는 일을 하는 것은 우리의 상식으로는 이해가 되지 않는다. 잘 생각을 하면 이것은 퇴임 당시 잘 못 생각을 한 것 같다. 퇴임을 위해 많은 정보도 수집하고 많은 것에 준비를 해서 퇴임을 했다면 이런 일은 일어나지 않을 일이다. 준비하지 아니했다 해도 직장생활 했을 때 얻은 경험 바탕으로 새롭게 나를 키워갈 수 있는 일을 찾는데 총력으로 매진하자. 지금은 퇴임을 했어도 조금은 다르게 생활을 하고 자기 일을 찾는데도 나를 받치도록 해보자. 조금은 업무를 수동적으로 추진해온 사람은 자기가 주도적으로 일을 만들거나 찾는 것이 조금은 소극적임을 느낄 수가 있다. 물론 그렇게 하드래도 지금은 이 시점에서는 조금은 고민을 하고 연구를 하고 앞에 퇴임을 한 분들에게 조언도 들어서 좋은 일자리 찾도록 하자. 방금 위해서 말한 옆길로는 절대로 가면 되지 않는다. 이 옆길로 가서 빠지게 되면 남은 인생 정말로 힘든 것이 문제가 아니고 폐인으로 살다가 생을 마감할 수도 있다. 조금 쉽고 간단하게 접근할 수 있다고 그냥 넘어가는 옆길로 가는 것 중단해애 한다. 좋은 방안을 찾고 만들어서 제2의 인생에 불꽃을 피울 수 있도록 하자. 저처럼 책 읽는 것을 요구는 하지 않는다. 부탁하고 싶은 것은 책 읽는데 취미가 없어도 나의 앞길에 도움이 되는 책은 좀 찾아서 읽어보자. 너무 급하게 서둘지 말고 천천히 책을 읽으면서 무엇이 좋고, 무엇을 준비해야 좋다는 정보와 사례를 많이 소개를 하고 있는 책들이 시중에 나와 있다. 읽기 쉽고 이해하기 쉽고 내가 배울 수 것들이 많이 소개되어 있다. 주위에 깔려 있는 정보를 차근차근히 읽고서 내가 하고 싶고 정말로 좋아하는 일을 찾아서 나의 것으로 만들게 되면 옆길로 가는 것이 조금은 멈추어질 것으로 확신을 한다.

2-20

백수를 잡았다.

잘 아는 것처럼 아무것도 하지 않고 놀고 있는 사람이 백수다. 백수들은 우선 내가 일을 할 능력을 파악하지 못하는 사람들이 아닐까? 자신을 알리려고 우선은 노력을 하지 않는 사람의 본능을 가지고 있기에 처음부터 아무런 일을 하지 않는다. 백수로 살면서도 옷의 맵시나 외부의 모양은 일을 하는 사람과도 비교가 되지 않을 정도로 잘 가꾼다. 무슨 돈으로 그렇게 하는 줄은 몰라도 늘 외모는 어떤 사람에게 비교가 될지 않을 정도로 말쑥하게 하고 다니는 것을 볼 수가 있다. 다시 말해서 외모 모양을 꾸미는데 일가견 있는 사람으로 보인다. 처음으로 백수를 만나면 가끔은 놀란다. 잘 꾸며진 외모를 보고 식견과 경제를 겸비한 어느 기업의 최고의 장으로 볼 수도 있다. 일 없어도 나름의 멋을 부리면 살아가는 사람들이 많다. 우리들도 그렇게 변할 수 있다. 무언가를 하려고 머리로 고민을 해도 별로 무언가가 등장도 하지 않고 하니 백수로 살자고 마음으로 결정을 하고 백수가 되는 사람도 더러 있다. 이것도 사람을 힘들게 만드는 일이다. 곁에 같이 살고 있는 사모님이 힘들게 살게 된다. 마냥 옷을 멋있게 입고서 용돈을 요구하고 밖에서 제대로 활동할 수 있는 경제적 비용을 요구를 한다. 요구하는 것도 한두 번이 아니고 외출할 때마다 돈을 요구하고 가끔은 모양을 가꾸는 비용도 요구를 한다. 정말로 사모님은 난감하다. 줄 수도 없고 안 줄 수도 없는 입장에 도달할 때가 많아진다. 정말로 사모님은 속이 타고 죽고 싶을 정도의 스트레스가 매일 몰려온다. 삶이란 정말로 어렵고 힘든 과정이다. 부부간에 말도 통용되지 않고 오직 지금까지 돈을 벌어 주었으니 나도 앞으로 조금 사용할 자격이 있지 않는 나고 요구를 한다. 말 하는 행위를 보면 정말로 힘든 일이 벌어진다. 힘든 일이 일어나고 있는데 당사자는 자기가 멋진 일을 하고 있는 것처럼 생각을 한다는 것이 사람을 죽일 일이다. 여기서 우리는 앞으로 달려온 일이 무엇일까 하는 것을 제대로 생각을 하지 못하고 있다는 점이 너무나 가슴 아픈 일이다. 이것은 착각을 일으킨다고 말을 해야 할까 그렇지 않으면 정신적으로 문제가 있다고 봐야 할지 궁금할 지경이다. 그렇다고 이혼을 할 수도 없고, 사람을 어떻게 집 밖으로 몰아낼 수도 없고 정말로 다양하게 사모님 마음을 아프게 괴롭게 한다.

백수로 살아가는 사람 자신도 가끔은 자신을 돌아다보면 조금은 문제가 있고, 조금 더 돌아서서 쳐다보면 정신이 좀 나간 사람이 아닐까 하는 생각도 들게 한다. 지금 열심히 마음을 가다듬어 무슨 일을 찾든지 아니면 자신을 발전시킬 수 있는 취미를 찾든지 해야 하는데 생각해보지도 않는 백수 짓을 하다니 도저히 이해할 수가 없는 노릇이다. 백수 생활을 그렇게 오랜 가지도 못할 일이다. 오래갈 수 없는 것이 돈의 문제가 따라오기 때문이다. 얼마 가지 않으면 경제적으로 힘들어지는 상황을 맞이하게 된다. 그때 뒤로 돌아다보면 엄청난 후회가 따라올 일이다. 이렇게 무식하고 책임 없는 행동을 멀리하는 것이 자신에게도 좋고 가정에도 좋은 행동이다. 자신이 자신을 보호하고 자신을 즐겁게 하루하루 살아가게 하는 것이 얼마나 중요한 것인지를 제대로 알고 살아야 한다. 늘 하는 이야기지만 세상에 공짜가 없고 그냥 무엇을 얻을 수가 없다. 이런 세상에 살아남기 위해서는 고생도 하고 남보다도 고민도 많이 해 보아야만 나의 참된 길을 만날 수가 있게 된다. 모든 일을 그냥 아무 고생도 고민도 없이 얻어질 것이라고 생각하고 무언가를 찾으려고 하면 엄청난 고통이 발생하게 된다. 무언가를 얻기 위해 백수의 길로 왔다면 빨리 뒤돌아서 나가야 한다. 간단하게 생각하는 일들에 대해 한 번쯤 물을 먹게 되면 쉽게 그 물맛에서 빠져나오지를 못한다. 조금 나쁜 길에 한 발자국 담근 후에 물러 설수 있을 거라고 생각해서 돌아서면 그렇게 쉽게 돌아서지를 못한다. 별 맛도 없다고 생각하고 그냥 간단하게 생각한 물맛이 나를 자꾸 잡아당긴다. 그 물 근처에 가지도 말아야 한다. 근처도 아니고 벌써 물을 먹었다면 힘들다. 다들 주위에 보면 간단하고 별것 아닌 것으로 생각되는 도박, 술, 비정상적인 연애, 백수 등이 정말로 사람을 끌어당기는 묘한 즉 말로는 표현하기가 무척이나 힘든 일들이 벌어진다. 늘 어른들이 말을 한다. 그런 것에는 근처에도 가지도 말고 한 발자국도 들어서지 않기를 바란다. 받아들이는 사람들은 가볍게 생각을 하는 것 같다. 들어 간다가 문제가 있으면 나오면 되지 하는 생각으로 발을 들어 놓는다. 발을 들어 놓는 순간에 그 발은 순간적으로 안으로 깊숙이 들어가서는 뒤로 돌아 나올 수 없는 인생이 되고 만다. 주위에 보면 그렇게 간단하고 쉽게생각하는 분들이 많음을 볼 수가 있다. 이 책을 읽게 되는 분들에게 부탁은 절대로 이런 것에는 갈 생각조차 하지 말아야 한다. 머릿속에 이런 단어조차도 들어오지 못하게 해야 한다. 저는 새벽에 산에 올라가서는 운동을 하면 주위 여성분들과 서로 대화도 한다. 대화를 하드래도 저는 관심 없이 오직 운동에만 집중을 한다. 잘 아고 있듯이 나이가 들어서 운동을 하면 제대로 근육이 성장을 하지 않는다. 그런 시점에 도달한 사람이 옆에 여성들과 농담이나 하고 그렇게 되면 운동도 되지 않고 여성들은 자기와 무슨 관계를 맺기 위한 작전 농담에 걸러 들어가지 않도록 무척이나 노력을 해야 한다. 사람이 살아가는 일이 그렇게 쉽고 간단하지만 않는다. 자기가 나름의 기준을 세워서 이행을 하지 않으면 어떤 옆길로 걸어갈지 아무도 알 수가 없다. 옆길로 왔구나 하고 생각을 하면 그때는 이미 늦었다. 조금이라도 여유를 주면 옆길로 자기도 모르는 사이에 눈이 돌아간다. 모르는 사이에 눈이 옆길로 돌아가지 않도록 조금은 긴장을 하고 살아야 한다. 그렇게 긴장을 하지 않으면 옆에서 옆길로 유인하는 매개체들이 항상 주위에 널려 있음을 인식하고 좀 더 차원 있고 깊이 있는 삶을 위해서 조금은 냉정하고 긴장하는 자세가 꼭 필요하다고 말을 하고 싶다. 직장 생활 할 때는 제안된 시간 속에서 활동을 하므로 해서 시간에 제약을 받는다. 시간 제약에 활동을 하다 보니 옆길로 가는 것에 눈을 돌리 시간이 없다. 돌리 시간적 여유가 없기에 옆길로 볼 눈이 돌아가지를 않는다. 퇴임을 하게 되면 제일 많이 우리에게 허용되는 것이 시간이다. 직장 다닐 때는 늘 바쁜 생활에 시간이 무언지 생각할 겨를이 없었다. 퇴임을 하고 보니 내 눈에 와 있는 것은 시간뿐이다. 그 시간을 제대로 잘 활용을 하게 되면 백수의 근처에도 가지를 못할 것이다. 그것이 아니고 시간이 많으니 이것도 보게 되고 저것도 보게 된다. 풍족한 시간을 역 이용을 해서 잘 못된 길인 백수에도 발을 들어 놓게 된다. 발을 들어 놓게 되다 보니 자기가 마치 이 세상에 그 큰 무엇이 된 것처럼 착각 속에 삶을 사는 사람들이 되게 된다. 그냥 백수가 되어다가 싫다고 쉽게 돌아올 수가 없다는 사실에 주목을 해야 한다. 앞에서도 언급한 사항을 반복해서 언급을 하는 것은 그만큼 우리를 힘들게 하는 것이기 때문이다. 정말로 지금의 내 위치가 힘들고 어렵다고 해서 이런 백수에 접근하는 일에 대해서는 많은 생각을 하고 해야 할 일이다. 백수를 잡을 수 있는 일은 우리 주위에 많이 있다. 조금은 찾아가는데 시간이 소요되고 귀찮다는 생각도 있다. 앞에서 언급한 사항은 나에게 좋은 일이나 취미를 주기 위한 일임을 우선은 알아야 한다. 그냥 얻어지는 일은 없다. 주위에서 저보고 이 산에 왜 그렇게 오랫동안 다니 나고 물어본다. 그 질문에 대한 대답은 간단하다. 이 산에 올라오는 순간 행복하다. 왜냐하면 자연이 주는 만족감과 자연의 흐름에서 얻을 수 있는 행복이 나를 감싸 주고 있기 때문이다. 산에 다니면서 산에서 얻을 수 있는 교훈이 너무나 많다. 나무들을 보면 아무도 누가 돌봐 주지 않는다. 돌봐 주는 사람이 없어도 몇 십 년 백 년을 혼자서 자라고 있다. 혼자 크고 있으면 한 번도 우리에게 불평을 말하지 않고 쉼 없이 성장을 하고 있다. 사람은 그렇지가 않다. 주위에서도 보면 조금만 힘들어도 불만을 터뜨리고 야단을 한다. 산에서 진정으로 배움은 침묵이 아닌가 한다. 침묵 속에서 자기들의 일과를 지속적으로 이행을 하는 것을 보고 배워야 한다. 매일 산에 갈 때마다 배우고 온다. 그 배움이 좋아서 매일 산에 온다고 말을 자신 있게 말을 한다. 왜냐하면 그것이 사실이니까 그 사실이 이 시간까지 36년을 넘어가고 있다. 조금은 힘들어 보이는 이런 활동을 하는 것이 진정한 마음의 행복을 찾을 수가 있는 것이기에 우리도 여기에 한번 도전을 하는 것이 좋을 것으로 생각된다. 이렇게 자연을 배우고 행복을 매일 맛볼 수 있는 이런 일에 매진하는 것도 나름의 행복이 아닐까?

앞에서도 언급을 했다. 산에 다니면서 산의 지혜도 배우고 산 따라 걷기를 제대로 하면 다리는 물론 신체에도 큰 힘을 얻을 수가 있다. 이렇게 매일이 아니라도 주 3일만 하드래도 많은 효과를 얻을 수가 있다고 한다. 신체적인 근력과 지력이 채워지는 운동을 꾸준히 하게 되면 신체의 건강을 얻어진다. 신체적인 건강이 얻어지게 되면 옆길로 가고자 하는 마음이 도망가고 말 것이다. 왜냐하면 산속의 맑은 공기를 많이 마시고 활발한 운동을 하게 되면 뇌가 정상적인 활동을 하므로 해서 다른 옆길은 전혀 오르지도 않고 보이지도 않는다. 좋은 것을 도전해 보면 이것이 꿩 먹고 알 먹고 가 되는 일이다. 그런 말을 들어왔을 것이다. 건전한 신체에 건전한 정신이 들게 된다고 말이다. 아무런 생각을 하지 말고 야산에 등산하면서 운동이나 열심히 하자. 운동을 하게 되면 좋은 일이 나타날 것이며 할 수 있는 일들이 나에게 주어진다. 저는 책을 조금 좋아해서 블로그 가지고 있으면서 책을 읽고 책 속의 글을 올리기 시작을 했었다. 어느 날 독서 카페에서 책을 읽고 서평을 쓰는 일에 도전할 생각이 없느냐고 하면서 초대를 해주었다. 그 초대에 응해서 책을 받고 서평을 쓰기 시작한 것이 지금까지 1,700권 넘게 책을 읽고 있고 서평도 쓰고 있다. 어느 날 우연히 작가님을 알게 되어서 책을 쓰는 비법의 교육을 받게 해주시고 책도 쓰게 해주었다. 이렇게 좋은 일이 우연의 일치로 책도 쓰고 책도 읽고 서평도 쓰고 하는 행운이 나에게 주어졌다. 이런 행운을 나 혼자만 가지며 살아가기에는 너무 과분하다. 여러분들도 저처럼 이렇게 좋은 행운을 같이 할 사람들이 많았으면 좋겠다. 조금은 부족은 하지만 그래도 저처럼 이런 과정 속에서 살고 싶은 사람이 있으면 도와드리고 싶다. 이렇게 생활을 하게 되면 백수란 것은 나에게서 영원히 멀어져 가고 없다. 매일 등산하면서 운동 하고 운동을 하고 집에 와서 몸을 씻고 맑은 정신으로 책을 읽고 서평을 쓰는 시간을 가지게 되면 하루가 아니 1개월이 언제 내 곁을 지나가는 지도 모른다. 요사이는 여름이고 111년 만에 오는 폭염이라고 하는데도 책까지 쓰면서 시간을 보내고 있는데 더 빨리 하루가 내 곁에서 사라지고 있다. 세월을 낚는 것이 나이가 들어서 큰 행복이라고 학창시절에 교장선생님한테 들은 이야기다. 그 시절에 철이 없어서 몰랐다. 세월이 지나서 나이가 들어서 지금 생각을 하니 그때 그 말씀이 그냥 하신 말이 아님을 알았다. 지금 주위에 백수는 물론 취미도 없고 일도 없어서 힘들게 하루 하루를 보내는 사람들이 많다. 얼마 있지 않으면 퇴임을 많이 할 것 같은데 그분들도 나오면 더 많은 사람들이 힘들게 살아갈 것이다. 지금 우리도 우리지만 일본에서도 퇴임 이혼인 부쩍 늘어난다고 한다. 우리나라는 황혼이혼이 늘어나고 있다면서 언론에서 야단을 하고 있는 이 시점에 퇴임에 대해서 달리 생각하고 자신을 어떻게 만들어서 사회에 적응을 할 수 있는 좋은 방안을 만들어야 한다. 백수 잡는 일이 따로 있는 것이 아니다. 자기 일을 찾거나 아니면 취미를 찾아서 자기의 일로 만들어 매진을 하게 되면 그것이 백수를 잡는 일이다. 어렵게 생각을 할 것 없다. 취미도 나의 일이다. 그 취미를 잘 살려서 저처럼 블로그 나 카페를 만들어서 운영을 하면 그것이 나의 일이다. 어렵게 생각을 할 것이 없다. 취미도 제대로 잘 살려서 인터넷에 흔적을 잘 만들어 올려놓으면 그것이 작품이다. 작품이 따로 있는 것이 아니고 그런 흔적이 지금의 시대에는 작품이다. 그 흔적을 보는 사람에 따라서 내 흔적이 작품으로 결정이 된다. 지금 시대에는 많은 분들이 그렇게 해서 나름의 큰 행운을 얻고 있는 사람들이 많다. 무엇이든 지금은 자기가 흔적만이라도 잘 운영하는 능력이 있으면 대접을 받고 환영을 받는 사람들이 많이 있다. 환영을 받는 그 일에 우리도 도전해서 나의 일을 제대로 만들어 보는 것이 좋을 것 같다는 생각을 한다. 백수를 잡을 수 있는 일은 얼마든지 많이 있다. 이 책에서 앞에 소개한 여러 가지 일들 중에 한 개라도 선택해서 잘 도전을 하면 분명히 백수를 잡는 일이 된다.

백수는 누구나 보아도 조금은 실망스러운 눈으로 쳐다보는 것이 지금의 우리의 정서다. 지금의 백수라고 해서 영원히 백수로 살아가라는 법은 없다. 백수 생활에서 자신을 잘 돌아다보면 더 좋은 일을 찾거나 취미를 만들어 가는데 도움은 될 것으로 본다. 자기의 자신에 대한 나름의 정돈은 되어 있으니 말이다. 다만 그냥 논다는 생각만 조금 접고 나도 이렇게 살아서는 되지 않는 일이 아닌가 하는 생각을 하게 되면 그 백수에서 걸어 나올 수 있다고 생각을 한다. 자신을 놓아 쓰면서도 그냥 쉬었다고 생각한다. 단순하게 옆길로 간다는 생각으로 몰아가면서 한 치도 양심에 잘못으로 생각을 하지 않는다. 이런 분들은 자기 자신에 대해 외모에 부단히 신경을 쓴 분들이기 때문에 잠깐 옆길로 간 것에 아무런 잘못을 생각하지 않는다. 이런 분들은 조금은 옆에서 도와주고 정다운 대화를 나누고 진정성이 있는 대화를 가질 수만 있다면 쉽게 백수를 잡을 수 있는 길이 열린다. 잠시 옆길에서 자기를 다시 볼 수 있는 기회를 만들 수 있다고 본다. 자신을 제대로 볼 수 있는 기회를 얻게 되면 백수 생활이 자기에게 도움이 되기도 한다. 어떻게 보면 한 쪽에서 자신을 쳐다보고 자신에 대해 생각은 하면서 백수생활을 하는 것이니 그냥 방황하거나, 노는 사람들과는 조금은 차이가 있다. 퇴임 후에 여러 가지 일들이 우리 앞에 올 수가 있다. 오는 일들이나 상황을 잘 파악하고 볼 수 있는 눈을 제대로 가지지 못한 분들이 제법 된다고 본다. 퇴임 후에 여러 방향으로 흘러갈 수 있는 여건들이 우리들 앞에 놓이게 된다. 선별 능력 부족으로 오는 옆길 행동에서 빨리 벗어나 진정으로 나의 길을 갈 수 있도록 조금만 노력을 한다면 충분히 좋은 길로 갈 수 있는 기회를 잡을 수가 있다고 확신을 한다. 사람은 다들 무언가를 하게 된 것으로 생각이 된다. 할 수 있다는 자신감을 가지고 조금 똑바로 쳐다보고 찾아가도록 하자고 외치고 싶다. 앞에서도 자주 부탁을 했는데 옆에 퇴임 한 사람과 비교를 하지 말고 그냥 참고 참조를 해서 내일의 주인공이 되도록 하는 것이 좋다고 생각 한다. 여러분들도 그렇게 할 수가 있다. 조금은 시간이 걸리는 것도 이해하고 그렇게 이해를 하고 조금씩 무엇이든 하게 되면 내 손에서 신적인 재능이 발휘된다고 본다. 저도 처음에 책을 읽고 서평을 쓰는 일에 많이 힘들고 중간에 포기도 하고 싶었다. 싫은 마음이 나를 항해 달려올 때는 운동으로 나를 잡았다. 운동을 하고 나면 새로운 힘이 생기고 책상에 앉아서 책을 읽을 수 있는 자신감과 인내가 내 곁에 찾아와서는 책에 몰입하도록 해주었다. 운동 즉 나의 몸을 만들어가는 일이 나에게는 우선 제일임을 알았다. 몸을 만들게 되면 나도 모르게 진정성을 가지는 사람으로 발전시켜 주는 것을 스스로 느끼게 되었다. 무언가 하는 것도 중요하지만 중년에서 노인네로 전환하는 시기에 몸에 이상이 오고 몸이 탄력성을 잃어가는 시점이다. 이런 시점에 자기를 다시 만들어서 나의 삶에 진정한 나로 살아갈 수 있는 힘을 얻도록 해야 한다. 기회는 얼마든지 만들 수 있다고 본다. 자기의 몸을 만들어 가는 일에도 조금은 신경을 쓰는 것이 좋다고 본다. 잘 알다시피 그릇에 무언가를 담기 위해서는 그릇이 단단하고 어느 한 곳에도 균열이 없는 그릇이 되어야 하는 것처럼 나의 몸도 그렇게 만들어 보자. 몸이 만들어지고 운동도 지속적으로 하다보면 몸도 몸이지만 정신이 새롭게 좋은 방향으로 발전이 됨을 느낄 수가 있다. 주위에 물어보자 몸을 제대로 관리하고 운동하는 사람치고 백수 행동하는 사람이 있는가 말이다. 완전한 몸을 만들면 나도 모르게 정신에 변화가 온다는 것은 명백한 사실이다. 백수는 하루아침에 나한테서 멀어진다. 이렇게 작은 것에 자기의 모든 것을 받쳐 보는 정신이 주어진다면 백수도 잡을 수 있다고 저는 확신을 한다.

3부

행복 만들기

3-1

블로그나 카페 만들기

지금의 시대는 인터넷으로 많은 정보를 얻을 수 있는 시대가 되었다. 그 정보를 공유하므로 해서 지금 세상 물결에 발맞추어 살아가는 시대로 변했다. 모든 생활에서 인터넷을 빼놓고는 살 수 없는 시대로 전환되어버린 것이다. 이제는 이 인터넷을 벗어나서, 인터넷을 활용하지를 않으면 21세기에 더 이상 살아갈 수가 있는 삶이 되지 않는다. 어떤 전제가 형성되어버린 시대에 우리는 살고 있다. 우리가 살아가면서 공기를 버리고, 공기 없이 살 수 없는 것처럼 인터넷도 지금의 우리 삶 깊숙이 들어와 있기에 인터넷을 떠나서는 살 수 없다. 지금 퇴임한 아빠는 인터넷을 이용하고 인터넷 정보를 어떻게 내 것으로 만들 것인가에 따라 나의 삶이 형성이 된다고 보아야 할 것이다. 그 인터넷 속에서 즐기는 삶, 인터넷을 통해 행복과 즐거움을 찾는 시대로 변한 것이다. 인터넷을 어떻게 이용하고 그 인터넷 정보를 어느 방향으로 내가 활용할 것인가 따라서 내 인생의 프레임이 달라지는 시대로 변해 버린 것이다. 먼저 우리가 알고 살아야 새로운 세상이 있는 시대가 되었다. 변한 세상에 변한 물결에 같이 가도록 자기 자신을 이끌어 가야만 나름의 즐거움도 얻고, 행복도 얻을 것이다. 변한 세월에 변하지 않은 세월의 패턴으로 산다는 것은 자기를 퇴화 시키는 일이다. 자신 주위에 있는 사람들과 격별을 시키는 행동이 되는 것이다. 그렇게 되면 늘 남에게 버림을 받게 된다. 동떨어진 삶에만 적용되어 남의 뒤에 따라가는 인생이 된다. 그렇게 되는 인생은 너무나 고달프다. 내가 가지고 있는 구시대의 패턴으로는 변한 세상에 적응을 못하고 그냥 왕따를 당하는 신세가 될 수도 있다고 본다. 정말로 살맛이 날까? 여러분들도 같이 생각을 해보자고. 그것은 자기를 죽이는 일이고 가까이 있는 사람에게 스트레스를 주는 일에 불과 하다. 그렇게 되면 가까이 있는 사람, 주위에 있는 사람들과 어울리지도 못한다. 서로 간의 대화가 통하지도 않는다. 그냥 외롭고, 늘 구석진 곳에 머물게 되고 정말로 살아갈 희망도 없게 된다. 재미도 없는 삶 속으로 이끌어 가게 된다. 그렇게 되지 않기 위해서는 인터넷 시대에 맞는 생활의 의식을 바꾸어야만 살아갈 수 있다.

지금의 시대에는 인터넷 속으로 들어가면 정말로 생각지도 못한 세상임을 잘 알 수가 있는 시대로 변했다. 옛날에는 보지도 못한 일들, 정보들이 솟아나고 있다. 많은 정보를 나의 것으로 만들어 가기 위해서는 인터넷을 보고 나름의 공부도 필요 하다. 인터넷으로 들어오기 위해서는 주위에 많이 깔려있는 컴퓨터를 할 줄 하는 기술을 익혀야만 한다. 첫째로 해야 할 일이다. 주위에 컴퓨터 학원도 많고, 평생교육장에 가도 쉽게 컴퓨터를 배울 수가 있다. 컴퓨터를 배우면 그다음은 자기가 할 것이 무엇인지, 인터넷 속에 내가 필요한 정보를 찾아가는 긍정적인 사고도 정말로 필요 하다. 그렇게 컴퓨터를 배우고, 인터넷 속으로 들어갔다 나왔다 하면서 내가 할 수 있는 일이 무엇인지를 찾아가는 일이다. 이것이 둘째로 해야 할 일이다. 다시 말해서 컴퓨터를 내 손으로 자주 조작하고 자주 보는 습관을 만들어 가는 것도 좋은 접근 방법이라고 생각 한다. 사용을 반복하다 보면 특히 사모님이 한마디 할 것이다. 컴퓨터에 너무 많은 시간 매달리고 있는 것이 아닌 나고 할 정도로 같이 놀다 보면 무언가를 발견할 수가 있다. 그다음은 탐색하고, 나의 취미를 찾아내고 하다 보면 나의 홈페이지를 만들고 싶어진다. 어느 정도는 시간을 좀 소비하고 마음속으로는 어떤 항목에, 아니면 내가 가지고 있는 취미에 맞는 홈페이지를 만들까 하는 고민도 하고 해서 만들어 보는 것이 좋다. 생각을 거듭하고 하다 보면 홈페이지는 당신의 것이 될 수 있다. 그 홈페이지[블로그, 카페 등]로 인하여 당신의 삶이 바뀔 수가 있다고 본다. 당신에게 제2의 인생을 이끌어 가는데 새로운 바람을 일으킬 수가 있을 것이다. 처음부터 조금씩 매일 지속적으로 자기를 유도하도록 해서 컴퓨터 속에 황금을 찾아가는 길을 개척하도록 해보는 것이다. 제2의 인생에 엄청난 기부를 당신께 들이는 기회가 되고, 그 기회를 잘 잡으므로 해서 남은 인생에 활력을 찾아보는 것이 어떨까? 너무 걱정을 하지 말고 우선 변한 시대에 대해 먼저 알아야 하고 우리를 만들어가는 방법은 이 컴퓨터를 잘 활용하여 나의 인생에 새로운 동력을 일으키고 나도 대박을 칠 수 있다는 자부심, 긍정적인 사고력을 발동시키도록 하자.

시작이 반이라는 우리나라 속담처럼 처음부터 너무 큰 것을 바라고 시작하는 것보다는 작은 일부터 차근차근 시작하는 것이 좋을 것 같다. 다시 말해서 내가 지금 하고 있는 일에 나의 습관이 될 수 있도록 지속성을 가지고 있어야만 한다. 조금씩 지속성을 가지고 일을 추진해야 가능하다. 그냥 며칠 하고는 재미가 없다고 하면 되지 않는다. 별로 의미도 없고 재미도 없다고 하면 되지 않는 것이 우리들 일이다. 자기가 하고 있는 일을 이런 의식으로 몰고 가다 보면 또 싫증을 내고 중단을 할 수가 있다. 자신에게 실망을 주고 자꾸만 자기가 하는 일은 왜 되지 않을까? 하는 반문 속에 자기 능력에 저항하는 부정적인 사고방식만 자꾸 터져 나오게 만든다. 아무것도 하지 않은 채 세월 속에 묻혀서 살아가는 환경으로 변하게 된다. 퇴임 후에 우리가 생각할 것은 모든 것은 시간이 요하고, 날짜가 지나서, 지금 하는 일이 하루하루 조금씩 실천해야 된다는 사실이 매우 중요하다고 생각한다. 무엇이든 그냥 하면 금방 무언가를 얻을 수 있다는 생각을 버리고, 조금씩 모아지는 맛에 자기 자신을 몰두해야 된다고 본다.

노력해서 자기의 홈페이지 즉 블로그, 카페를 만들어 본다. 내가 무엇을 주제로 내 홈페이지를 만들 것인가 하는 생각에 몰두를 잠시 중단하자. 우선은 내가 하고자 하는 홈페이지를 가지고 있는 선배들은 무엇을 주제로 자기 홈페이지를 꾸미고 만들어 가고 있는지를 구경을 하도록 하자. 많은 블로그나 카페를 방문하여 탐색도 하고 놀려 다니기도 하다 보면 나의 주제에 대해 어느 정도 감은 잡을 수가 있다. 무엇을 밑그림으로 나의 홈페이지를 경쟁력 있는 홈페이지를 만들 것인가 하는 것에 하루하루 도전을 해본다. 우선 그렇게 하다 보면 주위에 가족들이 아빠께서 무언가를 하고 있구나 하는 만족감을 주게 된다. 이렇게 안정적인 분위기를 만들어 줌으로 해서 가족들 마음이 조금씩 희망적이고 기쁨을 얻어 가게 된다. 시작이 반이라는 말처럼 그렇게 시작을 하게 되면 아빠머리가 무언가를 찾게 되고 무언가를 만들려는 욕구가 발생 된다. 제발 부탁이 그냥 가만히 앉아서 무엇을 생각하고 무엇을 계획하는 것도 좋다. 생각에서 실천으로 옮겨 보는 것이다. 비록 작지만 그 작은 실천이 앞으로 큰 그릇이 된다고 본다. 이유는 간단하다. 지금까지 현장에서 30년 이상 일을 했는데 왜 다른 것을 못할까? 못한다는 생각에 갇혀서 나오지를 못해서 못하는 것이지 능력이 없어서 못하는 것은 아닐 것이다. 못할 것 같은 생각이 갇혀서 그 생각에서 밖으로 뛰어나오고자 하는 자신감, 실천의 의욕이 적어서 나오지를 못하는 실정이다. 일단 시작하는 자세 그것이 나를 살리고 죽이고 하는 것임을 우리는 인식을 잘 해야 한다. 컴퓨터에 시작하는 나의 홈페이지에 무언가를 만들고 만들어진 것들에 남들이 댓글을 달고, 평을 해주고 하는 일이 시작되면 그때부터는 자기도 모르는 성취감에 도취되어서 누군가 옆에서 그만 둘 것을 강요해도 그때부터는 아무리 말려도 컴퓨터의 홈페이지에 매달리는 시간은 점점 길어진다. 생각지도 못한 상황이 변화를 주고 있는 것을 느끼게 될 것이다. 우선 무엇이든 홈페이지를 만들어서 나름의 귀한 자료나, 자기가 좋아하는 것들, 혹시 지금 취미로 하고 있는 것들을 홈페이지에서 흔적을 만들어 보자! 정말로 세상에 새롭게 태어나는 기분도 생기고 무언가를 자꾸 만들어 보고 싶다. 남에게 이 홈페이지를 통해서 자랑하고 싶은 욕망이 일어나게 된다. 그것이 나의 일이 되고, 그렇게 열심히 하다 보면 내가 하고 싶어지는 욕망도 생기는 것이다. 무언가를 해서 일을 만들고, 그 일을 만들어 가는데 나의 모든 것이 몰입하게 되고, 일을 반복적으로 하게 되면 살맛도 나고, 무언가 더 좋은 것을 홈페이지에 올리기 위해서 노력도 하게 되고, 연구도 하게 된다고 본다.

여기서 저의 이야기를 좀 할까 한다. 저는 홈페이지, 블로그를 만든 것이 2007년 12월에 만들었다. 그때 회사에서 정년퇴임을 맞이할 사람들에게 사회에 나가서 사회에 적응에 관련 교육을 시키고 있을 때인데, 강사분이 앞으로 시대는 흔적이 시대이므로 블로그, 카페 등을 만들어 잘 활용하면 좋은 취미를 살리 수가 있다고 했다. 또는 자기 용

돈을 벌 수 있는 기회도 올 것이라고 했다. 저는 그때 강사분의 말을 듣고 바로 블로그 만들었고, 블로그 이름도 그때 강사분이 지어주었다, ' 책벌레 '란 이름을 받아서 지금도 그 이름을 달고 있다. 그 이름을 달게 된 것은 그때부터도 독서를 좋아한다는 말에 책벌레가 좋다고 해서 달았다. 그 이름대로 지금도 책을 읽으면서 책의 서평을 계속해서 쓰고 있다. 책을 좋아하다 보니 책을 읽고 책 속에 좋은 말들을 발췌하여 나의 블로그에 올리고 했다. 그때마다 책 관련 카페에서 책을 읽고 서평을 올려볼 것을 요구하고 자기들의 카페에 회원으로 가입하도록 초대를 받게 되었다. 그 초대 회원으로 가입했고, 가입 후에 신간에 대해 읽어볼 욕심으로 응모에 응하게 되었다. 하루하루 시작한 것이 지난 2016년 5월 3일에 천권의 책을 읽었다. 지금도 계속해서 읽고 있고, 목표가 매년 300권씩 읽는 것이 목표다. 이렇게 시작한 것이 지금에는 완전히 나의 하루 일과가 되었고, 매일 신선한 신간의 책들이 나의 책상 위에서 내가 읽어 주기를 기다리고 있다. 세상이 얼마나 좋으면 이렇게 내 돈 한 푼도 들지 않고 벌써 천권을 읽을 수 있었다. 지금도 읽고 서평 쓰는 일이 계속되고 있다. 이것도 서두에서 말한 것처럼 홈페이지를 만들지 않았으면 절대로 할 수 없는 일이다. 이런 일이 꿩 먹고 알 먹고 하는 일인 것 같다. 저는 블로그를 만들어서 매달 30권의 책을 읽고 서평을 쓰고 쓴 서평에 대해서 댓글도 받는다. 나의 성취감도 얻고, 많은 혜택을 받으면서 즐겁게 살아가고 있다. 여러분들도 이런 일에 도전을 해볼 생각이 있으면 저의 블로그 들어와서 구경하고 자문을 구하면 언제든지 도와줄 용기와 자신감이 있다. 절대로 선택된 사람이 하는 일이 아님을 확실히 알려드리고 싶다. 누군 나 다 할 수 있는 일이란 것을 우선 알아준다면 고맙다. 이런 일도 우선 컴퓨터를 할 줄 알고, 인터넷 정보 속으로 들어가면 많은 일들이 기다리고 있다. 기다리고 있는 일들을 한 개씩, 아니 반개씩 나누어서 조금씩 시작을 하면 저처럼 재미있게 활동을 할 수 있다고 확신을 한다. 내가 그렇게 시작해서 지금 행복하게 활동을 하고 있으니 자신감 있게 말을 할 수가 있다. 남에게 인정을 받고, 때로는 서평을 쓰면 작가들이 개인적으로 공짜로 책을 5권 이상 덤으로 보내주기도 한다. 우선은 부탁하고 싶은 것은 지속성을 가지고 한다는 것을 마음속에 다짐 하고 있어야 한다. 그것만 마음속에 담고 있으면 안 되는 일이 없다는 것을 저가 경험했기에 자신 있게 말을 할 수가 있다.

블로그를 만들어서 얻는 행복이 또 있다. 잘 알다시피 퇴임 후에는 폰이 울리지 않고, 폰을 사용하는 횟수가 줄어들게 된다. 하루 종일 있으면 나도 모르게 공허감이 나에게로 몰려온다. 블로그를 만들고, 그 블로그로 통해서 책의 독서, 서평을 관장하는 카페에서 초대를 받고 그 받은 것에 대해 회원으로 가입을 한다. 가입한 후에 책 응모에 응모해서 당첨이 되면 집으로 책이 태백으로 오는데 그 태백 기사께서 문자도 보내고, 폰 통화도 하게 된다. 그냥 침묵으로 일관하든 폰이 울리고 그 울림에서 나의 행동에 활력소를 제공해준다. 사람 사는 맛도 느끼고, 책도 공짜로 받다 보니 저는 이 택배의 책을 "행복 보따리"로 명명하여 부르고 있다. 그 행복 보따리로 인하여 책도 읽고, 그 읽은 책에 대해서 서평도 쓰고 이렇게 하루의 일과 한 부분을 찾지 하는 일 때문에 매일 바쁘다. 긴장도 하고 그렇게 살다 보니 지금은 어떻게 보면 옛날 직장 생활하는 리듬을 다시 찾아서 생활을 하고 있는 듯 너무나 행복하게 살고 있다. 여러분들도 그냥 가만히 있는 생활에서 나의 일을 찾아가고, 저처럼 블로그를 만들어서 많은 사람과 교제하는 시간을 가져 보는 것이 좋다고 생각된다. 저의 이야기를 좀 더 하자면 저는 이 블로그를 통해서 전남일보가 저의 블로그를 신문에 올리고 싶다 해서 허락을 해서 전남일보에 한 번 등재한 일도 있었다. 또 이 블로그를 통해 KBS 아침마당 작가 전화로 아침마당 출연을 요구 한 적도 있다. 이 것이 지금의 시대 흔적으로 인하여 얻어지는 행운이고 행복이라 생각을 한다. 여러분도 그 좋은 컴퓨터 실력을 죽이는 일이 없도록 하고 그 컴퓨터 실력으로 인터넷을 잘 이용하여 좋은 홈페이지를 만들어 정말로 시대에 맞게 살고, 행복이 늘 함께 하는 삶을 살도록 하자. 퇴임 후에 우리가 생각하는 행복은 놀고 그냥 사는 것이 아니고 조금은 움직일 수 있는 일을 꾸준히 하는 것이 어쩌며 나이 들어서 행복이 될 수 있을 것이다. 무언가를 한다는 것 그것은 우리가 젊을 때 일이라고 생각해서 많은 스트레스도 받지만 노후에는 무언가를 하는 몸놀림이 무척이나 건강에, 특히 정신 건강에 좋다는 말을 많이들 한다. 그냥 가만히 놀고먹는 생활이 자신을 얼마나 죽이고 외롭고, 우울하게 만든 것인지를 미리 깨우치는 것이 좋을 것이다. 무엇이든 하는 일과, 잠에서 깨어나면 바로 할 수 있는 일 너무나 좋다고 생각된다. 언제나 내가 일을 찾아가는 생활은 나를 괴롭힘을 준다. 또 내가 항상 만들어서 하는 일은 때로는 보면 중간에 중단하게 되는 때도 있다. 그냥 멍청한 사람이 되고 만다. 그런 멍청한 일이 되지 않도록 매일매일 일이 나를 기다리게 하는 방안을 만들어야만 할 것이다. 외롭지 않고, 고독하지 않는 것이다. 중단되는 일이 되지 않기 위해서는 매일 홈페이지에 방문하여 내가 만들어갈 수 있는 아이템을 만들고, 그 아이템에 나름의 기쁨과 즐거움을 찾을 수 있도록 하자. 행하는 것이 나의 행복이고, 지속적인 행복이 내 곁에서 머물게 된다. 계속해서 늘 일을 하면서 살게 됨으로 해서 그 행복이 늘 나를 즐겁게 만들고 세상사는 맛이 있게 된다.

3-2
홈페이지에 책을 받자

나는 늘 하는 말이 있다. 그 말은 다름이 아니고 이 말이다. 세상이 너무 좋다. 위에 제목처럼 요사이는 잘만 하면 홈페이지에서 책을 받을 수 있다. 우선 책을 돈으로 사지 않고 공짜로 받을 수 있는 방법을 지금부터 말을 하고자 한다. 책을 공짜로 받기 전에 앞에서 말한 것처럼 나의 홈페이지 즉 블로그 정도의 홈페이지는 가지고 있어야 한다. 그래야만 책을 공짜로 받을 수가 있다. 이런 글귀를 처음 만나는 분은 조금은 놀란 지도 모른다. 왜냐면 공짜로 책을 한 번도 받아보지 않은 사람은 이해가 되지 않을 것이다. 아무리 세상이 좋다고 해도 공짜로 책을 주는 데는 없으니 말이다. 그것도 한두 권 정도의 지인들한테 선물로 받는 것은 모르지만 실제로 많은 책을 공짜로 받는다고 하면 사람들이 어쩌면 자기들을 기만하는 것으로 생각할지도 모르겠다. 저는 이렇게 책을 공짜로 받기 시작해서 올 5월 3일부로 천권의 책을 공짜로 받아서 책을 읽어왔다. 지금도 공짜로 책을 받아서 읽고 있다. 우선 홈페이지 덕분이라고 생각을 한다. 홈페이지가 있기에 가능한 것이다. 나중에 더 상세하게 설명을 하겠지만 홈페이지가 있기에 공짜의 책을 받을 자격이 우선 된다. 여러분도 나도 홈페이지를 통해서 무언가를 얻고 싶다. 공부도 하고 싶고, 정보를 제대로 이용하여 나의 것으로 삼고 싶다면 시대에 맞는 생활을 만들자. 앞에서 누누이 강조한 것처럼 제일 먼저 컴퓨터 다룰 줄 알아야 한다. 그렇게 다룰 줄 안다면 홈페이지를 만들 수가 있다. 많은 분들의 홈페이지도 직접 방문을 하여 블로그 카페가 무엇인지를 먼저 탐색한다. 그런 과정을 걸치면서 나의 취미도 생각을 한다. 내가 하고 싶은 일은 없는지 다른 사람들은 홈페이지를 어떻게 운영을 하고 있는지도 알아보는 자세를 가지는 것이 좋을 것이다. 남의 것을 보고, 남의 활동을 연구도 하고 해서 나의 홈페이지는 무엇을 주제로 만들어 갈 것인가 하는 것에 고민을 많이 해야 할 것이다. 조금씩 시작하는 것으로 인터넷과 친숙한 시간을 만들어 보자.

저는 인터넷을 시작하기 전에도 책을 조금은 좋아했었다. 책을 읽으면서 책 내용 중에 중요한 글귀는 노트에 옮겨 적기도 하고 했다. 그렇게 적어 오든 행위가 습관적으로 되다 보니 블로그를 만들어도 블로그에 좋은 글귀를 올려놓게 된다. 그렇게 이행하던 것을 블로그에 올려서 관리를 하고 있었다. 그런데 그것을 본 독서카페에서 책을 읽고 서평을 쓰도록 카페에 초대를 받았다. 초대받은 카페에 회원으로 등록하게 된다. 그러면서도 회원으로서 역할을 어떻게 해야 하는 것인지를 잘 몰랐다. 카페에 등록 후 카페 운영의 규칙을 읽고서 그 카페의 운영 방법에 따라서 조금씩 카페에 발을 들어놓고 활동에 임한다. 그중에서 제일 중요한 것이 매일 출석을 하는 일이다. 즉 다시 말해서 카페에 자주 방문하여 출석도 하고 그 카페에 댓글도 많이 달아주는 일을 우선하게 된다. 카페에 열심히 출석하고 댓글을 달기만 하면 카페에서 운영하는 등급을 받게 된다. 그 등급이 높으면 높을수록 카페에서 운영하는 이익을 많이 이용할 수 있고, 혜택도 받는다. 저는 열심히 해서 책을 받게 된다. 책을 받는 것도 그냥 받는 것이 아니고, 책이 처음에는 카페에서 응모자를 모집을 한다. 광고문 등록을 해주어야 한다. 저희는 우선 홈페이지에 즉 자기 블로그에 이 카페에서 응모한 광고를 내가 운영하는 홈페이지로 이전시키고, 이전시킨 주소를 복사를 해서 응모하고자 하는 카페에 등록을 해야 한다. 그다음에는 내가 지금 응모에 응하는 이유, 즉 내가 이 책을 읽어야만 하는 이유를 적절하게 기록해주어야만 한다. 그렇게 하는 이유는 이 책을 읽고자 하는 독서가들이 전국에서 내가 하는 것처럼 응모에 응하기 때문이다. 그 응하는 이유가 좀 더 구체적이고 적절한 이유가 되어야만 이 카페에서 당첨을 시켜 주는 것으로 알고 있다. 책을 한 권 읽기가 그렇게 간단한 일이 아님을 잘 알 수가 있을 것이다. 저가 공짜라는 말을 했지만 공짜가 아니다. 책을 읽고 싶어 하는 마음을 간단하게 적절하게 표현을 해야 한다. 책을 한 권을 당첨시키는 것이 그렇게 간단한 일이 아니다. 우선은 응모에 앞서 먼저 등록한 선배들이 하는 구상을 잘 읽고, 작전을 구상하고 표현할 방법을 찾아야 한다. 저는 거의 꽤 나 세월이 흘러서 기존의 카페에 등급도 상승되었고 그 상승의 덕분으로 책 선정에 당선이 되고 한다. 책을 선정하여 당선이 되면 그 책을 읽고 서평을 써야 하는 일정이 요구된다. 즉 책이 당선이 되면 당선을 확인한다. 당선을 확인한 날 이 카페에 이렇게 기록을 해야 한다. [당선 확인]이라고 필히 기재를 한다. 그렇지 않으면 당첨이 되어 발표를 해도 책을 받을 수가 없다. 값나가는 책을 한 권 받는 것이 그렇게 간단한 문제도 아니고 이 책 한 권 받는 것이 전국 독서하는 사람들 가운데에 엄청난 경쟁을 유발하기 때문에 쉽지 않다는 것을 우선은 알아야 한다. 그렇다고 너무 빨리 포기하거나 실망할 필요는 없다. 이것도 얼마큼 노력하고 지속적으로 수행하는 나에 달려 있기 때문에 누구보다도 열심히 노력하고 인내만 가지고 있으면 한 번쯤은 도전해볼 만한 일이다. 저는 책을 응모하고 난 후에는 다이어리를 관리한다. 즉 응모할 때 응모 광고에서 책이 당선 발표 날짜도 기록을 하고, 그다음에는 서평은 언제까지 써서 등록을 해야 하는지에 대한 일정을 정해준다. 그 일정을 다이어리에 기록을 하여서 관리한다. 그런 사항을 다이어리에 기록했다가 날짜 별로 그 과정을 수행하도록 한다. 책을 배송해오면 카페에 책을 배송 받은 날짜를 등록시켰어야 한다. 책을 받은 날짜로 약 7주일 이내는 읽고서 서평을 쓰고, 서평의 글자 숫자도 약 500자 이상은 되어야만 한다. 그렇지 않으면 서평을 섰다는 증명이 되지 않기에 그것은 서평을 쓰지 않는 것으로 판정을 받고, 서평 날짜에 쓰지 못하면 벌칙을 받고, 그다음부터는 책을 응모해도 당첨을 받을 수가 없다. 책 한 권 받는 것이 간단하지 않고 정확히 관리하고, 서평도 제대로 쓰도록 해야만 한다. 이렇게 꾸준히 실천하다 보면 자신을 관리 밖에 놔둘 수가 없고 매일매일 긴장을 조금씩은 하는 상태에서 살게 된다. 그렇다 보니 매일 매일이 활력이 넘치고, 책을 응모해서 당첨이 되면 아마도 로또 당첨 못지않게 행복하다. 택배를 통해서 책이 배송되면 그 행복감은 어디에 비교할 수가 없을 정도로 행복하다. 저는 책의 배송을 행복 보따리 배송이라고 생각을 하고 책을 수령한다. 그다음 책을 다 읽고서 서평을 완전히 쓰고 등록을 시키게 되면 그 성취감도 말로 표현을 할 수가 없다. 이런 일이 연속되고 매일 행복을 가져다주기 때문에 너무 기쁘고 행복하다. 정말로 멋진 생활을 할 수가 있어서 매일 행복이 샘솟고 있음에 정말로 행복한 삶의 연속이고, 즐겁게 삶을 만들어 가고 있다.

책을 읽고서 서평을 서야 한다. 서평을 쓰고는 필히 인터넷 서점에 등록을 해야 한다. 인터넷 서점에 회원으로 등록하여 책을 읽고 난 후 서평을 쓰고 난 후에는 해당 카페에 서평 확인란에 필히 등록을 시켜야만 한다. 최종적으로 책을 받고서 독서를 하고 서평을 하는 것은 받은 책에 대해서 마무리를 해주는 작업이다. 책을 받는 데만 신경을 쓰고, 받는 것에 만족을 해서는 되지 않는 일이다. 책을 읽고 카페에서 지정해주는 날짜 이내에 서평을 써서 등록을 하도록 해아 한다. 그다음에 책을 응모하면 다시 당첨이 되어서 책을 받을 수가 있다. 그런 과정을 철저히 수행을 하지 못하면 두 번 다시 책을 받을 생각을 하지 말아야 한다. 이것은 눈에 보이지 않는 일종의 계약이다. 눈에 보이지 않는 계약에 철두철미하게 실천을 할 수 있어서야 만 한다. 모든 일에 충실히 할 수 있는 사람이 되어가고 있는 자신을 발견할 수가 있게 된다. 그렇게 반복적으로 책을 받고, 책을 읽고, 서평을 쓰다 보면 나 자신도 느끼지 못하는 즐거움과 성취감에 도취되어서 세월을 보내는데 더 이상의 그 무엇과도 비교가 될 수가 없다고 저는 확신을 할 수가 있다. 여러분도 생각을 하시면 저가 이렇게 하는 것을 이해가 될 것이다. 지금 시중 서점에서 책 한 권을 사려고 하며 적어도 만 원 이상을 주어야 하는 거로 알고 있다. 책을 산다는 것이 그렇게 간단하지도 않는 일이다. 백수가 책을 산다고 사모님한테 돈을 요구하지도 못하고, 그렇다고 좋아하는 책을 사지 않을 수도 없는 일이다. 우리는 이런 점에서 꼼꼼히 잘 생각해서 실천을 잘 해야 한다. 공짜로 책을 읽는다는 것이 보통의 문제가 아닌 것으로 안다. 우리는 이 과정을 잘 연구하고 분석하여 나의 것으로 만들어 가다 보면 제2의 인생에 늘 행복과 즐거움으로 생활을 할 수 있도록 열심히 노력을 해야 한다. 그렇게만 한다면 나의 행복과 즐거움을 찾게 되고, 살아가는 맛도 느끼며 행복해 질수가 있다.

　이렇게 해서 책을 받으면 좋은 점이 많은데 그중에서 꼭 말해주고 싶은 것이 있다. 다름이 아니고 이렇게 받은 책은 읽어야만 한다는 무언의 압박감이 나를 몰아가고 있다는 생각이 들어온다. 이유는 이 책을 언제쯤 읽고서 서평을 완료해야 하는 날짜를 지정해주고 있다. 그렇게 정해진 날짜 안에 서평을 쓰지 않고 서평을 등록하지 않으면 그다음부터는 책을 받고 싶어도 받을 수 없는 징계, 즉 벌칙을 받기 때문이다. 책을 좋아하고 책을 읽고 싶은 충동이 늘 같이 하는 사람은 서평 완료일까지 서평을 완료해야 한다는 압박감 때문에 책을 읽고 서평을 쓰게 된다. 지금 내가 그렇게 실행을 하고 있다. 이 규정을 지킬 수 없는 사람은 홈페이지를 통해서 책을 받을 수도 없고, 책을 읽을 수 없는 상황에 도달하게 된다. 홈페이지를 통해서 책을 받는 것은 약속 없는 약속을 잘 지키는 사람만 가능하다. 그런 점에서 저는 이 홈페이지를 통해 책을 받고, 책을 읽고, 서평을 쓰고, 카페에 출석, 댓글을 달고 하는 이런 과정이 습관처럼 보이기도 하겠지만 저는 이것이 나와의 약속이다. 이런 약속을 잘 진행을 하고 매일 이렇게 하다 보면 정말로 나의 습관에 나도 모르게 매료되어있는 자신을 발견하게 된다. 그냥 환의의 마음으로 이 수행의 과정을 이행하게 되고 그 이행 속에서 시간이 가는지도 모르게 그냥 행복 속에 나의 삶을 지탱한다. 그것이 나를 정화시키는 하나의 과정일 수도 있다고 생각을 한다. 책을 읽으면서 지혜도 얻고, 이런 책을 받는 것, 읽는 것, 서평 쓰는 것 이 과정도 어떻게 보면 나의 일상의 약속이고, 나를 인간 됨됨이 속으로 인도하는 좋은 습관이라고 생각을 한다. 퇴임 후에 자기 자신을 저버리고, 어떤 잘못되는 습관 속으로 이끌어 가는 사람들도 주위에서 가끔은 만날 수가 있다. 저처럼 자신을 잘 이끌 수 있는 좋은 길은 지금 내가 행하고 있는 과정 책 읽고 서평 쓰고 카페 출근하는 것이 아닌가 한다. 희망과 목표를 주는 좋은 과정임을 자신 있게 말을 할 수가 있을 것 같다. 이런 좋은 습관을 가지고 있으면 나도 모르게 자신감이 저절로 생김을 확신한다. 늘 어가는 속도에 맞추어 독서하는 책 숫자가 늘어남으로 주위 사람에게 자랑거리도 된다. 그 자랑거리가 자신감을 상승시켜 준다나는 확신도 하게 된다. 그 상승 덕분에 살맛이 나고책에 대한 새로운 애정이 더 생기고, 애정에 생기므로 해서 책 읽는대서 책을 쓰는 능력의 전환점을 가지게 된 것이다. 새로운 자신의 자화상을 만들어 가게 되고 좀 더 차원 있는 삶으로 연결이 되는 것 같다. 정말로 살만한 세상으로 자신을 자꾸만 만들어가는 자신을 발견하게 된다. 더 나은 발전성을 가져오는 삶이 될 것임을 확신한다. 열심히 무언가를 하고 있음으로 퇴임 후에 오는 서러움, 지루함, 외로움을 탈피하는 정점에 도달하는 자신을 발견하게 된다. 그것은 저가 확신을 한다. 내가 그렇게 살고 있기 때문이다.

책을 읽는 것이 그렇게 간단하고 쉬운 일은 아니다. 흔히들 책을 읽지 하고 말은 한다. 돌아서면 그것이 그렇게 쉬운 일은 아닌 것이다. 책을 읽는 것이 대해 어떤 지인의 말은 스포츠 경기를 하는 것과 똑같다고 했다. 처음부터 많은 것을 하겠다는 생각보다는 작게 시작을 하자고 부탁하고 싶다. 잘 알다시피 크게 하다가 중단하는 사례를 많이 보앉다. 조금은 시간이 걸리고 답답할지라도 포기하지 않고 가는 길을 택하자. 하다가 자주 중도 하차하게 되면 자신에게 실망을 던져주고 무언가에 도전하는 힘이 빠지게 된다. 두 번 다시 하고 싶은 의욕을 빼앗아 가버리는 일이다. 참고 작은 것을 선택하여 매일 1%를 투자하는 것으로 시작을 한다면 충분히 무언가를 이루어 가는 퇴직자가 될 수 있다. 이야기 한 것으로 생각을 하는데 우리는 남과의 비교를 많이 한다. 남과의 비교에서 더 빨리 자신을 실망시키고 좌절 시키는 대로 이끌어 간다. 실패가 성공의 어머니란 말도 하고 있다. 조금의 실패는 아무것도 아니고 그 실패에서 나에게 부족하고 모자라는 부분을 찾아서 다시 도전하는 의욕도 필요할 것이다. 몇 번이냐 강조를 하고 있지만 남이 하고 있으니 나도 한다는 마음은 빨리 내 곁에서 없게 해야 한다. 진정으로 내가 원하고 하고 싶고 지금까지 시간이 여력이 없어서 못 했던 것을 찾아야 한다. 못해서 마음속에 한이 되고 있는 일을 찾아서 나의 일로 만들어야 한다. 홈페이지를 책을 얻는 것이 쉬운 일은 아니다. 쉬운 일이 아니기에 성공을 하면 많은 성취감을 얻을 수 있다고 본다. 조금 어려운 일을 하는 것이 성공을 하고 나면 느끼는 감정은 몇 배 이상의 행복감을 얻을 수 있다고 본다. 이 세상에 쉽고 아무나 할 수 있는 일은 없다고 하지만 그대도 도전을 하고 자신감 있게 추진을 하면 못할 것도 없다고 생각 한다. 모든 일이 처음부터 쉽게 시작되는 일은 없다고 본다. 어렵고 힘든 일이라도 조금씩 반복을 하고 지속 있게 하다 보면 꼭 이루어지는 것을 주위에서 많이 볼 수가 있다. 부정적인 사고 이

거 해도 될까 하는 사고방식이 없애야 한다. 저도 처음에 홈페이지를 통해서 천권의 책을 받을 수 있을 것이라고 상상도 못했다. 그런데 몇 년 가 꾸준히 하다 보니 이 정도의 숫자에 도달했다. 꾸준히 연습하는 자에 대적한 천재가 없다고 하는 말을 들은 것 같다. 하루에도 약 15분을 빼먹지 않고 꾸준히 하다 보면 성공의 문턱을 넘을 수가 있을 것이다. 지금까지 주위에서 성공한 사람들을 많이 만날 것이다. 성공한 사람들의 말을 잘 들어 보자 그냥 성공할 수가 없다고 한다. 그 일이 처음에는 힘들고 어렵다. 힘든 일이 반복되면 그 반복에서 나의 뇌가 해결을 해준다고 했다. 처음 시작해서 바로 쉽게 되고 간단하게 되는 것이 아님을 우리는 특히 중년을 넘어서는 퇴직자들에게 명심을 해야 할 일이다. 내가 어렵고 힘든 것이면 옆에 퇴직자도 힘들고 어렵다. 그 사람이 옆에서 힘들다 못하겠다는 소리 지르는 것을 듣지 못해서 그렇지 다 어렵다. 왜 그 사람도 사람이기 때문이다. 힘든 것을 하루아침에 하려고 하니 어렵다. 시간이 들고 많은 노력이 필요하다는 것을 알고 시작을 하는 우리들 자세가 꼭 필요하다고 본다. 남의 손에 있는 책을 내 것으로 만들어 가는데 쉽게 될 수가 없다. 쉽게 될 수가 없는 일 내가 쉽게 할 수 있도록 해보자는 긍정의 사고에서 출발하자. 출발이 좋으면 결과도 좋다고 말을 하고 있다. 여기에 감동을 받을 수 있도록 제2의 인생살이 하는 동안에 공짜로 책을 받고 그 공짜 속에서 큰 지혜와 재능을 얻도록 하면 얼마나 좋을까? 꾸준함에 나의 모든 것을 담아서 노력하는 퇴직자 되자고 외치고 싶다.

3-3

홈페이지에 흔적 남기기

다들 알고 있는 상황이지만 지금은 흔적의 시대다. 인터넷 시대를 맞이하면서 흔적이 그 대세가 되어버렸다. 지금의 이 시대에 인터넷을 통해서 흔적을 남기지 못하면 이 시대에 살고 있는 사람이 아닌 것 같다. 모든 사람들이 어느 누구나 인터넷을 통해서 자신의 흔적을 남기고 남의 흔적에 댓글을 달면서 사는 시대가 되어 버렸다. 그렇게 변한 시대로 가고 있는데 나는 흔적을 남기지 못하고 살고 있다고 생각을 한 번 해보자. 상상이나 할 수 있는 일일까? 꿈에서도 있을 수가 없는 일이다. 이 시대에 살고 있는 사람으로 대접을 받고 싶으면 나름의 흔적을 인터넷에 등록을 하는 사람이 되어야만 한다고 본다. 이 시대에 발맞추어 걸어가는 사람으로 대접을 받을 수가 있을 것이다. 그런 말이 있는 것으로 아는데, 눈을 두 개 가지 정상적인 사람이 눈 한 개로 만 살아가는 세상에 나타난다면 그것은 그 사회에서는 비정상적인 사람으로 대접을 받는다는 말이 있는 줄 알고 있다. 지금 인터넷으로 모든 일을 하고 있는 시대다. 자기가 지금의 이 시대에 정상적으로 활동하는 사람으로 인식을 받기 위해서는 흔적을 남겨야 된다고 본다. 남의 흔적에도 댓글도 달고 덕담도 달아주고 그런 재미로 사는 것이 지금은 정상적인 삶의 패턴이 아닌가 한다. 그냥 나만이 홀로 사는 시대, 즉 인터넷도 하지 않고, 흔적도 만들지 않고, 아무것도 하지 않는다면 이 시대에 사는 사람이라고 어디에 가서 말이나 할 수가 있겠는가? 생각 흔적을 남기도 잘하고 살아야만 하는 시대로 왔다. 저는 이런 시대에 발맞추어 살아가기 위해서 인터넷도 하고 나의 홈페이지도 만들었고, 나의 홈페이지에 나의 흔적들을 만들고 있다. 그 흔적으로 인하여 댓글도 받고 그 댓글에 답장도 하면서 산다. 하루 일과 속에 반듯이 한 번 정도는 방문을 한다. 나의 홈페이지에서 몇 시간씩 시간을 소비하는 생활로 자리를 잡고 있다. 나의 홈페이지에 적어도 하루에 150명 이상은 방문하고 댓글도 달고, 공감도 표시해주고 있다. 인터넷을 통해 진행이 이루어지는 일이 나의 소통이 아닐까? 지금의 소통은 직접적으로 사람들과 만나서 직접적인 대화도 하나의 소통이지만, 이렇게 홈페이지를 통해서도 소통을 하는 시대로 변한 것은 너무나 잘 알려진 소통의 시대다. 퇴임 후 아빠들도 이런 흔적을 남기는데 열중을 하여 자기만의 자랑을 할 수 있는 흔적을 만들어 가는데 몰입하고 정성을 담는다면 행복한 삶을 사는 것으로 생각된다. 좋은 시간, 좋은 자기의 생활을 이끌어 가고 자기만의 생활에 기쁨이나 즐거움을 찾아가는 시발점이 될 것이다. 저는 페이스 북에도 흔적을 남기고 있다. 많은 분들이 저와 소통을 하고, 그분들과 친구를 맺고 서로 간의 소통 하는 시간을 만들어가고 있다. 이 시대에 우리가 했야 할 일이라고 본다. 함께 갈 수 있는 길임을 알게 될 것이다. 퇴임 한 아빠들이 적극적으로 참여한다면 외롭고, 퇴임 뒤에서 자꾸만 작아지는 아빠가 될 수가 없을 것이다. 왜냐하면 나의 고유한 일이고, 이 세상에서 이 시대에 맞는 일을 하고 있으니 말이다. 나도 한 부분에 참석하며 살아가고 있는 사람임을 인식하고 자신에게 자신감을 불어 넣을 수 있는 좋은 기회가 되기 때문일 것이다.

무조건 무엇이든 하는 자신력이 우리를 살아가게 하는 최고의 무기가 된다. 나이가 들면 자신감이 줄어드는 것이라 밀을 많이 듣고 살아온 것이 사실이다. 그렇지만 그 사실에서 벗어나는 자신력을 찾아가는 것도 괜찮은 좋은 일이 아닐까 한다. 마음에 생각이 나고 하고 싶다는 생각이 들면 주저하지 말고 그냥 출발을 하고 보는 나름의 배짱도 있어야만 한다. 그런 배짱이 조금씩 쌓여가다 보면 저도 모르게 자신감이 엄청나게 크게 자라서 무엇이든 하고 싶은 욕구가 상승된다. 이 상승감이 일을 할 수 있도록 이끌어 준다는 사실을 우리는 믿어야만 한다. 저도 지금 이렇게 쓰는 글들이 많은 부족감도 있고, 조금은 형평성에 떨어진다고 생각을 한다. 하루 조금씩 쓰는 나 자신에게는 엄청난 행복과 기쁨을 가져 다 주고 있다. 이유는 간단하다. 나도 이렇게 글을 쓴다는 자신감, 이 자신감에 매료되어서 오늘도 조금은 부족한 글이지만 이렇게 쓰고 있다. 우선은 나도 무언가를 이렇게 할 수 있다는 자신감, 조금은 부족하고 책의 어귀에 도달할 수 있을는지 잘은 모르지만 이렇게 쓴다. 이 자체만이라도 저는 기쁘고 즐겁다. 이런 자신감을 갖고 조금씩 시작하여 모이면 나중에 그 뭔가 된다고 자신을 한다. 자신감에 빠져서 오늘도 이렇게 쓰고 있다. 여하튼 이렇게 쓰는 것이 너무나 행복 하다. 그냥 퇴임 후에 망설이고, 주저하고, 자중하는 자세에서 벗어나자. 무엇이든 생각이 나고 하고 싶은 것이 있으면 하자. 하고 싶은 것을 인터넷을 통해서 흔적을 만들어가는 방법을 선택하여 꾸준히 실행하게 되면 나중에는 무언가를 얻을 수 있다고 확실을 한다. 무언가를 잡으면서 퇴임 후 생활에 진정한 맛과 즐거움을 얻을 수 있을 것 으로 본다. 즐거움과 기쁨을 줄 수 있는 것이 바로 이 시대에 소명인 흔적을 남기는 일을 하는 것이다. 무언가 하다 보면 뜻하지 않은 좋은 일도 생길 것이다. 자신을 키우고, 자신감을 만들어가며 사는 맛을 느끼게 하는 흔적! 신나게 만들어 보자. 시대에 맞게, 시대에 부흥하는 일로 살아가는 자신에 대해서 엄청난 큰마음의 흡족함을 얻을 것이다. 어디에 가서도 나의 생활의 태도, 나의 작은 일에 대해서 남에게 자랑도 하면서 살아가보자. 잘 알겠지만 자기도 모르게 자기 자신에게 긍정적이고, 자부심이 발동이 되어 나도 젊은 사람 못지않게 열심히 살아가고 있는 자신을 발견하게 된다. 당당한 자신을 이끌고 행복한 사람으로 살아갈 수가 있을 것이다. 왜 이런 좋은 일을 하지 않으려고 망설이고 있는지 이해가 되지 않는다. 열심히 하는 사람으로 이끌어 가는 것이 좋은 일이다. 늘 나이에 걸맞지 않게 당당하게, 다른 사람들 앞에서도 그냥 방관하는 자가 아니고 당당하게 나의 일을 하면서 세월을 보내고 있음을 자랑을 할 수 있는 퇴직자가 되자. 퇴임 후의 작아지지 말고, 커지고 당당하게 살아가는 모습을 뽐내고 자랑하도록 하자. 만약에 그렇게 살아가게 되면 나이보다는 젊어지고 행복 하고 싶은 욕망도 상승될 것임을 믿는다. 정말로 멋진 삶을 영유할 수 있음을 확신한다.

직장생활을 할 때는 출근시 무언가 남에게 잘 보이고 나을 뽐내고 싶어서 다양하게 나를 꾸미고 옷에도 많은 신경을 쓴다. 꾸밈에 비교했어도 실재로도 멋이여 보이고 조금은 더 젊어 보이는 나로 변신을 한다. 퇴직을 하게 되면 나에게 제일 먼저 사라지는 것이 나를 변신시키려는 마음인 것 같다. 식사를 할 때도 세수도 하지 않고 그냥 식사를 한다. 그것뿐만 아니다 이빨도 닦지 않는다. 얼굴에 자라고 있는 수염도 멀리해서 수염인지 머리의 머리인지 구분이 되지 않는 나로 변신이 된다. 다시 말해서 거꾸로 변신을 하게 된다. 그 변신이 주는 상황은 말로 표현을 할 수가 없다. 머리의 뇌는 조금은 이상하다는 생각이 들어간다. 한 번 이렇게 주저앉아 버리면 그것이 지속이 된다는 것에 이상함을 느낀다. 우리가 생각하는 이런 비정상적인 행위들이 나오지 않기 위해서는 사람이라면 무언가 하는 일이 중요하구나 하는 것을 느끼게 한다. 지인들이 말을 합니다. 머리의 뇌는 움직이고 무언가를 하기 시작하면 그냥 있는 것이 아니고 무언가를 진보하고 발전을 하려는 아이디어를 머리의 뇌가 발생한다고 말입니다. 사람은 이런 것을 볼 때 움직이고 활동을 했야 하구나 하는 생각을 가지게 한다. 이런 상황 속에 나를 이끌어 가지 않기 위해서라도 조금은 움직이는 일을 하자고 내가 소리를 높인다. 홈페이지를 만들어서 들어가는 일을 만들어 보자는 것이다. 흔적을 만들어 나를 움직이게 하고 머리의 뇌가 나를 이끌어 가도록 하자.

지금까지 하지 않듯 일을 하는 것이 그렇게 쉬운 일이 아니다. 나이가 들어서 지금까지 해온 일에 많은 미련을 가지는 것이 사람의 본능이라고들 한다. 지금까지 30년 이상을 해온 일을 뒤로하고 새로운 일을 찾기란 그렇게 쉬운 일은 아니다. 어렵고 힘든 일이지만 그래도 이렇게 열심히 노력하면 어려운 글도 쓰고 있다. 어렵고 시작하기 힘들 일을 선택하는데 조금이나마 도움을 주기 위해서다. 저는 그래도 퇴직 3년 전부터 고민을 했었다. 고민을 하는 중에 미리 먼저 퇴직할 선배들이 회사 연수원에서 퇴직을 위해 교육을 받고 있었다. 우연히 그분들과 같이 모임을 가져다. 그때 그 자리에서 선배 한 분이 준비 없이 받는 교육은 의미가 없는 것 같다고 말을 한 것 같다. 1년 가까이 교육을 받고 있는데 아직도 자기의 일을 찾지 못했다고 불만을 털어놓았다. 그 말을 듣는 순간 나는 고민을 하고 내가 할 일을 준비를 해서 독서와 서평을 이행하고 있다. 아무런 준비도 없이 지금에 와서 자기일을 찾고 만들어가 가는 것이 쉬운 일이 아닌 것 같다. 어렵다고 생각을 하면 더욱더 어렵다. 조금은 힘든 일이지만 내일을 찾겠다고 열심히 노력을 하면 찾을 수 있다고 확신을 한다. 홈페이지를 만들어서 지금 내가 하루에 하고 있는 일을 사진을 찌고 찍은 사진을 홈페이지에 올린다. 이름은 나의 "하루 일과"로 해서 사진을 올리고 올린 사진 밑에 나의 작은 소감이나 행동에 대해 글자를 적어 올린다. 올리는 사람은 하찮은 것으로 볼 수 있지만 다른 사람들 중에는 달리 생각을 하고 답변의 글을 올린다. 부담 없이 그렇게 하루하루 올리다 보면 올린 분의 머리에서 다른 생각을 유도하기도 한다. 머리가 유도하는 대로 따라가다 보면 조금은 창의적이고 새로운 의미를 부여하는 당신만의 흔적을 만들 수가 있다. 이렇게 시작을 하고 시작 후에 다른 아이디어가 머리에서 떠오르다. 그렇게 올라오는 아이디어를 이용해 제대로의 흔적을 만들어 가보자. 너무 어렵고 힘든 것으로 생각을 하지 말고 내 주위의 상황을 홈 페지에 흔적으로 만들자. 그렇지 않으면 재래시장을 선택한다. 재래시장에서 무언가 눈에 띄고 새로운 이미지를 줄 수 있는 항목을 선택한다. 선택한 항목을 재래시장 시작부터 하나하나 일어나는 상황을 사진화 한다. 사진화 하여 선택한 항목이 어떻게 지금에 판매하는 곳까지 오게 된 것부터 시작하여 상황을 만들어 영상물을 만들어 보기도 한다. 시간별로 그 시장에서 선택한 항목이 전개되는 상황을 찍어서 홈페이지에 올리고 사진을 찍으면서 보고 듣고 느낀 것을 글로 적어본다. 글로 적을 때는 어렵게 적지 말고 일어난 상황을 그대로 적어주는 것이 조금 더 실감과 현장감을 줄 것 같다. 시작이 반이라고 이렇게 조금씩 하다 보면 무언가 다른 아이디어 다른 생각이 나를 변화시킬 것 같다. 이렇게 시작해서 나의 홈페이지에 흔적을 만들어가는 것이다. 저처럼 책을 읽고 서평을 써서 올리는 것만 흔적이 아니고 이렇게 우리 주위에서 일어나는 상황을 만들어서 올리는 것도 멋진 흔적이 되지 않을까 하고 생각을 한다. 비록 시작은 별것 아닌 것처럼 생각을 하지는 몰라도 그것이 꾸준히 진행을 하다 보면 주위에서 말로 하는 역사가 아니고 눈으로 직접 확인할 수 있는 역사의 사건이 아닐까 하고 생각이 된다. 무엇을 하든 내가 좋아하고 내가 중요하게 생각하는 것이 우선이고 최고인 것 같다.

집안에 자라고 있는 화분도 중요한 소재가 될 수 있다고 생각을 한다. 하루하루에 일어나는 화분의 성장상황을 영상화하는 작업이다. 꽃이 하루하루에 변모의 모습을 볼 수 있다는 것이 그렇게 쉬운 일이 아닐 것으로 알고 있다. 그렇게 쉬운 일이 아닌 상황을 내 앞에서 일어나고 있다. 일어나고 있지만 지금 누군가가 이렇게 사진을 찍어서 홈페이지에 올려놓으면 많은 사람들이 진짜 생명의 진화를 볼 수 있으니 얼마나 좋고 행복한 일인가? 내가 조금 수고해서 이렇게 좋은 흔적을 만들어 놓으면 여러분들이 즐기고 생명의 성장을 다시 보고 다시 생각하게 하는 좋은 일이 된다. 지금의 세상이 늘 좋다고 생각을 한다. 옛날 같으면 생각도 하지 못한 일을 할 수가 있고 나 혼자만이 즐기는 일이 아니고 다른 분들도 행복하게 할 수 있다는 것이 너무나 좋은 일이 아닐까 한다. 지금 몇 개를 예를 들어서 설명을 했다. 주위에 엄청난 자료들이 만다는 것은 독자들도 충분히 알 것이다. 흔적을 만들기 싫은 분들은 많은 이유가 있다고 본다. 이유를 찾자면 한이 없을 것이다. 지금도 내 옆에서 같이 책 쓰기 교육을 받는 분은 75세 나이에 컴퓨터도 하지 못하는 분이 컴퓨터를 배워가면서 책 쓰기의 도전하는 모습을 뵙고 놀라지 않을 수가 없다. 우리도 나이 때문에 아니 무엇 때문에 못한다는 말을 멀리해야 한다. 지금 시대에는 대해 다들 말을 하고 있다. 이시대에 나이 숫자는 숫자일 뿐이라는 말을 많이들 하고 있다. 나이로이유를 되고 하지 않는다면 남은 인생에 힘들고 고달픈 삶을 살 수 있지 않을까 하는 생각도 한다. 흔적은 만들어가는 법을 배워서 나의 컴퓨터에 좋은 추억을 차곡차곡 쌓도록 하는 것이 우리를 행복의 길로 가게 하는 것임을 확신한다. 이렇게 흔적을 만드는 일을 하게 되면 우선은 성취감을 얻을 수 있을 것이다. 내 손으로 무언가를 만들어서 많은 사람들이 보게 된다고 생각을 하면 어쩌며 밤에 잠도 오지 않을 것 같다. 아무도 내가 하는 일에 도움도 받지 않고 손수 내 손으로 무언가를 만들어다는 사실이 나를 엄청나게 자신감을 줄 것으로 믿는다. 이것은 말로 표현을 할 수가 없다. 행복이 따로 없다고 생각한다. 이것이 행복이지 무엇이 행복일까? 서두에서도 말을 했지만 어떤 곳에 갔어도 대화 속에 나의 일에 대해서 말을 할 수 있기에, 가슴속에 피어나는 기쁨의 감정 너무나 죽이는 일이 아닐까 한다. 이 시대에 나도 홈페이지를 가지고 있고 나의 일이 홈페이지에 올라간다는 사실이 행복이고 기쁨이다. 지금부터는 나의 일이 있다는 것이 나를 즐겁게 한다. 그다음 주제는 무엇으로 할까? 어떤 장소를 선택할까? 이미지를 어떻게 하는 것이 많은 분들께도 행복을 줄 수 있을까? 이런저런 생각에 시간 가는 줄도 모르고 무엇이든 나의 삶에 행복을 준다는 의식을 가지는 계기가 된다. 흔적을 만들기 시작을 하게 되면 그렇게 어렵다는 생각은 들지 않는다. 주위에 직장 생활할 때처럼 많은 사람들이 없지만 없는 것이 아님을 느낄 때가 올 것이다. 왜냐하면 홈페이지에 들어오는 사람들이 지금부터는 나의 친구이기 때문이다. 조금은 부족한 것 같은 삶인 줄 생각을 했는데 그렇지 않은 삶을 스스로 찾아가는 길이 될 것이다. 그렇게 하다 보면 새로운 것에 도전을 할 수 있는 기회도 만들어가는 삶이 된다. 어렵고 힘든 퇴직 후의 삶이 이제부터는 좋은 삶의 길로 달려가는 길목이 될 것이다.

3-4

책 속에서 나를 찾자

나이든 분들에게는 책 읽는 것이 보통의 문제가 아니다. 젊은 사람들도 지금은 책보다는 스마트폰 속에 나오는 다양한 정보를 읽는 것이 오늘날의 대세다. 그런 시대로 흘러가고 있는 이때 책을 읽는 것은 조금은 시대에 맞지 않는 일인지 모르겠다. 종이를 통해서 쓰인 책을 가까이할 수 있는 기회를 만드는 것이 좋은 일임을 알고 있다. 주위에서 책을 읽는 이야기를 해보면 우선 거부 반응을 먼저 일으킨다. 이 나이에 책을 읽어서 무엇 할 거냐 하는 식의 답변을 많이들 한다. 우리는 머릿속에 책을 읽으면 무언가를 해야 하고 특별한 어떤 목표가 있어야만 책을 읽는 것으로 많은 사람들은 알고 있는 것 같다. 그냥 취미로, 아무것도 하지 않은 상태 속에서 허송세월을 보내는 것보다는 책을 읽고서 시간을 낚는 것이 좋을 것인데 조금은 멀리하려고 한다. 지혜도 얻고 그렇게 되면 책에서 얻은 지혜로 나의 삶도 나름의 의미도 찾을 수 있어서 좋다. 그냥 읽기 싫은 목적으로 대화를 이끌어 간다. 싫은 태도의 말을 하면 두 번 다시 책에 대한 대화는 단절된 것으로 생각하는 것 같다. 자기 자신에게 어떤 부담감을 덜어내기 위한 직언인 것 같다.

저의 이야기를 좀 해볼까 한다. 언제부터인지는 몰라도 늘 마음 속에는 책을 읽어야 한다는 생각이 자리를 잡고 있어서 그런지 회사 생활을 하면서도 생각 이상으로 책을 많이 구입하고 책을 읽었다. 회사 내에 근무하면서도 책을 읽고 해서 높은 상사들한테 질책도 많이 받기도 했다. 별지장 없이 시간이 허락되면 책을 읽었다. 집사람도 책을 구입하는데 그렇게 반대도 하지 않은 입장에서 쉽게 책을 구입하고 책을 읽는 환경이 조성이 되었다. 책을 읽게 되다 보니 일상적으로 책을 읽는 것이 나에게는 그렇게 부담은 주지 않았다. 어떤 장애를 받지 않은 상황 아래서 책을 읽을 수가 있었다. 시작을 해온 독서가 오늘날에도 독서를 하고 독서하면서 서평도 쓰고 책을 쓰는 습작도 할 수 있는 위치에 도달했다. 책을 가까이하는 생활이 조금은 지루하거나 생활에 권태를 느끼지 못하고 늘 행복과 성취감에 도취되어서 생활을 해 왔었다. 책 속에 얻은 지혜를 통해서 나의 생활 자세나 태도 변화를 유도할 수가 있었다. 저는 감사 일기를 일 년 (2016 1/1) 전부터 쓰고 있다. 선생님으로서 굉장히 바쁜 일과를 소비하고 계시는 여선생은 어린 자식 키우는 일에도 바빴다. 의사인 남편 시중 들기 학교 업무 수행하는 등

늘 바쁜 하루 일과를 보내고 살았다고 한다. 입에서 바쁜 다는 말을 입에 달고 살고 있는 분이었다고 한다. 어느 날 책을 읽고 책에서 감사 일기에 대한 글귀를 읽고 감사 일기를 쓰면서 자기 입에서 바쁜 다는 말이 사라진 결과를 책으로 발표한 것을 읽었다. 저도 그 책을 읽은 후부터 감사 일기를 매일 쓰고 있는데 놀라운 것은 나의 입에 나오는 말투가 다라지고 생활이 무척 여유가 생긴 것 같아서 너무나 행복하게 살고 있다. 이렇게 얻어지는 것은 독서를 통해서 얻어지는 지혜고 삶의 행복은 책을 읽으면서 얻어지는 결과의 사실이다. 세상에 좋은 책을 가까이하고 읽으면 사는 맛도 남과는 다르거니와 내가 느끼는 감이 달라짐을 스스로 감지되는 생활을 하고 있다. 얼마나 좋은가? 책을 읽지 않고 그냥 살면 시간 보내기가 힘들다는 것을 스스로 느끼고 있다. 주위에 특히 퇴직자들 입에서 나오는 말이다. 지루하고 생활에 맛이 없이 산다고 푸념을 털어놓는다. 다시 말해서 아무것도 하는 일없이 보내는 생활이 그렇다는 것이다. 저는 지금 독서도 하고 서평도 쓰는 일이 맛이 있고 활기의 생기가 일어나고 있다. 책 속에서는 지혜를 얻어서 주위에 좋은 조언을 할 수 있는 실력도 쌓게 되고 그냥 손해 볼 일이 없다. 책을 읽는 취미는 생각보다는 그렇게 많은 에너지가 요구되지 않는다. 늙은 나이에도 얼마든지 취미 활동하기에 부담이 없을 것 같다. 이렇게 좋은 취미는 나이가 들어감에도 어떤 저항도 없이 할 수 있는 좋은 취미활동이다. 오랫동안 아무런 저항도 느낄 수없는 이 독서 취미 생활에 여러분 한 번 도전장을 내밀어 보는 것은 어떻게 생각을 하는지 조금은 궁금 한다.

책을 좋아하지 않고, 지금 현재 책 읽기를 해보지 못한 분은 무작정 책을 읽는다는 자신감 하나로 시작하는 것이 무리라고 생각된다. 금방 싫증을 내고 자꾸 책과의 거리만 멀어지게 만드는 결과만 낳는다. 처음부터는 조금조금 하는 기회를 가지도록 해야 한다. 적어도 하루에 10분 정도 책을 읽도록 도전을 한다. 너무 어렵고 힘든 책보다는 가볍게 읽을 수 있는 소설책을 위주로 10분씩 매일 지속을 하는 결과만 얻어도 큰 성공이다. 반복하여 노력을 하게 되면 그다음부터는 자기 나름의 기법이 머릿속에서 드러나게 된다고 본다. 절대로 처음부터 나 자신에게 부담을 주는 독서는 금물이다. 가볍게, 10분씩 지속적으로 실천하는 분위기를 만들어 가는 것이 제일 중요하다. 시작을 하여 적어도 3개월 정도 지속적으로 하다 보면 독서의 맛에 빠지게 된다. 이것은 저도 해본 결과를 말하는 것이다. 제일 중요한 것은 매일 10분씩 읽는 지속성에 불을 계속 붙일 수 있도록 자신을 유도하는 일이 매우 중요하다. 독서하니 재미있다. 정말로 세월이 언제 가는지 모르게 간다는 생각으로 자기를 자꾸 유도하고 추진력을 발휘하도록 하자. 조금만 인내를 가지게 되면 독서에 몰입하는 자신을 멀지 않는 시기에 발견하게 된다. 독서에 몰입하면 정말로 멋진 세월 보낼 수 있는 행복감을 맛볼 수 있다. 가까이 있는 사모님께서도 굉장히 자긍심을 가지게 되고 아빠를 대하는 태도가 달라짐을 인식하게 된다. 이렇게 좋은 일에 한 번쯤 도전을 할 생각이 없다는 것은 조금은 무언가 나에게 부족한 것이 있는 것이다. 달라지는 자신, 주위의 분기를 차분하게 느끼는 기회가 반듯이 온다. 매진하는 자신을 만들어 보도록 나를 유인하자.

저가 책을 읽기 시작하는 분들에게 꼭 부탁하고 싶은 것은 처음부터 너무 많은 기대를 가지지 않도록 해야 한다. 처음부터 큰 기대를 걸면 그렇게 기대했든 일들이 성취가 되지 않으면 실망을 하게 된다. 빨리 실망을 하게 되고 좌절하게 된다. 또 다른 일을 찾아야만 하고 책과는 거리가 멀어진다. 거듭하게 되다 보면 마음에 맞는 일을 찾지 못하고 방황하고 또 새로운 일에 기웃거리게 된다. 또 실망하는 자신을 발견하면 계속해서 자기를 비방하고 나는 왜 되는 일이 없을까 하고 원망스럽게 자신을 이끌게 된다. 처음부터 큰 것을 기대하지 말자. 그냥 책을 읽는데 작은 습관을 이끌어 갈 수 있는 불꽃을 피우는데 집중하는 것이다. 무조건 매일매일 10분씩 독서하는데 자신을 이끌어가는 것이 제일 중요하다. 지속성을 발휘하게 되면 독서가 재미있게 된다. 멋진 자기의 일로 만들어 갈 수 있을 희망이 볼일 것이다. 속담에 첫술 밥에 배부르지 않다는 말이 있다. 처음부터 너무 많은 기대, 너무 큰 소망을 바리지 않도록 하자. 그냥 10분의 시간을 채우는데 우선 발동을 켜고 달려간다. 달리다 보면 자기도 모르는 사이에 책에 흥미를 얻게 된다. 그 흥미가 당신의 습관으로 이끌어 갈 것이다. 습관호가 되면 그 10분이 1시간으로 연장이 되고 그 1시간이 하루에 3시간 4시간의 지속을 낳게 된다. 처음부터 너무 많은 기대에 매료되지 말고 그냥 읽는데 몰두하는 10분을 유지하도록 하자. 다들 주위에 책을 쓰는 분들이 그렇게 시작하여 유명한 작가 선생님 되신 분들이 많은 것으로 알고 있다. 그 많은 시간 하루가 1440분 중에 10분을 활용하지 못한다면 이 세상에서 무엇을 할 수가 있겠는가? 10분을 참는 것이 나중에 무엇이 될 것인지는 아무도 모른다. 무언가 될 수 있다는 확신은 할 수가 있다. 지속적으로 10분을 유지하면서 책을 읽게 되면 당신은 나중에 정말로 멋쟁이가 될 수 있다. 그것만은 내가 정말로 확신을 한다. 왜냐며 내가 그렇게 해서 지금의 나를 인도해서 책 속에 나의 생활을 보내고 있기 때문이다. 성공했다고 할 수 없지만 그래도 글도 쓰고 있다. 처음부터 잘 하는 사람이 없다. 작은 것에서부터 시작하는 자세, 그 작은 것이 하루하루 모여서 큰 것이 될 수 있다는 평범한 진리를 믿는 자세가 중요하다. 작은 실천을 꾸준히 실행해서 훌륭하게 된 사람들이 많다.

우리가 잘 알고 있는 미국의 대통령 링컨은 책 살 돈도 없었다고 했다. 학교도 가지 못하고 해서 주위의 사람의 책을 빌려서 읽었다고 한다. 어떤 책은 필사를 해서 읽고 그렇게 독학을 하여 미국 사회에서 변호사도 하고 정치 의원도 하고 마지막에는 대통령도 하게 되었다는 것을 모르는 사람은 없다. 그분인 링컨 대통령 잘 알고 계시지요! 우리도 그렇게 까지는 되지 않더래도 우리의 생활에 조금은 밝게 해보도록 하자. 광채가 내 주위에 퍼지게 할 수 있는 일이 되도록 한 번 도전을 하자. 어려운 일도 아니다. 그냥 10분만 내가 읽고 싶은 책을 선택하여 읽어 보도록 한다면 좋을 것이다. 시작를 해서 퇴임 뒤에 서면 작아지는 내 인생을 크게 좀 더 차원 있게 만들어 보도로 하자. 우선은 내가 잘 할 수 있는 일을 취미로 살리는 일도 좋은 일이다. 그 취미의 일을 인터넷 홈페이지를 만들어서 그 일을 흔적으로 만들어서 홈페이지에 올리면 새로운 맛을 얻을 수 있다. 내가 하는 일에 흥미와 성취감을 얻는 새로운 의미를 찾을 수가 있을 것이다. 이런 일도 좋을 일이지만 그렇게 새로운 일을 찾는데 자신감이 없게 되면 어렵게 고생만 하게 된다. 숨쉬기 고르기를 한번 크게 한다. 멀리 가지 말고, 저가 앞에서 말한 것처럼 책 읽기에 한 번 더 도전해서 새로운 나의 삶을 만들어 가보는 것도 좋은 나의 일이 된다. 독서에 취미가 생기면 책을 관장하는 카페에 방문해서 책을 공짜로 받아 책을 읽을 있도록 하는 것도 좋은 방법이다. 퇴임 후에 놀고 있는 백수가 사모님한테 책값을 타서 책을 사기가 힘들고, 그렇지 않으면 도서관도 주위에 많이 있고 하니 그렇게 활용하듯이 다양하게 책을 이용할 수가 있다. 저는 카페 책을 공짜로 받아서 읽고 공짜로 받는 대신 서평을 써야 한다. 서평을 쓰고 책을 공짜로 받아서 책을 읽고 있다. 지금 세상은 내가 어떻게 도전하는가에 달린 세상이라고 생각을 한다. 책을 공짜로 읽을 수 있을 것이라고는 생각도 못 했다. 이렇게 책을 공짜로 받아서 읽으니 책도 받고, 독서도 하고, 쓰는 감각도 얻게 하는 일을 지금도 약 3년 넘게 시작하고 있다. 책을 읽으면서 지식과 지혜도 얻고, 책도 공짜로 읽고 그렇게 해서 시간도 보내고, 세월을 잘 보내는 세상에 살고 있으니 너무나 감사하다.

　　그냥 놀고, 할 일이 없다고 한탄하고, 우울하게 살아가는 자신을 만들지 말자. 조금씩 책을 읽는데 취미를 붙여서 삶에 긍정적인 사고방식으로 재미있고, 활발하게 할 수 있는 좋은 방안이다. 처음부터 너무 많이 읽고, 너무 차원 높은 책을 가까이하지 말고, 쉽고, 조금씩 책을 읽을 수 있도록 하자. 노력을 하게 되면 자기의 진정한 멋진 취미를 얻게 되고 삶을 살아가는데 정말로 남이 부러워하는 삶을 이어 나갈 수가 있다. 부탁하고 싶은 것은 퇴임 후에 아무것도 하지 않고 아침에 잠에서 깨어나면 할 일이 없어서 오늘을 보내는데 많은 어려움과 계획 없는 일과를 보내기가 힘이 들것이다. 자신을 망가뜨리는 굴레에서 벗어날 수 있는 일은 자기가 좋아하는 일을 찾아서 나의 일을 가지고 있는 것이 제일 중요하다고 본다. 그런 일이 주위에 찾아보면 그래도 제일 좋다고 생각하는 것이 저는 독서가 아닌가 한다. 이유는 하루에도 수십만 가지 정보가 흘러나오는 세상이 되었다. 하루도 엄청난 속도로 변화를 촉발하고 있는 이 시대에 살아가려고 하면 무언가를 알아야 한다. 머리에 지식과 지혜가 필요한 세상이 되었다. 그냥 아무것도 하는 것 없이 살아간다는 것, 이해하기가 무척 힘든 세상으로 변했다. 책을 읽고 지식도 얻고 지혜도 얻을 수 있는 독서에 도전하는 것이 시대에 맞추어 가는 삶이라고 저는 그렇게 생각한다. 우리 같이 퇴임 후에 머리가 빈 상태로 돌아가는 머리에 무언가를 채워 놓아야 된 다고 생각하는 사람

중에 속한다. 살아가는데 좀 더 긍정적이고 활력 있게 살아가는데 큰 저항을 받지 않으면 살 수 있다고 본다. 다시 말해서 꿩 먹고 알 먹는 일이 독서다. 저처럼 공짜로 책도 받고 서평도 쓴다면 많은 혜택을 받으면서 행복한 삶을 살아가는데 많은 장점을 얻을 수가 있다. 독서에 자신이 없는분은 조금만 노력하면, 자신이 있게 가르침도 받고, 그런 쪽으로 책을 선택하여 차분하게 조금씩 수행하게 되면 못할 일이 없다. 그것보다도 더한 일도 시도하는 사람들이 많이 있는 것으로 알고 있다. 가만히 앉아서 10분을 이기지 못한 사람이라면 앞으로 그보다도 더 어렵고, 힘든 일을 어떻게 이겨나갈 수가 있겠는가? 지금까지 어려운 직장생활도 30년 이상을 했는데, 그렇게 힘든 일도 했는데, 미리 겁먹고, 못한다는 마음을 가지지 말자. 차분하게 10분의 독서부터 시작하여 독서하는 멋진 노인네가 되도록 하자. 퇴임 뒤에 서서 자신을 자꾸만 작아지게 만들지 말자. 퇴임 뒤에 서도 커지고 자신감 있고 목표가 있는 퇴임 후의 아빠가 되도록 하자.

서두에서도 말을 했지만 앞으로는 4차 산업혁명 시대에 앞으로 살아야 한다. 기계를 이용해서 우리의 생활을 이끌어 갈 시대에 도래했다. 기계를 제대로 활용하고 좀 더 유익하게 다루기 위해서는 머리에 뭐가 가 있어야 한다. 그 뭐가 가 지식인 것이다. 지식이 풍부해 기계의 시스템을 다루는데 조금은 유능하게 할 수 있지 않을까 한다. 그런 시대에 대비해어라도 책은 읽어야 하는 것으로 알고 있다. 지금의 세계

1위의 부자인 빌 게이츠는 책으로 성공한 사람이다. 빌 게이츠가 성공한 것이 책이란 사실은 나만 아는 것이 아니다. 조금은 언론에 가까이 간 사람이나 책을 옆에 두고 있는 사람들은 다 아는 사실이다. 이런 좋은 사례가 있는데도 책을 가까이하지 않는다는 것은 많은 것을 생각하게 한다고 본다. 독서를 하게 되면 자유를 충분히 얻게 된다고 한다. 이것도 책을 쓰신 지인의 말들이다. 퇴직하고 나면 억압 없는 억압이 퇴직자를 속박시키는 느낌 속에 살고 있다. 속박 속에 살고 있는 나를 자유를 얻게 할 수 있는 비법이 책을 읽는 것이다. 책을 읽어서 진정토록 내가 누군가 하는 것을 찾아가는 퇴직자들이 된다면 얼마나 좋을까 하는 생각을 한다. 지금까지 고생해온 마음의 갈등을 찾게 할 수 있는 길은 저는 확신한다. 독서가 최고이다. 독서를 통해 나를 제대로 찾고 다른 사람들에게 나를 진정으로 알려줄 수 있는 길 독서를 하자. 책 속에서 나를 키우고 행복을 얻어 가는 기쁨을 얻도록 하자! 확신한다. 할 수 있고 진정한 삶을 만들어 갈 수 있다.

3-5
관계에서 나를 찾자

사람들 가운데서 고립을 느끼고 사는 사람도 많고, 우울증에 걸려서 어렵게 사는 사람도 많은 세상이 되었다. 주위에 아는 사람도 많고, 활동을 한다고 하지만 속내를 털어놓고 말한 친한 관계자가 없다. 특히 노인네들은 친구가 없고, 진정으로 마음을 터놓고 말을 나눌 사람이 없다. 그런 사람 가운데 고독을 씹는 사람이 무척이나 많다. 이런 환경에서 내가 살아남고, 흔한 우울증에서 벗어날 수 있는 방법을 찾아 나서는 것이 지금에 우리가 할 일이 아닌가 한다. 그렇게 쉬운 일은 아니다. 젊은 시절에 쉽게 접근하고, 쉽게 대화를 터놓고 시도도 하지만 나이가 들어가면 이상하게도 자신감이 결여된다. 다른 사람에게 말을 걸기가 무척 힘이 들고 주눅이 들어서 쉽게 대화를 하지 못한다. 노인의 길로 접어들면 외롭게 살고 우울증 문 앞에서 방황하는 사람들이 많아진다고 한다. 더구나 퇴임하고 나면 더욱더 그런 자신감 결여로 방 안에서 혼자 보내는 시간도 많아진다. 밖에 출입을 억제하고 그냥 방 안에서만 지체하게 되면서 밖에 외출조차도 힘들어지는 것이 퇴임 초기에 일어날 수 있는 증상이기도 하다. 이런 증산을 자기가 먼저 깨고 나오는 자신감을 만들어 보자. 누가 만들어주고 누가 손을 붙잡아 주는 사람이 없다. 직장생활 때도 주도적이며 적극적으로 생활을 하신 분들은 퇴임 후에도 그 성격이 그대로 연결이 된다. 연결되는 활동으로 활발하게 활동을 한다. 적극성을 띄우면서 생활을 하는 모습을 찾아 볼 수가 있다. 서두에서 말한 것처럼 소극적으로 직장 생활을 한 사람들은 퇴임 후에도 그렇게 소극적 성격으로 연결되기 때문에 그 소심한 성격에서 헤어나지를 못한다. 몇 십 년간 습관이 된 소극적 성격으로 쉽게 관계의 틀을 만들어 가기가 무척 힘들다. 소극적 성격이란 방 속에 갇혀서 자기 자신을 죽이는 일을 만들어 가는 상황이 일어나고 있다. 우선은 내가 먼저 관계를 만들어야 한다. 관계를 만들기 위해서는 지금까지 소통을 해오든 사람들에게 전화도 내가 먼저 한다. 그렇지 않으면 주위에 새로운 사람들에게 나의 모든 것을 개방하는 자세로 자신을 오픈해야 한다. 오픈 후에는 주위 사람들과 대화도 하고 그 대화를 좀 더 진지하게 하게 되면 마음이 통한다고 본다. 그 통한 마음으로 관계의 다리를 놓기 시작하면 된다. 나이가 들고 퇴임하게 되면 우선 자기도 모르게 마음이 약해진다. 자신감도 결여되어서 남에게 말을 건네기가 무척 힘이 든다. 내 주위의 사람들에게 접근도 시도한다. 지금껏 알고 지낸 사람들에게 전화하고, 전화해서 안부도 묻고 현황도 물으면서 시간이 허락되면 점심이라도 한 그릇하자는 말로 자신의 감정을 표현한다. 진정한 관계가 이루어질 것이다. 한 사람 한 사람이 연결이 되면 그다음부터는 자연적으로 연결의 고리는 만들어지게 된다고 본다.

늘 강조하는 말이지만 제일 중요한 것은 모든 것이 나에서부터 시작된다는 생각을 해야 한다. 이 생각 자체가 중요한 것이고, 그렇게 생각을 했으면 여하튼 실천에 옮겨야만 한다. 처음에는 조금은 부끄럽고 망설임이 있겠지만 한 번만 시도하게 되면 그다음부터는 자연적으로 물이 위에서 아래로 흘러가든 자연적으로 이루어진다. 지금 당장이라도 밖에 나가서 사람들을 만나도록 하자. 그렇게 하지 못하면 내가 가지고 있는 폰에서 이제까지 제일 많이 통화를 했든 분을 선정하여 전화를 걸자. 걸어서 당장 만날 수 있는 여건을 만들자. 만나서 차 한 잔이라도 하는 분위기를 만들어서 좋은 대화의 시간을 가질 수 있도록 만들어보자. 시작이 반이라고 그렇게 되면 그 사람과 그 사람을 아는 사람과 다음에는 또 다른 곳에서 차를 마시게 된다. 그렇지 않으면 간단한 점심을 한 그릇하는 것으로 약속을 하자. 그 약속이 진행이 되면 그렇게 계속 돌아가면서 서로 서로 대접을 하고 대접을 받고 대화를 나눈다. 그 대화도 그냥 대화가 아니고 지금의 심정을 서로가 마음 터놓고 진실한 대화를 가지도록 한다. 마음을 터놓고 하는 대화도 내가 먼저 마음의 있는 대화, 진솔한 대화를 한다면 상대방도 그렇게 진솔한 대화를 하게 될 것이다. 진솔한 대화를 나누게 되면 내 마음속에 묻어둔 이야기들이 나오고 그 나온 이야기로 대화를 나누다 보면 나도 모르게 이상 하리 만큼 속이 시원한 감을 받게 된다. 작은 대화이지만 그 대화 속에서 무언가에 의해서 뚫어진 감을 얻을 수가 있을 것이다. 그렇게 되면 나의 우울한 감정이 밖으로 내몰리고 사람이 살아가고 있구나 하는 생각을 가지게 된다. 그렇게 되면서 나의 감정에 활력이 솟고 내가 지금 살고 있구나 하는 감정을 가지게 되고 저절로 감사의 기분도 생기게 된다. 그런 행동으로 연결되는 삶이 진정으로 사는 것이다. 사는 것이 별것인가. 뭔가 크게 무엇이 되는 것 만이 사는 것이 아니다. 작은 것, 그런 작은 것이 모여서 나의 삶을 재미있고, 행복하게 이끌어 가는 것이다. 이것이 말하고자 하는 인간 관계가 되는 것이다.

관계라는 것이 퇴임 후에 그렇게 귀중한 무엇을 요하는 관계라기보다는 지금의 현실에서 놓인 사실을 이야기할 수 있는 관계를 말한다. 좀 더 우리가 살아가는데 작은 대화, 그 대화를 기점으로 만남을 연결하자는 차원에서 관계기 때문에 그렇게 부담감도 없을 것이다. 자연스럽게 할 수 있는 자리를 내가 먼저 만들어 갈 수 있는 기회와 여건을 만드는 자신감을 만들어 보자. 소극적인 태도에서 헤어 나오지 못한 사람들이 주위에 보면 많이들 있다. 저는 매일 새벽에 마을 뒷동산에 등산을 하고 운동을 하는 것으로 하루를 시작을 한다. 매일 운동을 하고 등산을 하다 보면 퇴임 후에 만나지 못한 사람을 가끔 만날 기회가 있

다. 인사를 하려고 하면 그 사람이 나를 피하고 다른 길로 돌아 가버린
다. 처음에는 그 이유를 알지 못 했다. 그다음에 생각을 해 보니 그것
은 자신감이 없어서 나를 피하는 행동임을 알았다. 아마 여러분도 주
위에 그런 분들을 만날 수 있을 것이다. 그런 행동으로 살아가면 결국
에는 외톨이가 되고 좀 더 심하게 되면 잘은 모르겠지만 결국에는 자
기병을 만들게 되는 우울증에 도달하는 신세가 되고 말 것이다. 소극적
으로 사는 하루가 얼마나 힘이 들고 고단한 생활이 되겠는가? 잘은 모
르지만 대화를 많이 나누고 인사를 하고 이렇게 생활을 하게 되면 자
기도 모르게 자신감이 있는 생활이 된다. 그런 생활을 지속적으로 연
결되는 삶을 만들어가는 것이 관계 친화적인 행동이다. 여성분들은 우
리 남성들과는 달리 별 신경도 쓰지 않은 체 조금만 알아도 서로 인사
하고 다정다감하게 대화를 나누는 것을 많이 볼 수 있다. 여성들을 보
고 있으면 다른 생활을 하고 있는 기분이 든다. 다를 게 살아가고 있으
니 남자보다도 여자들이 더 오래 사는 것으로 생각된다. 물론 신체적
인 활동 중에 남자는 나이가 들면 여성호르몬이 많이 생성된다고는 하
지만 어떻게 보면 남성들은 좀 소극적이고 마음을 오픈하는 성격이 부
족한 것 같다. 그런지는 몰라도 사람을 만나는 것을 피하고, 혼자서 고
개를 숙이고 있는 모습을 많이 볼 수가 있다. 남자들, 즉 나이가 들어
가는 노인네들일수록 여성들처럼 수다를 많이 떨어야 즐겁고, 활동성
있게 살아갈 수가 있을 것이다. 그런 마음을 50세 가까운 나이 때 그런
행동을 발달시켜서 외향적인 성격자로 몰고 가야만 할 것이다. 그것이

어떻게 보면 자신감이고 용기가 될 것이다. 용기가 있고, 긍정적인 마음을 가지고 있는 사람은 보면 인사도 잘하는 것을 볼 수가 있다. 저의 책도 퇴직자 행복을 위해서란 제목을 택했는데 그것도 다 이유가 있다. 퇴임 후에는 자신감이 없고, 용기가 없어짐으로 해서 자기 자신을 작게만 만들어 가는 분들이 많다. 우리는 관계에서 나를 찾을 수 있는 방법은 따로 어떤 방법이 있는 것이 아닌 것 같다. 그냥 용기와 자신감을 가지고 행동을 한다면 얼마든지 주위 친구들, 사람들, 직장동료들 등 관계를 많이 만들 수가 있을 것 같다. 자기의 생활에 활력소를 찾을 수가 있다. 우선은 용기와 자신감을 만들어 보자. 용기가 별것 아닌 것 같다. 먼저 내가 내 입에서 말을 내놓는 것이다. 내가 먼저 인사를 하고 좋은 덕담도 건네는 그런 작은 시작에 걸음을 걸어보자. 남이 생각할 때 별것 아닌 것처럼 보이는 그런 작은 일이 우리들의 용기다. 남보다 먼저 인사하고, 남보다 먼저 전화하고, 자식에게나. 마누라에게도 내가 먼저 고맙고, 감사하다는 말을 하는 자세, 그 자세가 용기라고 본다. 용기가 그렇게 다른 그 무엇이 있는 것이 아닌 것으로 생각된다. 너무 크게 생각하고 너무 거창하게 무언가를 하는 것을 용기 및 기백이라고 생각하는 데서 탈출을 시도하자. 퇴임한 아빠들은 그렇게 큰 용기가 아니고 작은 것, 그 작은 것이 모여서 나중에는 큰 것이 된다. 처음부터 너무 크게 하려고 하지 말고, 그냥 작게 자주 하는 습관을 가지게 되다 보면 자신도 모르게 인사도 내가 먼저 하게 된다. 하고자 하는 습관이 만들어지면 무언가를 내가 먼저 하고 싶은 마음이 생긴다. 그런 행동을 하는 것이 용기고 자신감이다. 그런 자신감이 생기며 그다음에는 내가 무엇을 할 수 있을 것이 다는 자신감이 발동이 된다. 다시 말해서 자동차처럼 시동이 걸리게 된다. 시동이 걸리면 자동차는 달려가게 되는 것과 같은 원리라고 생각을 한다. 작게 시작되는 것이 나에게 시발점이 되고 시동이 되어서 관계가 형성이 되게 된다. 나 자산에게도 나름의 시발점으로 시동이 되어 무언가를 하고 싶어진다. 그런 것을 찾게 되고 그렇게 되면 퇴임 후의 아빠는 정말로 행복의 길로 걸어갈 수가 있을 거라고 확신을 한다. 작은 걸음으로 걸어가다가 달리기도 하고 자동차를 타고 더 빨리 더 멀리로 갈 수가 있는 것이다. 다시 말해서 우리 속담에 시작이 반이 다는 말을 이쯤에 사용하는 것이 맞는 것 같다. 우선 작은 것 그 작은 것을 지속적으로 하는 습관을 만들어 가자. 머리는 자연적으로 우리를 긍정적으로 어떤 것에 도전하게 만들어 줄 것이다. 저도 모르게 희망이나 꿈이 꿈틀 거리기 시작 할 것이다. 지금까지 시작한 일은 퇴임 후에 작아지는 아빠를 크게 행복하게 즐겁게 만들어 갈 것이다. 남이 만들어 주는 것이 아니고 당신이 스스로 만들어가는 일이란 진정성 있는 행복의 아빠가 될 것이다. 남과의 관계도 좀 더 자신 있게 만들어갈 수 있는 힘을 주는 계기가 된다. 또한 자신감을 주게 된다. 그 생각이 지금까지는 조금 등한시 하든 사람들을 자주 만나게 하는 원동력이 될 것이다. 나의 관계의 접촉이 늘어나고 그 늘어남에서 나도 모르게 우울하고 외로움 속에 머물지 않게 하는 분위기가 형성이 된다. 세상살이가 긍정적으로 전환이 되면 긍정적이 전환점에서 나를 점점 더 발전하고 자신감 있는 생활이 형성이 된다. 그 형성이 옛날 직장 생활할 때나 별 차이 없는 삶이 나를 이끌어 가는 것을 발견하고 매일매일 나의 입이 벌어지고 웃음을 웃게 하는 행위가 지속된다. 어린아이들은 하루에 113번을 웃고, 어른이 11번 웃는데, 우리같이 퇴임하고 자기를 작게만 평가하는 노인네들이 하루에 1번도 웃기가 힘든 다고 한다. 자주 웃으며 행복하고, 젊어지고 마음에 자신감도 생기고 좋은 점이 엄청나게 많다고 하니 자주 웃고, 접촉 관계를 향상시켜 늘 행복한 하루가 되는 삶을 살아가도록 해보자!

　　사람은 혼자서는 살아가기가 무척 힘든 동물이다. 같이 관계를 맺으면서 서로 간에 대화의 꽃도 피우고 나눔의 관계도 만들어가면서 사는 것이 인간인 것 같다. 관계를 맺으면서 살아가게 되어 있는 우리들이 관계없이 산다는 것은 상상도 할 수 없는 일이다. 관계없이 살아가는 것이 우리에게 많은 압박을 준다는 사실은 다들 잘 알고 있다. 잘 알고 있으면서도 관계를 제대로 이행을 못해서 어렵게 사는 사람들이 많다. 많은 사람들 중에는 금방 퇴직을 한 분들이 그렇게 살아가고 있다. 직장의 물결 속에서 살다가 퇴직의 환경에 나와 보니 완전히 다른 개념의 사회처럼 느껴진다. 특히 남성들은 환경이 바뀌게 되면 더욱더 힘들게 살아가게 된다. 앞에서도 말을 했는데 내가 먼저 인사를 하자. 인사를 받을 사람이 아는 사람이든, 모르는 사람이든 내가 먼저 인사를 하자. 다들 지금은 아파트 내에 살고 있는 사람들이 많다. 외국 사람들은 승강기 안에서도 모르는 사이지만 서로 인사를 한다고 한다. 우리는 그렇게 인사를 못한다. 인사도 나누지 못하고 살고 있으니 얼마나 마음이 아픈 일인가? 저는 우리 아파트 통로에 인사를 제일 많이 하는 사람으로 통한다. 나는 어린 아기부터 시작하여 우리 통로 승강기를 타는 사람에게는 무조건 인사를 한다. 인사를 잘 한다고 통로에 같이 사시는 분이 사주는 점심도 얻어먹었다. 무조건 이유 없이 내가 만들어 가는 것이다. 만들어야 무언가 생기고 무언가가 발동이 걸리는 상황이 일어나는 것이다. 우리는 말을 많이 합니다. 세상이 많이 바뀌었다고 말을 하지만 아직도 멀었다는 생각이 든다. 앞으로는 잘은 모르지만 인성이 중요한 시대로 가고 있다고 본다. 지금도 사람들이 모이는 곳에 가면 대화보다는 다들 스마트폰으로 고객을 숙이는 일들이 일어나고 있다. 고객을 숙이고 있으니 인사도 할 수 없고 더욱더 대화는 없어지는 세상으로 가는 것 같다. 이런 시대에 내가 먼저 관계를 맺을 수 있는 기회를 살려보는 것이 어떨까?

관계에 놓일 수 있는 나를 만들어야 외롭지 않다. 외롭지 않기 위해서 노력을 많이 해야 한다고 소리 높여 말을 하고 싶다. 높여 말을 해도 다른 사람이 외롭지 자기는 외롭지 않을 것으로 생각을 한다. 늘 느낄 수 있는 것이 누군가 누군가를 위해서 말을 하면 그 말은 다른 더 멀리 있는 사람을 위한 말이지 나를 위해서 하는 말이 아님으로 듣게 된다. 주위를 돌아다보면 그런 문제들이 많다. 담배도 해롭고 당신을 죽인다고 해도 나는 죽지 않고 다른 사람이 죽는다고 생각하고 계속해서 담배를 피운다. 술 먹고 운전을 하면 당신도 상처를 받고 당신으로 인해서 다른 아무런 관련 없는 사람도 다치게 된다고 열심히 말을 해도 듣지를 않는다. 우리 주위에는 이런 현상들이 많이 일어나고 있다. 남이 하는 이야기에 나도 무언가를 받을 수 있겠다고 받아 들어야 하는데 받아 들어지지 않는 일들이 다반사로 발생을 하고 있다. 퇴직자들도 미리 준비하고 나름의 무언가 계획하지 않으면 힘들게 산다고 해도 믿지를 않는다. 믿지를 않다가 나와 보면 달라지는 상황을 만나고 만나서 무언가 해결을 하려고 노력을 해도 쉽게 되지를 않는다. 관계 속에서 나를 찾는 것도 그 관계 속에서 무언가 도움도 받고 지혜도 얻을 수 있다. 받은 지혜를 제대로 잘 사용을 하면 쉽고 즐겁고 행복하게 살아갈 수가 있다. 살아갈 수 있는 방법을 제대로 받아 들어지지 않는 자세가 문제다. 이 책을 쓰는 이유도 어렵게 주위에서 살아가고 있는 분들이 많다. 그분들에게 쉽게 살아가고 즐겁게 세월을 낚는 법을 전수하고자 이 책을 쓰고 있다. 나이가 들면 들수록 내 주위에 사람의 관계는 멀어지고 관계 자체가 없어진다. 그런 분위기가 내 옆에서 이루질 때는 두 번 다시 관계를 맺을 사람이 없다. 없는 대서 무슨 관계를 맺을 수가 있을까? 주위를 돌아다보고 관계를 맺을 수 있는 분위기가 될 때 나의 관계를 만들어 가자고 외치고 싶다. 주위를 잘 돌아다보는 것도 지혜다. 주어진 지혜를 진정으로 나의 것으로 만들어서 퇴직자 생활을 행복하게 만들어 보자. 한 번 더 강조하지만 사람은 혼자서 절대로 살 수가 없다. 살 수 없는 형편 속에서 살지 않기 위해서는 관계를 맺어 나가도록 하자. 그것이 우리 퇴직자가 살아갈 길이다.

마치는 글

마치는 글

늘 주위에서 들어온 말이다. 글 쓰는 것은 아무나 하는 것이 아니다. 역시 글을 써보니 아무나 쓰는 글이 아님을 이번에 실감을 했다. 어렵고 힘들지만 그래도 글을 써야 된다고 마음을 먹고 글을 쓴 이유가 있다. 아무리 세상이 변하고 새 시대가 온다고 해도 사람이 살아가는 상황은 그렇게 많이 변하지 않는다는 것이다. 퇴직은 처음으로 해보는 일이다. 두 번째 하는 일이고 또 한 번쯤 경험을 했다면 이렇게 어렵게 힘들게 살지는 않을 것이다. 처음으로 맞이하는 퇴임 생활 정말로 간단한 일이 아니다. 퇴임 후에 약 30년을 살아야 한다. 지금까지 살아온 정신과 앞으로 살아갈 정신은 엄청난 차이가 벌어지는 세월이다. 이 긴긴 세월을 어떻게 보내는 것이 행복이고 또한 잘 살아 한다고 말을 할 수가 있을까? 모든 것이 궁금하고 불안하고 걱정이 앞서는 일 뿐이다. 불안과 걱정으로 둘러싸고 있는 이 시점에서 그냥 살아간다고 살아질 일이 아니다. 조금은 그렇게 많이 알지는 못하지만 주위에서 들었고, 가끔은 대화를 통해서 퇴임 후 생활이 무엇인지, 왜 힘든 것인지에 대해서 많은 토론, 고민에 이르러 보니 이것이 답이라는 생각이 머리에 떠올랐다. 바로 퇴직자들을 위해서 조금한 책이라도 써서 그래도 쉽게 행복하게 살아갈 수 있는 방안을 만들어 보자는 작은 욕심에서 이 책을 쓰게 되었다. 다행히 이 책이 출간을 하게 되면 돌아다니면서 강의를 해서 조금은 불안하고 힘든 삶에 보탬을 주고자 함에서 쓴 책이다. 물로 아시는 분들은 알고 있다. 책이 출간되어서 책방에 나와 있고, 작가 본인이 강의를 한다고 해서 과연 몇 사람이 객관성 있게 자기를 다듬어 갈 것인가 하고 말이다. 의문점은 많다. 그래도 가만히 있는 것 보다는 조금은 움직이고 반응을 할 것으로 믿는다. 그 믿음에 부흥할 수 있도록 열심히 노력해서 한 사람이라도 퇴임 후에 행복한 생활이 된다면 그 것으로 만족한다. 그것이 이 책을 쓴 동기요 목표다. 주위에 보면 육체적으로 힘든 것은 그래도 움직이고 새롭게 마음을 먹으면 자신을 찾아가는 사람들을 볼 수가 있다. 반대로 정신적인 문제가 생긴 사람은 쉽게 자기를 찾아 가지 못하고 엄청나게 힘들게 사는 사람들이 많음을 볼 수가 있다. 조금은 마음이 아프고 슬픔이 앞을 가리는 때가 자주 목격을 하고 있다. 모르면 몰라도 알면서, 같이 퇴임한 동기들로서 어렵게 사는 사람들을 보고서 이런 용기를 내고 시작을 한 것이 이 책을 쓰게 된 것이다. 지금도 산위에서 운동을 같이 하는 사람들에게 책의 중요함과 책의 지식을 서로 나누는 시간을 갖고 있다. 많은 대화를 하지만 사람들은 쉽게 책을 읽겠다는 말을 하는 사람들이 거의 없다. 그런 상황을 보고 있으면 너무 답답하고 조금은 불상하게 보이기도 한다.

책 속에 다양한 지식과 지혜를 얻을 수 있는 보물 창고라고 생각을 한다. 그런데 사람들은 책을 멀리하고 책의 지혜를 활용을 하지 않으려는 심정이 너무 가슴 아프다. 성인이 일 년에 책을 읽는 사람이 1명도 되지 않으니 얼마나 다들 힘들게 살아가고 있을까? 조금만 고생을 하면 많은 좋은 정보 지식을 얻어서 좀 더 자신 있게 자유롭게 살 수가 있는 방법을 택하지 않는 사람들에 대해서 원망하고도 싶다. 저의 책은 현장에서 직접 경험한 사실, 주위에서 너무 힘들게 사는 사람들의 고통의 신음을 듣고서 적어본 책이다. 비록 부족한 책이지만 이 책에서 말한 것처럼 퇴임 후에 나의 삶을 찾아서 지금도 행복하게 즐겁게 살고 있음을 보여주고 싶어서 이 책을 썼다. 많은 분들이 이 책을 읽고서 나름의 즐거움과 행복을 찾아가는 생활이 되도록 기원을 할 것이다. 서두에서도 말을 했지만 작은 것에 만족을 하고 하루에 1%를 투자해서 나의 삶에 진정한 행복을 찾아가는 길 동무가 되는 것에 만족을 하면서 이 책을 나오게 까지 지도해주고 이 책이 나오기 까지 많은 성원을 주신 이은대 작가님 감사합니다. 이 은대 작가님의 손길이 없었다면 책이 잉태할 수 없었다. 내가 책을 쓸 수 있게 이끌어 주신 작가님 정말로 감사합니다. 늘 건강하시고 앞으로 많은 지도 부탁합니다.

퇴 직 자 를 위 한

행복 찾는 길잡이

초판인쇄	2019년 02월 13일
초판발행	2019년 02월 18일

지은이	배방구
발행인	조현수
펴낸곳	도서출판 더로드
마케팅	최관호 최문섭
IT 팀장	신성웅
편집	TYPIWORKS
디자인	TYPIWORKS

주소	경기도 고양시 일산동구 백석2동 1301-2
	넥스빌오피스텔 704호
전화	031-925-5366~7
팩스	031-925-5368
이메일	provence70@naver.com
등록번호	제2016-000126호
등록	2016년 06월 23일
ISBN	979-11-6338-021-4 (03810)